EMILY R. KING

Die letzte Königin

Die Seele des Feuers

EMILY R. KING

DIE LETZTE KÖNIGIN

Die Seele des Feuers

Roman

Ins Deutsche übertragen
von Beate Bauer

LYX

LYX in der Bastei Lübbe AG
Dieser Titel ist auch als E-Book und als Hörbuch erschienen.

MIX
Papier aus verantwortungsvollen Quellen
FSC® C014496

Die Originalausgabe erschien 2018 unter dem Titel
»The Rogue Queen« bei Skyscape, New York

Textredaktion: Susanne Kregeloh
Umschlaggestaltung: Sandra Taufer, München
unter Verwendung des Originalcovers,
© Cover design by Jason Blackburn
Satz: Greiner & Reichel, Köln
Gesetzt aus der Adobe Caslon
Druck und Verarbeitung: GGP Media GmbH, Pößneck
Printed in Germany
ISBN 978-3-7363-1115-2

1 3 5 7 6 4 2

Sie finden uns im Internet unter www.lyx-verlag.de
Bitte beachten Sie auch: www.luebbe.de und www.lesejury.de

Für Joseph, Julian, Danielle und Ryan.
Eure Namen stehen in meinem Buch ganz vorn.
Zufrieden jetzt?
In Liebe, Mom

ANMERKUNG DER AUTORIN

Die Religion des Tarachandischen Reiches, der Parijana-Glaube, ist eine fiktive Abwandlung sumerischer Gottheiten. Der Parijana-Glaube und das Tarachandische Reich repräsentieren keine bestimmte Epoche oder Gemeinschaft und auch keinen bestimmten Glauben. Jede Ähnlichkeit mit anderen Religionen oder Herrschaftsstrukturen ist rein zufällig, ebenso die mit tatsächlichen Personen oder Ereignissen.

KAPITEL I

KALINDA

Die Beisetzungszermonie beginnt bei Tagesanbruch, bevor die Hitze des Dschungels den Tau verdunsten lässt und die morgendliche Brise erstickt. Wir haben uns im Heck des Flussschiffs versammelt und sehen ernst dabei zu, wie Deven und Yatin die letzten schweren Steine an den Fußknöcheln und Handgelenken des Leichnams befestigen. Indah hat ihn bereits mit Mandelöl eingerieben, ein Ritual aus ihrer Heimat, den Südlichen Inseln. Pons, ihre geliebte Leibwache, hat ihr dabei geholfen, den Verstorbenen in weiße Laken zu wickeln.

Natesa legt ihren Arm um meine Taille. Ich halte mich an ihr fest und entlaste mein verwundetes Bein. Prinz Ashwin steht mit gesenktem Kopf an der Seite, aber ich kann seine noch immer geröteten Augen und seine ebenfalls gerötete Nase sehen.

Deven richtet sich so langsam auf, als täte ihm alles weh. Ich kenne das Gefühl, diese lähmende Schwere, als steckte man in Treibsand. Alle an Bord bewegen sich mit der gleichen schwerfälligen Langsamkeit, als würden Mühlsteine an uns zerren.

Das Rauschen des Flusses Ninsar erfüllt die Stille. Wenn doch das Leben ebenso gleichmäßig dahinfließen könnte wie er. Obwohl ich glaube, dass der Tod nicht das Ende ist und unsere Seelen weiterleben, bin ich nie wirklich darauf vorbereitet, wenn Leben versiegt.

Deven neigt den Kopf und spricht unser traditionelles Totengebet. »Ihr Götter, segnet Bruder Shaans Seele, damit er das Tor finden mag, das zu Frieden und ewigem Licht führt.«

Gestern Nachmittag fand ich Bruder Shaan zusammengesunken in seinem Stuhl vor dem Ruderhaus. Seit unserer Flucht aus der Stadt Iresh hat er vierzehn Tage lang unermüdlich zu den Göttern gebetet, dass sie uns in diesen schweren Zeiten beschützen mögen. Indah meinte, sein Herz sei einfach stehengeblieben, wie es alte Herzen eben tun. Aber ich glaube, dass ihn die Furcht vorzeitig ins Grab gebracht hat.

Deven beendet das Gebet mit ein paar eigenen Gedanken: »Bruder Shaan war ein engagiertes, loyales und liebendes Mitglied der Bruderschaft. Er verkörperte die fünf göttlichen Tugenden in jeder Hinsicht und diente Anu mit ganzem Herzen.« Seine zittrige Stimme versagt ihm. »Wir werden ihn vermissen.«

Yatin legt seinem Waffenbruder Deven für einen Moment die Hand auf die Schulter und drückt sie. Die Soldaten tragen den Leichnam an die Kante der Barke. Pons hilft ihnen, ihn über Bord zu heben und dem Fluss zu übergeben. Wasser spritzt auf.

Tränen brennen in meinen Augen. Der Körper treibt einen Moment lang an der Oberfläche, bis die Steine ihn in die Tiefe des trüben Flusses ziehen.

»Enki«, sagt Indah, als sie zu der Wassergöttin betet. »Schicke deine Seedrachen, um Bruder Shaans Seele ins Jenseits zu begleiten und lösche alle schmerzvollen oder angsterfüllten Erinnerungen an sein sterbliches Leben.«

Ihr Totengebet ist für uns Bewohner von Tarachand ungewöhnlich, weil wir den Himmelsgott Anu anbeten. Indahs Volk glaubt, dass heilige Kreaturen aus der Tiefe, die Seedrachen, ihre Seelen ins Jenseits oder das Nichts geleiten, wenn sie sterben. In diesem Moment, da wir nicht an Land gehen und Bruder Shaan in einem Erdgrab beisetzen können, wie es unser Brauch ist, sind ihre Worte ein dringend benötigter Trost.

Pons geht als Erster, um unsere Ruderer zu überwachen.

Wir fahren weiter den Fluss entlang, und die Stelle, an der Bruder Shaans Leiche untergegangen ist, verschwindet in unserem schwach gekräuselten Kielwasser. Ein Mangrovenwald überwuchert die Flussufer und gedeiht im brackigen Feuchtgebiet zwischen Regenwald und dem Meer der Seelen. Die Baumwurzeln, die teilweise im Schlamm verschwinden, erheben sich von der Oberfläche wie knorrige Pfähle. Wir haben das Flussdelta beinahe erreicht. Bruder Shaans Wunsch, das Meer zu sehen, hätte sich für ihn fast erfüllt …

Yatin tritt zu Natesa. »Geht es dir gut, kleiner Lotus?«

Sie streicht ihm mit der Hand über die Brust. »Ja.« Ihr stattlicher Soldat mit dem Vollbart kam schwerkrank an Bord des Flussschiffs. Indah, das erfahrenste Wasserwesen an Bord, kurierte Yatins Krankheit, und Natesa hat ihn wieder gesundgepflegt. Er hat an Gewicht verloren, ist aber noch immer der stärkste Mann an Bord. Die Sorge um seine Genesung und meine im Turnier erlittenen Verletzungen haben uns so sehr beschäftigt, dass wir Bruder Shaan vernachlässigt haben.

Das Gewicht dieser Schuld lastet auf uns allen.

Natesa und Yatin gehen den Laufgang seitlich am Boot entlang. Ashwin hat sich davongeschlichen, als keiner aufgepasst hat. Seit Iresh haben wir nicht miteinander gesprochen. Ich verbringe meine Zeit mit Deven – und Ashwin geht uns aus dem Weg. Auf so engem Raum wie jetzt waren wir seit Tagen nicht zusammen.

Indah kommt zu mir. »Kalinda, es ist so weit.«

Weil die Stimmung heute Morgen so gedrückt ist, überlege ich, unsere Sitzung ausfallen zu lassen, doch ich verdanke es allein Indahs Heilkräften, dass ich wieder stehen kann.

Deven blickt noch immer auf den Fluss hinaus. Ich habe ihn letzte Nacht so gut es ging getröstet, doch Bruder Shaan war sein Mentor. Manche Verluste hinterlassen eine Leere, die nicht wieder gefüllt werden kann.

Indah reicht mir den Arm, ich nehme ihn und wir lassen Deven in Ruhe trauern.

Ich liege im Ruderhaus auf einer Pritsche und spüre, wie mich Indahs Kräfte wie lauwarmes Wasser überströmen. Sie lässt meine Schläfen los, ihre Miene ist angespannt. Meine einstündige Sitzung ist nicht so verlaufen wie erwartet.

Sie wäscht ihre Hände im Waschbecken. Meine Haut verströmt die frischen Gerüche ihrer Heilwässer, von Kokosnuss und weißem Sandelholz.

»Und?«, frage ich.

»Der Knochen in Eurem Bein ist wieder zusammengewachsen, und die Narbe von dem Schwert an der Seite ist kaum noch zu sehen.«

Beide Verwundungen habe ich während meines Duells im Turnier erlitten, aber das ist es nicht, was uns Sorgen macht. Vor unserer Flucht aus Iresh blies der Herr des Nichts, ein leibhaftiger Dämon, der aus seinem Gefängnis in der Ewigkeit befreit wurde, sein giftiges Feuer in meine Kehle. Trotz Indahs Bemühungen, mich davon zu befreien, verursachen seine Kräfte noch immer eine Eiseskälte in meinen Adern. Nicht einmal ein Schmerzblocker, Indahs seltene Gabe, Schmerz kurzfristig auszuschalten, schwächt die Kälte ab.

Ich schließe die Augen und suche in mir nach dem einen perfekten Stern. Das ewige Licht ist die Quelle für meine Kräfte als Feuerwesen – mein Seelenfeuer. Kein Sterblicher oder Bhuta existiert ohne dieses innere Leuchten. Ich entdecke den Stern, doch sein kräftiges Licht ist verschwommen. »Ich sehe etwas Grünliches hinter meinen Augenlidern.«

»Das kommt von den Dämonenkräften.«

»Könnt Ihr sie vertreiben?«

»Ich weiß nicht wie«, erwidert Indah und hilft mir, mich aufzurichten. »In gewisser Hinsicht ist Eure Seele durch Frost geschädigt. Wären die verletzten Teile eine Extremität, würde ich eine Amputation empfehlen, doch weil es eine innere Schädigung ist …«

»Könnt Ihr meine Seele nicht amputieren«, beende ich den Satz mit einem gezwungenen Lachen, obwohl ich nichts an der Erinnerung daran, wie ich mich vor Schmerzen am Boden krümmte, gepeinigt von dem langsamen, quälenden Brennen des kalten Dämonenfeuers, witzig finde. Der anfängliche Schmerz hat nachgelassen, hat jedoch dunkle Flecken wie angelaufenes Silber in mir zurückgelassen. Die Kräfte des Herrn des Nichts hätten mich zerstört, wäre ich nicht zu einem Viertel selbst eine Dämonin. Alle Feuerwesen stammen von Enlil ab, einem unehelichen Sohn der Erdgöttin Ki und des Dämonen Kur. Vermutlich sollte ich meine Abstammung zu schätzen wissen. Aber ich bin nicht dankbar. Ganz und gar nicht.

Indahs goldene Augen spiegeln ihre Besorgnis. »Ich werde in Lestari eine erfahrenere Heilerin für Euch finden. In der Zwischenzeit solltet Ihr mit Euren Kräften und Fähigkeiten haushalten.«

Ich hatte keine Veranlassung, meine Fähigkeiten als Feuerwesen in Anspruch zu nehmen, seit ich gegen den Herrn des Nichts gekämpft habe. Aber was passiert, wenn ich sie brauche? Ich schiebe meine Besorgnis beiseite. Wir haben Lestari, die Reichsstadt der Südlichen Inseln, fast erreicht. Heute Abend werden wir dort ankommen, bis dahin halte ich durch.

Als ich aufstehe, versuche ich, das Gewicht auf mein verwundetes Bein zu verlagern; kein Schmerz schießt durch mich hindurch. Indah reicht mir ihren Arm, doch ich greife nach meinem Stock. »Ich komme allein zurecht.«

Ich humple zur Tür hinaus, wobei ich auf das Schwanken des Schiffs achte. Nach ein paar Schritten ruhe ich mich an einer sonnigen Stelle an Deck aus. Das strahlende Licht wärmt meine Haut, doch der innerliche Raureif wird nicht weniger.

»Weiß Indah, dass du allein hier draußen bist?«

Ich wirble zu Natesa herum und hake mich bei ihr unter. »Ich bin nicht allein. Du bist hier.«

»Lass uns ein Stück gehen.« Sie zieht mich von der Reling weg, und wir gehen außen um das Deck herum. Sie wiegt sich in den Hüften und lässt ihren Zopf wie ein Pendel schwingen, wenn auch unabsichtlich. Natesa kann ihre Kurven genauso wenig überspielen wie ich etwas an meiner Magerkeit ändern kann.

Als ehemalige Rivalinnen bei den Rangturnieren zwischen Ehefrauen und Kurtisanen des Rajahs konnten wir uns eine Zeit lang nicht leiden. Natesa und meine anderen Gegnerinnen kämpften um ein besseres Leben in dieser Welt der Männer. Nur ich habe das Turnier gewonnen. Mein zweiter Sieg in den Turnierkämpfen in Iresh hat mir meinen Thron als Rani des Tarachandischen Reiches gesichert. Ich bin gegen vier weibliche Bhutas in mehreren Wettkämpfen angetreten, die dazu gedacht waren, unsere Kräfte auf die Probe zu stellen. Mein Preis ist, Prinz Ashwins Erste Frau, seine Kindred, zu werden. Ich respektiere Ashwin, aber ihn zu heiraten, fühlt sich nicht gerade wie eine Belohnung an.

»Der Prinz ist nach der Bestattung recht schnell verschwunden«, bemerkt Natesa.

»Er geht mir aus dem Weg.«

»Er geht Deven aus dem Weg. Hat er dir von ihrem Streit erzählt?«

»Nein …«

Natesa verzieht spöttisch die Lippen. »Gleich nachdem wir Iresh verlassen haben, hat Deven Ashwin geschlagen und beinahe über Bord geworfen.«

Bei den Göttern. Als Hauptmann der Wache ist es Devens Pflicht, den Prinzen zu beschützen, doch er wirft Ashwin vor, den Herrn des Nichts entfesselt zu haben. Der Dämon kehrte in der physischen Gestalt meines Ehegatten Rajah Tarek, Ashwins Vater, zurück. Weil er ihn befreit hat, musste der Herr des Nichts Ashwin seinen Herzenswunsch erfüllen – den Bhuta-Warlord aus dem Palast der Türkise in unserer Reichsstadt Vanhi zu vertreiben.

Der Dämon in Rajah-Gestalt ist aufgebrochen, genau das zu tun. Er hat unser Volk aus den erbärmlichen Lagern in Iresh befreit und damit dessen Zuneigung gewonnen, hat aber dabei das Leiden der Menschen ausgenutzt. Unsere Armee beabsichtigt, gemeinsam mit dem Herrn des Nichts in das ferne Vanhi zu marschieren. Tareks Ehefrauen und seine Kurtisanen sind dort eingeschlossen; meine Freundinnen und Kriegerschwestern, gefangen gehalten vom Warlord und seiner Bande von Rebellen. Ich will, dass die Ranis freigelassen werden, doch der Rajah-Dämon darf den Warlord nicht stürzen. Falls er Erfolg damit hätte, würde er Angst und Schrecken über unsere Welt bringen.

»Ich habe versucht, es zu erklären«, sage ich, »aber Deven hört nicht zu.«

»Vielleicht hat er allen Grund, wütend zu sein.« Natesa lässt ihren Blick über das Wasser gleiten. »Sogar Bruder Shaan hat unser Schicksal gefürchtet.«

Leider ist der Verlust von Bruder Shaan eine weitere Tragödie, die Deven dem Prinzen anlasten kann. »Ashwin konnte nicht wissen, dass der Dämon Tareks Gestalt annehmen und unser Volk davon überzeugen würde, dass er ihr Rajah ist.«

Wir umrunden das Heck des Schiffs und stoßen beinahe mit dem Prinzen zusammen. Er hält ein Buch aufgeschlagen in der Hand, wie bei unserer ersten Begegnung. Nur dass ich ihn diesmal nicht mit seinem Vater verwechsle. Ashwin besitzt zwar Tareks unwiderstehliches Aussehen, doch er ist gutherzig. Seine gekränkte Miene verrät, dass er unsere Unterhaltung belauscht hat.

»Eure Majestät«, sagt Natesa und verbeugt sich. »Wir haben Euch gar nicht gesehen.«

»Natürlich nicht«. Er klappt das Buch zu. »Ich mache eine Runde.«

Er will an uns vorbeigehen, doch ich hake mich bei ihm unter. »Wollen wir gemeinsam ein Stück gehen?«

Ashwin dreht sich langsam zu mir und reibt sich die Schläfe, als hätte er Kopfschmerzen. Ich ziehe ihn mit mir, und Natesa geht zufrieden in die andere Richtung davon.

»Wie geht es dir?«, frage ich den Prinzen.

»Nun, vielen Dank.« Seine vage Antwort lässt mich verstummen. Das Klacken meines Stocks auf dem Holzdeck ist das einzige Geräusch. Ich habe die Hoffnung auf eine Unterhaltung schon fast aufgegeben, als er fragt: »Wie fühlst du dich?«

»Besser. Indah meint, ich könnte bald wieder allein gehen.«

Er nickt, sagt aber weiter nichts. Ich sehne mich nach der Unbeschwertheit, die einst zwischen uns geherrscht hat. Während Deven in Iresh im Militärlager gefangen gehalten wurde, lernten Ashwin und ich, einander zu vertrauen. Ich trage noch immer den Messingarmreif, den er mir vor meinem letzten Turnier als Glückbringer geliehen hat. Ashwin ist mein Cousin zweiten Grades und das einzige lebende Familienmitglied. Ich könnte es nicht ertragen, seine Freundschaft zu verlieren.

Ich bleibe stehen, weshalb auch er stehen bleibt. »Was kann ich tun, um das wieder in Ordnung zu bringen? Dieses Unbehagen zwischen uns ist unerträglich.«

»Du weißt, was ich will.« Er schaut in alle Richtungen, nur nicht zu mir. »Ich kann meine Wünsche wiederholen, wenn du das willst, aber ich werde mein Wort halten. Du hast das Turnier gewonnen und somit keine weitere Verpflichtung mir oder deinem Thron gegenüber.«

»Glaubst du wirklich, ich würde dich verlassen?«

Er legt die Stirn in Falten. »Ich dachte, jetzt da Hauptmann Naik zurückgekehrt ist …«

»Das Tarachandische Reich ist auch mein Zuhause. Unser Volk ist vom Dämon-Rajah getäuscht worden. Er marschiert auf unseren Palast mit unserer Armee zu, wo meine Ranis vom Warlord gefangen gehalten werden. Ich bin bei dir, Ashwin. Vielleicht nicht so, wie du es dir gewünscht hast, aber wir werden uns dem Dämon-Rajah gemeinsam entgegenstellen.«

Seine Lippen zucken, und er muss sich ein Lächeln verkneifen. »Verstanden, Kindred.«

Ich ziehe ihn weiter, und er geht mit, hält sich dicht bei mir. »Woher hast du es?«, frage ich ihn und deute auf das Buch unter seinem Arm.

»Ich habe es unter mein Hemd gesteckt, bevor ich Iresh verlassen habe.«

Mein Blick schnellt zu ihm. »Hast du nicht.«

»Doch. Ich sah es auf dem Boden liegen und hab es mir geschnappt.«

Ashwin hat mehr Bücher gelesen als jeder andere, den ich kenne. »Ist es gut?«

»Gähnend langweilig. Aber das Gute ist, dass ich gelernt habe, wie man einen Turban näht.« Er zeigt mir den Titel. *Anleitung einer Schneiderin für die männliche Garderobe.* Ich muss lachen. Er lacht lautlos, seine Schultern beben.

Ich werde wieder ernst, als ich mich frage, ob unsere Heiterkeit nur wenige Stunden nach Bruder Shaans Bestattung angemessen ist. Aber Bruder Shaan glaubte daran, dass alle Kinder des Anu, Bhutas wie Sterbliche, in Harmonie leben sollten. Es hätte ihm gefallen, dass Ashwin und ich uns wieder versöhnt haben.

Wir erreichen den Bug. Niemand außer uns ist hier. Der Himmel davor erhebt sich über dem Wasser und den Mangroven. Eine Brise zerzaust Ashwins kurzes tiefschwarzes Haar. Ich ruhe mich an der breiten Wand neben der Reling aus, erschöpft von meinem kurzen Ausflug.

»Darf ich dich zurück ins Ruderhaus begleiten?«, fragt er.

»Ich bleibe noch ein Weilchen hier.« Ashwin setzt sich weder noch geht er. Seine Unentschlossenheit angesichts unserer Nähe bringt mich auf die Palme. Ich habe ihn vermisst, aber dieses Eingeständnis kommt mir nicht über die Lippen. Er interpretiert meine Gefühle vielleicht anders, als sie gemeint sind. »Danke für den Spaziergang.«

Er zögert und ist völlig ernst. »Ich werde das Reich zurückerobern, Kalinda.«

Ashwin macht seine Verfehlungen fast ausschließlich mit sich allein aus. Ich habe gesehen, wie er nachts auf dem Deck auf- und abging, sich Kopfschmerzen wegmassierte und sich das Haar raufte. Bruder Shaans Tod verstärkt sein schlechtes Gewissen noch. Ashwin liebt das Reich und sein Volk. Er wird nicht ruhen, bis er beides wiedergewonnen hat. Ich sche in seine blutunterlaufenen Augen. »Ich weiß, dass du das wirst.«

Er deutet ein Lächeln an und beugt sich herunter, um mich auf die Wange zu küssen. Ich wende mich ihm zu; er riecht nach Kokosnussrasieröl. Uns ist beiden nicht klar, wie nah wir einander sind, und seine Lippen landen auf meinem Mundwinkel.

Ich begegne seinem überraschten Blick. Er hält inne und drückt dann seine Lippen auf meine Wange. Sein sanfter Mund entzündet ein Feuer unter meiner Haut. Wärme durchdringt mich bis tief in mein Innerstes. Ich schmiege mich an ihn und ziehe die Berührung hinaus. Zum ersten Mal seit Tagen lässt die innere Kälte nach, und mein Seelenfeuer brennt wahrhaftig.

Ashwin weicht zurück. Kälte durchströmt mich erneut. Den Mund weit aufgerissen starre ich ihn an. Er strahlt, beglückt von meiner Reaktion, und schlendert davon.

Was ist da gerade zwischen uns passiert? Ich … Ich habe zugelassen, dass er mich küsst. Zweimal.

Als ich mein Spiegelbild auf dem Wasser betrachte, versuche ich, nicht an Ashwin zu denken, aber in meinem Kopf dreht sich alles. Sobald ich wieder mit Deven vereint war, schob ich meine romantischen Gefühle für Ashwin beiseite. Trotzdem hätte der Kuss des Prinzen ohne jeden Widerstand von meiner Seite länger dauern können. Kann es sein, dass er mir noch immer mehr bedeutet als ein Freund? Ich kann diese wohltuenden Sekunden nicht ignorieren, als der Winter in mir schmolz …

»Da bist du ja«, sagt Deven.

Er zieht seine scharlachrote Uniformjacke glatt und setzt sich neben mich. Heute Morgen hat er seinen Vollbart abrasiert, und sein Haar unter dem Turban ist kurz geschnitten. Er ist bereit, sich mit den Lestarianern zu treffen und ist haargenau das Abbild eines gut aussehenden Offiziers der tarachandischen Armee.

Ich schmiege mich an ihn und warte darauf, dass er Fragen über Ashwin und mich stellt. Doch entweder hat Deven uns nicht zusammen gesehen, oder er will nicht über den Prinzen sprechen. Ich will das Thema ebenfalls nicht aufbringen. Ashwins Kuss war unschuldig, eine Geste zwischen Freunden, doch eine solche Geste zuzulassen, könnte Fragen aufwerfen. Manchmal ist die Wahrheit schmerzhafter als ihre Unterschlagung. Und ich bin nicht die Einzige, die Geheimnisse hat.

»Natesa sagt, du hättest versucht, Ashwin über Bord zu werfen«, sage ich.

»Es war mehr ein Schubs«, erwidert Deven leichthin.

Ich gebe einen Seufzer von mir. »Das hättest du nicht tun sollen.«

Er reagiert gereizt. »Es ist meine Aufgabe, das Reich zu verteidigen. Der Prinz hatte gerade den Herrn des Nichts befreit. Allem Anschein nach war er eine Bedrohung.«

Ich verschränke meine Finger mit seinen. »Der Prinz ist dein Befehlsherr. Sobald er eine Frau ehelicht, wird er Rajah sein.« Ich habe uns unabsichtlich auf ein Thema gebracht, dem ich seit Tagen aus dem Weg gegangen bin. Deven hat mich nicht gebeten, meinen Thron aufzugeben. Er versteht, dass mein Rang als Rani göttliche Vorsehung ist – und meine Wahl. Oder um es genauer zu sagen, eine angenommene Verpflichtung. Doch keiner von uns beiden weiß, was das für uns oder unseren Traum eines friedlichen Lebens in den Bergen bedeutet. »Du musst deinen Unmut überwinden. Wir sind schon von genug Spaltung geplagt.«

Er spannt sich an, und seine Stimme klingt angestrengt. »Ich versuche es, Kali. Ich muss an so viele Dinge denken.«

Mehr als Bruder Shaans Tod zehrt an ihm. Seine Mutter und sein Bruder, Mathura und Brac, sind an der Grenze zwischen dem Reich und dem Sultanat gestrandet. Zwei Luftwesen wurden ausgesandt, sie zu finden, sind aber noch nicht zurückgekehrt. Mit jedem Tag wird Devens Angst größer.

Ich umfasse seine glatte Wange. »Das weiß ich doch.«

Er schmiegt sie gegen meine Hand. Seine Gesichtszüge sind eine Mischung aus rauer Härte und geschmeidiger Glätte, so, wie auch seine wichtigsten Rollen: Soldat und hingebungsvoller Anhänger des Parijana-Glaubens. Ich berühre seine Lippen mit meinen. Er zieht mich fester an sich, und sein Geruch nach Sandelholz steigt mir in die Nase. Seine Körperwärme berührt mich, dringt jedoch nicht ein und lindert auch nicht die Kälte in mir. Ich denke nicht daran, was das womöglich bedeutet, und lasse meine Finger über seinen Hals gleiten. Heißes Verlangen steigt in meiner Kehle auf, doch das eisige Gefühl in mir hält an. Atemlos und zitternd löse ich mich von ihm.

Devens sanfte braune Augen schauen mich prüfend an. »Was ist mit dir?«

»Ich …« *Ich weiß nicht.* »Ich sollte mich hinlegen.«

Ich stütze mich auf meinen Stock, um aufzustehen, doch Deven zieht mich in seine Arme. Meine Füße sind in der Luft, und ich schlinge die Arme um seinen Hals. »Lass mich herunter!«

»In Ordnung«, sagt er ruhig und geht in Richtung Ruderhaus.

Ich ziehe mein Unterkleid und meinen Sari um mich. »Du hast gesagt, du lässt mich herunter.«

»Das werde ich … auf deiner Pritsche.«

»Aber ich kann laufen!«

Deven ruft laut: »Vorbeilassen!«

Ein Stuhl versperrt unseren Weg. Indah und Pons nehmen ein spätes Frühstück aus geriebenem Obst und Johannisbeeren zu sich. Pons' Haar fällt über seinen Rücken; Oberkopf und Seiten sind rasiert. Er packt Indahs Sitzgelegenheit und zieht sie aus dem Weg. Ich erröte bei ihren unverhohlenen Blicken. Das Wasserwesen und das Luftwesen sind ineinander verliebt, doch sie zeigen das nicht in der Öffentlichkeit. Ich ahne, dass Pons es tun würde, wenn Indah dazu bereit wäre, doch sie ist sehr zurückhaltend, was ihre Gefühle betrifft.

Deven trägt mich durch die offene Ruderhaustür und legt sich zusammen mit mir auf die Pritsche. »Siehst du? So schlimm war es doch gar nicht.«

Ich schmiege mich an ihn. »Ich könnte dir dafür die Nase wegbrennen.«

»Du magst meine Nase.«

»Stimmt«, sagte ich und küsse ihre Spitze.

Er lässt seine raue Handfläche unter meine Bluse und über meinen bloßen Rücken gleiten. Seine Berührung wärmt mich an Stellen, die Ashwins Kuss nie erreichen könnte. Ich drücke erneut meine Lippen auf Devens und genieße es, seinen Körper auf meinem zu spüren. Meine Finger ranken sich um seine muskulösen Schultern, doch seine Jacke verhindert, dass ich Haut berühre. Deven hört nicht auf mich zu küssen, während er die Knöpfe aufmacht, um seine Jacke auszuziehen.

Plötzlich geht die Tür auf, und Natesa bleibt wie angewurzelt stehen. »Tut mir leid, dass ich störe.« Ihre Augen funkeln, als sie uns so eng umschlungen vorfindet. »Wir haben die Flussmündung erreicht. Ein Schiff aus Lestari wartet auf uns.«

Deven liebkost mein Ohr. »Irgendwann werde ich dich ganz für mich allein haben«, sagt er mit heiserer Stimme.

Ein warmer Schauer läuft mir über den Hals. »Ich werde dich daran erinnern.« Ich küsse ihn noch einmal und richte mich auf. Schwindel befällt mich, weil ich mich zu schnell aufgerichtet habe, und ich sinke nach vorn.

»Du solltest dich hinlegen«, sagt Deven, während er seine Jacke zuknöpft.

»Es geht mir gut. Gib mir eine Sekunde.« Ich atme einige Male tief durch, und der Schwindel vergeht.

»Kali, du solltest wirklich hierbleiben.«

»Ich habe gesagt, es geht mir gut«, fauche ich. Ich weiß, dass ich schwächer bin als sonst. Er muss mich nicht fortwährend daran erinnern. »Natesa, bitte gib mir meinen Stock.«

Deven nimmt den Stock und hält ihn mir hin. Natesa macht sich auf Zehenspitzen davon. Deven fürchtet um meine Gesundheit, doch ich habe ganz andere Sorgen.

»Ich muss die Lestarianer begrüßen«, erkläre ich. »Unser erstes Auftreten muss ein gutes Licht auf das Reich werfen.«

Indah hatte Ashwin und mir versichert, dass wir auf die Unterstützung von Datu Bulan, den Herrscher der Südlichen Inseln, bauen können, doch das bedeutet, viel Vertrauen in einen völlig Fremden zu setzen. Der Herr des Nichts befehligt die mächtigste Armee im Land. Wir können nur hoffen, dass der Datu die Bedrohung erkennt, die er darstellt, und sich uns anschließt, um sie aufzuhalten.

Ich stehe auf und zügle meinen Ärger. »Ich muss gehen, Deven.«

»Gibt auf dich Acht.« Er streckt die Hand aus, will mir eine Haarsträhne aus dem Gesicht streichen. Ich komme ihm zuvor, und er zieht gekränkt die Hand zurück.

»Es tut mir leid«, flüstere ich. Meinen Thron anzunehmen bedeutet, meine Pflicht, Ashwin zu helfen, zu akzeptieren. »Wir müssen auf Distanz bleiben, jetzt wo …«

»Eine Erklärung ist überflüssig.« Deven zupft die Manschetten seiner Jacke mit knappen verärgerten Bewegungen zurecht. »Es würde ein schlechtes Licht auf die Kindred werfen, wenn sie ihre Leibwache bevorzugt.«

»Es ist nur für eine Weile.« Ich suche nach Anzeichen, dass er versteht, doch sein Ausdruck ist noch immer abwehrend.

Ashwin taucht an der Tür auf. »Kalinda«, sagt er zögernd, während er Devens finsteren Blick und trotzige Haltung abschätzt. »Indah fragt nach uns.«

»Ich komme«, sage ich und stütze mich auf meinen Stock. Obwohl Deven sauer auf mich ist, weicht er nicht von meiner Seite, als erwartete er, dass ich stolpere.

Anu, bitte lass nicht zu, dass meine Beine nachgeben, sonst nimmt das kein Ende.

Mit Gottes Hilfe durchquere ich das Ruderhaus selbstständig, und Ashwin geht voraus.

KAPITEL 2

DEVEN

Ich greife nach meinem Schwert hinter der Ruderhaustür und folge dem Klacken von Kalis Stock. Seit sie die Verwundungen erlitten hat, wirkt ihre große schlanke Gestalt beinahe zerbrechlich. Sie geht gebückt, und ihr verwundetes Bein zittert vor Anstrengung.

Himmel, sie ist so stur.

Ihr zu helfen wäre einfacher, wenn sie aufhören würde, meine Hilfe als ihr Scheitern zu begreifen. Sie ist nicht schwach; sie ist nur in Not. Bevor der Herr des Nichts sie mit seinem kalten Feuer attackiert hat, war Kali so strahlend wie die Sonne und verzauberte natürliches Feuer in einen riesigen bedrohlichen Drachen. Es tut weh, sie so kämpfen zu sehen.

Indah und zwei weitere Wasserwesen aus Lestari benutzen ihre Kräfte, um unser Flussschiff durch das kabbelige Deltawasser zu lenken. Ich bin auf dem sanft dahinströmenden Fluss von Seekrankheit verschont geblieben, doch von der offenen See ist mein Magen weniger begeistert. Auf beiden Seiten des Meeresarms erstreckt sich die Küstenlinie, deren alabasterfarbene Strände von Palmen gesprenkelt sind. Der Rest meiner Gruppe steht in einer Reihe an der Reling und blickt zu dem wartenden Schiff.

Das Wasserfahrzeug ist größer und geeigneter für das offene Meer mit seinem flachen Rumpf und dem hohen Bug und niedrigen Heck. Ich schätze seine Länge auf dreihundert Ellen und seine Breite auf die Hälfte davon. Außen ist es tiefblau gestrichen, und der Bug hat die Gestalt eines Seedrachens. Das Militärschiff hat einen Mast, aber weder Segel noch ein Steuerruder. Wasserwesen steuerbords und backbords bewegen das Schiff vorwärts. Hohle Zylinder sind im Heck installiert – Wasserkanonen. Die Marine von Lestari beschützt Händler und Passagierschiffe vor Piraten, die in diesen Gewässern unterwegs sind. Ein schlangenartiger Seedrache gleich dem am Bug schmückt die flatternde violette Flagge oben am Mast.

Wir erreichen das Marineschiff und stoppen längsseits des Rumpfes, an dem der Name *Enki's Heart* steht. Pons wirft die Leine zu den Seeleuten hinauf. Sie packen sie und lassen eine Strickleiter herunter. Ich klettere als Erster hinauf. Zwei ältere offiziell aussehende Männer erwarten uns auf dem tadellos geschrubbten Deck. Die Crew besteht aus Männern und Frauen, alle in weiten knielangen Hosen und Uniformjacken.

Einer der beiden Männer – er hat einen langen weißen Bart – hält einen Dreizack wie ich einen Stock halten würde. Er kaut auf etwas – einem Klumpen von etwas Grünem. Minze? Ich hörte, dass Minzekauen ein beliebter Zeitvertreib unter Seeleuten sei. Die Lestarianer betrachten mich mit ihren goldenen Augen. Ich lasse mein Schwert in seiner Scheide und erwidere ihren prüfenden Blick.

Prinz Ashwin betritt als Nächster das Deck und hilft Kali von der Leiter herunter. Ich zeige keine Regung und tue so, als würde es mir nichts ausmachen, dass sie seine Hilfe akzeptiert, doch ich würde ihn am liebsten über Bord werfen. Als ich vorhin gesehen habe, wie er sie auf die Wange küsste, hatte ich mich nur mit Mühe zurückhalten können. Eine scheinbar harmlose Geste, nur dass er die Macht hat, sie zur Ehe mit ihm zu zwingen. Sie glaubt, er wird es nicht tun, aber ich traue nicht gern jemandem, der dumm genug ist, einen Dämon zu befreien.

Yatin und Natesa kommen als Nächste an Bord. Natesa, die den Fremden misstraut, lässt eine Hand frei – für den Dolch an ihrer Hüfte. Mit seiner imposanten Gestalt und dem struppigen Vollbart sorgt Yatin dafür, dass die Lestarianer nervös von einem Bein aufs andere treten, dabei ist er äußerst sanftmütig – solange man ihn nicht provoziert.

Pons folgt den beiden, sein Blasrohr steckt in seinem Gürtel. Er ist ausgebildeter Soldat, auch wenn seine Hauptaufgabe darin besteht, Indah zu bewachen. Nachdem er ihr an Deck geholfen hat, legt der weißbärtige Mann mit dem Dreizack einen Arm um sie.

»Das ist mein Vater«, sagt Indah stolz, »Admiral Rimba, Oberhaupt der Marine von Lestari. Vater, das sind Prinz Ashwin und Kindred Kalinda.«

Der Admiral verbeugt sich. »Willkommen an Bord. Das ist Botschafter Chitt«, stellt er den unauffällig gekleideten Mann neben sich vor. »Er ist der ständige Bhuta-Emissär.«

»Bitte nennt mich Chitt«, sagt der Botschafter. Graue Strähnen durchziehen sein ansonsten kupferfarbenes Haar. Er ist groß, ungefähr so schwer wie ich, doch langgliedriger von Gestalt. Feine Muskelstränge ziehen sich über seine Unterarme, die zum Teil von seiner leichten Tunika verdeckt werden. Er mag ein Diplomat sein, doch seine Hände und Arme verraten, dass er harte Arbeit gewöhnt ist. Etwas an seinen groben Gesichtszügen kommt mir … vertraut vor.

»Kindred, ich war eine Zeit lang ein Abgesandter Eures Vaters«, sagt er. »Ich habe ihn auf mehreren Schlichtungsmissionen begleitet.«

»Sein Abgesandter?«, fragt Kali.

»Kishan war der vorherige Bhuta-Emissär«, erwidert der Botschafter. Auf der Brust von Chitts Tunika befindet sich das Symbol des Feuergotts, eine einzelne Flamme. Admiral Rimba trägt das Emblem des Wassergottes, eine Welle, auf seinem Kragen. Beide Abzeichen identifizieren sie als Bhutas.

Ich tausche einen Blick mit Yatin. Der Sultan hatte ebenfalls Bhutas in seinem Militär. Sie haben uns nicht gut behandelt.

»Ich würde irgendwann gern mehr über meinen Vater erfahren«, sagt Kali.

Botschafter Chitts Anblick weckt irgendwelche Erinnerungen, besonders als er sagt: »Es wäre mir ein großes Vergnügen.«

Indah setzt ihre Vorstellungsrunde fort, die sie mit mir beendet. »Und das ist Hauptmann Deven Naik.«

»General Naik«, stellt Prinz Ashwin richtig.

Ich zucke bei der Nennung meines neuen Ranges zusammen. Nachdem ich den Prinzen angepöbelt habe, habe ich nicht erwartet, dass er sein Versprechen halten würde, mich zum General zu machen. Und wessen General überhaupt? Wir haben keine Armee. Der einzige Soldat unter meinem Kommando ist Yatin, und mein Freund würde mir überallhin folgen, ungeachtet meines Titels. Wenn der Prinz glaubt, er kann sich bei mir einschmeicheln, ist er noch einfältiger, als ich dachte. Mein Vater war vorher der General der Armee. Unter der Regie des Rajahs massakrierte er Hunderte unschuldiger Bhutas. An seine Stelle zu treten ist weder eine Auszeichnung noch eine Ehre.

»Sehr erfreut, General Naik«, sagt Chitt und nimmt mich ebenfalls in Augenschein. »Uns wurde gesagt, Ihr hättet noch einen Passagier, ein Mitglied der Bruderschaft.«

»Er ist gestorben.« Ich werfe dem Prinzen einen wütenden Blick zu. Seinetwegen hat sich Bruder Shaan vor Sorge verzehrt. Den entfesselten Herrn des Nichts in unserer Welt zu wissen war zu viel für sein altes Herz gewesen. Ich vermisse ihn jetzt schon.

»Ist vor uns bereits jemand angekommen?«, fragt Kalinda. Pons hat auf der Suche nach Nachrichten von meiner Familie dem Wind gelauscht, doch leider vergebens. »Deven wurde von seinem Bruder und seiner Mutter getrennt. Sie und zwei Luftwesen, die zu unseren Wachen gehören, sollen sich mit uns in Lestari treffen.«

Ich bete, dass sie bereits da sind.

»Wir haben weder von ihnen gehört noch sie gesehen«, erwidert Admiral Rimba und macht damit meine Hoffnungen zunichte. Seinen Minzeklumpen kauend spricht er weiter. »Aber sie sind vielleicht heute Morgen eingetroffen. Wir werden es bald erfahren. Wir müssen jetzt aufbrechen, um die Insel bei Sonnenuntergang zu erreichen.«

Er und Indah führen uns zu einer Kabine in der Mitte des Decks. Pons schließt sich ihnen an, seine Miene ist ernster als sonst. Es ist seltsam, ihn nicht an Indahs Seite zu sehen. Prinz Ashwin und Kali folgen gemeinsam mit Chitt, der höflich Konversation über das feuchte Wetter macht.

Natesa vor mir flüstert Yatin zu: »Kommt dir der Botschafter nicht bekannt vor?«

Dann bin ich also nicht allein damit.

Ich betrete den Raum eine halbe Sekunde nach ihnen und verpasse Yatins Antwort. Mit Kissen bedeckte Bänke säumen die rechteckige Kabine, und die Türen gleiten zu, um den Wind auszusperren. Jeder sucht sich seinen Platz für die Fahrt. Natürlich nimmt Ashwin den Platz neben Kali ein. Ich sitze neben dem Ausgang und teile meine Aufmerksamkeit zwischen den Lestarianern und meiner Rani.

Die Schiebetüren sind geschlossen, die Tür zum Heck jedoch steht offen. Die Wasserwesen auf dem Deck lenken die

Enki's Heart über eine hohe Dünung, und wir gleiten auf einer langen Welle vorwärts. Ich halte mich an der Kante der Bank fest. In null Komma nichts hat das Schiff Kali in den Schlaf gewiegt. Ich bleibe wachsam, wobei ich unseren Gastgebern am wenigsten traue, aber meine Aufmerksamkeit lässt nach, als meine Eingeweide vor Übelkeit rumoren.

Alle betrachten die vorbeiziehende Landschaft, unbeeindruckt vom Schwanken unseres Bootes. Natesa und Yatin zeigen einander Seevögel und springende Fische. Mein Blick sucht an Natesas Händen den Lotusring, den Yatin für sie aufbewahrt hat. Während seiner Krankheit hatte er mich gebeten, ihn ihr in seinem Auftrag zu geben. Ich sagte ihm, er solle ihn behalten. Jetzt, da es ihm wieder gut geht, dachte ich, er würde ihr einen Antrag machen, doch Natesa trägt den Ring nicht.

Yatin sieht mich prüfend an. »Ist dir schlecht? Brauchst du einen Eimer?«, fragt er in seinem freundlichen Brummton.

»Nein, nur frische Luft.«

Ich nehme mich zusammen und verlasse die Kabine. Als ich außer Sichtweite von den anderen bin, taumle ich zur Reling und übergebe mich ins Wasser. Gischt spritzt hoch und kühlt meine Wangen. Ich entleere meinen Magen und sinke zusammen. Vor dem Bug wogt die See bis zum Horizont. Ich habe noch nie etwas so Eintöniges und Tristes gesehen.

Chitt kommt an Deck und tritt zu mir. »General, kennt Ihr Mathura Naik?«

Ich dränge weitere Übelkeit zurück. »Sie ist meine Mutter. Woher kennt Ihr sie?«

»Wir sind uns vor Jahren im Palast begegnet. Sie hatte einen kleinen Jungen mit ernstem Blick, der ungefähr so groß war.« Chitt zeigt die Größe eines kleinen Kindes. »Ohne sein Holzschwert konnte er nicht einschlafen.«

»Ihr habt Zeit im Kurtisanenflügel verbracht«, stelle ich nüchtern fest. Sie konnten sich nur dort begegnet sein. Meine Mutter war eine von Rajah Tareks Kurtisanen.

»Mathura wurde in mein Gemach geschickt.« Als Chitt den Vornamen meiner Mutter benutzt, packe ich meinen Schwertgriff. »Wir haben den ganzen Abend von meinen Reisen erzählt. Ihre Neugier auf die Welt war mitreißend.«

Tarek hatte meine Mutter gezwungen, seine Gefolgsmänner und am Hofe zu Besuch weilende Würdenträger zu unterhalten. »Ihr habt sie nicht angerührt?«, will ich wissen.

Chitts goldene Augen blitzen. Ein mächtiges Feuerwesen zu provozieren ist vielleicht nicht die schlaueste Idee. »General Naik, ich glaube, das ist eine Frage an Eure Mutter.«

»Ich werde sie ihr gewiss stellen.«

»Das hoffe ich.« Er betrachtet mich eingehend. »Ich habe gehört, Mathura hat noch einen Sohn.«

»Meinen Halbbruder Brac.«

»Ihr habt erwähnt, Ihr wärt von Eurer Familie getrennt worden. Ist sie in Gefahr?«

»Ich weiß es nicht.«

Chitt runzelt die Stirn. »Wenn wir Lestari erreichen, tue ich, was ich kann, um sie zu finden.«

»Wieso?«

»Das ist eine weitere Frage an Mathura.« Der Botschafter klopft mir auf plump vertrauliche Weise auf den Rücken. »Ihr hattet denselben ernsten Blick schon als Junge … und dieselbe Leidenschaft für Waffen.« Er betrachtet mein Schwert mit einem halben Lächeln, das mir einen Schock versetzt.

Ich gaffe Chitt hinterher, als er davongeht. Ich habe dieses Grinsen schon tausendmal bei jemand anders gesehen …

Heiliger Himmel, ich habe gerade Bracs Vater kennengelernt.

KAPITEL 3

KALINDA

Als ich erwache, stelle ich fest, dass ich allein in der Kabine bin. Die Türen sind offen, und ich sehe unsere Gruppe am Bug zusammenstehen. Deven steht an der Backbordseite, er wirkt gedankenverloren. Ich gehe zu ihm, ein wenig steif, aber ausgeruht.

»Geht es dir gut?«, frage ich.

»Es war ein seltsamer Tag.« Als niemand hersieht, streichle ich seine Hand. Er schüttelt seine Verwirrung ab und lächelt. Ich möchte meine Arme um ihn schlingen, doch der Anstand muss gewahrt werden. Deven zeigt zur Bugspitze. »Wir sind da.«

Die Nachmittagssonne fällt auf eine Mauer, die noch ein gutes Stück weit entfernt ist. Die hohe Steinwand ragt aus dem Meer auf, ist um ein Vielfaches höher als unser Schiffsmast. Ich kneife die Augen zusammen und entdecke eine Durchfahrt in der Barriere. Sie wird von einer niedrigen gewölbten Brücke überspannt, fragil wie der Faden eines Spinnennetzes.

»Was ist das?«, frage ich.

»Ein Schutzwall. Indah sagt, er führt um die gesamte Insel herum. Er schützt sie vor Eindringlingen und hohen Wellen.« Deven klingt beeindruckt, und ich bin es ebenfalls. Diese Mauer mitten im Meer ist bemerkenswert.

Eine dunkle Linie am nördlichen Horizont zieht meine Aufmerksamkeit auf sich. Admiral Rimba steht auf dem Ausguckdeck über der Kabine. Ich rufe zu ihm hinauf. »Was ist das hinter uns?«

Der Admiral wirbelt herum und blickt in Richtung Heck. Die Linie rückt ins Blickfeld – eine riesige Welle kommt beunruhigend rasch auf uns zu. Er ruft von oben seine Befehle: »Leute, volle Kraft voraus! Passagiere in die Kabine!«

»Guter Anu«, sagt Deven leise.

Wir umklammern die Reling, als die *Enki's Heart* Fahrt aufnimmt und auf die Insel zuhält. Meerwasser spritzt uns ins Gesicht, der Wind bläst mein Haar nach hinten. Die Besatzung drängt zu den Wasserkanonen. Die anderen Mitglieder unserer Gruppe und Botschafter Chitt hangeln sich an der Reling entlang zur Kabine. Deven und ich lassen die Reling los, um das Deck zu überqueren, doch das Schiff hebt und senkt sich mit jeder Welle, und der Bug lässt noch mehr Gischt aufspritzen. Trotz unserer beschleunigten Fahrt kommt die Flutwelle immer näher.

Natesa starrt auf die riesige Welle. »Wo um Himmels willen ist sie hergekommen?«

Indah stößt sie vorwärts. »Alle unter Deck!«

Deven und ich stolpern über das Deck und zusammen mit den anderen in die Kabine. Der steinerne Schutzwall voraus wird höher und größer. Hinter der Durchfahrt erkenne ich eine sichere Bucht.

Ein Schatten fällt auf das Schiff. Ich schaue durch die geöffneten Türen – und die Wasserwand stürzt auf uns herab. Die Kabine hält, doch Wasser schwappt herein und wirft uns um. Völlig durchnässt schliddere ich über den Boden.

Das Wasser weicht zurück, eine heftige kalte Strömung, die auf mich draufklatscht und an mir zerrt. Deven kriecht neben mich, sein Turban ist verschwunden. Ashwin liegt auf dem Bauch und spuckt Wasser, ist aber unverletzt. Natesa und Yatin liegen in einer Pfütze und halten sich in den Armen, während Indah und Pons sich in eine Ecke drängen.

Ein Schiff kommt in rasender Geschwindigkeit auf unser Heck zu. Der Dreimaster ist unpassenderweise in strahlendem Gelb gestrichen. Eine dunkle Wolke, in der Blitze zucken, hängt drohend über dem Schiff. Donner grollt, eine Warnung vor der drohenden Absicht des Schiffs.

»Wasserkanonen backbords!«, ruft Admiral Rimba.

Das Schiff dreht bei und verdeckt aufgrund seiner Größe den Himmel, und seine Wasserkanonen sind auf uns gerichtet. Ich wische mir Wasser aus den Augen und spähe hinauf zu der schwarzen Flagge mit dem weißen Symbol – ein riesiger Haifisch mit spitzen Zähnen.

Das Emblem der Seeräuber.

Unsere Verfolger setzen ihre Wasserkanonen ein. Salzwasser schießt durch unsere Kabinentüren und reißt eine von ihnen aus den Angeln. Deven beugt sich über mich und bekommt das Sprühwasser ab. Die gezielten Wasserströme lassen zwei unserer Kanonen ins Wasser kippen und zerstören eine dritte. Mehrere Mitglieder der Crew werden über Bord in die raue See gespült. Schreckliche Winde heulen, und das Schiff ächzt und stöhnt.

Die Seeräuber richten ihre größte Kanone auf unsere Kabine und schießen noch mehr Wasser auf uns. Deven wird von mir heruntergestoßen und zur Tür gespült. Pons packt ihn am Handgelenk, und sie werden beide aufs Deck und zur Reling geschwemmt. Pons klammert sich an eine Kiste und verhindert, dass sie über Bord gehen, doch Devens Beine hängen über die Kante.

Ich stürze aus der Kabine auf das Deck. Unter Einsatz meines Seelenfeuers schicke ich einen Feuerschwall in den Sturm. »Genug!«

Meine Flammen lassen das Wasser auf meinen Händen verdunsten. Ein Mann oben auf dem Deck des feindlichen Schiffes tritt an die Reling, um zu sehen, wer den Feuerschwall produziert hat. Botschafter Chitt tritt an meine Seite, seine Hände glühen ebenfalls.

»Was wollt Ihr, Kapitän Loc?«, ruft Chitt dem Mann auf dem anderen Schiff zu.

»Wir sind nicht an Euch oder Euren Männern interessiert, Botschafter.« Kapitän Loc zeigt auf mich. »Wir sind wegen der Kindred und dem Prinzen gekommen. Rajah Tarek hat dem eine Belohnung versprochen, der sie zu ihm zurückbringt.«

»Prinz Ashwin und Kindred Kalinda stehen unter unserem Schutz«, ruft Admiral Rimba über das Wasser zwischen den Schiffen hinweg. Obwohl das Meer sich langsam beruhigt, braut sich am Himmel ein Gewitter zusammen. »Ich schlage vor, Ihr verschwindet, bevor unsere Flotte kommt.« Er zeigt auf die Schiffe, die die Durchfahrt des Schutzwalls passieren und auf uns zukommen.

»Gebt uns den Prinzen und die Kindred, und wir verschwinden«, antwortet Kapitän Loc.

Ashwin hinter mir ist wie versteinert, aber ich kann in ihm lesen wie er in seinen Büchern. Ich wende mich an Captain Loc. »Der Prinz und ich bleiben.«

Captain Loc spricht völlig ungerührt weiter. »Kindred, Euer Gemahl verlangt nach Euch.«

Ich schleudere zur Warnung einen Feuerschwall auf sein Schiff. Der Herr des Nichts ist nicht mein Gemahl. Mein Feuer gleitet am Bug entlang und brennt eine Linie in den Rumpf. Männer bringen sich mit einem Hechtsprung vor der

Spur meines Zorns in Sicherheit. Kapitän Loc duckt sich hinter die Reling, richtet sich dann erneut auf.

Ein köstlicher Schauder, einem Entzücken ähnlich, gibt mir Kraft. Die Seeräuber fürchten meine Fähigkeiten.

Und das sollten sie auch.

Aber Kapitän Loc weist seine Crew nicht an, sich zurückzuziehen. Meine Ungeduld wächst. *Verschwinde.*

Flammen schießen aus meinen Händen hoch über das Wasser, in der Mitte weiß und an den Rändern von einem irisierenden Blassgrün. Mein Feuerschwall trifft den Schiffsmast und setzt die Flagge in Brand. Kapitän Loc ruft einen Schwall Wasser herbei, um das Feuer zu löschen, und sorgt dann dafür, dass sich schlangenartige Gebilde aus dem Wasser erheben, die er in meine Richtung lenkt.

Ich bin bereit und mit Chitt an meiner Seite mutiger als allein auf mich gestellt. Die Marineschiffe nähern sich in hohem Tempo, sind nur noch Sekunden entfernt. Sollten uns die Seeräuber kapern wollen, werden sie ihre gesamte Flotte einsetzen müssen.

Captain Loc schleudert seine Wasserströme gegen den Rumpf. Wellen klatschen an Deck, umspülen meine Füße. »Ein andermal, Kindred.« Er macht seiner Crew Zeichen, und das Schiff dreht ab, hinaus aufs offene Meer.

Ich humple über das Deck. Deven sitzt ein Stück von der Reling entfernt neben Pons und schöpft Luft. »Diese Dummköpfe«, sage ich und helfe Deven hoch. »Rajah Tarek ist *tot.*«

Deven wringt Wasser aus seiner Uniformjacke. »Ich habe immer geglaubt, niemand könnte gefährlicher sein als Tarek, bis ich dem Dämon begegnet bin, der seine Gestalt angenommen hat.«

Pons ruft eine Brise herbei, die über uns hinwegstreicht und die Nässe aus unseren Kleidern nimmt. Nachdem der Wind sich gelegt hat, sagt er: »Die Belohnung dafür, euch zurückzubringen, muss sehr hoch sein. Kapitän Loc würde es nicht riskieren, ein Marineschiff so dicht vor Lestari anzugreifen, jedenfalls nicht ohne einen entsprechenden Anreiz.«

Deven und ich tauschen einen Blick. Unser Entschluss, uns mit den Lestarianern zu treffen, hat sich bereits als nützlich erwiesen. Ich hoffe nur, unsere Begegnung mit dem Datu verläuft gut.

Die von der Insel kommenden Schiffe erreichen und umringen uns. Admiral Rimba ruft seiner Crew zu, die Seemänner aus dem Wasser zu fischen, die über Bord gegangen sind. Ein Crewmitglied schafft den Schutt beiseite, damit die anderen leichter ihre Arbeit tun können.

Deven stöhnt und lehnt sich an mich, doch dieser Klagelaut rührt von Erschöpfung und nicht von einer Verletzung her. »Ich will helfen, damit wir uns auf den Weg machen können«, sagt er. »Je früher wir an Land sind, desto besser.«

Ich halte mich länger an ihm fest als nötig. Schließlich weicht er zurück, und ich gehe widerstrebend in die Kabine, um nach den anderen zu sehen.

Chitt fängt mich an der zerstörten Schiebetür ab. »Ich würde gerne kurz mit Euch sprechen, Kindred.« Weil er mir den Weg versperrt, warte ich darauf, dass er weiterspricht. »Hatten Eure Kräfte stets diesen grünen Farbton?«

»Sie sind normalerweise in der Farbe eines Sterns, doch es geht mir in letzter Zeit nicht so gut.«

»Vielleicht ist es ja nicht von Bedeutung«, antwortet Chitt, obwohl der Ton, in dem er das sagt, etwas anderes vermuten lässt. »Jede Feuerwesenkraft ist von einzigartiger Farbe. Meine ist von einem leuchtenden Johannisbeerrot, und Euer Vater hatte ein leuchtendes Orangerot. Aber ich habe noch nie eine grüne Tönung bei einem Feuerwesen gesehen.«

Ich bin noch nie auf die Idee gekommen, mein Feuer mit dem eines anderen Feuerwesens zu vergleichen. Es gibt zu wenige davon, als dass sich eine solche Gelegenheit leicht böte. Das einzige andere Feuerwesen, dem ich je begegnet bin und mit dem ich gemeinsam gekämpft habe, ist Brac. Ich wünschte, er wäre hier, damit ich ihn fragen könnte, ob die Farbe meiner Kräfte anormal ist.

Ashwin drängt sich an Chitt vorbei und hakt sich bei mir unter. »Kalinda sollte sich jetzt ausruhen, Botschafter.«

»Natürlich. Danke für Eure Zeit, Kindred.« Chitt verbeugt sich, seine Miene wirkt noch immer besorgt.

Ashwin und ich gehen das Deck entlang und setzen uns auf eine umgekippte Kiste. Als niemand in der Nähe ist, ergreift er das Wort. »Der Angriff hat uns gegolten.« Seine leise Stimme ist voller Reue.

»Niemand ist verletzt worden.«

»Den Göttern sei Dank. Glaubst du, wir sind sicher in Lestari?«

Ich blicke zu der mächtigen Steinmauer, die sich in der Ferne erhebt. »Beten wir dafür.«

Um einem Matrosen Platz zu machen, der das Deck säubert, rückt Ashwin näher zu mir. Ich sollte Abstand zu ihm wahren, doch die Berührung des Prinzen mindert die Kälte in meinem Innern.

Seit mich der Herr des Nichts damit befleckt hat, trage ich seine dunklen Kräfte wie ein unsichtbares Brandzeichen in mir. Ich habe ihm gesagt, dass ich nichts mit ihm gemein habe. Ich bin eine Bhuta, eine Halbgöttin, also muss ich *gut* sein. Welches Übel auch immer er in mich eingepflanzt hat, es kann mein Erbe nicht verändern. Doch etwas stimmt nicht. Meine Kräfte sind anders, und das nicht nur, was ihre Farbe angeht. Ich habe mich … weniger unter Kontrolle.

Während ich mich an Ashwin lehne, schaue ich aufs Meer und versuche, nicht an das zu denken, was sich unter meiner Haut befindet.

Die Schiffe segeln in einer langen Reihe auf die gigantische Steinmauer zu. Seevögel kreischen über der Prozession, einige von ihnen nisten in der zerklüfteten Felswand. Die *Enki's Heart* verlangsamt ihre Fahrt, und wir warten, bis wir dran sind, um bei Niedrigwasser unter der Brücke hindurchzufahren.

Wasserkanonen sind auf der Überführung angebracht und zielen auf die offene See. *Sie sind größer als die der Seeräuber,* denke ich. Sie sollten die Seeräuber abwehren können.

Die *Enki's Heart* gleitet auf die Durchfahrt zu, um sie als nächste zu passieren. Soldaten beobachten uns vom Wachhaus auf der Brücke aus, und dann gleiten wir unter ihnen ins Dunkel des Brückengewölbes. Ich erkenne Runen, die in das Mauerwerk geritzt sind.

»Was bedeutet das?«, fragt Ashwin neben mir.

»Wasser in unserem Blut«, antworte ich, während ich die alte Schrift lese. Ich habe diese Zeile einmal in einem Buch über Bhutas gesehen. Die Menschheit ist nach den Ebenbildern der Götter erschaffen worden – der Himmel in unserer Lunge, das Land unter unseren Füßen, das Feuer in unseren Seelen und das Wasser in unserem Blut. Ashwin verzieht das Gesicht angesichts der Zeichen. Das letzte Mal, als er Runen gelesen hatte, war die Entfesselung des Herrn des Nichts die Folge gewesen.

»Es tut mir leid«, sage ich. »Ich habe nicht nachgedacht.«

Bevor er antworten kann, fahren wir in eine blau schimmernde Bucht ein. Eine grüne Insel liegt auf der anderen Seite des Wassers. Die Stadt Lestari erhebt sich in erhabener Vornehmheit aus dem Meer. Ein Labyrinth von Wasserwegen schlängelt sich unterhalb malerischer Häuser entlang, die auf Plattformen errichtet und an Pfählen am Strand verankert sind. Dicke Säulen, riesige Fenster und großzügige Terrassen reihen sich auf sämtlichen Ebenen der versetzt angeordneten Gebäude aneinander. Palmen blühen auf Flecken von weißem Sand. Brücken führen über die azurblauen Zuflüsse und verbinden die Stadtbereiche miteinander, ohne die Gezeiten zu stören.

Der Perlenpalast, das große Herzstück der Südlichen Inseln, erhebt sich in den Sonnenuntergangshimmel mit spindeldürren Turmspitzen, die wie das Innere einer Auster glänzen. Während ich ihn betrachte, entzünden Bewohner Fackeln, um die Straßen und Häuser zu beleuchten, die sich im schwindenden Tageslicht verdunkeln.

Unser Schiff gleitet einen Hauptkanal entlang auf das Herz der Stadt zu, vorbei an Wassermühlen, die Textil- und Papierfabriken mit Antriebskraft versorgen, und Kornmühlen. Die Lestarianer setzen ihre Ressourcen umsichtig ein, wobei ich vermute, dass sie kontinuierlich von Wasserwesen unterstützt werden. Eine Frau steuert eines der Wasserräder, indem sie den Wasserstrom auf die Radleisten lenkt.

Auf der gegenüberliegenden Uferseite findet ein Markt statt. Die Meeresbrise lässt orangefarbene und lindgrüne Markisen flattern, die über den Ständen gespannt sind. Händler offerieren eine Vielzahl verlockender Dinge, von bemalter Töpferware bis zu reifen Bananen. Fisch hängt von Querleisten und trocknet in der Abendsonne, während Käufer vor Einbruch der Dunkelheit ihre Waren erwerben. Kleidung und Gesichter sind sauber. Alles in Lestari ist so makellos wie eine perfekt runde Perle.

Die Wasserstraße führt uns durch die offenen Tore des Perlenpalastes, wo die *Enki's Heart* gegen die Anlegestelle stößt. Ein mittelgroßer alter Mann, ganz in Weiß gekleidet, wartet dort. Mehrere Wachen, ebenfalls in Weiß, stehen an seiner Seite. Die grauen Haare des Mannes fallen ihm bis über die Schultern, und eine Kette aus rosafarbenen Muscheln liegt um seinen Hals. Seine sonnengegerbte Haut ist so tiefbraun wie brüchiges Leder.

Unsere Gruppe geht von Bord, und Admiral Rimba führt Ashwin und mich zu dem grauhaarigen Mann in Weiß. Mein verwundetes Bein tut weh. Ich habe meinen Stock auf dem Boot gelassen, um den Eindruck zu vermeiden, dass die Kindred des Tarachandischen Reiches und zweifache Turniersiegerin nicht ohne Hilfe laufen kann.

Admiral Rimba macht eine elegante tiefe Verbeugung. »Datu Bulan, wir bringen Euch Prinz Ashwin und Kindred Kalinda.«

»Ich habe Augen, Admiral«, erwidert der Datu und zieht angesichts meiner leicht gebückten Haltung eine buschige Braue hoch. Er ist kein großer Mann. Sogar gebeugt überrage ich ihn. »Willkommen in Lestari, dem Juwel der Südlichen Inseln.«

Meine Körperhaltung verschlimmert die Unzulänglichkeit meines Beins. Ich spreche, um mein Unwohlsein zu verbergen. »Habt Dank für Eure Gastfreundschaft. Sind andere Mitglieder unserer Gruppe vor uns hier eingetroffen?«

»Bisher nur Ihr«, antwortet der Datu und entblößt eine Lücke zwischen seinen Vorderzähnen.

Wie so oft, steht Ashwin aufrechter, wenn ich an seiner Seite bin. »Wir wünschen uns nichts mehr, als die Geschehnisse in Iresh zu besprechen.«

Der Blick, den der Datu auf den Prinzen richtet, ist kühl. Ich habe bisher nur Deven Ashwin mit einer solchen Verachtung anschauen sehen. »Wir bereiten Abendessen für Euch und Eure Viraji. Doch bringen wir Euch zuerst zu Euren Gemächern.«

Ich erschrecke bei der formellen Bezeichnung für mich, und aus dem Augenwinkel sehe ich, wie Deven erstarrt. Niemand hat mich Viraji – auserwählte Königin – genannt, seit Tarek mich zu seiner letzten Rani ernannt hat.

»Datu Bulan«, sage ich, »da liegt ein Irrtum vor. Ich bin nicht …«

»Kalinda geht es nicht gut genug, um hier noch länger zu stehen«, beendet Indah meinen Satz. »Es war ein Martyrium, den Thron mithilfe der Turniere zu retten. Ich bestehe darauf, dass sie sich ausruht.«

Datu Bulan legt eine väterliche Freundlichkeit an den Tag. »Dann lasst uns gehen.«

Ashwin weicht zurück. »Datu, darf ich vielleicht Eure Bibliothek benutzen?« Er hat die Absicht, Recherchen über den Herrn des Nichts anzustellen. Bhuta-Kräfte können dem Dämon nichts anhaben, weshalb wir einen anderen Weg finden müssen, ihn aufzuhalten.

Der Datu sperrt sich weder gegen die Bitte des Prinzen, noch ändert sich seine finstere Miene. »Wie Ihr wünscht.«

Admiral Rimba tritt vor. »Pons kann den Prinzen begleiten.«

Deven erhebt keinen Einwand dagegen, Ashwin in Pons' Obhut zu lassen, doch Indah ergreift das Wort.

»Muss es Pons sein, Vater? Wir sind gerade erst angekommen.«

»Der Botschafter und ich müssen uns unseren Aufgaben widmen«, weist er sie in ihre Schranken. »Irgendwelche Einwände, Pons?«

Pons legt mit vorgerecktem Kinn die Arme am Körper an. »Nein, Sir.« Er wendet sich an Ashwin. »Euer Majestät, wenn Ihr mir folgen wollt, zeige ich Euch den Weg zur Bibliothek.«

Als sich Ashwin zum Gehen wendet, wird mir schlagartig bewusst, an einem neuen, unbekannten Ort zu sein.

»Sehen wir uns bald?« Meine Frage klingt wie ein Befehl. Distanz zwischen Ashwin und mir hat mich zuvor nicht beunruhigt, doch das Engegefühl in meiner Brust will nicht weichen.

»Ich suche Euch später in Eurem Gemach auf«, verspricht Ashwin und geht mit Pons davon.

Meine Beklemmung verschwindet … bis ich Devens Seitenblick bemerke. Ich weiß nicht, was in mich gefahren ist, ich weiß nur, dass ich mich in Gesellschaft unserer Verbündeten nicht so wohlfühle wie erwartet.

Admiral Rimba geht in Begleitung von Chitt, und Datu Bulan schlurft in Sandalen, die ihm zu groß sind, den Hauptweg entlang. Eine violette Flagge mit einem Meeresungeheuer darauf hängt über dem Torbogen. Pastellfarbene Muscheln bedecken die elfenbeinfarbenen Wände und Lampen. Weitere Flaggen hängen von der gewölbten Decke, Zeichen der Erhabenheit, die dem neutralen Dekor etwas entgegensetzen.

In der Mitte der Eingangshalle lässt vom zweiten Stockwerk aus ein Springbrunnen seine Kaskade zwischen den beiden Treppenaufgängen herabregnen. Der Datu bleibt vor dem Sockel des Brunnens stehen, damit wir die lebensgroße Skulptur Enkis, die auf einem Seedrachen reitet, betrachten können. Die geschmeidige schlangenhafte Gestalt ist zur Hälfte in die kleinen Stromschnellen getaucht. Die Göttin hält einen Dreizack in einer Hand, und ihre Arme öffnen sich hin zu einem Archipel der Südlichen Inseln.

Ich erkenne die Darstellung der Legende aus einer Geschichtsstunde bei der Schwesternschaft wieder. »Diese Szene stellt die Schöpfung der Inseln dar.«

Datu Bulan lächelt und zeigt dabei seine Zahnlücke.

»Stimmt genau, Kindred. Wir erzählen unsere Schöpfungsgeschichte jedes Frühjahr bei der höchsten Flut.«

»Wollt ihr sie uns erzählen?«, fragt ihn Natesa. »Ich habe im Unterricht nicht so gut aufgepasst wie Kalinda.« Yatin gibt ein tiefes Lachen von sich, und Natesa stößt ihn in die Seite, damit er schweigt. Sie war im Kampfring fleißiger als im Klassenzimmer.

Datu Bulan blickt hinauf zu der Skulptur der Wassergöttin. »Unsere Insel ist beinahe so alt wie Enki selbst. Unsere Vorfahren lebten zufrieden am Wasser, bis die Götter die tödlichen Gefilde für das Jenseits hinterließen. Sobald Enki aufbrach, tobte das Meer. Dörfer und Ackerland wurden überflutet.«

Ich höre aufmerksam zu. Mit seinem Akzent ist er nur schwer zu verstehen, das L und das R spricht er verwaschen aus oder verschluckt es gänzlich. Indah und Pons haben ebenfalls einen Akzent, aber ihrer ist schwächer.

»Die Inselbewohner fürchteten um ihr Leben, doch sie liebten ihr Zuhause und wollten nicht aufs Festland fliehen. Sie versammelten sich an der Küste und stellten sich gegen die Wellen. Das Meer wartete darauf, dass sie ihm den Rücken kehrten, um sie hinterrücks fortzureißen, aber die Inselbewohner blieben standhaft und beteten zu Enki, sie zu retten. Als sie sah, dass sie sich nicht wegbewegten, bändigte sie das Meer und zog die hohe Flutwelle von den Bewohnern weg. Während der Abwesenheit des Wassers erhoben sich weitere fruchtbare Inseln vom Meeresgrund, damit sie sie bebauten und bepflanzten.« Der Datu benetzt seine Fingerspitzen in dem Brunnen. »Wir bringen Enki noch immer täglich Opfer dar. Im Gegenzug schützt sie uns vor den Fluten.«

Ich erinnere mich an Enkis wunderschöne, jedoch unerschütterliche Haltung, und wie ihre offenen Arme mich auffordern, zu glauben.

Datu Bulan macht uns Zeichen, weiterzugehen. Wir folgen ihm die große Treppe hinauf und einen breiten Gang entlang. Radierungen über den Türöffnungen ziehen meine Aufmerksamkeit auf sich. Die göttlichen Tugenden – Gehorsam, Dienstbarkeit, Brüderlichkeit, Demut und Toleranz – schmücken jede Türschwelle. Die Tempelschwestern betonten die Schwesterlichkeit anstelle der Brüderlichkeit, doch ansonsten sind die Tugenden, nach denen wir in Tarachand streben, die gleichen.

Natesa sieht sie ebenfalls. »Wieso werden die göttlichen Tugenden über jeder Schwelle dargestellt?«

Der Datu bleibt stehen. »Um uns an unseren frommen Weg zu erinnern.« Er geht durch eine Tür, und wir folgen ihm.

Das geräumige Zimmer öffnet sich zu einer Terrasse und einem Balkon hin und lässt den Salzgeruch des Meeres herein. Wasser rinnt an einer Wand herab in ein tiefes Becken. Das herabströmende Wasser kühlt den Raum. Das Mobiliar ist aus strapazierfähigen Gräsern und Treibholz gefertigt, und dünne weiße Laken bedecken das Bett. Deven läuft hin und her und überprüft die Sicherheit. Ich weiß bereits, dass ihm die Terrasse nicht gefällt; jemand könnte viel zu leicht unbemerkt hereinschlüpfen.

»Das ist hübsch«, sage ich.

Datu Bulan hebt meine Hand an seine Lippen. »Alles für die zweifache Turniersiegerin. Ich würde alle meine Perlen gegen Haar wie Eures in meiner Sammlung eintauschen.«

»Äh … danke.«

»Es ist ein Kompliment, Viraji. Ich sammle seltene und wertvolle Schätze.« Bulan hebt sein Muschelhalsband hoch, damit ich es besser sehen kann. »Ich habe einen Eimer voll mit schwarzem Diamantsand gegen sie eingetauscht. Man findet sie nur in der Nordsee.«

Ich berühre eine der glatten rosafarbenen Muscheln. »Sie sind auserlesen.«

»Nicht so auserlesen wie Euer Haar.« Datu Bulan äußert diese Schmeichelei mit größter Aufrichtigkeit, so als gäbe es nur wenige Dinge auf der Welt, die ihn mehr beeindrucken könnten als seine Muschelkette. Dann legt er seine Hände auf den Rücken, nickt zum Abschied und geht hinaus, wobei er mit seinen übergroßen Sandalen über den Boden schlappt.

Was für ein eigentümlicher Mensch!

»Yatin und ich werden hier schlafen«, sagt Deven. Er steht neben den Sofas auf der Terrasse.

»Die Kindred ist sicher«, beruhigt Indah ihn. »Wir sind ein friedliches Volk.«

»Unser Volk war das auch einmal.« Deven tritt an die Balkonbrüstung und betrachtet die unten liegende Stadt in der Dämmerung.

»Gehen wir in mein Zimmer.« Natesa packt Yatin bei der Hand und zerrt ihn zu einem Vorraum.

Ich setze mich an den Tisch aus Treibholz und schlinge mir eine Decke um die Schultern, um die innerliche Kälte zu lindern. Indah streift ihre Sandalen ab und legt die Füße hoch. Die feuchte Luft lässt ihre braune Haut glänzen und ihr welliges dunkles Haar voller aussehen.

»Wieso glaubt der Datu, dass ich Ashwins Viraji bin?«, frage ich leise.

»Er nimmt an, Ihr heiratet den Prinzen, weil Ihr das Turnier gewonnen habt.« Indah blickt an mir vorbei zu Deven und senkt die Stimme. »Bulan ist anders als Rajah Tarek. Er war nur ein Mal verheiratet, und das aus Liebe. Seine Frau ist vor vielen Jahren gestorben. Ihr einziges Kind, die Prinzessin, wird den Thron erben.«

Ein weiblicher Erbe? Tarek hätte seinen Thron niemals

einer seiner Töchter überlassen. Er betrachtete Frauen als Beiwerk, Dienerinnen, *Dinge*.

»Prinzessin Gemi ist wie ihre Mutter ein Erdwesen. Sie wird die erste Herrscherin der Südlichen Inseln und unsere erste Bhuta-Herrscherin nach langer Zeit. Bulan glaubt, dass Bhutas und Frauen an der Macht sein sollten, um unsere Herrschaft zu verändern.«

Das erklärt seine Distanziertheit gegenüber dem Prinzen. »Mag er Ashwin nicht, weil er sterblich ist?«

»Nein, Bulan kennt ihn nicht so gut wie Ihr. Ashwin wurde von der Bruderschaft umsorgt, bis Tareks Tod ihn zwang, sich der Wirklichkeit zu stellen. Unsere Informanten überwachen euch, seit ihr Samiya verlassen habt. Der Datu will Euren Leuten helfen, aber nur, wenn *Ihr* ein Teil des neuen Reiches werdet.«

Bulan will uns nur helfen, wenn ich bereit bin, den Prinzen zu heiraten. Ich muss Indah nicht sagen, dass eine Verbindung mit Ashwin in meinem zukünftigen Leben nicht vorgesehen ist. Sie hat gesehen, wie nah ich Deven stehe. Ich blicke in seine Richtung. Er verweilt noch immer außer Hörweite an der Balkonbrüstung. »Ich werde Teil des neuen Reiches sein, aber nicht als Ashwins Frau.«

»Ihr müsst ihn nicht heiraten«, erklärt Indah. »Lasst nur den Datu in dem Glauben, er sei Euer Auserkorener.«

Als ich überlege, was ich tun muss, um die Illusion aufrechtzuerhalten, dass ich Ashwins Viraji bin, ziehen sich meine Eingeweide zusammen. Ich möchte Bulan nicht anlügen, aber vielleicht kann ich seine Annahme einfach so stehenlassen … »Was ist mit Euch und Pons?«, frage ich, um das Thema auf sie zu lenken. »Wollt Ihr heiraten?«

Indahs goldene Augen verdunkeln sich. »Mein Vater steht unserer engen Bindung ablehnend gegenüber.«

»Wieso ist Pons dann Eure Wache?«

»Er ist nicht meine Wache. Er ist der Luftwesen-Tugendwächter des Datu. Bulan mag, wie wir zusammenarbeiten, weshalb wir häufig den gleichen Auftrag bekommen.«

Tugendwächter sind Bhutas, die das physische und geistige Wohlbefinden der Menschheit überwachen und beschützen. Ich hatte angenommen, dass Pons Indahs Wache sei, weil er sich stets in ihrer Nähe aufhält, doch es ergibt einen Sinn, dass er als Tugendwächter der Südlichen Inseln dient. Indah hat ihn stets gleichwertig behandelt.

Sie schlüpft in ihre Sandalen und steht auf. Ich wollte sie mit meiner Neugier nicht verjagen. »Ich lasse den Heiler kommen, von dem ich Euch erzählt habe. Er wohnt auf einer der vorgelagerten Inseln und sollte morgen mit dem Boot ankommen. Meine Mutter ist ebenfalls unterwegs, im Auftrag des Datu. Mein Vater sagt, sie wird nicht rechtzeitig zurück sein, um Euch und den Prinzen kennenzulernen.«

Indah erzählte mir, dass ihre Mutter als Feuerwesen-Tugendwächterin des Datu dient. Alle vier Einheiten von Bhutas arbeiten hier zusammen. »Trefft Ihr sie bald?«

»Ich habe Zeit mit ihr verbracht, bevor ich nach Iresh gegangen bin. Wir sehen uns in Bälde wieder.«

Indah wendet sich zum Gehen, doch ich rufe ihr zu: »Ist Lestari wirklich so sicher?« Der Wellenbrecher ist hoch und stark, aber der Palast und die Stadt werden viel weniger bewacht als alle anderen Paläste und Städte, die ich bisher besucht habe.

»Ihr seid genauso sicher wie der Rest von uns.« Ihr Stirnrunzeln überschattet ihre Zusicherung. Erst als sie gegangen ist, wird mir die Bedeutung klar.

Niemand ist sicher, solange der Herr des Nichts in unserer Welt ist.

Erfüllt von Unbehagen humple ich zu Deven hinaus auf den Balkon. Es fällt mir schwer zu glauben, dass die Seeräuber keinen Zugang zur Insel finden sollen. Der Dämon-Rajah hat sie bestimmt entsprechend motiviert, es zu versuchen.

Deven betrachtet aufmerksam die Stadt und registriert jede Schwäche der Festungsanlage. Lestari ist von üppigem Grün umgeben, so ganz anders als das in einer Wüste liegende Vanhi, aber ebenso isoliert wie die Alpanas, wo ich aufgewachsen bin. Ich vermisse mein Zuhause noch immer, vor allem wenn ich an meine beste Freundin Jaya denke. Dann muss ich auch an ihren Tod denken, und das tut zu sehr weh, um lange bei der Erinnerung zu verweilen.

Ich sehe Devens Puls in seinen Schläfen pochen, und sein Kiefer ist angespannt. Bestimmt denkt er an seine Familie. Ich schiebe meine Hand dichter zu seiner auf dem Geländer. Er streckt seinen kleinen Finger nach mir aus. Ich blicke nicht auf unsere winzige Verbindung, doch sein Kiefer lockert sich, und mein verkrampfter Magen entspannt sich.

Natesa kommt wieder in mein Zimmer gestürmt. »Mein Vorzimmer ist riesig!« Sie hat Yatin im Schlepptau, seine Haare zerzaust und sein Hemd zerknittert, so als hätten sie sich geküsst. »Im Frisiertisch sind Schminkutensilien, und im Schrank hängen Gewänder aus Seide. Ich werde dir helfen, dich ein wenig zurechtzumachen, Kalinda. Wir dürfen nicht zulassen, dass die Lestarianer denken, unsere Ranis seien nachlässig.« Nur Natesa gelingt es, jemandem ihre Hilfe anzubieten und gleichzeitig Kritik an ihm zu üben. »Wann gibt es Abendessen?«

»Bald, hoffe ich«, antwortet Yatin und klopft sich auf seinen flacher gewordenen Bauch.

Natesa nimmt ihn und Deven am Arm und führt die beiden Männer zur Tür. »Ihr müsst jetzt gehen.« Yatin tut dies freiwillig, doch Deven rührt sich nicht vom Fleck.

»Wir können auf der Terrasse warten …«

Natesa schubst ihn hinaus, schließt die Tür und wirbelt herum. Sie lässt ihren kritischen Blick über mich gleiten. »Hoffen wir, dass das Abendessen verspätet beginnt.«

Ich verkneife mir eine Retourkutsche – ich hüte mich, ihr Widerworte zu geben, wenn sie vorhat, mich aufzuhübschen.

Während Natesa im Schrank nach einem passenden Kleidungsstück für mich sucht, das ich zum Abendessen tragen kann, setze ich mich an den Frisiertisch vor den Spiegel. Meine Wangenknochen stehen deutlicher hervor als sonst, und meine Haut ist von einer fahlen Blässe. Natesa hat recht. Sie muss mich dringend zurechtmachen.

Einen Moment lang blitzen meine Augen in einem Saphirblau auf. Ich blinzle und betrachte mein Spiegelbild genauer. Meine Augen haben wieder ihre gewohnte dunkelbraune Farbe, ein deutlicher Kontrast zu meinem blassen Gesicht, doch die Erinnerung ist noch da.

Ihr seid genauso sicher wie alle anderen.

Bin ich das wirklich? Der Herr des Nichts ist weit weg, doch ein Teil von ihm ist genau hier. In mich eingepflanzt.

Ich lege die Hände an mein Gesicht. Bevor der Herr des Nichts sein kaltes Feuer in mich strömen ließ, waren meine Kräfte immer besser und stärker geworden. Ich beherrschte das Seelenfeuer und das natürliche Feuer. Lauffeuer erloschen auf meinen Befehl hin. Flammen wurden zu meinen Füßen zu Glut. Ich habe einen Feuerdrachen heraufbeschworen und bin auf seinem Rücken geritten. Daher sollte ich ein blaues Blitzen in einem Spiegel nicht fürchten. Und wenn ich es mir nur einbilden würde, könnte ich es leicht übersehen. Doch Furcht hat ein langes Gedächtnis, und die Kälte in mir will nicht verschwinden.

KAPITEL 4

DEVEN

Yatin steht gegenüber von Kalis Tür Wache. Mit starrem Blick, die Arme eng angelegt, stehen wir Posten. Auf dem Flur ist es ruhig, was mir erlaubt, in Gedanken zu Indahs und Kalis Gespräch von vorhin zurückzukehren. Sie glaubten, leise zu reden, doch ich habe genug mitbekommen. Der Datu vertraut Kali – eine weise Entscheidung. Aber Kali ist nicht die Auserwählte des Prinzen, und der Datu sollte sie nicht drängen, sich für ihn zu entscheiden, oder sie zwingen, zwischen uns zu wählen. Das ist der eigentliche Grund, weshalb ich ihr nicht meinen Willen aufgezwungen habe. Ich werde ihr nicht meine Zukunft darbieten, nur um einen anderen Mann auszustechen oder aus Angst davor, sie zu verlieren. Wenn ich Kali darum bitte, ihr Leben mit mir zu verbringen, geschieht das rein aus Liebe.

Der Gedanke an einen Antrag erinnert mich an etwas … ich blicke misstrauisch zu Yatin. »Was ist mit deinem Lotusring passiert? Hast du ihn verloren?«

»Nein.«

Ich warte ab, dass er weiterspricht, doch er schweigt. »Hast du es dir anders überlegt und willst ihn Natesa gar nicht geben?«

»Nein.«

Seine einsilbigen Antworten ärgern mich. Yatin und Natesa dürfen zusammen sein. Ihnen steht nichts im Weg. Ich bete jeden Tag dafür, dieses Maß an Freiheit für Kali und mich zu erlangen. Wieso zögert er noch?

Indah kommt den Flur entlang, sie ist ganz in Weiß, der bevorzugten Kleiderfarbe im Perlenpalast. Ich kenne sie noch nicht lange, doch ich sehe ihr an, dass sie müde ist. Ich klopfe an die Tür, warte einen Moment und öffne für sie. Ich sehe, wie Natesa Kalis weiß-goldenes Gewand zurechtzupft. Ihr Haar glänzt vom Bürsten und ihr Gesicht ist, abgesehen von dem Rouge auf ihren Wangen, ungeschminkt. Ich trete ein, ganz benommen von ihrer Anmut.

»Ihr seht atemberaubend aus, Kalinda«, sagt Indah.

»Ihr auch«, entgegnet Kali.

»Was meint Ihr, General?«, fragt Natesa und lächelt schelmisch. Sie weiß genau, wie sie mein Blut in Wallung bringt.

Ich räuspere mich. »Äh, ja. Atemberaubend.«

Kali senkt ihre mit Kajal umrandeten Lider, und ihr dunkles Haar fällt in seidigen Wellen über ihre schmalen Schultern. »Gibt es Nachrichten aus Iresh, Indah?«

»Ich habe mit dem Datu gesprochen«, antwortet Indah. »Deven, würdet Ihr bitte die Tür schließen?« Meine Eingeweide krampfen sich zusammen, als ich Yatin ausschließe und meine Aufmerksamkeit auf Indah richte … und den Teil von mir blockiere, der gern mit den Lippen über Kalis Wange gestrichen wäre. »Da es zu gefährlich war, Kundschafter nach Iresh zu schicken, haben Luftwesen von der Küste aus gelauscht. Laut ihren Angaben haben die Flüchtlinge unter der Führung des Herrn des Nichts die Herrschaft in der Stadt übernommen. Er und seine Soldaten rüsten sich für den Abmarsch.«

Genau das war meine Angst. Der Dämon-Rajah plündert Iresh, um seine Truppen mit Nahrung, Kleidung und Waffen zu versorgen. Sobald er sich alles, was brauchbar ist, unter den Nagel gerissen hat, werden sie nach Vanhi marschieren.

»Der Herr des Nichts hat Kalinda und Prinz Ashwin zu Verrätern erklärt. Er hat jedem Seeräuber zehntausend Münzen geboten, der sie zurückbringt. Falls Kalinda und der Prinz nach Tarachand zurückkehren, haben die Soldaten des Reiches den Befehl, sie festzunehmen.«

»Ich kenne mindestens zwei Soldaten, die diesem Befehl nicht gehorchen werden«, sage ich und meine damit Yatin und mich.

»Schon gut, Deven«, sagt Kali eher erschöpft als wütend. »Die Menschen haben meine Bhutanatur stets abgelehnt. *Das* habe ich vorausgesehen. Aber Ashwin ist ihr Herrscher. Sie brauchen ihn. Wir alle tun das.«

Ihre Loyalität ihm gegenüber versetzt mir einen Stich. Braucht Kali Ashwin mehr als jeder andere Bürger des Tarachandischen Reiches?

Prinz Ashwin kommt herein und geht direkt auf Kali zu. Er hat seine Kleidung gegen die lokal bevorzugte Männerkleidung eingetauscht: weite Hosen und eine leichte Tunika mit einem tiefen Ausschnitt. Pons ist nicht bei ihm, und ich habe ihn auch nicht auf dem Flur gesehen.

»Die Palastbibliothek ist größer als die des Sultans«, berichtet Ashwin. »Ich habe bereits mehrere Texte gefunden, die ich während meines Aufenthalts hier durcharbeiten möchte.«

Kali ergreift seine Hand. Ich zwinge mich, nicht die Zähne zusammenzubeißen. *Sie sind Freunde, Familie, gemeinsame Herrscher. Nicht mehr.*

»Wir haben Neuigkeiten aus Iresh«, sagt sie. »Der Dämon-Rajah hat uns zu Verrätern erklärt.«

Ashwin spannt sich an, aber sie hält noch immer seine Hand. Wieso überrascht ihn das? Wir sind nach Lestari gekommen, um einen Plan gegen den Dämon-Rajah auszuhecken. Selbst der echte Rajah Tarek würde seinen Sohn dafür denunzieren.

Der junge Prinz ist ein Idealist, und dazu noch dumm. Wenn er nicht bald anfängt, sich wie der Anführer, den wir brauchen, zu verhalten, wird Bruder Shaan nicht unser einziger Toter bleiben.

»Er kriegt uns nicht«, verspricht Kali. »Wir werden ihm zuvorkommen.«

Aus dem Augenwinkel nehme ich wahr, dass sich auf der Terrasse ein Schatten bewegt. Ich gehe hinaus, um nachzusehen.

»Aber wie? Ich darf keinen Dämon töten.« Prinz Ashwin streicht sich das Haar zurück. »Vielleicht sollten wir uns ergeben und dadurch dem Volk Leid ersparen.«

»Nein«, weist Kali diesen Vorschlag entschieden zurück. »Wir werden eine Möglichkeit finden, ihn in das Nichts zurückzuschicken.«

Eine kleine Gestalt versteckt sich um die Ecke, presst sich eng an die Mauer. Ich greife nach hinten, packe mein Schwert und richte es auf den Eindringling.

Eine junge Frau springt hervor und schwingt ihre Fäuste. Sie stampft mit dem Fuß auf, und der Boden beginnt zu vibrieren. Ich stolpere rückwärts. Sie versucht, über das Geländer zu springen, doch ich packe sie an ihrer Uniformjacke und reiße sie herum.

Sie ist nicht älter als zwanzig. Sie trägt eine schwarze Uniformjacke über Hosen – Männerkleidung – und ist von kräftiger, aber schlanker Statur. Sie wirkt kampfbereit. Ihre nackten Füße sind mit Hennamustern, den Mondphasen, verziert, und ihre Zehennägel sind granatapfelrot lackiert.

»Prinzessin Gemi?«, fragt Indah.

Ich lasse die Prinzessin los und senke mein Schwert. »Hat Euer Vater Euch geschickt?«

Sie schnaubt. »Nein. Er glaubt, ich mache mich für's Abendessen fein.«

»Eure Hoheit«, sagt Ashwin, »ich bin Prinz Ashwin von Tarachand.«

Die Prinzessin reckt ihr spitzes Kinn, aus weit auseinanderstehenden Augen sieht sie ihn unbeeindruckt an. »Seid Ihr inzwischen der Rajah?«

»Formal gesehen darf ich den Titel erst tragen, wenn ich eine Gemahlin habe.«

»Mich werdet Ihr nicht heiraten«, verkündet die Prinzessin, was beinahe wie eine Drohung klingt. »Es ist mir egal, wie gern mein Vater Handelsbeziehungen mit dem Reich wieder aufnehmen würde.«

»Wir sind aus einem anderen Grund hier.« Kali tritt neben Ashwin, eine leichte beschützend wirkende Bewegung, die ich sowohl bewundere als auch verabscheue. »Ich bin Kalinda.«

Prinzessin Gemi schnaubt erneut verächtlich. »Ihr seid die zweifache Turniersiegerin? Ihr seid ja dünner als ein Zweig.«

»Das hat man mir schon des Öfteren gesagt. Spioniert Ihr alle Eure Gäste aus?«

»Nur diejenigen, die zu dämlich sind, mich zu erwischen.« Prinzessin Gemi wendet ihre Aufmerksamkeit mir zu. Sie hat den gleichen starken Akzent wie ihr Vater. »Mir wurde gesagt, dass Soldaten des Reiches knapp zwei Gezeiten bis zum Vollmond entfernt sind. Ihr seid …?«

»Deven Naik.« Ich unterschlage meinen militärischen Rang, um den Prinzen zu ärgern. Er belohnt mein Bemühen mit einem finsteren Blick.

Die Prinzessin schwingt ihr Bein über das Geländer. »Ich reserviere Euch einen Platz neben mir beim Abendessen, Deven.« Ihr Grinsen erinnert mich an Brac. Und wie bei Brac verbirgt sich unter ihrer Arroganz ein unbeugsamer Freiheitswille. Ich habe den Wunsch, ihr Grinsen zu erwidern, doch Prinzessin Gemi springt in den Garten und stürmt davon.

»Sie ist …«, Kali sucht nach dem passenden Wort, »dynamisch.«

Ich stecke meinen Khanda weg. »Wohl wahr. Eine beherzte Person.«

Kali schenkt mir einen beunruhigten Blick. Ich erwidere ihn. Die Prinzessin war schroff, fast unhöflich, doch dem Anschein nach harmlos. Ich kann schlechtes Benehmen besser ertragen als Idealismus. Ashwin sollte Unterricht in Sachen Autorität bei der Prinzessin der Südlichen Inseln nehmen.

Der tiefe Klang eines Horns ruft uns zum Abendessen. Indah sagt, er käme von einer Muschel, obwohl es eher wie ein Elefant mit einer schweren Erkältung klingt.

Wir versammeln uns auf einer Terrasse, von der aus man die Bucht überblicken kann. Mondlicht schimmert silbern auf dem Wasser, und die Blätter rauschen in der Brise. Sternenförmige gelbe Blumen wachsen entlang des Fußwegs, und ihre hellen Blätter sind wie Lichtpunkte außerhalb des Lichtscheins vom Kronleuchter. Der Datu macht uns Zeichen, uns an den Tisch zu setzen. Kali und Prinz Ashwin nehmen die Plätze neben ihm ein, und ich setze mich zwischen die Prinzessin und Botschafter Chitt.

»Gemi«, sagt der Datu, »hattest du keine Zeit, dich vor dem Mahl mit unseren Gästen umzuziehen?«

Sie trägt noch immer den schwarzen Uniformrock und Hosen. Ich habe noch nie eine Frau gesehen, die Männerkleider trägt. Meine Mutter hätte ihre Freude daran, die Prinzessin in einen Rock zu stecken.

»Verzeiht, Vater.« Ihre Antwort klingt gleichgültig, doch er lässt sie in Ruhe.

Hinter mir sind Explosionen zu hören. Ich wirble herum und sehe, wie unten in der Bucht Meerwasser hochspritzt – Geysire, die von tiefroten und knallgelben Flammen erhellt werden. Die Rauchfahnen fächern sich auf, gefolgt vom Feuer, das die Strömung erhellt.

»Wie habt Ihr …?« Kali verstummt staunend.

»Wasserwesen verzaubern das Wasser, damit es in den Himmel schießt, und Feuerwesen schleudern Flammen als Lichtquelle dahinter«, erklärt der Datu. »Diese Schau findet zu Ehren unserer Gäste statt, und wir hoffen, Ihr genießt sie.«

Die Wasserstrahlen tanzen in choreografierten Formationen und unterschiedlicher Höhe, um sich so dem Finale zu nähern. Zahllose Fontänen schießen in den Himmel, von einem Regenbogen aus Flammen angestrahlt. Und plötzlich ist es vorüber.

Prinz Ashwin applaudiert als Erster. »Spektakulär.«

Beeindruckt, wenn nicht sogar verwirrt, schließe ich mich an. Anu verlieh den Bhutas ihre Fähigkeiten, um die Menschheit auf den Pfad der Tugend zu führen. Ist das Unterhalten von Gästen beim Abendessen ein sinnvoller Gebrauch ihrer Kräfte? Kali, die in der kühlen Abendluft friert, runzelt die Stirn.

Diener bringen Teller mit gewürztem Fisch. Ich nehme einen Bissen, kräusle die Nase und spüle das Essen mit einem Schluck Kokosnusswasser hinunter. Kali am anderen Ende des Tischs beobachtet mich, ihr Teller bislang unberührt. Ihre Augen blitzen amüsiert. Wir mögen beide das salzige Aroma nicht.

»Prinz Ashwin, ich muss wissen, weshalb Ihr den Herrn des Nichts befreit habt.« Die unverblümte Frage des Datu lenkt unsere Aufmerksamkeit auf den Prinzen. Indah und Admiral Rimba nehmen ihr Abendessen auf der anderen Seite des Fußwegs ein, Natesa und Yatin essen in ihrem Zimmer. »Indah hat mir berichtet, was passiert ist, aber ich würde gerne Eure Erklärung hören.«

Kali antwortet an Ashwins Stelle. »Der Wesir des Sultans hat mit der Beschwörung begonnen. Er hatte die Absicht, die Macht des Herrn des Nichts dazu zu benutzen, um Bhutas zu versklaven und das Reich zu unterwerfen.«

»Und doch ist der Dämon gekommen, um Rache an der Welt zu nehmen.« Der Datu lässt sich in seinen hochlehnigen Stuhl sinken, während er seine Aufmerksamkeit ganz auf Ashwin richtet. »Verratet mir, weshalb ich Euch nicht einen Mühlstein um den Hals binden und in den Tiefen des Meeres versenken sollte?«

Endlich jemand, der auf meiner Seite steht! Prinz Ashwin richtet seinen panischen Blick auf mich, damit ich ihn verteidige. Ich nehme noch einen Bissen. Abgesehen von dem Fischgeschmack ist das hier das amüsanteste Abendessen seit langer Zeit.

Ashwin verzieht das Gesicht. »Mein Herzenswunsch ist es, meine Reichsstadt und den Palast zurückzuerobern. Ich wusste nicht, dass der Herr des Nichts die Gestalt Rajah Tareks annehmen würde.«

Datu Bulan trommelt mit den Fingern auf den Tisch. »Unser Handeln hat auch immer einen Grund. Was beinhaltete Euer Herzenswunsch noch?«

Nach einer angespannten Pause antwortet Prinz Ashwin: »Ich wollte in meinen Palast zurückkehren.«

»Und die Kindred ehelichen?«

Kali verschluckt sich an ihrem Getränk und dreht sich zur Seite, um zu husten.

»Wir sind nicht offiziell verlobt«, erwidert Ashwin.

Meine Brauen schnellen bis zu meinem Haaransatz hoch. Was im Namen der Götter hat das zu bedeuten? Die Antwort ist entweder Ja oder Nein. Kali hustet noch immer. Der Prinz gibt keine Erklärung und überlässt es dem Datu, über ihn und Kali zu denken, was er will.

»Wie wollt Ihr Euren Palast zurückerobern?«, provoziert ihn Bulan. »Unabhängig vom Herrn des Nichts wird der Bhuta-Warlord nicht freiwillig weichen.«

Kali beteiligt sich wieder an der Unterhaltung. »Sobald wir unsere Armee wiederhaben, werden wir Hastin absetzen. Doch ohne Eure Hilfe schaffen wir das nicht.«

Der Datu streicht sich da, wo sein Herz ist, über seine Uniformjacke. Während er nachdenkt, mustert er Kali und Ashwin. Bemerkt er auch, wie nah sie beieinandersitzen? Schließlich spricht er sein Urteil. »Ihr dürft über meine Schiffe verfügen.«

»Wie will Eure Flotte Vanhi erreichen?«, fragt Prinz Ashwin.

Prinzessin Gemi tut ihre Meinung ebenfalls kund. »Wir könnten die Paljorianer um Hilfe bitten.«

Datu Bulan schüttelt den Kopf. »Ihr Anführer Naresh ist Pazifist. In all den Jahren, die er die Northern Peaks regiert, hat er seine Armee nie für oder gegen ein Regime eingesetzt.«

»Wenn ich etwas sagen darf«, melde ich mich zu Wort und ziehe sämtliche Blicke auf mich, »wir brauchen die Paljorianer nicht unbedingt. Solange Eure Marine die Wasserwege nutzen darf, können wir den Dämon-Rajah in Iresh stellen, bevor er nach Tarachand aufbricht.«

Der Prinz sackt in sich zusammen, so als hätte er selbst darauf kommen sollen. Mein Vorschlag ist simpel, doch unser Erfolg hängt davon ab, ob wir Iresh erreichen, bevor der Dämon-Rajah aufbricht. Er braucht länger, als ich angenommen habe, um seine Männer und Proviant zu organisieren. Vielleicht wartet er auch darauf, dass ihm die Seeräuber Ashwin und Kali bringen …

»Eine kluge Strategie, General Naik«, sagt Datu Bulan. »Der Admiral und unsere Flotte brechen morgen früh auf.« Morgen? Es dürfte Tage dauern, um die Marine einsatzbereit zu machen. Sie müssen mit ihren Vorbereitungen schon vor unserer Ankunft begonnen haben. »Ich nehme an, Eure Leute wollen mitkommen.«

»In der Tat.« Kalis Tonfall wird wachsam. »Was erwartet Ihr im Gegenzug von uns?«

»Meine Forderungen werden angemessen sein, Viraji.« Der Datu lächelt breit. Ich verstehe, woher Gemi ihren Charme hat, aber muss er sich auf Kali als Ashwins Auserkorene beziehen? »Prinz Ashwin, habt Ihr jemals einen arktischen Tiger gesehen? Sein Fell ist elfenbeinfarben mit grauen Streifen. Ich habe drei Fässer Haifischflossen gegen ein solches Fell getauscht. Es liegt in meinem Arbeitszimmer. Ihr und ich werden uns dorthin zurückziehen, um die Konditionen zu besprechen.«

Ashwin lehnt nicht ab. Er hat wenig Spielraum für die Bedingungen unserer Allianz, und der Datu weiß das. Bulan wird den Verhandlungstisch mit mehr als einem fairen Ergebnis wieder verlassen.

Der Datu und Ashwin ziehen sich zurück. Kali blickt ihnen nach, als sie hinausgehen, und sie ist so konzentriert, dass ich mich frage, ob sie Ashwin durch bloße Willenskraft wieder zurückholen kann.

Prinzessin Gemi neigt ihren Kopf dichter zu mir. »Begleitet mich auf einen Spaziergang am Strand.«

Ich blicke zu Kali auf der anderen Tischseite, begierig darauf, zu gehen, doch Indah und der Admiral haben sie in ein Gespräch verwickelt. »Danke, aber ich bin verpflichtet, hierzubleiben.«

»Ist Euer schmachtender Blick zur Kindred auch eine *Pflicht?*«

Gemi ist ziemlich aufmerksam. »Ihr seid nicht oft getadelt worden, nicht wahr?«

»Ihr wärt der Erste«, erwidert sie, und ich muss wider Willen lachen.

»General Naik«, sagt Botschafter Chitt zu meiner Rechten, »Auf ein Wort, bitte? Es geht um Eure Familie.«

»Geht nur, Deven«, sagt Prinzessin Gemi mit hochgezogenen Mundwinkeln. »Ich werde auf die Kindred aufpassen.«

Kali hört diese Worte der Prinzessin und blickt uns mit zusammengekniffenen Augen an. Ich richte einen Finger auf sie, um ihr zu signalisieren, dass ich umgehend zurück sein werde. Chitt und ich schlendern den Kiesweg entlang, der in Richtung Eingang führt.

»Auf meinen Befehl hin ist Pons nach Tarachand geflogen, um Eure Familie zu suchen«, sagt Chitt.

Als Luftwesen kann Pons in einem Gleitflieger durch die Lüfte fliegen, der schnellsten Art zu reisen. Seit wir Iresh verlassen haben, hatten wir keinen Zugriff auf Fluggeräte. Ich weiß die Unterstützung von Pons und dem Botschafter zu schätzen. »Danke.«

»Wir halten so lange Ausschau, bis wir sie finden«, sagt Chitt. Obwohl wir uns gerade erst kennengelernt haben, bin ich geneigt, mich auf sein Wort zu verlassen. Er bleibt am Eingang stehen, die Lichter des Palasts spiegeln sich im reglosen Wasser. »Mein Freund aus Janardan hat mich kontaktiert. Ein Zug Elefantenkrieger und Bhuta-Soldaten hat sich vom Dämon-Rajah abgesetzt und versteckt sich. Vielleicht kann ich sie dazu überreden, sich dem Kampf in Iresh anzuschließen.«

Männer der janardanischen Armee wären nützlich. »Glaubt Ihr, sie könnten rechtzeitig dort sein?«

»Das sollten sie. Ihre Truppen bewegen sich auf Landbarken vorwärts«, erklärt Chitt. Die Kräfte der Erdwesen bewegen die

Kähne mit Steinrädern vorwärts, die so groß sind, dass sie eine Herde Elefanten transportieren können. Ich habe selbst noch keinen gesehen, weiß aber vom Hörensagen, dass sie ein unvergesslicher Anblick sein sollen. »Ich würde morgen früh aufbrechen, um sie zu erreichen.«

Er klingt unentschlossen. Ich frage mich, weshalb, und zwei Dinge werden mir klar: Ich bin der General der tarachandischen Armee, und er bietet mir seine Hilfe an, aber er möchte nur ungern gehen, für den Fall, dass meine Mutter und mein Bruder hier ankommen. »Ihr solltet gehen. Wir brauchen sämtliche Truppen, die wir zusammentrommeln können.«

»Müsst Ihr Prinz Ashwin konsultieren?«

»Nein.«

»Dann mache ich mich morgen auf den Weg.« Chitts Blick wandert zur Bucht und der Steinmauer und wieder zurück zu mir. »Noch eines. Die Seeräuber wurden westlich von hier vor der Küste gesichtet. Wir haben unsere Wachen auf dem Ausguck verstärkt, aber ich dachte, Ihr solltet es wissen.«

Ich betrachte ebenfalls die hohe Steinwand. »Kommen sie da durch?«

»Es gibt Wege«, gesteht Chitt, »aber Kapitän Loc will nicht unsere gesamte Marine in Dienst nehmen. Der Admiral weiß Bescheid und hat für die Fahrt Vorsichtsmaßnahmen getroffen. Ihr seid sicher. Ich hoffe und bete, dass Ihr …« Er hält inne und verbeugt sich, ein rascher Wechsel zu Förmlichkeit. »Mögen die Götter mit Euch sein.«

»Und mit Euch, Botschafter.« Ich blicke Chitt nach, neugierig auf das, was er im letzten Moment nicht ausgesprochen hat. Ich hatte nie einen richtigen Vater – meiner wollte mit seinem unehelichen Sohn nichts zu tun haben. Brac und ich hatten das stets gemeinsam. Ich weiß nicht, wie es mir gefallen würde, falls sich etwas daran ändert.

Als ich auf die Terrasse zurückkehre, stehen eine Schüssel mit Obst und ein Joghurtdip bereit, und Kali, Indah und der Admiral sind gegangen. Prinzessin Gemi ist als Einzige noch da.

»Ihr habt sie knapp verpasst«, sagt sie. »Sie haben die Kindred zu einem Rundgang durch den Palast mitgenommen.« Ich wende mich zum Gehen, um Kali zu finden, aber Gemi packt meinen Unterarm und streicht mir mit einem Finger über die Haut. »Bleibt und esst einen Nachtisch. Ihr habt Euer Abendessen kaum angerührt. Ihr müsst hungrig sein.«

Ich bin tatsächlich am Verhungern. Die Seekrankheit hat mich daran gehindert, auf dem Frachtkahn viel zu essen, und morgen werde ich wieder auf dem Wasser sein.

Gemi zeigt ein verschmitztes Lächeln, als sie meinen Kelch mit Wein auffüllt.

In Tarachand gilt es als unhöflich, Essen und Trinken eines Gastgebers zurückzuweisen. Außerdem ist Kali in Gesellschaft von Indah und dem Admiral sicher, und ich habe von hier aus einen freien Blick auf die Steinmauer, um nach den Seeräubern Ausschau zu halten, falls sie irgendetwas versuchen sollten. Nachdem ich meinen Kelch genommen habe, kehre ich zurück zum Tisch und esse.

KAPITEL 5

KALINDA

Dunkelheit hüllt mein Schlafgemach ein. Natesa und Yatin sind hinter verschlossenen Türen in ihrem Zimmer, die Reste ihres Abendessens noch auf ihrer Terrasse, die bis auf eine brennende Lampe verwaist ist. Ich beneide die beiden um die Freiheit, die Welt auszuschließen und sich ineinander zu verlieren.

Deven ist noch nicht zurück. Ich wollte ihn nicht allein zurücklassen, aber Indah und der Admiral schlugen vor, mir mehr vom Palast zu zeigen, und ich konnte Prinzessin Gemi keine Sekunde länger ertragen. Sie saß während des Abendessens so dicht neben Deven, fast hätte sie auf seinem Schoß gesessen.

Eine warme Brise streicht über mein Ohr, doch in mir tobt ein Schneesturm. Ich fühle mich vom Schein der Lampe angezogen und beuge mich über eine natürliche Flamme. Die Spiegelung meiner Seele nimmt Gestalt an – ein Feuerdrache. Ich untersuche die kleine schlangenförmige Gestalt nach Veränderungen, weil mir der Herr des Nichts sein kaltes Feuer eingeflößt hat, doch er blickt mich wie immer an und erwartet meinen Befehl.

Du bist ein wunderschöner Anblick.

Auf der Suche nach seiner Wärme strecke ich die Hand nach dem Feuerdrachen aus. Ich fürchte mich nicht vor Verbrennungen oder irgendeiner Vergeltungsaktion. Wir sind beide aus Feuer entstanden, auch wenn nur einer von uns der Bestimmer ist.

Meine Hand berührt die Flamme, und der Drache zuckt zurück. Schh. *Ich bin das Feuer, und das Feuer ist ich.* Der Drache entblößt seine Zähne, fliegt in das Zentrum der Flamme und verschwindet.

Das Lampenlicht flackert in der Brise. Die Spiegelung meiner Seele ist noch nie vor mir zurückgewichen. Ich unterdrücke einen Schauder, und die Kälte in mir scheint angesichts des gescheiterten Versuchs, sie zu umgehen, zu kichern. Wozu sind meine Kräfte gut? Die Bewohner Tarachands sind der Meinung, man sollte mich steinigen oder einsperren. Der Sultan glaubte, Bhutas sollten Sklaven sein. Und der Datu behandelt unsere Geschenke wie Nebensächlichkeiten. Ich habe es nicht gelernt, natürliches Feuer zu bändigen oder Seelenfeuer abzubrennen, um Leute damit zu unterhalten.

Doch ich habe Konventionen stets missachtet. Mein Fieber hat mich im Tempel zu einer Außenseiterin gemacht, und meine Abneigung gegen Tarek hat mich im Palast ebenfalls zu einer Außenseiterin gemacht. Meine seltenen Bhuta-Kräfte machen mich sogar unter Bhutas zu einer Ausnahme. Ich wurde als schwarzes Schaf geboren. Ich bin die Tochter eines Feuerwesens und einer Rani. Zwei Menschen, die sich von Rechts wegen niemals hätten verlieben dürfen. Ich kam mit einer Aufgabe auf diese Welt, um zu Ende zu führen, was meine Eltern begonnen haben. Der Herr des Nichts kann Tareks Identität, unsere Armee und unser Volk stehlen, aber er kann mir nicht mein Geburtsrecht wegnehmen.

Ich wedle mit der Hand, und die Flamme geht aus.

Dunkelheit breitet sich aus, und eine schwere drückende Ahnung befällt mich. Da ist jemand. Ich zücke einen der beiden Dolche, die ich an meine Oberschenkel geschnallt habe, und spähe in den dunklen Raum. Aus der Dunkelheit tritt ein Mann, der nicht aus Fleisch und Blut ist. Er besteht aus den widerwärtigen Teilen, die nach der Verwesung eines Leichnams übrig sind. Ich lasse eine Flamme hochschießen und beleuchte ihn damit.

»Tarek?«, flüstere ich.

Er bedeckt schützend seine Augen. »Mach das Licht aus.« Tareks Stimme reißt mich aus meinem Schockzustand. Ich schicke noch mehr Seelenfeuer in meine Finger. Er weicht vor dem Leuchten zurück. »Ich bin hier, um dich zu warnen.«

»Ihr seid *tot*.«

»Kalinda, ich will mein Reich nicht untergehen sehen. Tarachand ist mein Vermächtnis.«

Sämtliche Schmerzen, die er mir zugefügt hat, flammen in meinem Kopf und meinem Herzen erneut auf. Ich will die Vergangenheit und all die hässlichen Dinge hinter mir lassen, doch meine Erinnerungen sind wie Fesseln.

»Euer Vermächtnis besteht aus Angst und Hass.« Meine Hände brennen heller. Tarek windet sich, und seine undeutliche Gestalt verschwindet langsam. »Geht weg. Ihr findet hier keine Gnade.«

Er späht zwischen seinen aufgedunsenen Fingern hindurch. Seine eindringliche Stimme wird rau. »Kalinda, ich liebe dich noch immer …«

Ich schleudere eine Flamme auf ihn. Seine verschwommene Gestalt zerspringt in tausend Stücke, die herabregnen, auf dem Boden auftreffen und verschwinden.

Licht. Ich brauche Licht.

Am ganzen Körper zitternd laufe ich hin und her und zünde sämtliche Lampen an, bis das Zimmer hell erleuchtet ist. Ich lasse mich auf das Bett sinken.

Ich liebe dich noch immer.

Ich hämmere mir mit den Fäusten an den Kopf, um seine Stimme zu vertreiben. »Lass mich in Ruhe. Lass mich einfach in Ruhe.« In der plötzlichen Stille, die folgt, verstärkt sich meine Hellsichtigkeit bis zur Unerträglichkeit. »Ich hasse dich«, flüstere ich ihm zu, wo immer er auch sein mag. Doch meine Abscheu spielt keine Rolle. Vor den Göttern bindet unser Ehebund meine Seele an ihn. Ich werde auf ewig Tareks Gemahlin sein.

Jemand berührt meine Schulter. Ich wirble mit dem Dolch in meiner Hand herum, und Ashwin weicht vor mir zurück. »Ich bin's.«

Ich lasse meine Waffe fallen. »Du hast dich angeschlichen.«

»Ich habe geklopft, bevor ich hereingekommen bin. Geht's dir gut? Du zitterst ja.«

»Ich …« Weil ich nicht weiß, wo ich anfangen soll, beginne ich zu weinen. Ashwin legt seine Arme um mich. Ich ziehe ihn fest an mich und lege meine Wange an seine Halskuhle. Er verströmt eine gleichmäßige Wärme, die in mich hineinfließt. »Du bist so warm«, stoße ich zwischen klappernden Zähnen hervor.

»Was ist passiert?«

»Tarek war hier.« Meine Tränen fließen schneller. »Wieso hätte es nicht Jaya sein können? Meine Seele sollte mit ihr verbunden sein und nicht mit ihm.«

»Kali, ich verstehe kein Wort. Du hast Tarek gesehen?«

»Er war nur ein Schatten, doch er war's. Er sagte … er sagte …« Meine Stimme versagt, und ich presse meine Wange an seine Schulter. Er streichelt meinen Rücken, und sein Herz pocht an meinem Ohr. »Glaubst du, ich bin für immer an ihn gebunden?«

»Niemand kann über dein Herz bestimmen.«

»Aber unser Ehegelöbnis …«

»Eine eheliche Bindung reicht nicht über den Tod hinaus; sonst würde das für sämtliche Ehen gelten. Stelle dir das Gewirr von Eheschließungen vor.« Er streicht mir mit der Hand übers Haar. »So, wie ich das verstehe, sind Seelen nicht durch Ehegelübde, sondern durch Liebe verbunden.«

Ich wische mir mit dem Unterarm über das tränenfeuchte Gesicht. »Tarek stößt mich ab. Verachtest du ihn nicht auch?«

»Er hat mich manchmal erzürnt … aber meistens hat er mich traurig gemacht.« Ashwin macht eine Pause und flüstert dann: »Wir haben uns gegenseitig enttäuscht.«

Ich teile seine Erkenntnis nicht. »Ich hoffe, Tarek vegetiert auf ewig in der Dunkelheit dafür, dass er mir Jaya weggenommen hat.«

Ashwin lehnt sich zurück, bis wir auf Augenhöhe sind. »Tarek hat Jaya nicht für immer weggenommen. Kennst du die Erzählung *Inannas Abstieg?*«

»Ich habe sie nur ein Mal gehört.« Mythen ohne Götter gehörten nicht zu meinem Studium. Ich bin nicht in der Stimmung, mir kindische Geschichten anzuhören, aber Ashwin will mich aufmuntern, weshalb ich nachgebe. »Inanna ging in das Nichts, um nach ihrem verschwundenen Auserwählten zu suchen.

Ihr Auserwählter war nicht verschwunden, sondern ein Dämon hatte ihn verführt. Dämonen haben richtige Körper wie du und ich, obwohl sie Ungeheuer sind. Dieser spezielle Dämon hatte die Fähigkeit, in eine sterbliche Hülle zu schlüpfen.«

Ganz ähnlich der Fähigkeit, die Ashwin dem Herrn des Nichts verlieh, als er ihn befreite, um sich seinen Herzenswunsch zu erfüllen, doch diese Ähnlichkeit übergeht er.

»Am Abend vor der Hochzeit nahm der Dämon die Gestalt Inannas an und betrat das Gemach ihres Auserwählten. In dem Glauben, Inanna vor sich zu haben, folgte er ihr in die ewige Dunkelheit.« Ich rücke näher an Ashwin heran, seine Stimme ist ein sanftes Brummen. »Am nächsten Morgen legte Inanna ihr Brautgewand an und machte sich für die Hochzeit bereit. Am Altar wartete sie den ganzen Tag auf ihren Auserwählten, doch der kam nicht. Sich von ihm verschmäht fühlend, kehrte sie nach Hause zurück und schloss sich ein. Sie weigerte sich, irgendjemanden zu sehen und fand nicht die Kraft, ihr Hochzeitsgewand auszuziehen. Viele Nächte später erwachte sie und fand ihren Auserwählten neben ihrem Bett vor. Weder konnte er das Dunkel verlassen, noch konnte sie eine Lampe anzünden, ohne dass er verblasste. Er war als Schatten zu ihr gekommen, um ihr zu sagen, dass er im Nichts gefangen war.«

Als Schatten gekommen. Ashwin erzählte mir einmal, dass die Nacht zusammen mit dem Tag erschaffen worden war. Der Mensch zusammen mit seinem Schatten. Das Nichts befindet sich im Dunkeln, und das Leben im Licht. Können Geister im Nichts, sowohl lebend als auch tot, ins Reich der Sterblichen gelangen, solange sie im Dunkeln bleiben? Ist Tarek so zu mir gelangt? »Ich habe nie verstanden, wie Inannas Auserwählter zu ihr gekommen ist.«

»Zahlreiche Quellen behaupten, dass im Nichts gefangene Sterbliche an die Dunkelheit gebunden sind. Sie können unsere Welt nachts aufsuchen, doch tagsüber müssen sie in ihren Gefilden bleiben. Inanna verbrachte viele Nächte mit ihrem Auserwählten, doch sie konnte es nicht ertragen, ihn für alle Ewigkeit im Dunkeln zu lassen. Deshalb stieg sie hinab in das Nichts, um ihn zu suchen. Dabei kam sie zum ersten von sieben Toren. Jede Torwache verlangte einen Obolus dafür, sie durchzulassen und ihr den richtigen Weg zu zeigen. Inanna zahlte mit den Kleidungsstücken und dem Schmuck ihres Hochzeitsgewands. Nach dem letzten Tor erlosch ihre Fackel.

Inanna fürchtete, sie wäre auf immer im Dunkeln verloren, doch sie spürte, dass ihr Auserwählter ganz in ihrer Nähe war. Sie folgte der Stimme ihres Herzens und fand ihn dem Tode nahe. Sie musste ihn von dort wegbringen, doch sie konnte den Weg nicht sehen. Inanna rief die Götter an, doch keiner bis auf den Feuergott Enlil, der eine Schwäche für sterbliche Frauen hatte, erhörte sie. Inanna tat ihm leid, und er schickte ihr ein Stück ewig glühender Kohle, um ihren Weg zurück ins Reich der Sterblichen zu erhellen.«

Ashwin streicht mit einem Finger an meinem Kinn entlang. Seine Stimme ist sanft wie eine zarte Berührung. »Liebe hat Inanna und ihren Auserwählten verbunden und ihnen in der Dunkelheit die Richtung gewiesen. Wenn ihre Liebe das Nichts überwinden kann, kann deine dich in diesem und im nächsten Leben mit Jaya verbinden.«

Meine Sicht verschwimmt vor Tränen. Ich dachte nicht, dass eine Geschichte meinen Kummer lindern könnte, aber Ashwins Erzählkunst und seine Zusicherungen beruhigen mich.

Die Stimmung zwischen uns ändert sich. Seine Berührungen wandeln sich von Trost zu Verlangen. Seine Umarmung geschieht mehr um seinet- als um meinetwillen, und sein Herz schlägt schneller.

Ich sollte mich losreißen. Ihn wegstoßen. Doch seine Nähe lässt den Schneesturm in mir abflauen. Ich lasse sein Seelenfeuer nicht verdorren, er vermacht mir seins.

Ashwin legt seine Stirn gegen meine, den Blick auf meinen Mund gerichtet. Er streicht mir mit dem Daumen über die Unterlippe, und mein Magen blubbert wie eine heiße Quelle. Sein Atem riecht nach Zimt. Das Verlangen nach mehr von ihm wächst in mir. Wie viel wärmer wäre mir mit diesen Lippen auf mir? Ich hebe mein Kinn und warte auf mehr von seinem Licht.

»Kali«, höre ich Deven sagen.

Er steht auf der Türschwelle, und seine Gefühle wandeln sich von Ungläubigkeit in Gekränktheit. Ashwin löst seine Umarmung, und ich schlage klappernd die Zähne aufeinander, was mich in die Wirklichkeit zurückholt.

Deven durchquert den Raum und stößt Ashwin zu Boden. »Ihr habt keine Ehre im Leib! Ihr nutzt ihre Loyalität aus!«

Seine Wut erschreckt mich. Er reagiert selten unüberlegt oder grundlos. »Deven! Ich war aufgewühlt und – Ashwin hat mich so vorgefunden.« Ich strecke die Hand nach ihm aus, doch er schiebt sie weg.

Natesa und Yatin kommen in ihren Nachtgewändern aus dem Nebenzimmer hereingestürzt und bleiben wie angewurzelt stehen.

Ashwin kriecht auf Ellbogen von Deven weg. »Kalinda weiß, was sie tut. Ich zwinge sie nicht, mit mir zusammen zu sein. Es ist ihre Entscheidung.«

Deven beugt sich über Ashwin und packt ihn an seiner Uniformjacke. »Lasst Eure Finger von ihr.«

Ashwin reißt sich los. »Fasst mich noch einmal an, General, und ich lasse Euch verhaften.«

»Hört jetzt damit auf«, sage ich.

»Ich bin nicht Euer General«, presst Deven hervor. »Ich diene keinem Mann, den ich nicht respektiere.«

»Deven«, hauche ich. »Das meinst du nicht so.«

Er weicht vor Ashwin zurück, Armmuskeln angespannt und Fäuste geballt. »Ich diene dir. Aber wenn du dich weiterhin mit diesem Kind verbündest …«

»Willst du mich ebenfalls verurteilen?« Die Provokation klingt unwirscher als beabsichtigt. Doch die Vorstellung, dass er sich zwischen Ashwin und mich stellt … ich *brauche* Ashwins Wärme.

Deven richtet sich zu seiner vollen Größe auf. »Entschuldigt, meine Königin. Ihr dürft tun, was Ihr wollt.«

Er dreht sich um und marschiert hinaus.

»Deven, warte!« Ich eile ihm nach, doch er entfernt sich rasch. In meinem Bemühen, ihn einzuholen, wird mein Humpeln schlimmer. Wir hetzen Flur um Flur entlang, und ich verliere rasch die Orientierung. Ich ignoriere die Schmerzen in meinem Bein so lange wie möglich, aber als er beinahe aus meinem Sichtfeld verschwunden ist, krümme ich mich zusammen.

Er bleibt stehen und blickt über die Schulter zu mir zurück, der hartherzige Ausdruck in seinen Augen von Schatten durchschnitten. »Wie lange seid der Prinz und du …?«

»Wir haben uns in Iresh angefreundet«, sage ich. »Was beim Abendessen über uns gesagt wurde, war für den Datu bestimmt. Er wird das Reich so lange unterstützen, wie er glaubt, dass Ashwin und ich einander versprochen sind.«

»Und was war das gerade? Hast du das Versprechen etwa eingelöst?«

»Das war …« *Ein Fehler.* Doch meine Entschuldigungen würden ihn nur noch mehr kränken. Ihm zu sagen, dass Ashwins Nähe Balsam auf meinen Wunden ist, ist lächerlich. Ich selbst kann unsere sonderbare Beziehung nicht verstehen.

»Bist du in ihn verliebt?«, fragt Deven unheimlich ruhig.

Ich schlinge die Arme um mich und versuche, die Kälte in mir auszulöschen. Mein Verlangen nach Wärme überschattet alles und ist unauslöschlich. Aus irgendwelchen Gründen befriedigt Ashwin dieses Bedürfnis. Ich kann nicht leugnen, dass er mich bis zu einem gewissen Grad in der Hand hat. »Nein, aber wir … wir brauchen einander.«

Devens Kinnlade klappt herunter, und sein Kiefer zuckt. »Ich habe dir einmal gesagt, dass ich nicht danebenstehe, während du bei sämtlichen Mahlzeiten und öffentlichen Auftritten an der Seite eines anderen Mannes bist. Ich habe dir gesagt, dass ich dich an meiner Seite haben will, und das will ich noch immer.«

»Und da will ich auch noch immer sein.«

Er richtet den Blick auf mich auf der Suche nach Aufrichtigkeit. Ich meinte, was ich sagte. Er muss das erkennen. Doch Kälte schwingt in seiner Stimme mit. »Ich werde mich nicht mehr einmischen. Bis du dich entscheidest, was du willst, werde ich warten.«

Deven geht, ohne sich noch einmal umzusehen. Ich will hinterher, doch Schmerz schießt durch mein Knie. Ich lehne mich an die Wand und drücke mir die Hand aufs Herz. Vielleicht kann ich ja den Unsinn, der mich überkommen hat, herausreißen. Ashwin bedeutet mir etwas, aber ich *liebe* Deven.

Mein Körper zittert vor Unentschlossenheit. Selbst nachdem ich den Unterschied in meinen Gefühlen erkannt habe, wächst das Verlangen in mir heran, in die beruhigende Umarmung des Prinzen zurückzukehren …

Ihr Götter, ich bin unverbesserlich.

Ich lasse mich auf den kalten Fußboden sinken und ruhe mein Bein aus. Der eisige Atem des Herrn des Nichts tobt in mir und lässt mich an meinem Platz festfrieren. Die Flure sehen alle gleich aus. Ich bin Deven so weit gefolgt, dass ich den Weg zurück zu meinem Zimmer nicht mehr weiß. Nicht dass es eine Rolle spielen würde. Mit dem letzten Bisschen Kraft, das mir geblieben ist, kann ich nichts anderes tun, als mich zusammenzukauern, damit mir ein bisschen wärmer wird.

Ein Knuff weckt mich. »Wart Ihr die ganze Nacht hier?«, fragt Indah über mich gebeugt.

Die ersten Strahlen der Morgensonne erhellen den Flur. Ich richte mich auf, erstaunt, dass ich hier geschlafen habe. Ich verstehe, warum weder Ashwin noch Deven nach mir gesucht haben, aber ich bin überrascht, dass Natesa und Yatin es nicht getan haben. Sie müssen davon ausgegangen sein, dass ich bei Deven war. »Wie spät ist es?«

»Morgendämmerung.« Indah setzt sich zu mir auf den Boden, und wir lehnen uns mit dem Rücken an die Wand. »Die Marine schließt die Reisevorbereitungen ab. Wir werden bald nach Iresh aufbrechen.«

»Sind Ashwin und der Datu gestern Abend zu einer Einigung gelangt?« Ich war so außer mir, als Ashwin mich aufsuchte, dass ich zu fragen vergaß.

»Ich weiß nicht, was mit dem Prinzen ist, aber Bulan ist erfreut. Ashwin hat Holz, Getreide und Vieh im Tausch gegen unsere Hilfe angeboten. Unsere Lebensmittelbestände sind ziemlich geschrumpft, und wir haben nicht genug Land, um ausreichend Ackerbau für die gesamte Bevölkerung zu betreiben.« Indah drückt sich eine Hand auf den Leib.

»Fühlst du dich noch immer nicht gut?«

»Die Reise hat mich angestrengt, aber es geht mir gut«, sagt sie. »Ich bin froh, Euch gefunden zu haben. Ich hatte gestern Abend keine Gelegenheit, Euch Folgendes zu fragen: »Habt Ihr und Ashwin vor, zu heiraten?«

»Ihr wisst, dass wir das nicht tun werden. Wieso?«

Sie presst die Lippen aufeinander. »Als Ashwin beim Abendessen sagte, Ihr wärt inoffiziell bereit zu heiraten … hat er nicht die Wahrheit gesagt.«

Indah kann den Blutfluss eines anderen Körpers spüren, vor allem dann, wenn sich der Puls beschleunigt, was beispielsweise der Fall ist, wenn jemand lügt. Ihre Fähigkeit, Unaufrichtigkeit zu spüren, ist eine geschätzte Eigenschaft, doch es kann befremdlich sein, wenn jemand aus meinem Umfeld ihr Zielobjekt ist.

»Seid Ihr sicher?«, frage ich. Ashwin würde sein Versprechen, seine Vorrechte an mir aufzugeben, nicht brechen.

»Ich weiß nicht, was es zu bedeuten hat«, sagt Indah relativierend. »Ich weiß nur, was ich gespürt habe.«

»Aber ich bin nicht seine Auserwählte.«

»Weiß *er* das denn?«

»Ja …« Weil Indah beharrlich schweigt, füge ich hinzu: »Ich – ich glaube schon.«

Mein Verhalten hat vielleicht nicht nur mich selbst verwirrt. Aus Fairness gegenüber Ashwin muss ich sagen, dass ich mich in jüngster Zeit unberechenbar verhalten habe. Ich muss diese seltsame Bindung zwischen uns lösen. Doch selbst nachdem ich beschlossen habe, mit ihm zu sprechen, möchte ich mich, wie ein Kaninchen in einen bequemen Bau, in seine Arme schmiegen.

Datu Bulan kommt in einem knielangen Nachtgewand und übergroßen Sandalen den Flur entlang. Er trägt eine Wassertasse, an der er gelegentlich nippt. »Gesegnet sei Enkis Meer, meine Damen.« Er lässt sich nicht anmerken, ob er es seltsam findet, dass wir im Flur sitzen. Während er in seine Tasse blickt, sagt er: »Ich habe einmal zehn Kokosnüsse gegen einen Eiszapfen eingetauscht, den ein Wasserwesen aus dem Norden gefroren hatte. Als ich nach Hause kam, war er bereits geschmolzen, aber das Wasser war das frischeste, das ich je getrunken habe.«

Ich werfe Indah einen fragenden Blick zu. Wasserwesen aus dem Norden hausen in der arktischen Tundra, und es heißt, dass sie Eis und Schnee manipulieren. Wie der Datu je einem begegnet ist oder warum er glaubte, ein Eiszapfen würde es bis zu den Südlichen Inseln schaffen, übersteigt meine Vorstellungskraft.

Er geht davon, wobei seine Sandalen über den Boden schlappen, und bleibt dann erneut stehen. »Indah, ich glaube, Pons sucht nach dir.«

Sie geht auf die Knie. »Ist er wieder da?«

»Er und die anderen.«

»Welche anderen?«

»Kommt mit.« Indah steht auf und hilft mir hoch. Zusammen mit ihr eile ich den Flur entlang.

»Er ist im Gemach des Prinzen«, ruft uns Datu Bulan hinterher.

Indah läuft voraus und erreicht Ashwins offene Tür als Erste. Pons steht vor der Schwelle. Sie haben sich gestern zuletzt gesehen, trotzdem umarmt Indah ihn innig. Pons legt seine Arme langsam um sie; er ist überrascht von ihrer offen dargebotenen Zuneigung.

»Du hast mir nicht gesagt, dass du weggehen würdest«, sagt sie.

Ganz selten habe ich Indah sich über Pons ärgern sehen. Sie verbringen die meiste Zeit gemeinsam, aber das war nicht immer so. Pons wurde im Sultanat geboren, während Indah eine gebürtige Lestarianerin ist.

»Ich wollte dich nicht beunruhigen«, sagt Pons, und als er mich mit einem Blick über Indahs Schulter entdeckt, machen die beiden die Türschwelle frei.

Im Zimmer sitzt Ashwin mit Stapeln von Büchern vor sich. Sein Haar ist zerzaust und seine Tunika von einer schlaflosen Nacht zerknittert. Ich bin in seinem Blickfeld, aber er schenkt mir keine Beachtung. Ich muss mich zwingen, nicht zu ihm zu laufen, um meine innere Kälte an seiner Seite zu lindern.

Diejenigen zu kränken, die sich um mich sorgen, ist zu einer schrecklichen Gewohnheit von mir geworden. Wie soll ich das nur wieder in Ordnung bringen?

Ich bin so mit Ashwin beschäftigt, dass ich die anderen Leute im Raum übersehe.

Eine Frau mittleren Alters zieht mich in ihre Arme. »Du bist ja noch dünner, als ich dich in Erinnerung habe!«

»Mathura!« Ich erwidere die Umarmung und atme ihren Jasminduft ein. Ihr dunkelbraunes Haar ist zu einem Zopf geflochten, wie er üblicherweise von einer königlichen Kurtisane getragen wird. Ihr Sari ist von der Reise etwas mitgenommen, trotzdem macht sie einen würdevollen Eindruck.

Rohan sitzt abseits auf der Terrasse. Schüsseln mit Speisen stehen vor dem jungen Luftwesen, das für seinen großen Appetit berühmt ist, aber Rohan sitzt zusammengesunken auf seinem Stuhl, ohne etwas anzurühren. Seine ältere Schwester Opal ist nicht da. Auch Brac kann ich nirgends entdecken …

Deven stürmt herein und bleibt wie angewurzelt stehen, während er den Raum absucht, und stürzt dann zu seiner Mutter. Sie umarmen sich so fest sie können.

»Du bist ebenfalls dünner.« Mathura tätschelt die Wange ihres Sohnes. »Und du brauchst eine Rasur.«

Er lacht leise – ich liebe den Klang. »Ich habe dich auch vermisst, Mutter.« Seine scharlachrote Uniformjacke steht offen, und ein Bartschatten bedeckt seine Kinnlinie. So gefällt er mir am besten, zwischen einem glatten Gesicht und einem Vollbart, weder geschniegelt noch ungepflegt.

Botschafter Chitt platzt ebenfalls herein, seine Brust hebt und senkt sich schwer, als hätte er die gesamte Länge der Insel im Laufschritt zurückgelegt. Er geht auf Mathura zu und sieht sie dabei die ganze Zeit an. »Ich wollte gerade in See stechen, als ich von deiner Ankunft gehört habe.«

Mathura streckt ihre Hand aus, und er umschließt sie mit seiner. »Es ist lange her«, sagt sie.

Sie kennen sich? Ich schaue fragend zu Deven, doch seine Miene ist undurchdringlich.

»Du bist noch schöner als ich dich in Erinnerung habe«, sagt Chitt leise, und Mathuras Wangen röten sich. »Wo ist dein anderer Sohn?«

Deven dreht abrupt den Kopf und sucht den Raum ab. Einen Moment lang ruht sein Blick auf mir, dann gleitet er hastig weiter, als wäre ich ein Stein, den er aus dem Weg gekickt hat. »Mutter, wo ist Brac?«

Mathura spannt sich an. »Ich wollte es dir gleich sagen, als du hereingekommen bist. Brac ist nicht hier.«

»Wo ist er?« Devens leise Frage ist schneidend wie ein Befehl, den es zu befolgen gilt.

Rohan antwortet mit düsterer Stimme. »Brac und Opal flogen die tarachandische Grenze entlang, als ihr Gleitflieger abgeschossen wurde. Wir versuchten umzukehren, aber die Armee des Dämon-Rajah hatte sich bereits auf sie gestürzt. Opal schickte uns eine Nachricht mit dem Wind, dass wir weiterfliegen sollen. Wir verloren sie aus den Augen, und ich habe seither nichts mehr gehört.«

Deven erstarrt. Die gleiche Furcht macht mich reglos. Ich habe Angst um Deven und seine Familie, doch noch mehr um Rohan. Er und Opal waren Waisen, nachdem ihre Mutter bei einem Bhuta-Überfall getötet wurde. Sie haben nur sich. Meine Brust zieht sich vor Mitgefühl zusammen. Seine Abhängigkeit von seiner Schwester erinnert mich daran, wie sehr ich auf Jaya angewiesen war.

Ashwin steht von seinem Schreibtisch auf. »Die Armee steht an der Grenze. Uns wurde gesagt, der Dämon-Rajah ist noch immer in Iresh.«

»Unsere Informanten wurden getäuscht«, erwidert Pons, der mit Indah den Raum betritt. »Ich bin über Iresh hinweggeflogen. Die Stadt ist verlassen. Dort halten sich nur noch Zivilisten und ein paar Soldaten auf. Die Armee wird die Grenzen des Reiches bald überqueren.«

»Wie ist das möglich?«, ereifert sich Ashwin. »Eure Kundschafter sagten ...«

»Sie haben aus ziemlicher Entfernung gelauscht«, erklärt Pons. »Sie hörten, dass Reisende Iresh verlassen und gingen davon aus, es wären Janardaner, die fliehen.«

»Wurde mein Bruder vom Dämon-Rajah gefangengenommen?«, fragt Deven noch immer ohne jede sichtbare Emotion.

Mathura hebt bekümmert die Hände. »Wir wissen es nicht.«

Der Einsatz der Marine hat keinen Nutzen mehr. Sie kann keine vom Land umschlossene Armee erreichen. »Pons, wie lange dauert es, bis die Armee Vanhi erreicht?«, frage ich.

»Bei ihrem Marschtempo vermutlich sechs Tage.«

Ashwin schlägt mit den Fäusten auf den Schreibtisch und krümmt sich zusammen, was Rohan erschreckt. »Ich muss mit dem General und der Kindred allein sprechen. Alle anderen sind entlassen.«

Indah und Pons gehen wortlos hinaus. Rohan schlurft hinter ihnen her, sein Frühstück ist inzwischen kalt.

Deven umarmt erneut seine Mutter. »Brac schafft das schon.«

Mathura legt ihre Wange an seine Schulter. »Ich habe ihn schon einmal verloren. Das darf nicht wieder geschehen.«

Brac war bis vor ein paar Monaten für tot gehalten worden, eine Tarnung, um seinen Auftrag, sich den Rebellen anzuschließen, durchführen zu können. Er kooperierte mit Hastin, um Rajah Tarek zu stürzen, gab dieses Leben aber auf, als er mit seiner Familie wieder zusammenkam.

Deven hält Mathura lange im Arm. »Ich werde ihn finden, Mutter. Ich schwöre es.«

Sie lässt ihn los, und ich kämpfe gegen das Bedürfnis an, ihren Platz in seinen Armen einzunehmen. Nicht dass ich seinen Trost bräuchte; ich will *ihn* trösten.

Chitt bietet Mathura seinen Arm an, und sie gehen. Nur Deven, Ashwin und ich sind noch da. Angesichts des Schlagabtauschs gestern Abend ist es ein Wunder, dass wir zusammen in einem Raum sind, ohne zu streiten.

Ashwin wartet, bis die Tür zu ist, und reicht uns einen Brief. »Gestern am späten Abend erhielt ich eine Nachricht vom Bhuta-Warlord. Hastin erbittet ein Treffen mit der Kindred und mir.«

Natürlich weiß Hastin, wo wir sind. Er hat überall auf dem Kontinent Informanten.

Deven macht keinerlei Anstalten, den Brief zu nehmen, weshalb ich es tue und die Nachricht des Warlords laut vorlese. »Ich möchte eine Übereinkunft vorschlagen. Trefft mich in Samiya, um einen Zusammenschluss gegen den Dämon-Rajah zu diskutieren.«

Mein Herz zerspringt beinahe in meiner Brust. Ich war nicht mehr zu Hause, seit Tarek mich auserwählt hat, aber ich träume so oft von den Bergen. Jaya ist genauso oft in meinen Träumen wie Deven. »Wieso der Tempel?«

»Samiya ist ein neutraler Ort«, erwidert Ashwin. »Hastin würde es nicht wagen, uns auf geheiligtem Boden anzugreifen.«

»Man merkt, dass Ihr dem Bhuta-Warlord noch nicht begegnet seid«, kontert Deven.

Ich berühre das Siegel von Tarachand, ein Skorpion, am oberen Briefrand. Hastin hat dieses Pergament aus den persönlichen Habseligkeiten des Rajahs im Palast gestohlen. Ich würde seinen Wunsch am liebsten ignorieren, nur um ihn zu ärgern, aber ich ziehe ihn wegen der Ranis und Kurtisanen, die er gefangen hält, in Betracht. Sie und ihre Kinder befinden sich inmitten dieses Kriegs. Eine Allianz könnte ihnen die Freiheit verschaffen.

»Wir sollten ihn treffen«, sage ich.

Deven reißt mir den Brief aus der Hand. »Ich kann nicht glauben, dass du das überhaupt in Betracht ziehst.«

»Wir können ihn nicht einfach ignorieren. Der Dämon-Rajah ist mächtiger als wir, und er verfügt über unsere Armee. Die Marine von Lestari ist für uns nutzlos geworden.«

»Nicht ganz.« Deven schleudert den Brief weg, Ashwin versucht, nach ihm zu greifen, doch er gleitet außer Reichweite auf den Boden. »Es gibt noch andere Wasserwege nach Vanhi«, erwidert Ashwin. »Mit den abtrünnigen Soldaten auf unserer Seite können wir die Armee umzingeln, wenn sie die Stadt erreicht.«

»Die Armee mag versprengt sein, aber es ist die größte der Welt«, erklärt Deven. »Der Dämon-Rajah wird auf seinem Weg Deserteure aufnehmen. Je weiter er nach Vanhi vorrückt, desto mehr Loyalisten wird er auf seine Seite ziehen. Armeeaußenposten gibt es entlang der gesamten Route. Die Truppen werden sich ihm anschließen und die Reihen dichter werden.«

»Noch ein Grund, weshalb wir die Rebellen unter den Soldaten brauchen«, entgegne ich. »Hastin mag einen Rachefeldzug gegen Tarek führen, aber er ist kein Dummkopf. Er weiß, dass er den Dämon-Rajah ohne Hilfe nicht besiegen kann.«

»Glaubst du wirklich, die Rebellen werden sich zusammentun?« Deven stößt dabei seinen Finger in meine Richtung, um jedes seiner Argumente zu unterstreichen. »Hastin hat dich hintergangen. Er hat versucht, Ashwin zu töten, indem er die

Tempel der Bruderschaft abgefackelt hat. Hastin wird dem Prinzen eher die Kehle durchschneiden, als sich mit Tareks Nachfolger zusammenzutun.«

Ashwin schluckt vernehmlich und erbleicht.

Ich habe Hastins Taten nicht vergessen. Und auch meine Schuldgefühle wegen meiner früheren Naivität sind nicht weniger geworden. Hastin hat mich für seinen Rachefeldzug gegen Tarek benutzt. Das Resultat geht über den Verlust des Palastes der Türkise und die Gefangennahme der Frauen und Kurtisanen hinaus, von denen viele meine Freundinnen sind. Hastin ließ Palastwachen und Soldaten ermorden. Um ihm zu entkommen, flohen die Bürger aus dem Reich ins Sultanat. In den Lagern erkrankten viele Flüchtlinge an Sumpffieber und starben. Unser unterdrücktes Volk war somit bereit für die Rückkehr von Rajah Tarek. Ohne diese Strapazen hätte es die wundersame Auferstehung kaum so bereitwillig geglaubt. Aber dank Hastin und dem schlagartig beendeten Leid, das sein Erscheinen bewirkte, folgen unser Volk und unsere Armee jetzt dem Dämon.

Nein, ich habe Hastins Anteil an unserer Misere nicht vergessen. Aber ich bin auch nicht mehr die Frau, die ich bei unserer ersten Begegnung war. Hastin wird mich nicht noch einmal täuschen, und er wird auch nicht behalten, was rechtmäßig mir gehört. Er hat das Tagebuch meines Vaters, meine einzige Verbindung zu meinen Eltern. Bei meiner letzten Begegnung mit dem Warlord hat er mir das Tagebuch vor die Nase gehalten, um mich damit zu bestechen, doch ich habe mich geweigert, mich mit ihm gegen Ashwin zu verbünden. Ich habe mich lange in Geduld geübt. Ich will das haben, was mir gehört.

»Kali, es handelt sich um Hastin«, sagt Deven. »Das ist eine Falle.«

Unter dem Gewicht der Warnung gehe ich beinahe in die Knie, aber die Götter haben mein Leben gerettet, um den Sturz des Reiches zu verhindern. Und genau das werde ich tun. »Wir können uns nicht allein gegen den Dämon-Rajah stellen. Uns mit Hastin zusammenzutun ist die beste Chance auf einen Sieg.«

»Ich schicke sofort eine Brieftaube.« Ashwin nimmt ein leeres Pergament, um rasch eine Nachricht zu verfassen. »Wir stimmen zu, uns im Tempel von Samiya zu treffen, weit weg von den Seeräubern und der Armee.«

»Ihr werdet dort auch weit weg von jeder Hilfe sein, falls Hastin Euch den Dolch in den Rücken rammt«, sagt Deven schneidend.

»Wir haben noch einen anderen Grund, uns in Samiya zu treffen.« Ashwin greift nach einem aufgeschlagenen Buch. »Ich habe die Nacht damit verbracht, nach Dämonen zu suchen, in der Hoffnung, die Identität des Herrn des Nichts festzustellen. Viele Dämonen dienen Kur, aber ich habe die Suche auf ihre Fähigkeiten beschränkt und einen gefunden, der den eisigen Atem des kalten Feuers besitzt.« Er zeigt uns die Seite mit einer Zeichnung des Dämons, der eine Wolke blauer Flammen ausstößt.

Deven und ich beugen uns über das Buch, wobei wir zusammenstoßen. Er weicht zurück und bittet Ashwin um eine Zusammenfassung.

»Der Name des Dämons ist Udug, er ist Kurs Oberkommandeur. Udug hat drei Geschwister, die ebenfalls unsterbliche Soldaten von Kur sind: Edimmu, Asag und Lilu. Alle vier besitzen eine eigene Version der Land-, Feuer-, Himmel- und Wassereigenschaften der Bhutas.«

Devens Brauen schießen nach oben. »Udug und seine Geschwister haben Bhuta-Fähigkeiten?«

»Eine pervertierte Form davon, obwohl ihre Kräfte selten in unseren Gefilden zu sehen sind. Es ist ein uralter Glaube, dass Dämonen im Dunkeln über besondere Kräfte verfügen.«

Der Herr des Nichts – Udug – dient dem Dämon Kur, der einen Groll hegt, der Jahrtausende zurückreicht, bis zu dem Krieg zwischen dem Himmelsgott Anu und seinen urzeitlichen Eltern. Kur will den Tod der Urgötter rächen, indem er die stärkste Verbindung der Menschheit zu Anu auslöscht – die Bhutas. Die ersten Bhutas besiegten Udug vor langer Zeit, und ihre Methode wurde in einem heiligen Buch niedergeschrieben. Einem Buch, das Udug zerstört hat.

Ich zeige auf das Bild des Herrn des Nichts. »Was hat das Ganze mit Samiya zu tun?«

»Der Göttertempel wurde hoch oben in den Alpana-Bergen errichtet«, erklärt Ashwin. »Alle Anhänger der Parijana-Religion glauben an Ekur, das Haus in den Bergen der Götter, obwohl kein Sterblicher es je gesehen hat. Dieses Buch sagt, dass man einen Dämon nur besiegen kann, indem man ihn verjagt, so wie es die Ersten Bhutas getan haben. Wir müssen das Tor zum Nichts finden und Udug zurück auf die andere Seite jagen. Das Tor soll sich angeblich in der Nähe von Samiya befinden.«

Die Schwestern sprachen oft von Ekur, jedoch ohne zu erwähnen, dass sich ein Eingang zum Nichts ganz in der Nähe unseres Tempelheiligtums befand. Falls sie überhaupt davon wussten.

Deven schnaubt ungehalten. »Kali, er versucht nur, dich zu überreden, mitzukommen. Die Aufständischen wollen keinen Frieden mit uns schließen. Hastin wird sich niemals auf *seine* Seite schlagen.« Er zeigt auf Ashwin. »Er verkörpert alles, was der Warlord verachtet.«

Ashwin reibt sich müde den Nacken. »Eure Bedenken wurden zur Kenntnis genommen, Deven.«

Doch sind seine Bedenken keine Entschuldigung für seinen Mangel an Mitgefühl. Ashwins Rücken ist von den Narben der Peitschenhiebe übersät, die Tarek ihm zufügte. Er hat den Zorn seines Vaters genauso zu spüren bekommen wie jeder andere auch. »Ashwin ist nicht wie sein Vater. Du musst aufhören, ihn für Tareks Taten zu bestrafen.«

»Ich bestrafe ihn nicht. Ich erinnere dich nur daran, wer er ist und wie sehr Hastin ihn hasst.« Deven legt wie zum Gebet die Hände aneinander, damit ich ihm zuhöre. »Das wird böse enden. Bitte. Schließe dich der Marine an oder bleib hier. Ich komme zu dir zurück, sobald ich Brac gefunden habe.«

»Komm mit mir nach Samiya.« Meine egoistische Bitte ist kleinmütig von mir. Aber es ist mir egal.

Deven erwidert ungläubig meinen Blick. Die Ereignisse von letzter Nacht sind noch ganz frisch. Meine Kehle dürstet nach seiner Vergebung. »Kali, ich muss Brac finden.«

»Du hast selbst gesagt, dass er zurechtkommt. Er ist zu schlau, um sich erwischen zu lassen. Komm mit uns.«

»Du weißt, ich kann nicht.«

Ich weiß, dass Deven sein Leben riskieren wird, um seinen Bruder zu retten, und ich kann es nicht ertragen, ihn zu verlieren. Ich versuche es ein letztes Mal. »Ich kann mir nicht vorstellen, ohne dich nach Samiya zurückzukehren.«

Deven macht große Augen, und er begreift, was ich ihm sagen will. Gemeinsam in die Alpanas zurückzukehren war unser Traum.

Ashwin lässt das Buch mit einem Knall auf den Tisch fallen. »Dann reise ich allein nach Samiya.«

»Warte.« Ich packe ihn in dem dringenden Verlangen, dass wir zu einer Einigung kommen. »Bitte, geh nicht.«

»Ja, bleibt nur«, knurrt Deven. »Ich wollte gerade gehen.«

Ich lasse Ashwin los und greife nach Deven. »Ich wollte

nicht …« Deven stampft hinaus und knallt die Tür hinter sich zu. Ich will ihm folgen, bin jedoch wie erstarrt, und der Prinz schließt mich in seine Arme.

»Lass ihn gehen. Du kannst ihn nicht umstimmen.«

Ich versuche, Ashwins Berührung nicht nachzugeben, aber seine Körperwärme durchströmt mich, und diese plötzliche Veränderung ist unwiderstehlich. »Vielleicht sollten wir auf ihn hören.«

»Kalinda, wir handeln im besten Interesse des Reiches. Gemeinsam mit den Rebellen werden wir Udug aufhalten.«

Zum ersten Mal klingt Ashwin überzeugt, dass wir es schaffen können. Ich verdränge meine Schuldgefühle, weil ich seine Berührung brauche – und genieße – und bleibe in seiner Nähe.

Wir werden ohne Deven nach Samiya reisen, doch seine Weigerung, uns zu unterstützen, hinterlässt einen bitteren Geschmack. Ausgerechnet er sollte wissen, weshalb wir die Hilfe der Rebellen brauchen. Angesichts der Tatsache, dass der Udug Vanhi näher ist, als wir dachten, ist das Vertrauen in den Warlord ein Risiko, das wir auf uns nehmen müssen.

KAPITEL 6

DEVEN

Meine Fäuste zucken, als ich mich vor dem Prinzengemach gegen die Wand lehne. Kali hat sich auf Ashwins Seite geschlagen. Sie sollten die Marine nach Vanhi umlenken, doch jetzt denken sie nur noch an den Warlord.

Kurzsichtige Dummköpfe. Der Vorsprung des Dämon-Rajah könnte das Ende des Kriegs bedeuten. Ich stoße mich von der Wand ab und gehe den Flur entlang.

Geh zurück und sag ihr, dass du sie liebst. Brich nicht auf, ohne dich zu verabschieden.

Beinahe gebe ich meiner Besorgnis nach, lasse mich jedoch nicht aufhalten. Letzte Nacht habe ich auf einer Bank im Garten geschlafen, anstatt in Kalis Gemach zurückzukehren. Ich habe es geschafft, sie in Ruhe zu lassen, und das werde ich auch weiterhin tun, weil die andere Option wäre, sie dazu zu drängen, jetzt sofort zwischen dem Prinzen und mir zu wählen. Und das würde mich zu einem noch größeren Dummkopf machen, als es die beiden sind, weil ich nicht bloß gegen einen Prinzen antreten würde. Es hat auch mit ihrem Thron zu tun. Sie braucht mich schon lange nicht mehr als ihre Leibwache. Was auch immer auf der Bergspitze passieren mag, Kali kann sich selbst verteidigen. Mich beschäftigt mehr, dass sie ihre Zeit verschwenden.

Aber Zeit ist alles, was ich ihr geben kann. Zeit, um über

ihre Zukunft nachzudenken. Zeit, sich daran zu erinnern, dass man sie nie gefragt hat, ob sie eine Rani werden will. Zeit, um sich darüber klar zu werden, dass sie mit mir ein friedvolles Leben haben kann.

Außer ich liege völlig falsch, und Kali hat sich für ihren Weg bereits entschieden. Vielleicht wird sie ihren Thron nie aufgeben. Vielleicht verliebt sie sich in Ashwin, und sie erspart mir Liebeskummer, indem sie es mir nicht sagt …

Ich beschleunige meinen Schritt, gehe zwar nicht mehr im Zorn, aber mit einem anderen Gefühl, das ich nicht allzu genau ergründe, bevor ich es verdränge.

Yatin und Natesa frühstücken in Kalis Zimmer. Natesa springt auf, als ich hineinstürme und die aufschwingende Tür gegen ihren Stuhl schlägt. Rohan knabbert Mangostückchen. Er ist erst vierzehn, zwei Jahre jünger als seine Schwester Opal. *Mögest du unsere Geschwister beschützen, Anu.*

Mutter sitzt draußen auf dem Balkon und raucht ihre Wasserpfeife, während sie mit Botschafter Chitt redet. Rauchkringel steigen um sie herum auf.

»Rohan hat uns gesagt, Brac und Opal würden vermisst«, sagt Yatin in seinem tiefen Bass.

Ich gehe neben dem Frühstückstisch auf und ab, teilweise in der Erwartung, dass Kali ihre Torheit erkennt und sich zu uns gesellt. Doch Ashwin hat recht – es ist Kalis Entscheidung.

Natesa füllt Rohans Schüssel mit Reis. Er ignoriert sie. Yatin kippt seinen Stuhl nach hinten, näher zu mir. Ich bleibe neben ihm stehen.

»Er hat nach Bruder Shaan gefragt«, flüstert er.

Trauer über den Tod meines Mentors erfüllt mich erneut. Bruder Shaan hat Opal und Rohan aufgenommen, nachdem ihre verwitwete Mutter hingerichtet worden war, und er hat dafür gesorgt, dass sie sicher aus Vanhi herauskommen. Rohan und ich spüren seinen Verlust am meisten.

Ich nehme meine Wanderung wieder auf, zum Nichtstun verdammt. Ich kann nicht ewig auf Kali warten. Wenn sie glaubt, dass Ashwins Plan, sich mit Hastin zu verbünden, uns rettet, dann sollen sie ihren idealistischen Blödsinn eben haben. Mein Bruder braucht mich.

Ich höre auf, auf und ab zu marschieren. Rohan braucht noch Zeit zum Trauern, aber ich brauche seine Hilfe. »Rohan, du musst mich an den Ort fliegen, wo du Opal und Brac zuletzt gesehen hast.«

Das Luftwesen löst sich aus seiner zusammengesunkenen Haltung, erfreut über meine Bitte. Sein Eifer dämpft meine Besorgnis darüber, wie er sich auf unserer Mission schlagen wird.

»Deven, überstürze nichts«, sagt Yatin, direkt, aber stets respektvoll. »Rohan meinte, die Armee hat Katapulte und mehr als genug Soldaten, um sie abzuschießen. Die Truppen werden euch vom Himmel holen.«

»Die Armee wird inzwischen weitergezogen sein. Brac und Opal warten vielleicht an der Stelle auf uns, wo sie gelandet sind. Ich brauche ein Luftwesen, das mich hinbringt.«

»Und mich«, sagt Natesa.

Yatin und ich blicken sie erstaunt an. Sie errötet und windet sich unter unseren fragenden Blicken. Wieso stellt sie sich freiwillig zur Verfügung? Natesa kümmert sich sonst nur um sich selbst. Sie hat ihren Selbsterhaltungstrieb auf Yatin ausgeweitet, und manchmal auch auf Kali, aber auf niemanden sonst. Vor allem nicht auf Brac. Die beiden haben sich noch nie verstanden. Bei ihrer ersten Begegnung hat er sie ausgedörrt, das hat sie ihm nie vergessen.

»Wir sollten bleiben«, erwidert Yatin. »Der Gleitflieger ist ohne uns schneller.«

Er hat recht, aber ich hätte bei der Suche nach Opal und Brac gern noch zwei Unterstützer mehr dabei. Doch es ist ihre Entscheidung, ob sie mitkommen. Ich mache mir keine Illusionen darüber, wie gefährlich das sein wird.

»Ich will mitgehen«, lässt Natesa nicht locker. »Meine ältere Schwester ist letztes Jahr gestorben. Nach dem Tod unserer Eltern war sie alles an Familie, was noch übrig war.« Sie spricht leise, damit ihre Stimme nicht bricht. »Ich will nicht, dass einer von euch ebenfalls Bruder oder Schwester verliert.«

Ihre Sorge schließt Rohan mit ein, weil seine Situation ihrer ganz ähnlich ist. Seine Schwester ist ebenfalls das einzige Familienmitglied, das er noch hat. Ich hätte berücksichtigen sollen, dass Natesas Entscheidung einen sehr persönlichen Grund hat, denn sie zeigt sich häufig unempfänglich für Kummer, den von anderen und den eigenen. So langsam erkenne ich, dass sie nicht so immun gegen Mitleid ist, wie sie uns gern glauben macht.

Yatin ergreift ihre Hände. »Wir gehen beide.«

»Abgemacht. Aufessen, Soldat.« Ich gebe Rohan einen Klaps auf den Rücken. »Du musst bei Kräften sein für unseren Flug.«

Bei der Bezeichnung »Soldat« lebt Rohan noch mehr auf und verschlingt die Mangostücke so schnell, wie er kauen kann.

»Sollten wir Kalinda und Ashwin Bescheid sagen?«, fragt Natesa, während sie ihr restliches Frühstück aufisst.

»Sie wissen es bereits.« Trotz meines Versuchs, neutral zu klingen, klingt mein Groll durch. Natesa hört auf zu kauen, als sie spürt, dass ich etwas verschweige. Ich fahre mit der Besprechung unseres Vorhabens fort, bevor sie mich darauf ansprechen kann. »Rohan, bist du in einer Stunde startklar?«

»Ich tue mein Bestes«, sagt er und stopft sich Früchte in den Mund.

»Dann seid bitte alle bereit.« Ich trete näher an die Terrasse. Meine Mutter und Chitt reden noch immer miteinander. Ihre Körper sind einander zugewandt und schließen mich aus. Ich verdränge einen Anflug von Neid. Seit Tagen mache ich mir Sorgen um Mutters Sicherheit. Chitt hat kein Recht, in unser Leben zurückzukehren und ihre gesamte Aufmerksamkeit zu beanspruchen, vor allem nicht, nachdem er uns verlassen hat. Er mag nicht mein Vater sein, aber er hätte diese Rolle sowohl für Brac als auch mich übernehmen können. Die Götter wissen, wie sehr wir ihn gebraucht hätten.

Ich knöpfe meine Jacke zu und verlasse das Zimmer. Ich werde mein Versprechen meiner Mutter gegenüber halten und Brac finden. Alles andere ist inakzeptabel.

Keine halbe Stunde bahne ich mir meinen Weg hinunter zum Kai, wo es von Matrosen, die sich für die Ablegemanöver bereit machen, nur so wimmelt. Ein Dutzend vertäute Marineschiffe liegen am Kai aufgereiht. Die meisten sind Einmaster und gebaut wie *Enki's Heart* und dazu in der Lage, zweihundert Passagiere aufzunehmen. Das Schiff mit den drei Masten am Ende des Kais ist das größte. Es kann schätzungsweise die doppelte Passagierzahl aufnehmen. Ich vermute, dass die Navy insgesamt bis zu dreitausend Mann in die Schlacht schickt.

Unter den Seeleuten, die Proviant für die Reise laden, entdecke ich Admiral Rimba auf dem größten Schiff. Er winkt mich an Bord. Ich erklimme das Deck und schlängle mich zwischen den geschäftigen Seeleuten hindurch.

»General Naik«, sagt der Admiral zur Begrüßung, »ich habe gehört, die Kindred und der Prinz kommen nicht mit. Wollt Ihr uns denn begleiten?«

»Nein, Sir, allerdings breche ich ebenfalls zum Kontinent auf. Mein Bruder wird vermisst. Ich habe meiner Mutter versprochen, ihn zu finden.«

Admiral Rimba runzelt die Stirn angesichts meiner schroffen Art und geht mir voran in seine Kajüte. Ich folge ihm zu seinem Kommandotisch, der mit Seekarten bedeckt ist. Er nimmt Minzblätter aus einer kleinen Dose und rollt sie zusammen. »Indah sagte mir, Prinz Ashwin und Kindred Kalinda brechen ebenfalls zum Festland auf.«

»Wir gehen nicht gemeinsam. Sie haben ein anderes Ziel.«

»Das habe ich gehört. Sie haben vor, den Warlord zu treffen.« Admiral Rimba steckt die Minzekugel in seine Wange, doch das hindert ihn nicht am Sprechen. »Und Ihr möchtet, dass wir unser Ziel ändern und anstatt nach Iresh nach Vanhi segeln.«

»Das möchte ich«, erwidere ich, erleichtert darüber, dass wenigstens ein Mensch in Lestari etwas von Kriegsstrategie versteht.

Der Admiral winkt mich hinüber zu der Seekarte am anderen Ende des Tisches. »Datu Bulan ist einverstanden. Er hat mir den Befehl erteilt, mit der Flotte den Fluss Ninsar entlangzusegeln. Der Fluss führt um die Bhavya-Wüste herum und mündet hier in den Fluss Nammu, der nach Vanhi fließt. Die Passage verengt sich, weshalb wir nacheinander hindurchsegeln müssen, aber das sollte gehen.«

»Sollte?«

»Unsere Marine ist noch nie so weit ins Landesinnere vorgedrungen.«

Die Erfolgschancen stehen noch immer schlecht. »Wie lange braucht Ihr bis Vanhi?«

Er denkt über meine Frage nach, bevor er antwortet. »Wir haben genügend Wasserwesen, um in sieben Tagen dort zu sein.

Die Rückfahrt wird sechs Tage dauern. Gegen die Strömung flussaufwärts anzusegeln nimmt mehr Zeit in Anspruch.«

Der Dämon-Rajah soll in Vanhi innerhalb der nächsten sechs Tage ankommen, aber ich dränge den Admiral nicht. Er und seine Männer sind sich unserer Eile bewusst und werden ihr Bestes tun. Ich zeige auf die Stelle auf der Seekarte, wo die beiden Flüsse zusammentreffen. »Meine Gruppe und ich werden Euch hier treffen. Wie viel Zeit haben wir?«

»Ungefähr vier Tage. Wenn Ihr nicht da seid, wenn wir an der Stelle vorbeisegeln, setzen wir den Weg ohne Euch fort.«

»Wir werden da sein.«

Admiral Rimba steckt am Zusammenfluss der beiden Flüsse eine Nadel in die Karte. Die Endgültigkeit unserer Vereinbarung wird mir deutlich bewusst. Ich muss Brac finden und rechtzeitig bei der Admiralsflotte sein, oder wir sind auf uns allein gestellt.

Natesa und Rohan warten im Garten neben dem Gleitflieger. Yatin steht ein wenig abseits und blickt stirnrunzelnd zum Himmel. Man könnte meinen, die Luftkrankheit würde ihn heimsuchen und nicht mich. Allein bei dem Gedanken an unseren Flug fühle ich mich schon krank.

Yatin und Natesa haben sich robuste Reisekleidung angezogen. Natesa hat ihren Rock gegen Prinzessin Gemis bevorzugte Kleidung eingetauscht, weite Hosen. Sie haben auch Proviant für sich und Rohan mitgebracht, und ebenfalls für mich. Meine Mutter und Botschafter Chitt stehen ganz in der Nähe. Sie sind gekommen, um sich zu verabschieden.

Meine Mutter hat Tränen in den Augen. »Pass auf dich auf.«

»Das werde ich.« Ich ziehe sie fest an mich. Sie riecht nach Wasserpfeife und Jasmin.

»Ich liebe dich, Deven«, flüstert Mutter.

Gefühle schnüren mir die Kehle zu. Es gelingt mir, zu nicken, und sie geht weiter zu den anderen, um sich zu verabschieden.

Botschafter Chitt schlendert herbei, die Hände auf dem Rücken verschränkt. »Ich habe von Prinz Ashwins Plänen gehört. Er hat dem Warlord eine Nachricht geschickt, aber er wartet nicht auf eine Antwort. Er, die Kindred und eine Handvoll Leibwächter fliegen nach Samiya. Er hat mich gebeten, mitzukommen und bei den Verhandlungen zu helfen.«

Chitt hat eine engere Verbindung zu Hastin als wir. Der Warlord hat einst Kishan gedient, Kalis Vater ebenfalls. »Glaubt Ihr, dass sich Hastin mit dem Reich zusammentun wird?«

»Schwer zu sagen. Hastin war schon immer unberechenbar.«

Ich schnaube leise. Unberechenbar? Dieser Mann ist völlig sprunghaft.

»Ich würde mich lieber Eurer Gruppe anschließen, wenn Ihr mich haben wollt.« Chitt verschränkt die Hände und ringt sie nervös. »Eure Mutter meint, es war richtig, Euch unsere Geschichte zu erzählen. Mathura hat mir schon vor langer Zeit gesagt, dass Brac mein Sohn ist. Ich habe Tarek Dutzende von Briefen geschrieben, um sie freizukaufen. Ich fühlte mich schlecht dabei, ihm Geld anzubieten, aber Männer wie Tarek geben allem einen Preis. Ich bot einen überaus fairen Betrag für Mathuras Freiheit, aber ich habe nicht bedacht, wie sehr Tarek es genießt, etwas zu besitzen, um das ihn ein anderer beneidet.« Chitt blickt zu meiner Mutter, die Yatin zum Abschied umarmt. »Ich hätte wissen müssen, dass er mir sie und Brac nie überlassen würde.«

»Ihr habt um beide gebeten?«, frage ich und ziehe eine Braue hoch.

»Und um Euch«, ergänzt Chitt. Meine Zweifel beginnen zu schwinden. »Ich habe darum gebeten, Euch drei freizukaufen. Ich besitze eine ziemlich große Plantage auf einer der äußeren Inseln, genug Platz zum Toben für zwei kleine Jungen. Als wir uns begegnet sind, habe ich festgestellt, dass Ihr etwas älter seid, als ich dachte. Eines Tages werdet Ihr mich vielleicht dort besuchen.«

»Es wäre mir eine Freude.« Chitt hat keinen Grund, sich mir gegenüber zu erklären, aber ich bin dankbar, dass er es getan hat. »Ihr solltet zum Sultanat reisen. Versammelt die tarachandische Armee und wartet auf Nachricht von mir oder Admiral Rimba. Wir brauchen ihre Truppen vielleicht doch.«

Mutter kommt zu uns zurück und hakt sich bei mir unter. »Was habe ich verpasst?«

»Botschafter Chitt hat geschäftlich in Janardan zu tun«, antworte ich. »Du solltest ihn begleiten.«

Mutter zwinkert mir zu. »Ich brauche dich nicht, um mein Leben zu organisieren, mein Sohn.«

»Ich weiß, dass er Bracs Vater ist«, antworte ich ohne Vorwurf. Obwohl sie Chitt gedrängt hat, mit mir zu sprechen, erbleicht sie. »Ihr müsst euch überlegen, wie ihr Brac die Nachricht beibringen wollt. Er wird Fragen haben, aber ich denke, er wird offen sein.«

Meine Mutter nickt stumm. Ich küsse sie auf die Wange, und Chitt tritt näher zu ihr. Wenn ich sie so beieinander sehe, stelle ich mir vor, wie es wäre, ihn gemeinsam mit ihr zu besuchen. *Hoffentlich leben wir alle lang genug, um es herauszufinden.*

Die ersten Böen der von Rohan erzeugten Winde rauschen durch den Garten.

»Deven«, ruft Yatin. »Wir sind so weit.«

»Sollten wir nicht auf Kalinda warten?«, fragt Mutter.

»Kali wäre hier, hätte sie vorgehabt, uns starten zu sehen.« Ich gehe auf den Gleitflieger zu. Ich hätte zu ihr gehen und sie anflehen können, ihre Meinung zu ändern, aber das letzte Mal, als ich zu wissen glaubte, was das Beste für sie wäre, hat mich in ein Gefangenenlager gebracht, und sie hat Trost bei dem jungen Prinzen gesucht. Und um ehrlich zu sein, bin ich noch nicht bereit für ihre endgültige Entscheidung.

»Deven!«, ruft jemand hinter mir. Mein Fuß stößt gegen einen Erdklumpen auf dem Boden, und ich stolpere. Prinzessin Gemi kommt auf mich zugeeilt. »Entschuldigung. Ich wollte Euch aufhalten, aber nicht ins Stolpern bringen.« Sie zeigt auf den Grashügel, den sie mit ihren Kräften errichtet hat. »Ihr reist ab?«

»Das ist richtig«, erwiderte ich und wende mich erneut zum Gehen.

Sie bleibt an meiner Seite. »Admiral Rimba sagte, Ihr stoßt in ein paar Tagen zur Flotte dazu. Ich wollte mit ihm fahren, aber mein Vater erlaubt es nicht. Kann ich vielleicht Euch begleiten?«

Ich bleibe stehen, betrachte ihre weiße Tunika, die in dunklen Hosen steckt, und die Machete an ihrer Taille. »Ihr kommt mir nicht vor wie eine Frau, die um Erlaubnis bittet.«

»Ihr habt meinen Vater ja auch noch nie erzürnt.«

»Ihr ermuntert mich nicht gerade dazu, Euch mitzunehmen.«

Ich gehe weiter, doch sie hält mich fest. »Bitte, General.« Sie legt ihre Hand auf meine Brust und klimpert mit ihren dunklen Wimpern, als wäre ihr eine Mücke ins Auge geflogen. »Lasst mich mitkommen.«

»Euch wird nicht oft etwas abgeschlagen, oder?«

Sie lässt einen Finger über meinen Hals bis zu meinem Kinn hinaufgleiten. »Ich würde *Euch* nie etwas abschlagen.«

Ein kleines Lachen entschlüpft mir. Selbst wenn Prinzessin Gemi mich um den Finger wickeln wollte, kann ich ihr nicht gewähren, was sie will. »Der Prinz hat mehr Einfluss bei Eurem Vater als ich. Fragt ihn.« Sie will protestieren, aber ich spreche einfach weiter. »Ich lasse mir nicht vorwerfen, die Nachfolgerin des Datu zu entführen. Ich schlage Euch vor, die Zuneigung des Prinzen zu gewinnen, oder Ihr vergesst das mit dem Verlassen von Lestari besser.«

Sie lässt ihre Hand sinken. »Der Prinz ist ein Weichei. Ich wusste sofort, dass ich auf Euch zählen kann.« Ich sollte wütend sein, weil ihre Schmeichelei eine Manipulation ist, doch ich bin versucht, sie zu bitten, die Bemerkung mit dem Weichei Kali gegenüber zu wiederholen. »Wollt Ihr wenigstens ein gutes Wort für mich bei Ashwin einlegen?«

Ich grinse über diese Bitte ohne jeden Humor. »Da fragt Ihr den Falschen. Bringt Kalinda auf Eure Seite, und Ihr bekommt, was Ihr wollt.«

»Das ist alles? Ich brauche nur mit der Kindred zu reden?«

»Glaubt mir«, rufe ich aus, während mir der Wind gegen den Rücken peitscht, »sie kann schwer zu überzeugen sein.«

Alle warten bereits an Bord des leichten vogelartigen Fluggeräts. Ich klettere hinauf, lege mich auf die Fläche zwischen Yatin und Rohan und ergreife die Navigationsstange aus Bambus.

»Kannst du dich nicht noch stärker festklammern?«, fragt mich Rohan.

Ich kneife den Mund zusammen, eine Warnung an ihn, mich nicht länger aufzuziehen. Er weiß, wie sehr ich das Fliegen hasse.

Die Winde, die er beschworen hat, tragen uns hinauf zum

Morgenhimmel. Ich winke Mutter und Chitt zum Abschied und lasse den Blick zur Palastanlage mit seinen Balkonen gleiten, um einen Blick auf Kali zu erhaschen. Doch wir schwirren schnell von den schimmernden Turmspitzen davon, die über der aquamarinblauen Bucht aufragen, und überqueren die Steinwand.

Das *Meer der Seelen* breitet sich wie ein Band bis zum Horizont aus. Der gelbe Zweimaster der Seeräuber ist leicht auszumachen. Sie warten bestimmt darauf, dass die Marine in See sticht. Wahrscheinlich gehen sie davon aus, dass der Prinz und Kali an Bord eines der Schiffe sind und folgen der Flotte bis zum Festland. Wenigstens hilft die Entscheidung, nach Samiya zu fliegen, Kali dabei, sich Captain Loc zu entziehen. Doch ich bereue es bereits, aufgebrochen zu sein, ohne mich von ihr verabschiedet zu haben – und ohne die Götter um Gnade zu bitten.

KAPITEL 7

KALINDA

Ich humple den Korridor entlang auf den offenen Torbogen zu, der zum Garten führt. Eine Brise weht herein, die Ausläufer stärkerer Luftbewegungen, die ein Luftwesen herbeigerufen hat. Ich bemühe mich, schneller zu gehen, aber mein verletztes Bein macht sich bemerkbar und ich bin gezwungen, stehen zu bleiben und mich am Türrahmen abzustützen.

Dann beiße ich die Zähne zusammen und nehme den Rest des Weges in Angriff. Draußen raubt mir die rauschende Luft kurzzeitig den Atem. Der Gleitflieger ist bereits in der Luft. Deven, Natesa und Yatin fliegen bei Rohan mit. Ich humple auf die Lichtung und rufe Deven. Die lauten Winde fahren durch die Palmwedel und übertönen meine Rufe. Der Gleitflieger schießt über die Bucht und wird am Himmel rasch kleiner.

Ich lasse mich auf eine Steinbank sinken und reibe mein schmerzendes Knie. Nachdem Deven Ashwins Gemach verlassen hatte, entwickelte sich alles so schnell. Ashwin schickte eine Brieftaube mit einem Brief an Hastin los, dann gingen wir zu Datu. Bulan war einverstanden mit unserem Plan, uns mit den Rebellen zu verbünden, und befahl Indah und Pons, uns zu einem Treffen mit Hastin zu fliegen. Alle stürzten sich in die Vorbereitungen für unseren Abflug. Ich kehrte in mein Gemach zurück, um meine Habseligkeiten zusammenzusuchen. Von der Terrasse aus sah ich Deven und meine Freunde zu ihrem Flug aufbrechen. Ich kneife die Augen zu, um meine Tränen zurückzuhalten. Die Götter wissen, wann wir uns das nächste Mal sehen.

»Kindred?«

Ich unterdrücke ein Stöhnen. *Gerade Prinzessin Gemi soll mich nicht in diesem aufgelöstem Zustand sehen …*

Prinzessin Gemi setzt sich neben mich. »Mir ist klar, dass der erste Eindruck von mir nicht gut war«, sagt sie, »aber zwischen mir und Deven ist nichts passiert.«

»Etwas anderes habe ich nicht erwartet.« Meine Frostigkeit soll entmutigend wirken, trotzdem verweilt die Prinzessin.

»Er lässt kein Auge von Euch, wisst Ihr das? Mein Vater hat meine Mutter genauso angesehen, wie Deven Euch ansieht.« Prinzessin Gemi zieht ein Knie an die Brust. Die weiten Hosen erlauben ihr eine solche Haltung, ohne die gebotene Sittsamkeit aufzugeben. »Der General und seine Begleiter sollen sich mit der Marine in vier Tagen am Zusammenfluss von Ninsar und Nammu treffen. Ich wäre gern auf einem der Schiffe mitgesegelt, doch der Admiral ließ mich ohne die Erlaubnis des Prinzen nicht an Bord gehen. Er ist ein Pedant, was Vorschriften angeht. Könnt Ihr einer Schwesternkriegerin nicht helfen?«

Ihre einschmeichelnden Worte motivieren mich nicht, aber dass Admiral Rimba die Erlaubnis Ashwins benötigt, ist lächerlich. Datu Bulan nimmt Tugendwächterinnen in Dienst, und in der Marine dienen ebenfalls Frauen. Natürlich ist er einverstanden. Außerdem ist Prinzessin Gemi eine erwachsene Frau und die künftige Herrscherin der Südlichen Inseln. Es sollte ihre Entscheidung sein, ob sie für ihre Heimat kämpfen will.

»Sagt Admiral Rimba, ich hätte um Eure Anwesenheit gebeten. Und teilt ihm mit, dass meine Leute sich ebenfalls an der Flussmündung mit der Marine treffen werden.«

Sie verzieht die Lippen. »Wird der Prinz Eure Entscheidung akzeptieren?«

Ich sehe keinen Grund, weshalb Ashwin etwas dagegen haben sollte, eine weitere Bhuta in unsere Reihen aufzunehmen. Wir sind bereit, die Unterstützung der Rebellen anzunehmen, also können wir die ihre ebenso gut akzeptieren. »Wenn Ihr ihn fragen wollt, er ist drinnen. Aber Ihr solltet Euch beeilen. Wie es aussieht, wird die Flotte demnächst ablegen.«

Prinzessin Gemi richtet den Blick auf die Kais. Die Seeleute sind fertig mit dem Beladen der Schiffe und gehen an Bord. Sie springt auf. »Nicht nötig. Ich sag's dem Admiral. Ich sag's dem Admiral. Wir sehen uns in vier Tagen wieder!« Sie saust in solch einem Tempo und mit solcher Leichtigkeit den Hügel hinunter, dass es mich sogar ein wenig neidisch macht.

Auch eine Frau kann Hosen tragen. Wieso bin ich nicht darauf gekommen?

Ganz in Schwarz gekleidet trete ich hinter der spanischen Wand hervor. Alles, was ich trage, habe ich im Schrank gefunden. An die Hosen werde ich mich erst gewöhnen müssen, aber bereits jetzt ziehe ich ihre Zweckmäßigkeit dem langwierigen Falten, Aufstecken und Festklemmen eines Saris über einer Bluse und einem Unterrock vor. Ich lächle vor mich hin, als ich ein weiteres Paar Hosen und eine Tunika für Samiya einpacke.

»Was ist so amüsant?«, fragt Mathura, als sie das Zimmer betritt.

»Ich habe mir Priesterin Mitas Gesichtsausdruck vorgestellt, wenn sie mich in Hosen sieht.«

Mathura nimmt mich in Augenschein. »Ein Rock ist einer Rani eher angemessen, doch die Hosen stehen dir gut.«

Ich werfe einen Blick auf mein Profil im Spiegel. Die Hose betont meine Beine und Hüften. Priesterin Mita wird sagen, meine Aufmachung sei skandalös, aber meine Garderobe ist noch die geringste Veränderung, die mit mir vorgegangen ist, seit wir uns das letzte Mal gesehen haben.

»Du hast Deven knapp verpasst«, bemerkt Mathura.

»Ich weiß.« Ich stopfe die restlichen Dinge in mein Bündel und muss alles fest zusammendrücken, damit die Hosen noch Platz haben. Mit dem kälteren Wetter in den Bergen und dem Frösteln in meinem Innern wird es nicht leicht werden, mich warmzuhalten.

Mathura setzt sich auf das Fußende des Bettes. »Natesa sagte mir, du und Prinz Ashwin seid euch nähergekommen.« Bevor ich erraten kann, worauf sie anspielt, schließt sie mit folgenden Worten: »So ist es das Beste. Du bist die Kindred des Tarachandischen Reiches, und dazu noch eine gute.«

Ich sehe sie scharf an. »Was willst du, Mathura?«

»Deven wird sich nie einmischen, wenn es um die Erfüllung deiner Pflichten geht. Aber er wird so lange an dem Traum von einem Leben mit dir festhalten, bis du ihm sagst, er soll damit aufhören.«

»Ich liebe deinen Sohn«, sage ich und bemühe mich um einen gleichmäßigen Ton.

»Liebst du ihn genug, um auf deinen Thron zu verzichten? Wenige Frauen haben einen solchen Einfluss wie du. Natesa sagt, der Prinz respektiert dich – er sagt, ihr seid ebenbürtig. Ist dir klar, wie selten das ist? Das ist ein Geschenk der Götter. Du wärst dumm, das zu verspielen.«

Sie vergisst, dass ich nicht nur die Kindred bin; ich bin ein Feuerwesen. Mein Volk wird mich nie so akzeptieren, wie ich bin. Sogar die gefangen gehaltenen Ranis wurden in dem Glauben erzogen, meine Gattung zu verachten. Ich habe vor ihnen geheim gehalten, was ich bin, und ich bezweifle, ihr Vertrauen zurückgewinnen zu können, wenn sie mein wahres Erbe kennen. »Wenn die Zeit gekommen ist, *werde* ich auf den Thron verzichten.«

Mathura schnalzt mit der Zunge. »Mein Sohn ist ein guter Mann, aber du redest Unsinn, Kalinda. Du bist eine Rani. Du wirst für ihn immer unerreichbar sein.«

Bei den Göttern, ich hoffe, Deven teilt ihre Meinung nicht.

Doch vielleicht tut er das. Vielleicht ist er deshalb ohne ein Wort des Abschieds aufgebrochen, vielleicht hat er mich deshalb nicht gebeten, meinen Thron aufzugeben. Vielleicht befürchtet er, dass ich es nicht tun würde.

Noch mehr Zweifel drängen sich mir auf. Ich habe in der Sache der Rebellen für Ashwin Partei ergriffen. Doch Deven versteht von Loyalität und Pflichterfüllung mehr als jeder andere. Er wird an unsere Meinungsverschiedenheit denken und feststellen, dass ich Ashwin zum Wohl des Reiches unterstützt habe. Ich hoffe, dass Deven mir für den Schmerz, den meine Entscheidung ihm verursacht hat, vergibt.

Mathura streicht die Falten ihres Saris glatt. »Ich reise mit Botschafter Chitt nach Chanardan. Ich hoffe, dass diese Angelegenheit geklärt sein wird, wenn ich dich das nächste Mal sehe.«

»Das wird sie.« Bis dahin wird der Krieg vorüber sein, Ashwin wird seinen Thron und den Palast gerettet haben, und ich werde von meinen Pflichten entbunden sein. Um Deven offen lieben zu können. Und um Mathura zu sagen, dass sie aufhören soll, sich einzumischen.

Diesen Tag werde ich genießen.

Es klopft an der Tür. Indah kommt herein, gefolgt von einem Mann in einer langen indigoblauen Robe. Sein Schädel ist fast kahl.

»Heiler Mego kommt Kalindas wegen«, sagt Indah. »Wir lassen Euch allein.«

Mathura erhebt sich mit würdevoller Anmut. »Denk an meine Worte, Kalinda.« Sie verneigt sich, um meiner Stellung als Kindred Rechnung zu tragen, und rauscht hinter Indah aus dem Raum.

Heiler Mego stellt seinen Korb auf den Tisch, rollt seine Ärmel auf und betrachtet mich mit seinen hellgrauen Augen. »Indah sagte mir, dass Ihr von einem Dämon beschädigt worden seid.«

Ich kämpfe mit seiner Wortwahl. »Beschädigt« klingt, als wäre ich unwiederbringlich kaputt. »Wir haben nicht viel Zeit, bevor ich aufbrechen muss. Könnt Ihr mich heilen?«

»Alles zu seiner Zeit.« Er packt seinen Korb aus und hebt dann die Hände, die Innenflächen zu mir gerichtet. »Ihr müsst mich verbrennen.«

»Euch verbrennen?«

»Keine Sorge, Kind. Tut, was ich sage.« Heiler Mego presst seine Handflächen auf meine. Seine alten Hände sind kaum größer als meine und glatt wie das Innere einer Kokosnuss. Auf den Armen hat er mehr Haare als auf dem Kopf. »Na los.«

Meine Finger leuchten weißgelb von meinem Seelenfeuer. Seine Haut muss Blasen werfen, doch er zuckt weder, noch weicht er zurück. Er fixiert meine Fingerspitzen. Als ich meine Kräfte in sie hineinschicke, verdunkelt sich mein Feuer zu einem grünlichen Gelb, dann zu einem Jadegrün, und dann … sprühen sie saphirblaue Funken.

Ich lasse meine Kräfte erlöschen und weiche vor dem verblassenden blauen Feuer zurück. Der Heiler senkt seine unverletzten Hände.

»Wie … wie habt Ihr das gemacht?«, frage ich.

»Jahrelange Übung.« Heiler Mego rollt seine Ärmel herunter und hält meinem Blick stand. »Es tut mir leid, Kindred. Die Gifte des Herrn des Nichts lassen sich nicht ausleiten. Nur er kann das Gift aus Eurem Körper entfernen.«

»Was?« Meine Hoffnung, das kalte Feuer in meinem Innern loszuwerden, schwindet. »Und wenn er das nicht tut?«

»Dann wird seine giftige Kälte Euer Seelenfeuer nach und nach ersticken, bis es erloschen ist.«

»Ich werde *sterben?*« Kein sterbliches Wesen kann ohne Seelenfeuer leben. Es ist unsere Essenz.

»Eure sterbliche Hälfte stirbt bereits.« Angesichts meines entsetzten Gesichtsausdrucks fügt er hinzu: »Ihr könnt es mit einem Aderlass versuchen, doch das kann ich nicht empfehlen. Das Gift würde eine Zeit lang geschwächt, doch es würde doppelt so stark zurückkehren.«

Mir wird übel. Ich hatte bereits einen Aderlass. Ein Wasserwesen hatte mir mehrere Schnitte beigebracht, um das Gift, das meine Kräfte neutralisierte, auszuleiten. Ich will dieses qualvolle Ritual nicht noch einmal durchleben – auch nicht um einer Galgenfrist willen. »Könnt Ihr etwas tun?«, frage ich.

»Nein«, erwidert er mit sanftem Ton. »Es tut mir leid.«

Ich lasse mich auf einen Stuhl sinken und werfe dabei mein Bündel zu Boden. Die Versuchung, mich einfach auszustrecken und zuzulassen, dass mich die Kälte verschlingt, treibt mir beinahe die Tränen in die Augen. Der Heiler packt seinen Korb. Wieso ist er überhaupt gekommen, wenn er mir nicht helfen kann? Ich will ihm sagen, dass er gehen soll, doch ich behalte meine Verbitterung für mich. Auf ihn loszugehen wäre falsch, und ich kann den Gedanken, dass Udug auch nur den kleinsten Erfolg erzielt, nicht ertragen. Er wird mich nicht dazu bringen, zu weinen oder dem fortwährenden Frösteln nachzugeben. Dann würde ich wirklich glauben, dass ich nicht überleben kann. Aber wir haben die Marine von Lestari auf unserer Seite und bald auch die Rebellen. Beides sind Geschenke der Götter.

Ich fasse ein klein bisschen Mut und stelle die eine Frage. »Wie lange habe ich noch, bis …?«

»Die volle Entfaltung des Gifts dauert eine Mondphase.«

»Udug hat mich vor zwei Wochen vergiftet.« Ungefähr genauso viel Zeit bleibt mir, um ein Gegenmittel zu finden, das der Heiler nicht kennt, oder um Udug dazu zu bringen, die Kälte von mir zu nehmen. Alles ist besser als die Prognose des Heilers. »Seid Ihr sicher, dass niemand die Kräfte des Herrn des Nichts abwehren kann?«, frage ich und denke dabei an Ashwin. »Was, wenn das Seelenfeuer eines anderen die Kälte in mir lindern kann?«

»Ich wäre vorsichtig damit, auf ein anderes Seelenfeuer zurückzugreifen, um Euer eigenes zu stärken. Die Folgen eines solchen Vorgehens sind unvorhersehbar und werden die Nebenwirkungen nur verschlimmern.« Meine Angst kehrt zurück, ebenso wie Megos sanfte Stimme. »Wenn Ihr in Lestari bleibt, werde ich dafür sorgen, dass Eure letzten Stunden angenehm sind.«

Ich hebe mein Bündel auf. »Ich muss gehen.«

»Kindred, ich bete dafür, dass Ihr es Euch anders überlegt. Der Schaden, den die Kräfte des Herrn des Nichts anrichten, ist verheerend …«

»Und er ist geringer als das, was er der Welt antun will.« An der Tür bleibe ich stehen. »Danke. Ich verlasse mich darauf, dass das hier unter uns bleibt.« Ich warte, bis der Heiler zustimmend nickt, und gehe dann.

Ashwin eilt den Flur entlang, er trägt seine Reisekleidung. »Da bist du ja. Wir sind startklar.« Er geht langsamer und mustert mich erstaunt. »Was hast du da an?«

»Hosen. Mathura meinte, sie stehen mir.«

Er läuft rot an. »Ich … sie …« Er sucht vergeblich nach Worten.

Heiler Mego verlässt mein Gemach und geht in die entgegengesetzte Richtung davon.

»Wer ist das?«, fragt Ashwin.

»Ein Heiler, den mir Indah geschickt hat. Wollen wir los?«

»Warte.« Ashwin hält mich fest. »Was hat er gesagt?«

Ich sterbe, bin aber noch nicht tot. Dank Anu ist der Unterschied im Augenblick ziemlich groß. Ich bringe ein kleines Lächeln zustande. »Mir geht's bald wieder gut.«

»Den Himmeln sei Dank.« Ashwin schlingt seine Arme um mich. »Du bist meine Kraftquelle, Kalinda. Ohne dich kann ich das alles nicht tun.« Ich sollte auf Abstand gehen, doch seine Nähe träufelt wie warmer Honig auf mich.

Heiler Mego muss falschliegen. Ashwins Berührung dient als Gegenmittel für das Gift des Herrn des Nichts. Ashwin zu umarmen – zum Wohle meiner Gesundheit –, kann nicht schädlich sein, sonst würde ich noch etwas anderes als die wohlige Abwesenheit der Kälte spüren.

Er lässt mich los, und wieder legt sich in meinem Innern Raureif auf alles. Meine körperliche Reaktion bringt mich dazu, eine Entscheidung zu treffen. Ich kann das alles ohne Ashwin ebenfalls nicht tun. Er wird in den kommenden Tagen mein Schutz gegen das Gift des Herrn des Nichts sein.

Vor dem Haupteingang zum Palast steht auf dem zerstörten Vorplatz ein Gleitflieger. Ashwin und ich gehen zu Pons und Indah, die unsere Bündel mit einem Seil im Passagierbereich befestigen. Datu Bulan steht ein wenig abseits und spricht mit einer Palastwache. In der Ferne verschwindet das letzte Marineschiff in der Durchfahrt der Steinmauer.

»Ich wusste nicht, dass der Datu Gleitflieger hat«, sage ich.

»Er hat sie vor ein paar Jahren gegen die Paljorianer eingetauscht«, erwidert Pons.

»Prinz Ashwin, habt Ihr meine Tochter gesehen? Gemi sollte uns hier treffen«, fragt Bulan, als er zu uns kommt.

»Sie ist mit Admiral Rimba gefahren«, antworte ich. »Gemi hat sich freiwillig gemeldet, und ich habe akzeptiert.«

Die Kinnlade des Datu klappt herunter, und er läuft rot an.

Ashwin murmelt leise einen Fluch und reibt sich die Stirn. »Kalinda, wie kannst du nur?«

»Gemi meinte, der Admiral würde sie ohne Eure Erlaubnis nicht mitnehmen.« Ich lasse meinen Blick zwischen ihnen hin- und hergleiten, unsicher, warum sie wütend sind. »Ich sehe keinen Sinn darin, ein fähiges Erdwesen zurückzuweisen.«

Datu Bulan stößt einen Schwall unverständlicher Silben aus und ruft dann seiner Wache zu: »Meldung an die Brücke! Sagt ihnen, sie sollen meine Tochter zurückbringen!«

»Sie sind weg, Sir«, erwidert die Wache. »Die Marine hat den Steinwall bereits passiert.«

»Dann schickt ein Boot hinterher!«

»Prinzessin Gemi sagte, sie will mitsegeln«, erkläre ich, um ihn zu beruhigen.

Der Datu tritt vor mich hin, und das Weiß seines Umhangs hebt sich deutlich von der Röte seiner Wangen ab. »Der Admiral hatte Befehl, meine Tochter hierzulassen. Prinz Ashwin und ich haben beschlossen, dass Gemi nicht an die Kriegsfront geht. Der Prinz schlug vor, sie, eine Bhuta-Regentin, auszuschließen. Das ungeteilte Kommando sollte auf sie übergehen, falls Ihr scheitert. Jetzt könnte der Dämon-Rajah die Zukunft meines Volkes vernichten!«

»Verzeiht mir«, sagt Ashwin. »Die Kindred wusste nichts von dieser Abmachung.«

»Gemi hat mir auch nichts davon gesagt«, füge ich hinzu. »Es tut mir leid.«

Bulan stößt mir seinen ausgestreckten Finger fast ins Gesicht. »Sollte ihr etwas zustoßen, werde ich Euch finden.« Er wirbelt in einer weißen Wolke herum und stapft davon.

Indah ruft vom Gleitflieger aus: »Gemi passiert schon nichts. Bulan hält sie noch immer für sein kleines Mädchen, aber ich möchte in der Schlacht nicht gegen sie antreten müssen.«

Ashwin spricht leise. »Das mag schon sein, Kalinda, aber du hättest das mit mir absprechen müssen. Wir sollten solche Entscheidungen gemeinsam fällen.«

»Du hast mir nicht gesagt, dass Gemi hierbleiben soll«, entgegne ich flüsternd.

»Ich habe vorgeschlagen, sie bleibt, um Bulan zu beruhigen. Hast du dich nicht gefragt, weshalb er Indah anstelle von Gemi nach Iresh geschickt hat, um am Turnier teilzunehmen? Er liebt seine Tochter über alles. Für ihren Schutz zu sorgen war mein bestes Druckmittel. Und selbst damit war unsere Vereinbarung noch zu großzügig.« Ashwin ist wütend auf mich und auch auf sich selbst, weil er schlecht verhandelt hat.

»Es war nicht an uns, zu entscheiden, ob Gemi an dieser Unternehmung teilnimmt oder nicht«, sage ich.

Ashwin reibt sich die Schläfen. »In diesem Fall schon.«

Ich verkneife mir eine nächste Erwiderung. Natürlich will der Datu seine Tochter beschützen, doch wäre Gemi ein Mann gewesen, wäre sie zweifellos in den Krieg geschickt worden. Wäre Gemi ein Mann gewesen, wen hätte Ashwin dann zurückgelassen? Eine andere Frau? Hätte er mich von der Schlacht ausgeschlossen?

»Was geschehen ist, ist geschehen«, sagt er. »Von jetzt an befragen wir einander in allen Dingen.«

»In Ordnung.« Ich wende mich ab und binde mir rasch das Haar zusammen, damit es während des Fluges nicht hinderlich ist.

Ashwin steigt mit Indah und Pons in das Fluggerät. Ich nehme meinen Platz neben Ashwin ein, wobei ich darauf achte, ihn und seine heilende Wärme nicht zu berühren. Nach allem, was ich getan habe, um meinen Thron zu sichern und zu behalten, habe ich sein Vertrauen in meine Entscheidungen verdient.

Pons' herbeigerufene Winde heben uns in die Lüfte. Indah stößt einen gequälten Schrei aus, während sie mit aller Kraft die Navigationsstange umklammert. *Hat sie Angst vor dem Fliegen?* Wenn ich es mir recht überlege, bin ich noch nie mit ihr in einem Gleitflieger geflogen.

Eine kräftige Böe treibt uns über die Palaststadt. Indah birgt ihr Gesicht an Pons' Rücken, um nicht in die Tiefe schauen zu müssen. Ich nehme den Anblick der türkisfarbenen Bucht und der elfenbeinfarbenen Strände in mich auf. Lestari ist wirklich eine Oase. Ich wünschte, ich hätte mich ausgeruht und unsere Pause im Paradies genossen. Unser Aufenthalt war zu kurz und ziemlich konfliktbeladen, aber Prinzessin Gemis Bereitschaft, sich in die Schlacht zu stürzen, stärkt mein Vertrauen, dass wir – die Südlichen Inseln, das Tarachandische Reich und die Rebellen – uns zusammentun können, um den Gegner zu besiegen, der uns bedroht.

KAPITEL 8

DEVEN

Der intensive Geruch von trocknendem Dung steigt vom Feld auf. Das Gras unter meinen Füßen ist von Wagen- und Hufspuren plattgedrückt. Nach beinahe zwei Tagen Flug, nur unterbrochen von kurzen Zwischenlandungen, bin ich froh, wieder festen Boden unter den Füßen zu haben.

Ich gehe in die Hocke und betaste das Gras; es ist noch feucht von dem Regenschauer. Obwohl die Spuren der nur langsam weiterziehenden Armee des Dämon-Rajah drei Tage alt sind, beruhigt mich die Abwesenheit der Truppen nicht.

Nahe der die Lichtung säumenden Baumreihe suchen Yatin und Natesa nach Hinweisen auf Brac und Opal. Dichtes Unterholz hält Wanderer davon ab, sich in den Sumpf zu wagen. Vom Meer bis zum Stadtgebiet wird Janardans Territorium vom Dschungel dominiert. Brac und Opal würden sich nicht in das Gewirr von Bäumen gewagt haben, es sei denn, sie hätten nie wieder herauskommen wollen.

Rohan sucht das Grasland hinter mir ab, wobei er pfeifende Windböen durch niedrige Büsche schickt, um sämtliche Stellen, an denen sich unsere Geschwister hätten verstecken können, sichtbar zu machen. Wo in Gottes Namen sind sie hin? Brac hat weder erkennbare Fußabdrücke noch verbrannte Vegetation hinterlassen, um die Richtung zu markieren, die er eingeschlagen hat.

Die von der Armee hinterlassenen Spuren verraten da schon mehr. Die Abdrücke im trocknenden Schlamm stammen von den Gerätschaften schwerer Artillerie, von Katapulten, mit denen man lange Pfeile abschießen und große Steine weit schleudern kann. Andere Wagen waren beladen mit Rammen und Belagerungsrampen, um dicke hohe Mauern zu erklimmen oder sie zu durchstoßen. All das kann ich erkennen. Diese Verteidigung ist Standard in der Armee. Aber noch immer keine Spur von Brac.

»Wo hast du die zwei zuletzt gesehen?«, frage ich Rohan, während ich meine Aufmerksamkeit zwischen ihm und dem östlich gelegenen Dschungel aufteile. Der Sumpf hat sogar den Dämon-Rajah gezwungen, ihn zu umgehen.

Rohan geht zu einer Anhöhe. »Sie sind hier aufgeschlagen. Brac konnte nicht wenden, weil die Bogenschützen angefangen haben, zu schießen.« Seine Stimme kippt, wie es normal ist bei Jungen in seinem Alter, und er räuspert sich. »Opal lag genau hier, als ich sie das letzte Mal gesehen habe.«

Pfeile ragen aus dem Boden. Ich inspiziere das plattgedrückte Gras und finde Splitter des Wracks. Die Truppen haben den Gleitflieger bestimmt zerlegt und die Teile als Feuerholz benutzt. Wenigstens wissen wir, dass Opal und Brac von hier nicht weggeflogen sind.

»Was ist in der Nähe?«, wende ich mich an Yatin, den erfahrenen Navigator in unserer Gruppe.

Er studiert den Sonnenstand. »Das nächstgelegene Dorf ist in südlicher Richtung, ungefähr einen Tagesfußmarsch entfernt.«

Die Armee zieht in nordwestlicher Richtung nach Tarachand. Bis zur Grenze ist es nicht mehr weit. Richtung Süden zu gehen wäre Bracs und Opals klügste Entscheidung. Yatin und ich haben sowohl in diese Richtung als auch den Rand der Lichtung abgesucht, ohne Spuren zu finden, die zum Dorf führen. Alle anderen Spuren, die die beiden hinterlassen haben könnten, wurden von den Hunderten von Männern zerstört, die vorbeigezogen sind.

»Es gibt noch eine andere Möglichkeit«, meldet sich Yatin bescheiden zu Wort.

Rohan tritt gegen das Ende eines Pfeils, der aus dem Boden ragt. Keiner von uns will sich vorstellen, dass unsere Geschwister gefangen genommen wurden. Ich gehe davon aus, dass Brac sich nicht hätte ergreifen lassen, ohne als Zeichen seines Widerstands das Feld in Brand zu setzen. Andererseits jedoch könnten die Umstände ihn daran gehindert haben.

»Wahrscheinlich sind sie in Gefangenschaft.« Ich schiebe den Gedanken weg, dass etwas Schlimmeres passiert sein könnte. Wir werden sämtliche Optionen nacheinander prüfen.

»Ihr bleibt hier und bewacht den Gleitflieger. Ich sollte übermorgen zurück sein, rechtzeitig, um zu unserem Treffpunkt zu fliegen.«

»Ich komme mit.« In der Erwartung meiner Ablehnung spannt Rohan sich an, doch ich respektiere seinen Mut. »Du wirst mich brauchen, um nach meiner Schwester zu lauschen.«

»Wir sollten zusammenbleiben«, sagt Natesa, während sie mich mit einem durchdringenden Blick zur Zustimmung bewegen will. Sie vergisst, dass ich von Kriegerschwestern umgeben aufgewachsen bin. Sie konnten einen Betrunkenen mit einem einzigen stechenden Blick schlagartig nüchtern werden lassen.

Yatin ist noch immer voller Sorge. Zwar ist er ein Freund von Brac und mir, doch er ist nur mitgekommen, weil sich Natesa uns angeschlossen hat. Ich hätte ihn nicht mitnehmen sollen.

»Wir können den Gleitflieger nicht benutzen, sonst entdecken sie uns«, erkläre ich, um ihr diese Idee auszureden. »Ich schätze, der Großteil der Truppen ist einen Tag, vielleicht anderthalb Tage entfernt. Wir werden die Nacht durchmarschieren müssen, um zu ihnen aufzuschließen.«

Natesa streckt die Arme in die Luft. »Ihr werdet mich nicht aufhalten.«

Sie ist stur wie ein Honigdachs mit einer Schlange zwischen den Zähnen. Ich blicke zu Yatin. Vielleicht kann er ihr Vernunft beibringen.

»Wir halten durch, General«, sagt er.

Ich hasse diesen Titel und was er für meinen Vater bedeutete. Wäre er hier, würde er Yatin, Natesa und Rohan befehlen, ihm zu folgen, ohne einen Gedanken an ihre Sicherheit zu verschwenden. Ich werde meine Begleiter zu nichts zwingen. »Eure Entscheidung, aber wenn ihr mitkommt, bin ich nicht euer Befehlshaber.«

»Verstanden«, erwidert Rohan und macht gute Miene zum bösen Spiel. Trotzdem lässt er in seiner Enttäuschung darüber, seine Schwester nicht gefunden zu haben, die Mundwinkel hängen.

Ich hatte ihn gebeten, mitzukommen. Ich habe ihm eingeredet, wir können Opal und Brac finden – deshalb versuche ich jetzt, ihn von seiner Besorgnis abzulenken und bitte ihn, mir dabei zu helfen, den Gleitflieger unter den Bäumen zu verstecken. Yatin und ich werden unsere Schwerter zurücklassen. Wegen ihrer Größe und ihres Gewichts würden wir langsamer vorankommen. Yatin zieht sich schmollend auf das Feld zurück, um darüber nachzugrübeln, ob er seinen Khanda zurücklassen soll.

Natesa bietet ihm ihren Haladie an, ein Messer mit einer Doppelklinge. »Ich habe noch meine anderen Dolche.«

»Danke, kleiner Lotus.« Yatin beugt seine riesige Gestalt zu ihr hinunter und küsst sie auf die Nase.

Es ist erst zwei Tage her, dass Kali mich auf die Nase geküsst hat. Die Erinnerung deprimiert mich. *Sie hat sich entschieden, aber nicht für mich.* Ich muss mich wohl an dieses Gefühl gewöhnen.

Jeder aus unserer Gruppe macht sich daran, sein Bündel auf das Nötigste zu reduzieren. Rohan ist der Schmalste von uns und noch leichter als Natesa. Als Yatin ihm hilft, die Riemen festzuzurren, nehme ich unbemerkt ein paar Sachen aus Rohans Bündel und stecke sie in meins und nehme dann den Pfad in Augenschein, den die Armee getrampelt hat. Das Tiefland liegt vor uns und lockt uns heimwärts.

Ich falle in einen leichten Laufschritt, und drei Fußpaare folgen mir. Meine Freunde und ich laufen auf unser geliebtes Reich mit seinen erbarmungslosen Wüsten und unerreichbaren Bergen zu.

KAPITEL 9

KALINDA

Der Frost hat in den Alpanas frühzeitig Einzug gehalten. Wir fliegen in einem steilen Anstieg über die verschneiten Berge, deren höchste Gipfel von dichten Wolken umhüllt sind. Schneeflocken wirbeln um uns herum. Die weißen Flecken landen auf Ashwins dunklen Brauen und blassen Wangen. Wir drängen uns im Passagierbereich eng aneinander. Wir zittern vor Kälte, klappern mit den Zähnen.

Pons lenkt das Fluggerät immer weiter hinauf in dünnere Luft. Indah ist unter eine Decke gekrochen, ihre Augen sind geschlossen; sie ist wach, kann den Anstieg aber kaum ertragen. Unser zweitägiger Flug hat sich endlos angefühlt. Ich habe noch nie einen so trüben Wintereinbruch erlebt. Ich kann nicht sagen, wo die giftige Kälte in mir aufhört und das feuchtkalte Wetter beginnt. Jeder Atemzug bohrt mir eiskalte Dornen in die Brust. Eine zunehmende Taubheit schwächt meine Konzentration und macht meine Lider schwer.

»Sie muss wach bleiben«, ruft Indah Ashwin über den Wind hinweg zu. »Wärmt sie!«

Ashwin schlingt seinen Arm um mich, und ich schmiege mich an ihn. Seine Körperwärme lindert meinen Schüttelfrost und hilft mir dabei, die durchdringende Kälte zu ertragen.

Er legt seine Wange an meine, und seine Stimme weckt meinen Verstand. »Du riechst nach Mondschein.«

Ich hebe den Kopf, und wir stoßen mit unseren Nasen zusammen. Sein Seelenfeuer glüht tief in seinen Augen, ein Quell verlockender Wärme.

Mach dich los. Lass dich nicht verführen …

Seine Lippen streifen meine Wange. Wärme loht in mir auf und entzündet sich zu einem wohltuenden Feuer. Das Eis in mir schmilzt und tröpfelt davon. *Ich bin so kurz davor, mich wieder heil zu fühlen …* Ich schmiege mich noch fester an ihn und lasse meine Hände um seinen bloßen Rücken gleiten, wobei die unerbittlichen Winde nur noch eine ferne Kraft sind. Seine Lippen berühren meine und setzen sich über meinen verbliebenen Widerstand hinweg. Mein Kuss, mit dem ich seinen erwidere, bebt vor Verlangen, während Ashwins Seelenfeuer alles andere ausblendet.

Der Gleitflieger legt sich so scharf in die Kurve, dass es uns auseinanderreißt, und ich erkenne das Leuchtfeuer oben auf dem Nordturm des Tempels. *Zu Hause.* Das letzte Mal habe ich dieses Licht gesehen, als mich Deven in den Wald geführt hat, um mir, wie ich dachte, einen letzten Blick auf Samiya zu ermöglichen.

Die Erinnerung an Deven ernüchtert mich. Ich löse mich von Ashwin, und mir ist schlecht. Ich weiß nicht, wie ich das Gefühl, ihn zu wollen und zu brauchen, loswerden kann. Selbst jetzt, während ich wieder zittere, verlange ich nach einer Galgenfrist. Aber ich muss die Kälte bekämpfen, wenn auch nur, um den Krieg zu überstehen.

Unser Gleitflieger schwebt über dem steinernen Tempel, der an dem mächtigen Felsvorsprung klebt. Der Innenhof ist leer und der Meditationsteich gefroren, aber der Kampfring ist für das Training von Schnee und Eis befreit. Meine letzte Eignungsprüfung hier war die erste, bei der ich Blut vergoss. Andere Erinnerungen an meine Kindheit kommen hoch: das Außentor, das uns im Tempel ein- und den Rest der Welt ausschloss; der Meditationsteich, in den ich an warmen Sommertagen meine Füße tauchte; die abgeplatzte Stelle an der Tempelwand, an die ich Steine mit meiner Schleuder schoss.

Wir sinken in den Innenhof hinab und landen im Kampfring. Mit jedem Atemzug nehme ich den Geruch der Bäume und der Wolken in mich auf, und kalte Luft erfüllt mich. Ich habe den heilsamen Geruch der Berge eingeatmet. Indah springt vom Gleitflieger und stolpert zur Ecke des Innenhofs. Auf halbem Weg beugt sie sich nach vorn und übergibt sich. Unsere Landung muss ihr auf den Magen geschlagen sein. Ich steige hinter Ashwin und Pons vom Gleitflieger herunter und will ihr folgen.

Pons hält mich zurück. »Ich schaue nach ihr.« Er geht zu Indah und hält ihr das Haar aus dem Gesicht. Ein Schmerz bohrt sich in mein Brustbein. Auch wenn Admiral Rimba etwas dagegen hat, dass die beiden zusammen sind, verdienen sie doch das Glück, das sie sich wünschen.

Eine zierliche alte Frau steht im offenen Tempeleingang. Es ist Priesterin Mita, der Schein einer Öllampe fällt auf ihr runzeliges Gesicht und ihr graues Haar. Ich kann das Gewicht ihres finsteren Blicks spüren. Sie weiß nicht, weshalb wir gekommen sind; sie hat mich einfach noch nie gemocht. Sie hat Jaya bevorzugt. Ich hätte wissen müssen, dass auch meine Rückkehr als Rani sie nicht freundlich stimmen würde. Ashwin geht auf die Priesterin zu, und nach einem resignierten Seufzen folge ich ihm.

»Rajah Tarek?«, flüstert Priesterin Mita.

Ashwin zuckt zusammen, wie er es immer tut, wenn man ihn für seinen Vater hält.

»Das ist Prinz Ashwin«, stelle ich klar.

Priesterin Mita deutet eine Verbeugung an. »Verzeiht mir meinen Irrtum, Eure Majestät. Wo ist Rajah Tarek?«

»Er wurde ermordet«, antwortet Ashwin ruhig. Er verspürte zu seinen Lebzeiten keinerlei Zuneigung zu seinem Vater und heuchelt auch nach dessen Tod keine Gefühle. Seine Distanziertheit dient zum Teil meinem Schutz, weil ich Tareks Herrschaft beendet habe. Ashwin ist einer der wenigen, denen ich die Wahrheit über das Hinscheiden seines Vaters anvertraut habe.

»Mein Beileid.« Priesterin Mita schweigt unbehaglich, während sie meine Hosen betrachtet. »Wir fühlen uns geehrt, dass Ihr nach Hause kommt, Kindred Kalinda. Wer sind Eure Begleiter?«

Ich lasse den Blick durch den Innenhof gleiten. Indah hat aufgehört, sich zu übergeben, und Pons führt sie langsam zu uns. »Indah und Pons kommen von den Südlichen Inseln.«

Die Priesterin richtet sich ein Stück auf. »Ausländer?«

»Freunde«, berichtigt Ashwin. »Sie sind willkommen im Reich.«

Wir erwähnen nicht, dass sie Bhutas sind. Priesterin Mita glaubt noch immer Tareks falscher Darstellung, dass Bhutas seelenlose Dämonen aus dem Nichts seien. Sie weiß nicht, dass ich eine Bhuta und ein Feuerwesen bin, die seltenste und gefürchtetste Gattung meiner Art.

»Wie Ihr wünscht, Eure Majestät.« Priesterin Mita bemerkt, wie unhöflich es ist, uns in der Kälte stehen zu lassen. »Wenn ich bitten darf, ich werde Eure Delegation hineinbegleiten. Wir haben das Untergeschoss für die geschätzten Wohltäter reserviert. Unsere Mündel wohnen getrennt im oberen Stock. Ihr versteht, dass wir die Unschuld unserer Töchter schützen müssen.«

Ich verdränge einen Anflug von Zorn. Sie beschützen für

was? Um nackt und mit verbundenen Augen im Forderungszimmer vor einem fremden Mann zu stehen – einem geschätzten Wohltäter – und sich wie ein wertvolles Schaf inspizieren zu lassen?

Als Ashwin meine mahlenden Kiefer bemerkt, fasst er mich bei der Hand. »Wir verstehen«, sagt er. *Tut er das wirklich?* »Danke, Priesterin.«

Sie schnaubt, wobei sie meine offensichtliche Gereiztheit ignoriert, und führt uns die Treppe am Felsvorsprung entlang zum unteren Eingang. Indah und Pons holen uns ein, als uns die Priesterin hineinscheucht. An jenem Tag, an dem ich auserwählt wurde, habe ich die Räumlichkeiten des Wohltäters kaum wahrgenommen, aber sie sind nicht so verschwenderisch ausgestattet, wie ich sie in Erinnerung habe. Damals waren mir die Goldblattmöbel, Seidenvorhänge und Messingleuchter über die Maßen extravagant vorgekommen. Meine eigenen Kammern waren eng und karg gewesen, die Farben so trist wie deren Steinwände. Jetzt, da ich echten Überfluss und Luxus kenne, bemerke ich die geflickten Löcher in den Vorhängen, das abgeblätterte Blattgold, die ramponierten Möbel und die verwaschene Tagesdecke mit den strähnigen Quasten. Diese Unterkunft genügt bei Weitem nicht den Privilegien des Prinzen.

Ashwin lächelt die Priesterin an. »Das ist bestens.«

»Habt Ihr ein Zimmer für uns?«, fragt Pons. Indah lehnt sich gegen ihn. Ich habe falschgelegen damit, dass ihr vom Flug schlecht war. Sie scheint krank zu sein.

Priesterin Mita blickt sie finster an. »Obwohl wir Ausländern noch nie erlaubt haben, sich hier aufzuhalten, werden wir für die Begleiter des Prinzen eine Ausnahme machen.«

Ich trete vor, um meine Freunde zu verteidigen, aber Pons antwortet. »Wir wissen Eure Gastfreundschaft zu schätzen.«

Die Priesterin brüskiert ihn, indem sie ihm nicht einmal einen Blick gönnt. »Kindred, Eure Begleiter dürfen von den Tempelmündeln nicht gesehen werden.« Sie meint Pons und Indah. Sie kann mich nicht hier unten einschließen. »Wie auch Ihr, Eure Majestät. Ihr findet alles, was Ihr benötigt, in Eurem Gemach. Eine unserer Schwestern wird Euch Eure Mahlzeiten bringen. Wann wollt Ihr Empfängerinnen im entsprechenden Alter vorgeführt bekommen?«

»Vorgeführt?«, fragt Ashwin.

»Er ist nicht wegen einer Forderung gekommen«, fauche ich. Auf dem Tempelboden über uns trainieren Mädchen aller Altersgruppen, von Kleinkindern bis zu Achtzehnjährigen, um das zu werden, was ihr Wohltäter für sie vorgesehen hat. Die volljährigen Mädchen werden dem Wohltäter gezeigt, damit er die auswählt, die er begehrt.

Priesterin Mitas verwirrter Blick schnellt zu mir. »Weshalb seid Ihr dann gekommen?«

»Der Prinz wollte unsere Tempel besichtigen«, sage ich. »Ich bot ihm an, ihn zu begleiten.«

»Aber Ihr habt keinen Proviant mitgebracht.«

»Nein«, sage ich zögernd. »Wir wussten nicht, dass Ihr eine Lieferung erwartet.«

»Wir haben seit über drei Monaten keine Waren und lebensnotwendigen Güter erhalten. Die Brüder müssen von unserer Unterversorgung wissen. Ich habe ihnen mehrere Briefe geschickt.«

Die Tempel der Bruderschaft schicken immer an Neumond eine Versorgungskarawane. Sie müssen damit aufgehört haben, als die Rebellen in die Reichsstadt eingedrungen sind. Mit dem Chaos im Reich hat man die Tempel der Schwesternschaft vergessen. Der Tempel von Samiya ist am weitesten von Vanhi entfernt und liegt am abgeschiedensten. Sie müssen gefährlich knapp an Vorräten sein. Bis auf den Garten, der jetzt schneebedeckt ist, hängen die Schwestern und Mündel von der Großzügigkeit der Wohltäter ab, die Essen und Kleidung liefern im Tausch gegen das Privileg, Mündel auswählen zu können.

»Eure Situation war uns nicht bekannt«, sagt Ashwin. »Ich werde Eure Lieferausfälle eilends ausgleichen.«

Ich habe keine Ahnung, wie er sein Versprechen einlösen will, doch seine umgehende Zusage besänftigt Priesterin Mita.

»Würdet Ihr uns bitte unser Zimmer zeigen?«, bittet Pons die Priesterin. Indah hat kein Wort gesprochen, seit wir gelandet sind. Sie wankt leicht, und ihre Blässe wird von Sekunde zu Sekunde schlimmer.

»Hier entlang.« Priesterin Mita eilt zu der Tür, die auf den Flur führt.

Pons bleibt zurück. »Können wir ihr vertrauen, Kalinda?«

»Sie mag abweisend sein, aber sie wird euch nichts tun.« Ich streichle Indahs Arm. »Ruht Euch aus.«

Sie folgen der Priesterin, und mir kommt ein Gedanke. Ich brauche ebenfalls ein Zimmer. Dieses hier hat nur ein Bett. Priesterin Mita geht offensichtlich davon aus, dass Ashwin mich als seine Kindred behalten hat. In einem Zimmer mit ihm zu schlafen wäre verhängnisvoll. Ich muss nur anfangen zu frösteln in der Nacht und seine angenehme Nähe suchen …

Es kratzt mich in der Kehle. »Ich werde Priesterin Mita um ein Zimmer für mich bitten.«

»Das ist nicht nötig.« Ashwin lässt einen Finger über den staubigen Kamin gleiten. »Du kannst das Bett haben. Ich werde auf dem Boden schlafen.« Er geht in die Hocke und füllt den Kaminboden mit Anzündholz. »Hat mein Vater in diesem Zimmer gewohnt, als er das letzte Mal hier war?« Eine einfache Frage, doch seine Stimme klingt angespannt.

»Ja.« Ich traf Deven im Flur vor dem Zimmer. Wie anders mein Leben wäre, wenn er der Wohltäter gewesen wäre und mich auserwählt hätte. Vielleicht wäre ich aber auch gar nicht auserwählt worden.

»Kalinda, würdest du bitte?« Ashwin zeigt auf das Anzündholz im Kamin.

Ich trete neben ihn und presse einen Finger auf das Feuerholz, das zu brennen beginnt. Meine Kräfte leuchten auf, haben aber noch immer einen Grünstich. Als sich das Holz entzündet, versprühen meine Finger saphirfarbene Funken. Ich bändige sie und werfe heimlich einen Blick auf Ashwin. Er war mit dem Holzstapel beschäftigt und hat es nicht gesehen. Ich stelle mir vor, wie die blauen Funken, die ich eben gesehen habe, sich in kalte Saphirflammen verwandeln, und erschauere.

Ashwin wirft ein Holzscheit auf die größer werdende Flamme. »Hat der Tempel eine Bibliothek?«

»Im oberen Stockwerk.«

»Vielleicht finde ich einen Text über das Tor zum Nichts.«

Ashwin ist gut im Recherchieren. Wenn der Standort des Tores in einem der Bibliotheksbücher vermerkt ist, findet er ihn. »Warte bis heute Abend, wenn alle schlafen. Wie willst du den Versorgungsengpass des Tempels beheben?«

»Das weiß ich noch nicht.« Er kniet neben dem Feuer und schiebt die Scheite mit dem Kaminhaken hin und her. »Kannst du herausfinden, wie schlimm es ist?

»Ja. Ich gehe jetzt nach oben.«

Ashwin fährt sich müde durchs Haar, das feucht vom geschmolzenen Schnee ist. »Erzählst du der Priesterin den wahren Grund, weshalb wir gekommen sind? Sie sollte über unser Treffen mit Hastin in Kenntnis gesetzt werden.«

Ich schulde Priesterin Mita eine solche Erklärung nicht. Sie hat meine Wertschätzung als Schwester im Glauben verloren, als sie dem abscheulichen General des Rajahs erlaubt hat, Jaya auszuwählen. Die Priesterin hätte sie beschützen müssen. Sie hätte uns beide beschützen müssen. Stattdessen predigt sie noch immer, dass Männer unsere besseren Hälften, unsere Götter sind. Meine Zeit in der Welt der Männer hat mich gelehrt, dass jeder Mann, der meine Bewunderung verdiente, mich nie zwang, ihm zu huldigen.

Außerdem wird Priesterin Mita wütend sein, wenn sie herausfindet, dass wir uns mit dem Bhuta-Warlord treffen. Sie wird sich um die Mündel sorgen; sie ist nicht völlig hartherzig. Sie aber über unsere Pläne zu informieren, ist, als würde man sie um Erlaubnis bitten, wozu ich als ihre Rani nicht mehr geneigt bin.

Ashwin beobachtet, wie meine Stimmung kippt – meine erstarrenden Gesichtszüge und meine zusammengepressten Lippen – und steht auf. »Ich kann mit ihr sprechen, wenn das einfacher für dich ist.«

Er spürt den Aufruhr, der in mir tobt, doch er weiß nicht, woher er kommt. Ich finde nicht die rechten Worte, es zu erklären. Wie es sich anfühlt, hier aufgewachsen zu sein, ein Großwerden einer Aufzucht gleich, einzig und allein zu dem Zweck, die Launen und Wünsche eines anderen zu erfüllen, und beigebracht zu bekommen, niemals Träume und Bedürfnisse haben zu dürfen. Deven musste ich das nicht erklären, hat er doch selbst die verdammenswerten Auswirkungen der Dienste seiner Mutter als Kurtisane miterlebt. Aber Ashwins Jugend ist zu behütet gewesen, um die destruktive, selbstsüchtige Natur der Vormacht seines Geburtsrechts zu begreifen, das auszuüben er berechtigt ist. Mit einem Fingerschnippen könnte er jedes Mädchen in diesem Tempel oder im gesamten Reich auserwählen.

Noch immer.

Selbst nachdem ich Rajah Tareks Tyrannei beendet habe.

Obwohl ich zweifache Turniersiegerin und die Kindred bin.

Obwohl sich Ashwin bemüht, nicht so zu sein wie sein Vater und dessen Vermächtnis zu hinterfragen.

Doch die Anwendung der ungerechten Gesetze gilt noch immer.

»Ich kümmere mich darum«, sage ich und greife nach einer Lampe. Ich trete auf den Flur hinaus und gehe in Richtung Treppe. Mein verletztes Knie schmerzt, und ich könnte ein ausgiebiges Nickerchen vertragen, aber ich kann es nicht erwarten, die einzige Person im Tempel zu sehen, die ich als Freundin betrachte.

Ich nehme den längeren Weg zur Krankenstation, um nicht an Jayas und meinem früheren Zimmer vorbeizukommen. Ich kann den Anblick unseres Glücksortes nicht ertragen oder mich diesen Erinnerungen aussetzen. Inzwischen wohnen zwei andere Mündel in unserem Himmel, haben unsere Plätze eingenommen, als hätte es unsere Freundschaft nie gegeben. Doch Jayas Geist ist verbunden mit dem Sandelholz-Weihrauch, der in den Gängen brennt. Sie ist überall; in den Wänden, den Böden, meinem Herzen. Es ist sinnlos, vor ihr wegzulaufen, weshalb ich zulasse, dass der Verlust gestohlener Hoffnungen an mir nagt. Meine Sehnsucht nach ihr ist tiefer als jeder andere Schmerz, den ich mit mir herumtrage.

Die Tür zur Krankenstation steht offen. Ich gehe hinein und lasse den Blick über die leeren Pritschen schweifen. Der intensive Geruch nach Echter Kamille löst einen weiteren Schwall Erinnerungen aus. Einen Großteil meiner Kindheit habe ich in diesem Raum verbracht, endlose Tage, die ich mit heftigem Fieber im Krankenbett verbrachte.

Heilerin Baka schreibt etwas in das Patientenregister auf ihrem Pult. Die Brille ist ihr auf die Nasenspitze gerutscht. Als sie ihren Federkiel hochhebt, um ihn in die Tinte zu tauchen, zieht meine Gestalt ihre Aufmerksamkeit auf sich. Mit einem geflüsterten Gebet sinkt sie auf ihrem Stuhl zurück. »Anu sei Dank.«

Ein langgehegter, unterdrückter Zorn bricht aus mir heraus. »Habt Ihr Anu gebeten, Euch ein Feuerwesen zu schicken?« Heilerin Baka hat die Wahrheit über meine Bhuta-Abstammung vor mir verheimlicht, um mich vor Tareks Hass für meine Spezies zu schützen. Obwohl sich ihr Handeln rechtfertigen lässt, fühle ich mich noch immer von ihr hintergangen.

»Bruder Shaan hat mir geschrieben, dass du deine Kräfte voll entfaltet hast.« Ihre Stimme bebt vor Stolz. »Lass mich dich anschauen.« Sie kommt näher und dreht mich ins Licht.

»Ich habe mich nicht sehr verändert. Ich bin noch immer dünn wie ein Bambus.«

»Nicht verändert? Du bist eine Rani!« Sie streicht mir über die Wange, ihre Augen leuchten. »Du bist die Frau geworden, zu der die Götter dich bestimmt haben.«

Ich schiebe ihre Hand weg. »Jaya …« Meine Stimme wird zu einem Krächzen, und bevor ich etwas dagegen tun kann, laufen mir Tränen über die Wangen. »Jaya ist tot.«

Heilerin Baka nimmt mich in den Arm. Außer Baka kannte niemand Jaya so gut wie ich. Als Jaya starb, hatte ich niemanden, mit dem ich um sie trauern konnte, niemanden, der meinen Verlust begreifen konnte. »Es geht ihr gut, Kali. Jaya war gut und rein. Sie wird in ihrer neuen Gestalt ein neues Leben haben, und ihr liebender Geist wird weiterhin andere beschützen. Du magst sie vermissen, aber trauere nicht um sie. Du wirst sie wiedersehen.«

Ich drücke Baka fester und klammere mich an ihre Worte. »Glaubt Ihr das wirklich?«

»Zeit ist im Jenseits relativ. Jaya wird wiedergeboren werden, und du wirst mit ihr in einem anderen Leben wieder zusammenkommen.« Mein Weinen verwandelt sich in stummes Schluchzen. Heilerin Baka schließt die Tür, damit wir unter uns sind. Obwohl jemand, der vorbeigeht, es verdächtig finden könnte, wenn die Tür zur Krankenstation nicht offen steht. »Bruder Shaan hat seit deiner Trauung nicht mehr geschrieben. Ich habe mir Sorgen gemacht.«

»Seit ich fort bin, hat sich viel verändert.« Ich schiebe meine Trauer beiseite. »Bruder Shaan ist gestorben.«

Heilerin Baka wird ganz still. Sie und Shaan hatten eine Fernfreundschaft, die vor Jahren in Vanhi begann. Sie vertrauten einander bedingungslos. »Ich habe mehr versäumt, als mir bewusst war«, sagt sie.

»Warum erzähle ich Euch nicht alles bei einem warmen Getränk?« Mir ist kalt, und Heilerin Baka hat die köstlichsten Heiltees.

Während sie Tee zubereitet, berichte ich, was passiert ist. Und unter der Bürde von Jayas Verlust sprudeln die Bekenntnisse nur so aus mir heraus: wie ich mich in Deven verliebte, wie ich Tarek tötete, von der Entwicklung meiner Feuerwesen-Kräfte und über Ashwin und wie er den Herrn des Nichts freisetzte. Als Einziges lasse ich Heiler Megos Prognose für mich aus. Baka hört zu und unterbricht mich nur ein Mal, um nach der Rückkehr des Herrn des Nichts in der physischen Gestalt Tareks zu fragen. Lange nachdem wir den letzten Schluck unseres Tees getrunken haben, beende ich meine Zusammenfassung und warte auf ihre Reaktion.

»Ich … ich weiß gar nicht, was ich sagen soll«, sagt sie. »Du und Natesa seid Freundinnen?«

»Von allem, was ich Euch erzählt habe, überrascht Euch das am meisten?«

»Du vergisst, dass ich dich mit großgezogen habe. Ich habe streunende Katzen gesehen, die besser miteinander auskamen als ihr zwei.«

Ich stoße ein kleines Lachen aus. »Nun, es hat einige Mühe gekostet.«

»Kali, ich bin so froh, dich wiederzusehen, aber … du hättest nicht zurückkehren sollen.« Bei diesem Tadel zucke ich zusammen. »Deine Gesundheit ist angeschlagen. Ich weiß, dass du mehr leidest, als du zugibst.«

»Es geht mir gut«, sage ich und spiele mit meiner Teetasse.

Ihr Ausdruck verändert sich nicht. »Selbst wenn das wahr wäre, hättest du dich nicht darauf einlassen sollen, Hastin hier zu treffen. Er ist sehr gefährlich.«

»Er hat Samiya als Treffpunkt ausgesucht. Ich hätte es nicht in Betracht gezogen, ihm entgegenzukommen, aber der Dämon-Rajah marschiert auf Vanhi zu, während wir sprechen.«

Heilerin Baka weicht ein wenig zurück. »Von den Gründen für dein Kommen einmal abgesehen, hast du weitere Mäuler mitgebracht, die gestopft werden wollen. Wir zehren von unserer Herbsternte.«

»Der Prinz ist sich dessen bewusst und hat versprochen, für Hilfe zu sorgen.« Ich erwähne nicht, dass er keine Ahnung hat, wie er das anstellen will, aber Heilerin Baka bemerkt es. Besorgt rückt sie mit einer raschen Bewegung ihre Brille zurecht. »Ich lasse nicht zu, dass irgendetwas passiert«, verspreche ich voller Überzeugung.

Sie erwidert meinen feierlichen Blick. »Ich muss Priesterin Mita informieren. Zum Wohle unserer Töchter muss sie das erfahren.«

Mein Kiefer verkrampft sich. »Die Priesterin hat mich fortgeschickt, um im Rangturnier von Rajah Tarek zu sterben.«

»Du hast überlebt.«

»Aber Jaya nicht!«

Heilerin Baka legt ihre Hand auf meine. »Priesterin Mitas stärkste Tugend ist Gehorsam. Sie hatte sich dem Rajah vollständig unterworfen. Vielleicht zu sehr. Aber du weißt genauso gut wie ich, dass sie sich ihm nicht hätte widersetzen können.«

Ich strecke mein Bein und reibe mein wundes Knie. Ich kann den Schmerz ebenso wenig loswerden wie meinen Groll gegen die Priesterin oder meine Sehnsucht nach einer Zukunft mit Jaya.

»Lass mich dir etwas für dein Bein geben.« Heilerin Baka geht an ihren Kräuterschrank und nimmt ein Glas heraus. »Ich werde eine Salbe gegen die Schmerzen anrühren.«

»Ein Wasserwesen hat mich geheilt. Sie ist sehr begabt.«

Heilerin Baka senkt den Kopf und blickt mich über ihre Brille hinweg an. »Nicht alle begabten Heiler sind Wasserwesen.« Sie reicht mir Pergament und einen Kohlestift und zeigt dann auf die Pritsche in der Ecke, die einmal meine war. Jaya saß oft stundenlang bei mir und hat mir beim Zeichnen zugesehen. »Es dauert nicht lange. Setz dich und zeichne, während du wartest.«

Ich sollte zurück zu Ashwin gehen, aber ich will nicht mit ihm allein sein. Und ich habe schon so lange nicht mehr gezeichnet. Diese Gelegenheit, kreativ zu sein, ist zu wertvoll, um sie zu vergeuden.

Ich mache es mir auf der klumpigen Strohmatratze bequem, während Heilerin Baka an ihrem Arbeitstisch Kräuter zerkleinert. Der Duft von Tee und Kamille steigt mir in die Nase. Obwohl Jayas Platz neben mir leer ist, setze ich den Kohlestift auf das Pergament und zeichne, als würde sie zuschauen.

KAPITEL 10

DEVEN

Meine Lunge und meine Beine brennen. Der Tag ist quälend langsam vergangen. Die ganze Zeit sind wir über Felder und Sumpfland getrabt, sind tiefe Schluchten hinabgeschliddert und über rutschige Hügel marschiert, und trotzdem haben wir nicht zur Armee aufgeholt. Vor ungefähr einer Stunde haben uns ihre Spuren in einen Herbstwald geführt. Der Schein der untergehenden Sonne fällt zwischen den Bäumen hindurch, das kastanienrot gefärbte Laub der Kronen riecht nach sich ankündigendem Regen. Die roten Blätter, angestrahlt vom Sonnenlicht, erinnern mich an Kalis Feuerdrachen in Iresh: bedrohlich und kühn und ehrfurchtgebietend. Genau wie die Frau, die ihn herbeigerufen hat.

Meine Begleiter sind müde, ihr Gang ist schleppend. Ich bin ebenfalls müde, nicht so sehr wie sie. Ich will Brac finden, das treibt mich an, aber ich kann nicht ewig so weiterrennen.

Je weiter wir kommen, desto sicherer bin ich mir, dass mein Bruder gefangen genommen wurde und desto weniger kann ich leugnen, dass das meine Schuld ist. Vor einem Mond ließ ich Brac und Mutter in Tarachand zurück. Bevor ich Janardan verließ, schickte ich Opal und Rohan – zwei junge Luftwesen, die kaum alt genug waren, um auf eigenen Füßen zu stehen –, los, um sie zu suchen, anstatt selbst nach ihnen zu sehen. Beide Entscheidungen haben zu dieser misslichen Lage geführt.

Rohan bleibt hinter den anderen zurück und gerät fast außer Sichtweite. Yatin und Natesa kommen näher, sie stapfen durch das Herbstlaub. Fußabdrücke bedecken den Boden ebenso wie abgebrochene Zweige, plattgefahren von schweren Wagen und festgetreten von Soldaten. Irgendwo weit vor uns führt der Dämon-Rajah seine Truppen an.

»Deven«, keucht Yatin, »wie lange noch?«

Natesa bleibt stehen und hält sich die Seite. Rohan, der noch weiter weg ist, stolpert zu ihr. Keiner von uns will riskieren, nicht rechtzeitig beim Gleitflieger zu sein, um sich mit den Marineangehörigen zu treffen, aber wir können nicht die ganze Nacht durchmarschieren.

Yatin und ich bleiben stehen. Meine Knie zittern und sind kurz davor, nachzugeben. »Bleib hier bei den anderen. Ich gehe ein Stück voraus und komme dann wieder zurück.«

Yatin beugt sich nach vorn, um Luft zu holen. »So erschöpft wirst du Brac keine Hilfe sein.«

»Erschöpft ist besser als abwesend.« Ich wische mir den Schweiß aus den Augen und murmle eine Erklärung. »Das ist meine wohlverdiente Strafe.«

»Die Götter bestrafen dich nicht, Deven. Du bestrafst dich selbst.«

Ich setze mich auf eine hochstehende Baumwurzel. Brac zu finden ist von höchster Wichtigkeit, aber das Befinden und der Zustand meiner Freunde ebenfalls. »Ich hätte mich nie von meiner Familie trennen dürfen.«

Yatin setzt sich, sein bärtiges Gesicht verschwitzt und gerötet. »Wenn ich mich recht erinnre, hat Brac angeboten, dort zu bleiben. Mir scheint, du bist über etwas anderes wütend.«

Mein Freund mag ein Schwergewicht sein, aber begriffsstutzig war er noch nie. »Kali und der Prinz treffen sich mit dem Warlord in Samiya. Ich habe versucht, ihr das auszureden, aber sie war fest entschlossen.« Ich hatte genug Zeit, darüber nachzudenken, weshalb sie gegen mich Stellung bezogen hat, und ich gebe ihr in einem Punkt recht: Prinz Ashwin und Kali müssen alles in ihrer Macht Stehende tun, um das Reich zu schützen. Trotzdem ist es eine schlechte Idee, solange sie vom Warlord abhängig sind. »Kali unterstützt die Bemühungen des Prinzen.«

»Kalinda hat ihren eigenen Willen, und einen starken dazu.«

Er ist nicht in ihr Zimmer geplatzt, als sie sich gerade an Ashwin schmiegte; sonst würde er nicht ihren starken Willen preisen.

Yatin klopft auf seine Hosentasche und klopft dann noch einmal. Er tut das Gleiche bei der anderen Hosentasche und zieht den Lotusring heraus. »Den Göttern sei Dank, ich dachte schon, ich hätte ihn verloren.«

Ich würde ihn am liebsten fragen, weshalb er Natesa den Ring noch nicht gegeben hat, doch ich verkneife mir die Frage, weil sie in diesem Moment auf uns zustolpert.

»Die Himmel seien gepriesen, Ihr habt angehalten.« Sie entstöpselt eine Flasche und kippt Wasser hinunter. Während sie trinkt, lässt Yatin den Ring verschwinden. Sie reicht ihm die Flasche, und er trinkt einen großen Schluck. Rohan kommt ebenfalls zu uns und ist nur noch ein paar Schritte entfernt.

»Ruht euch aus«, sage ich und verstelle die Trageriemen meines Bündels. Sie haben während des Marsches tief in meine Schultern geschnitten. »Ich gehe vor.«

»Gib uns einen Moment, und wir kommen mit.« Natesa hebt die Hand und zeigt in die Ferne. Lichter sind in der Dämmerung zwischen den Bäumen aufgetaucht.

Wir haben die Armee eingeholt.

»Sohn eines Skorpions.« Ich lasse mich hinter einen Baumstamm sinken. Yatin zieht Natesa herunter, und sie knien sich neben mich. Rohan wankt zu uns, lässt sich zu Boden plumpsen und streckt sich auf einem Berg Laub aus. Ich würde mich ebenfalls hinlegen, könnte ich sicher sein, anschließend wieder hochzukommen. Ich lasse mein Bündel fallen. »Yatin und Natesa, ihr bleibt hier. Wenn es dunkel ist, gehen Rohan und ich vor und observieren das Lager.«

»Wieso muss ich gehen?«, murrt Rohan, und seine Stimme bricht. »Ich bin am Verhungern!«

Bisher hat er sich auf unserem Marsch kein einziges Mal beklagt. Ich zögere, ihn weiter zu bedrängen, aber wir sind hier, um Opal und Brac zu finden. Das gilt auch für Rohan. Ich packe ihn hinten an seinem Hemd und ziehe ihn hoch. Zum Glück ist er noch kein ausgewachsener Mann, sonst hätte ich nicht die Kraft dazu. »Ich brauche dein scharfes Gehör. Sind irgendwelche Kundschafter in der Nähe?«

Rohan lauscht auf den Wind, der die Zweige bewegt. »Nein, aber die Soldaten, die das Lager aufschlagen, sind laut, deshalb könnte ich sie bei dem Lärm überhören.«

Das Lager der Armee zu durchsuchen könnte die ganze Nacht dauern. Rohans außergewöhnliches Gehör ist unsere einzige Chance auf Erfolg. »Wir sind im Morgengrauen wieder zurück«, sage ich zu Yatin. »Seid wachsam.«

»Esst etwas, bevor ihr aufbrecht«, sagt Natesa und verteilt Rationen.

Ich zwinge mich, mehrere Bissen von getrocknetem Fisch zu essen. Der salzige Geschmack klebt wie Entenmuscheln auf meiner Zunge. Ich leere meine Wasserflasche und gebe Rohan den Rest meines Fischs. Er stopft sich das Zeug in den Mund, bis sich seine Backen blähen, und wir brechen auf.

Je näher wir uns an die Armee heranschleichen, desto stärker wird das bohrende Gefühl in meinem Bauch. Fackeln beleuchten das Lager, ihr Schein verliert sich so weit in der Ferne, dass ich die Ausdehnung des Lagers nicht erkennen kann.

Rohan und ich bewegen uns vorsichtig durch den Wald, schleichen uns in der Dunkelheit an Männer, Pferde und Zelte an. Wir bleiben stehen und ducken uns tief ins Gebüsch. Fackeln beleuchten die Spitzen mehrerer Gebäude – Baracken.

Das ist nicht nur ein Lager. Die Armee hat an einem militärischen Außenposten Halt gemacht.

Fieberhaft überlege ich, welcher das sein könnte. Yatin ist der erfahrenere Navigator von uns beiden, doch wenn ich mich recht erinnere, befindet sich der nächste Außenposten von der Stelle, wo Brac und Opal abgestürzt sind, ein gutes Stück innerhalb der Grenze von Tarachand. Die Armee ist weiter gekommen, als ich vermutet hatte. Wenn sie ihr mörderisches Tempo beibehält, werden sie Vanhi einen Tag früher als angenommen erreichen, und das mit anwachsender Truppenstärke. In diesem Außenposten sind fünfhundert Mann untergebracht, die alle darauf brennen, sich unter der Führung ihres zurückgekehrten Rajahs der Armee anzuschließen.

Ihre Zahl ist bereits enorm. Sie müssen auf ihrem Marsch weitere Männer rekrutiert haben. Als die Armee Iresh verließ, konnte sie nicht aus mehr als zweitausend Mann bestanden haben, sowohl vereidigten Soldaten als auch Freiwilligen. Inzwischen sind es sehr viel mehr. Ich schätze, die Armee besteht aus mehreren Infanterie-Einheiten, einer leichten Kavallerie und Bogenschützen. Aber es ist mir unmöglich, im Dunkeln den genauen Personalbestand der Armee festzustellen. Vielleicht ist es besser, dass ich ihre Stärke und ihr Lager nicht genau erkennen kann, weil ich sonst umkehren würde.

Ich richte mich aus meiner kauernden Haltung auf und mache Rohan Zeichen, mir zu folgen. Die Bäume schützen uns, während wir über eine Lichtung zur Rückseite einer Baracke huschen. Er lauscht nach Wachposten und schüttelt dann den Kopf. Wir sind nicht entdeckt worden. Ich spähe um die Ecke.

Soldaten schlendern zwischen aufgeschlagenen Zelten umher, bürsten ihre Jacken aus und putzen ihre Stiefel. Viele tragen keine Militärkleidung, aber das Emblem Tarachands – einen schwarzen Skorpion auf rotem Grund. Mögen sie auch knapp an Uniformen sein, über Waffen verfügen sie reichlich. Khandas, Haladies und Macheten sind an jedes Zelt gelehnt. Wagen mit Nahrungsmitteln und Wasser stehen überall im Lager verteilt. Ein riesiges hölzernes Katapult ist am Rand abgestellt. Die Wagen, die mit Munition, Pfeilen und Steinen beladen sind, übertrifft die Zahl der Wagen mit Proviant.

Ich kehre zu Rohan zurück. »Irgendeine Spur von Brac oder deiner Schwester?«, frage ich leise.

»Nichts.« Rohans riesige Augen sind noch größer als sonst. Er sieht so jung aus. »Wir sollten zurückgehen. Etwas stimmt nicht. Wenn ich nach dem Wind greife, bekomme ich ihn nicht zu fassen.«

Ein Windhauch streicht über uns hinweg. »Ich weiß nicht, was du meinst.«

»Etwas unterdrückt das Flüstern des Windes.«

Ein Gong ertönt in der Ferne. Ich ziehe mich tiefer ins Dunkel zurück. Rohan presst seinen schmalen Rücken fester an die Wand, das Kinn hochgereckt. Sein Kehlkopf steht hervor.

Die Barackentür wird zugeschlagen, und die Wand erbebt. Ich schaue erneut um die Ecke. Mehrere Männer haben die Baracke verlassen. Alle Soldaten strömen zur Mitte des Lagers.

»Gehen wir.« Ich ziehe Rohan am Ärmel. »Bleib dicht bei mir.«

Wir schlüpfen in ein leeres Zelt. Rohan tut wie geheißen und bleibt an meiner Seite. Ich gebe ihm eine Uniformjacke, die zurückgelassen wurde. Ich trage meine noch. Er schlüpft hinein, die zu langen Ärmel reichen ihm über die Fingerknöchel. Ich reiche ihm eine Machete und nehme mir einen Khanda. Das vertraute Soldatenschwert fühlt sich richtig an in meiner Hand, aber als Verräter im Lager der Armee zu stehen, macht mich nervös.

Wenn ich nicht hierher gehöre, wohin dann?

Die Waffen fest umklammert, gehen wir auf Zehenspitzen zur nächsten Baracke, und ich öffne die schwere Tür. Schlafkabinen und Pritschen und persönliches Gepäck füllen den Raum. Ich wende mich ab, und wir machen uns auf zur nächsten Baracke und dann zur nächsten.

Ich bin davon ausgegangen, dass der Rajah Gefangene an einem sichereren Ort als einem Zelt unterbringt, doch in keiner der Baracken, die wir inspizieren, sind welche.

Auf meinen fragenden Blick hin schüttelt Rohan den Kopf. Er hat unsere Geschwister nicht gehört. Ich überlege, zu Yatin und Natesa zurückzukehren, doch unsere Suche hat uns tief in das Lager hineingeführt. Die Soldaten versammeln sich vor uns. Auf der Suche nach weiteren Baracken bahnen wir uns einen Weg zwischen ihnen hindurch und suchen, so gut es geht, die Umgebung ab. Als uns nichts anderes übrig bleibt, als uns mit der Menge zu bewegen, dringt eine Stimme durch die Dunkelheit.

»Willkommen, Truppen!«

Rajah Tarek steht erhöht auf einer Plattform, die um den Wasserturm des Außenpostens herumführt. Sein dunkles Haar ist kurz geschnitten, sein Bart gepflegt. Die Pracht seiner Gewänder verleiht seiner eher durchschnittlichen Erscheinung etwas Königliches. Seine herausgestreckte Brust und sein berechnender Blick verströmen eine Arroganz, die nach Hochachtung verlangt. Selbst wenn er mit anderen auf Augenhöhe ist, hat er die Angewohnheit, auf sie herabzublicken. Sein charismatisches, jungenhaftes Lächeln und seine weiche Stimme bilden einen Gegenpart zu seiner majestätischen Pose; es ist eine Trickserei, die seine Untergebenen davon überzeugen soll, dass sie ihm vertrauen können. Eine Täuschung, auf die ich einst hereingefallen bin.

Er ist nicht Tarek, bringe ich mir in Erinnerung. *Oder sein Sohn.* Rohan zupft an meiner Jacke, um mich zurückzuhalten, doch ich gehe weiter, um mit der Menge zu verschmelzen.

»Ihr seid ein großartiger Anblick!«

Ausrufer wiederholen die Worte des Rajahs für die am Rand stehenden Zuschauer. Die Soldaten jubeln ihrem Anführer zu. Doch dieser falsche Tarek hat eine Gehässigkeit in seiner Stimme, wie sie der tyrannische Rajah in der Öffentlichkeit klugerweise niemals hatte erkennen lassen.

Der Dämon-Rajah – Udug – hebt die Arme. »Heute haben wir fünfhundert Männer in unsere Reihen aufgenommen! Viele von ihnen wurden aus Vanhi vertrieben und viele ihrer Kameraden von Bhutas enthauptet.« Udug schnaubt bei dem Wort.

»Sie haben mir berichtet, dass der korrupte Anführer der Bhutas, der verräterische Warlord, auf meinem Thron sitzt. Doch sein Aufstand wird nicht mehr lange währen. Mit den Göttern auf unserer Seite werden wir dieses Ungeziefer aus der Hauptstadt unseres Reiches vertreiben und jeden einzelnen seelenlosen Dämon zurück in das Nichts schicken!«

Die Männer applaudieren einem Lügner. Er ist das Ungeziefer, das sie vernichten müssen.

Udug macht den Wachen Zeichen. Sie zerren einen Mann in einer grünen Uniform die Leiter hinauf – ein Soldat aus

Janardan. Seine gelbe Armbinde weist ihn als Bhuta aus. Sie werfen ihn zu Füßen des Rajahs auf den Boden. Die Handgelenke des Gefangenen bluten dort, wo ihn seine Häscher zur Ader gelassen haben.

»Diese verabscheuungswürdige Kreatur ist ein Luftwesen«, verkündet Udug. Die Zuschauer buhen und spucken auf den Boden, und Rohan drängt sich dichter an mich. »Dieser Dämon kann eure Gedanken lesen. Er kann eure innersten Ängste hören, selbst von weit weg, und sie gegen euch verwenden.«

Rohan erbleicht. Luftwesen können so etwas nicht.

»Unser Gefangener hat mir gesagt, dass der Warlord über unser Vorrücken informiert ist. Die Rebellen verschanzen sich in Vanhi, um sich für unsere Ankunft zu rüsten. Aber der Warlord weiß nicht alles.« Udugs Blasiertheit jagt mir Angst ein. »Wir haben Verbindung zu vier weiteren Außenposten des Reiches. Sie alle haben ihren Einheiten befohlen, sich uns anzuschließen. Wenn wir Vanhi erreichen, werden wir zehntausend Mann stark sein!«

Mein Magen krampft sich zusammen. Die Armee wird mehr als doppelt so groß sein wie die Marine von Lestari.

Rohan flüstert mir ins Ohr, seine Stimme klingt zittrig: »Ich weiß nicht, wie der Rajah das hinkriegt, aber er leitet die Geräusche vom Lager weg.«

»Ist er die Ursache der Windstille?«

»Bhuta-Kräfte existieren nicht in der ewigen Dunkelheit. Es ist, als wäre die Umgebung um ihn herum das Nichts.«

Eine beängstigende Schlussfolgerung, doch Rohan ist vielleicht einer Sache auf der Spur. Bhuta-Kräfte hatten Udug bei seiner Eroberung Ireshs nichts anhaben können. Nicht einmal Kalis Feuer hatte ihn zurückdrängen können. Vielleicht trägt er seine Verbindung zum Nichts wie eine Rüstung. *Guter Anu, mach, dass wir falschliegen*. Wenn Bhutas Udug nichts anhaben können, wird er nicht aufzuhalten sein, egal wie groß die Armee ist, die wir versammeln.

»Wir haben dieses abscheuliche Wesen lang genug am Leben gelassen«, ruft der Dämon-Rajah. »Die Götter haben mir die Erlaubnis erteilt und die Autorität verliehen, alle Bhutas in unserer Welt auszulöschen. Ich erfülle meine Pflicht, indem ich diesen Dämon in meinem und dem Auftrag aller anderen treuen Seelen vernichte.« Er lässt seine blau glühenden Hände zum Kopf des Luftwesens herabsinken.

Anstatt sein kaltes Feuer in ihn zu gießen, sorgt er dafür, dass Licht aus seinem Opfer strömt. Er dörrt den janardanischen Soldaten aus, wie ein Feuerwesen das kann, nur dass Udug nicht damit aufhört, dem Luftwesen sein Seelenfeuer herauszusaugen, wie Kali oder Brac es tun würden. Er nährt sich von dem Luftwesen, verschlingt sein inneres Licht. Ich drehe Rohan weg. Er packt meinen Arm fester, als der schmerzerfüllte Schrei alle anderen Geräusche übertönt. Dann ist Udug fertig, und der Bhuta sinkt in sich zusammen.

Die Finger des Dämon-Rajah werfen ein unheimliches blaues Licht über die jubelnden Soldaten. Ich packe Rohan, damit wir gehen, doch jemand, den ich kenne, klettert auf die Plattform.

Manas stellt sich an Udugs rechte Seite, er trägt eine marineblaue Uniform und ist mit einem Talwar bewaffnet, einem einschneidigen gebogenen Schwert. Bei meiner letzten Begegnung mit Manas habe ich ihn bewusstlos geschlagen. Er hat versucht, Rohan, Opal und mich zu töten, und ich wollte das Gleiche mit ihm tun, doch wir waren einmal Freunde. Bevor sein Hass auf Bhutas seine Wahrnehmung verzerrt hat. Bevor er mich des Verrats beschuldigte und mich hinrichten lassen wollte. Bevor er mich auslieferte und ich dreißig Peitschenhiebe erhielt.

Manas beugt sich über den toten Janardaner. Zwei Soldaten rollen den Verstorbenen von der Plattform. Der Leichnam schlägt auf dem Boden auf, Rohans Schultern zucken bei dem lauten Aufprall. Manas spricht mit Udug. Selbst aus dieser Distanz kann ich das blaue Leuchten der Dämonenaugen erkennen. Rohan stellt sich auf die Zehenspitzen, um zu lauschen, aber er kann nicht hören, was sie sagen.

Schließlich sind sie fertig, und der Dämon-Rajah macht den Truppen eine weitere Ankündigung. »General Manas hat mich informiert, dass Späher in der Nähe des Lagers Informanten der Rebellen gesichtet haben.«

General?

Udug hat Manas den höchsten Rang in der tarachandischen Armee verliehen. *Meine* Position … besser gesagt die, die ich abgelehnt habe.

»Unsere Feinde verstecken sich nicht weit von hier im Wald. Ich werde persönlich dem Soldaten, der sie findet und tot oder lebend hierher bringt, eine Flasche Apong und dreihundert Münzen überreichen.«

Ihr Himmel! Natesa und Yatin.

Der Preis, der das Vierfache des Jahressolds beträgt, wird zahllose Soldaten motivieren. Die Menge greift nach Waffen und Fackeln und macht sich auf den Weg in den Wald.

»Was sollen wir jetzt tun?« Rohans letzte Worte sind nur ein Piepsen.

Ich nehme eine Fackel von einem Pfosten und mache mich auf in die Wälder. »Wir werden Natesa und Yatin vor ihnen finden.«

KAPITEL 11

KALINDA

Ich sitze in dem knarrenden Schaukelstuhl, die Aussicht vor mir senkt und hebt sich bei jeder Bewegung. Vor dem Fenster ragt ein Meer reifüberzogener Tannen auf, die die niedrigeren Bergkämme bedecken. Darüber ragen steile Berghänge und zerklüftete Gipfel in die Wolken hinauf. Die Berge sind mir so vertraut, als würde ich in das Gesicht eines Freundes blicken.

Der frühe Kälteeinbruch dämpft den Geruch herabgefallener Kiefernnadeln. Das Leuchtfeuer des Nordturms verströmt Wärme und schützt mich vor der Dunkelheit, und sein Licht erweitert mein Sichtfeld auf den Wald. Weiße Flecken liegen in der dunklen Landschaft und am Seeufer. Umgeben von Bergtälern ist der See von einer festen Schicht glitzernden Eises bedeckt. Sogar im Sommer ist das kristallklare Wasser zu kalt zum Schwimmen. Manche sagen, Ungeheuer lauern in den eisigen Tiefen, doch ich neige eher dazu, den höchsten Gipfel der Alpanas, den Wolf's Peak, zu fürchten, das hoch aufragende Monument des Herrschaftsgebietes der Himmelsgöttin.

Jaya glaubte, der Wolf's Peak sei Ekur, die geheiligte Stätte, wo die Gefilde der Sterblichen mit denen der Götter zusammenfließen. Niemand weiß Genaues über diesen Ort in den Bergen, nur dass er sich irgendwo in den Alpanas befindet. Beim Blick hinauf zu dem spitzen Gipfel kann ich problemlos glauben, dass der Wolf's Peak die riesigen Gefilde der Himmelsgöttin durchstößt. Weit unangenehmer finde ich die Vorstellung, dass sich das Tor in das Nichts, angeblich eine Höhle, die in den Untergrund führt, in diesen Höhen verbirgt.

Schneeflocken wehen durch den offenen Fensterflügel herein. Ich kuschle mich fester in die Wolldecke, die ich mir aus der Krankenstation geliehen habe. Gleich nachdem ich Heilerin Baka verlassen habe, bin ich hinauf in den abgeschiedenen Turm gestiegen. Die Salbe, mit der sie mir das Knie eingerieben hat, hat den Schmerz gelindert, doch obwohl das Leuchtfeuer Wärme verströmt, nagt das Gift des Herrn des Nichts noch immer an meinen Knochen.

Ein Feuerdrache kauert in den Flammen des Leuchtfeuers. Ich schicke die Manifestation meines Seelenfeuers nicht fort, und sie schnappt oder faucht auch nicht, um meine Aufmerksamkeit zu erlangen. Der Feuerdrache wartet geduldig auf meinen Befehl.

Ein Wolf heult in den fernen Hügeln. Der einsame Ruf lässt meinen Blick zur Straße wandern. Hastin wird auf diesem Weg hierherkommen; er ist die einzige Verbindung nach Samiya. Ich werde nach ihm Ausschau halten und ihn vor dem Tempeltor begrüßen. Er wird meinem Zuhause nicht näher kommen, bevor wir nicht ein Bündnis geschlossen haben.

Während die Nacht verstreicht, wird der Schnee auf dem Fenstersims höher. Ich hülle mich fest in meine Decke, und das zusammengefaltete Pergament in meiner Tasche knistert. Während Heilerin Baka die Salbe für mein Bein anmischte, habe ich eine Zeichnung angefertigt. Obwohl es eine Weile her ist, dass ich mich dem Zeichnen gewidmet habe, habe ich mich um Details bemüht.

Ich falte die Zeichnung auseinander und betrachte Ashwins Gesicht. Bei meiner Interpretation des Prinzen liegt sein

Profil halb im Dunkeln. Reue und Schuldgefühle ziehen seine Mundwinkel herunter, und seine Augen sind von Kummer erfüllt. Sein Blick war stets klar, bis zu dem Tag, an dem er den Udug befreit hat. Ashwins Selbstvorwürfe machen mir Sorgen. Mit jedem Tag, an dem der Udug frei und unbehelligt umherstreift, wird Ashwins Bedauern größer werden. Das einzig Gute daran ist, dass er seinem Vater immer weniger ähnelt.

Tarek hat seine Handlungen nie bereut. Meine intensivsten, schmerzhaftesten Erinnerungen sind mit ihm verbunden – nicht nur wegen dem, was er mir angetan hat, sondern auch wegen dem, wozu ich mich veranlasst sah. Ich habe sein Seelenfeuer erstickt und vergiftet, so wie Udug es mit mir tut. Tarek verdiente es, zu sterben, nicht nur dafür, dass er Jaya getötet hat, doch ich hasse es, sein Monster zu sein, wie er meins ist.

Wind fegt plötzlich durch den Turm. Die kräftige Bö löscht das Leuchtfeuer und meinen loyalen Feuerdrachen. Dunkelheit hüllt mich ein, und ich spüre, wie sich mir die Nackenhaare sträuben.

»Deine Zeichnung schmeichelt mir, Liebes.«

Ich zücke meine Dolche, springe auf und fahre herum. Meine Zeichnung fällt zu Boden. An der mir gegenüberliegenden Turmmauer erscheint Tarek, weit weg vom reflektierenden Schnee. Mehr Schatten als Mensch gleicht seine unscharfe Gestalt einer Sandsäule.

Tarek betrachtet die Zeichnung, die jetzt vom feuchten Boden ruiniert ist. »Du hast mich vermisst.«

»Das seid nicht Ihr.«

»Dann mein Sohn …« Er legt den Kopf schief und denkt über diese Verbindung nach. »Du wirst seiner überdrüssig werden. Ashwin trägt nicht das gleiche Feuer in sich wie wir, um die Welt zu gestalten.«

Ich hebe meine Dolche ein Stück höher. »Wie habt Ihr mich gefunden?« Er muss mit den Schatten gereist sein. Die ewige Dunkelheit existiert nur jenseits des Lichts. Doch das ist um Mitternacht ein schwacher Trost.

»Du hast mich herbestellt, Gemahlin.« Auf meinen umgehenden Protest hin sagt er: »Du hast an mich gedacht, oder nicht?« Ich habe an Tarek gedacht, wenn auch nur in Bezug auf seinen Sohn. Doch als Tarek mich im Perlenpalast aufgesucht hat, geschah das, nachdem ich an den Dämon-Rajah in seiner Gestalt gedacht hatte … »Leg die Dolche weg. Deine Klingen können mir nichts anhaben.« Er gleitet nach vorn bis zum Rand des Schattens, kommt aber nicht näher. »Bei meinem letzten Besuch warst du ziemlich grob. Ich hätte deine Aufforderungen ignorieren können, doch wie schon gesagt, ich muss dich warnen.«

»Ich brauche keine Warnungen von Euch.«

»Doch, falls du und Ashwin vorhabt, das Tor zum Nichts zu finden.« Tarek grinst, als ich das erschrocken abstreite. »Oh doch. Ihr seid auf der Suche nach dem Tor. Ich könnte euch sagen, wo es ist, aber du musst näher kommen.« Er streckt die Hand aus, wobei er dem kleinsten Lichtstrahl ausweicht. »Es ist so lange her, dass ich dein Haar berührt habe.«

Meine Haut prickelt. »Ihr werdet mich nie wieder berühren.«

»Dann wirst du niemals das Tor finden, und ohne das wird sich Udug frei bewegen. Aber ich muss dich warnen, Udug kann das Tor finden. Und sollte er derjenige sein, der es öffnet …«

Eine dumpfe Furcht breitet sich in meiner Brust aus. Udug würde das Nichts nur in einer schlimmen Absicht öffnen. »Was wollt Ihr im Gegenzug?«

Seine Stimme klingt zufrieden. »Nur eine kleine Bitte, wirklich. Ich möchte nur, dass du mich am Tor erwartest. Dass du einfach nur vor dem Eingang stehst und meinen Namen rufst.«

Nichts ist einfach oder harmlos, was Tarek betrifft, aber eine größere Bedrohung durchstreift die sterblichen Gefilde. »Wo ist das Tor?«

»Dein Ehrenwort zuerst, Liebes.«

»Nicht, bevor Ihr mir sagt, wo es ist.«

»Dann wirst du es nie erfahren.« Tarek lässt seinen Blick über meinen Körper gleiten. »Du hast mich immer an Enlils hundertste Rani erinnert. Kommt es dir nicht prophetisch vor, dass wir ihren Namen nie erfahren haben? Von allen Gemahlinnen des Feuergotts haben wir nur von ihr erfahren. Doch nur in Zusammenhang mit ihm. Sie gilt noch immer als verrufen, weil sie einen mächtigen Mann geheiratet hat. Ich war ebenfalls ein Segen für dein Leben, Kalinda. Lass mich dir erneut helfen.«

Ich hole mit dem Dolch in Richtung seiner Brust aus und verfehle ihn absichtlich. »Kriecht zurück in das Loch, aus dem Ihr gekommen seid.«

Seine Augen glühen, zwei zobelbraune Löcher. »Dein Temperament wird dein Ruin sein. Udug wird deine Welt vernichten.« Tarek gleitet in die Dunkelheit zurück.

»Wartet!« Er hält inne und grinst selbstgefällig. Ich schiebe mich langsam vorwärts und bleibe stehen, bevor meine Stiefelspitzen die Düsternis berühren, in der er verweilt. »Wenn Euer Sohn oder ich Euch irgendetwas bedeuten, würdet Ihr uns helfen.«

»Beweist mein Kommen nicht, dass ich dich liebe?« Er lockt mich mit dem gleichen prahlerischen Grinsen zu sich. Meine Stiefelspitzen berühren den Rand der Dunkelheit. Die Kälte prickelt wie von lebenden kriechenden Tentakeln. Tarek tritt dicht an mich heran und packt ein Büschel meiner Haare.

Er hebt meine Locken an seine Nase und schnuppert daran. »Dich einzuatmen ist, als würde man die Mitternacht trinken.«

»Wo ist das Tor, Tarek?« Seine raue Hand streicht mir über die Wange. Ich zwinge mich, stillzuhalten. »Das könnte Euch reinwaschen. Anu könnte Euch Eure Indiskretion vergeben und Euch ins Jenseits einladen.«

»Ich werde das Jenseits nie betreten. Ich möchte in das Gefilde der Sterblichen zurückkehren.« Tarek packt mein Haar fester. »Udug hat mein Reich gestohlen, aber mein Name und meine Macht gehören noch immer *mir*.«

Ich versuche mich loszureißen, aber Tarek zieht noch fester und zerrt mich in die Dunkelheit. Ein Blackout nimmt mir die Sicht, ein Wirbel aus Staub und Schmutz. Raue Lippen pressen sich auf meinen Mund. Ich kann weder atmen noch etwas durch den Schmutzwirbel sehen. Panik durchfährt mich, und ich bohre ihm den Dolch in die Brust. Die Klinge verschwindet bis zu meinen Knöcheln in rieselndem Treibsand.

Tarek lacht leise an meinem Ohr. »Falls du dich dafür entscheiden solltest, dich zu benehmen und deinem Gemahl Respekt zu erweisen, musst du nur um meine Gesellschaft bitten, und ich werde kommen.«

Seine Gestalt aus Staub löst sich auf und lässt nur leere Dunkelheit zurück. Ich atme tief die reine Nachtluft ein und suche in mir nach meinem verlöschenden Seelenfeuer. Ich stelle fest, dass meine innere Flamme geschrumpft und schwach ist, und ich zittere am Abgrund zur ewigen Dunkelheit.

KAPITEL 12

DEVEN

Fackeln strahlen in der Dunkelheit wie riesige Leuchtkäfer, ihr Schein tanzt um Rohan und mich herum. Wir mischen uns unter die Soldaten, die im Wald ausschwärmen. Auch wenn es schwerfällt, nicht vorauszulaufen und Natesa und Yatin zu warnen, halten wir bei den Suchenden. Doch als sich die Truppen in kleinere Gruppen aufteilen, brechen wir nach vorn durch. Bald ist unsere Fackel die einzige im Umkreis von hundert Schritten. Wir erreichen schließlich die Stelle, an der wir unsere Kameraden zurückgelassen haben. Das laubbedeckte Versteck ist leer.

»Wo sind sie hin?«, fragt Rohan und dreht sich um.

»Ich weiß es nicht.« Sie wurden nicht gefangen genommen. Bislang ist niemand aus dem Lager bis hierher vorgedrungen. Die Fackeln müssen Natesa und Yatin aufgeschreckt haben. Ich will vorschlagen, dass Rohan ihnen mit einem Windstrom eine Nachricht übermittelt, ein Pfeifen oder einen Vogelruf. Aber die Soldaten kommen näher. Zu viele Männer könnten wegen unseres Signals oder einer Antwort unserer Freunde argwöhnisch werden.

Ich halte meine Fackel dicht über den Boden und entdecke einen Abdruck von Yatins Stiefel. Als kleiner Junge hat er sich oft vor seinen fünf Schwestern versteckt, damit sie ihn nicht wie eine Puppe anzogen oder ihm, als er etwas älter war, Hausarbeiten auftrugen. Er hinterlässt einen Stiefelabdruck nur dann, wenn er will, dass ich ihn finde.

»Hier entlang.« Ich steige über einen umgestürzten Baum und entdecke alle paar Schritte einen weiteren Fußabdruck.

Regen beginnt zu prasseln, macht aus dem heruntergefallenen Laub einen klebrigen Matsch und füllt Yatins Fußabdrücke mit Wasser. Der starke Regen durchweicht zwar meinen Turban, schreckt aber die suchende Meute weder ab noch mindert sie deren Entschlossenheit. Fackellicht dringt tiefer in den Wald hinein, während die Jagd weitergeht.

Ein Ruf erschallt direkt vor uns: »Ein Rebell!«

Meine Eingeweide ziehen sich zusammen. Rohan und ich beginnen zu rennen, genauso wie ein Dutzend weiterer Männer. Wir bleiben bei einer Ansammlung von Fackeln stehen.

Ein ganz in Schwarz gekleideter Mann hat einen Armeesoldaten mit beiden Händen am Hals gepackt. Blut tropft dem Soldaten aus den Augen und dringt ihm aus sämtlichen Poren.

Einer der umstehenden Männer schießt einen Pfeil ab und trifft den Mann in Schwarz im Rücken. Der bäumt sich vor Schmerz auf und kollabiert. Der Soldat, den er gewürgt hat, fällt mit ihm zu Boden. Ein dritter Mann beugt sich über sie.

Der Soldat und der Rebell sind tot.

Die Horde balgt sich, wer die Belohnung einfordern kann. Schließlich heben einige Männer aus der Gruppe des Soldaten, der den Pfeil abgeschossen hat, den Leichnam des Rebellen hoch und schleppen ihn ins Lager. Die übrigen Soldaten folgen ihnen einer nach dem anderen und murren über die entgangene Chance auf Geld. Blut bedeckt den Körper des vom Rebellen getöteten Soldaten. Der Regen verdünnt die scharlachroten Tropfen zu rosafarbenen Rinnsalen, die ihm über die Haut laufen.

»Was hat der Rebell ihm angetan?«, frage ich.

Rohan hockt zusammengekauert da, ein Bild des Elends. »Wasserwesen können jemandem nach und nach das Wasser aus dem Körper ziehen. Doch das zu tun ist falsch. Bhutas sollten ihre Kräfte für etwas Gutes verwenden, sonst sind wir nicht besser als Dämonen.«

Opal hat mir einmal das Gleiche gesagt, als sie erklärte, dass Luftwesen einem anderen Wesen die Luft aus den Lungen saugen können, um es zu ersticken. Rohan weint stumme Tränen, doch ich bezweifle, dass er sie wegen der Rebellen oder der Soldaten vergießt. Bestimmt hat er an das Luftwesen gedacht, das der Dämon-Rajah hinrichten ließ – und an seine Schwester.

Ich klopfe ihm auf seinen mageren Rücken. »Der heutige Abend war hart, aber du musst stark bleiben.«

Rohan wischt sich über die Nase und nickt bedrückt. Die Fackeln der Soldaten entfernen sich immer weiter und wir bleiben allein zurück, was uns verraten könnte. Ich bedauere es, den gefallenen Soldaten nicht begraben oder für ihn beten zu können, doch die Zeit drängt.

»Wir müssen ins Lager zurück, um nicht aufzufallen«, sage ich. »Wenn es zur Nacht ruhig geworden ist, schleichen wir uns weg und suchen nach Natesa und Yatin.«

Rohan folgt mir. Mit jedem Schritt, den ich mache, werden meine Füße schwerer. Zwei Tage mit wenig Nahrung und noch weniger Zeit zum Ausruhen machen sich jetzt schlagartig bemerkbar. Ich versuche, nicht schlappzumachen.

Auf halber Strecke zum Lager bleibt Rohan stehen, und ein plötzlicher Windstoß löscht unsere Fackel. Die Dunkelheit verscheucht meine Erschöpfung. Ich lehne mich an einen Baum, den Khanda bereit.

Etwas Schweres fällt von oben herab. Als ich ins Halbdunkel spähe, erkenne ich Yatin. Dann kommt eine kleinere Gestalt von oben heruntergesprungen.

»Allmächtiger Anu«, flüstere ich. »Du hättest mich wenigstens warnen können, Rohan.« Er hat unsere Freunde gehört und die Fackel gelöscht, um ihre Anwesenheit zu verbergen.

»Wo bleibt dann der Spaß?« Natesa schlägt mir gegen die Brust.

Obwohl das scherzhaft gemeint ist, tut der Klaps meinem gesamten Körper weh. »Ich habe deine Spuren gefunden, Yatin.«

»Ich wollte noch mehr hinterlassen«, antwortet er, »aber zu viele Soldaten waren unterwegs. Irgendeine Spur von Brac oder Opal?«

»Nein, aber der Dämon-Rajah hielt ein Luftwesen gefangen, es könnten also noch mehr im Lager sein.« General der tarachandischen Armee oder nicht, als der Verantwortliche dieser Mission darf ich meinen Freunden nicht erlauben, mich weiter zu begleiten. »Ich kehre ins Lager zurück, bevor sich alle für die Nacht dort einfinden. Die Armee ist riesig und wächst weiter. Ich mische mich unter die Soldaten und suche auf dem Marsch nach Vanhi nach Brac und Opal. Ihr drei kehrt zum Gleitflieger zurück und trefft euch mit der Marine von Lestari.«

»Was ist mit General Manas?«, fragt Rohan.

»Manas ist hier?«, fragt Natesa. »Und er ist der General?« Sie und Yatin schnauben vor Empörung. Beide sind mit meiner und Manas' Geschichte vertraut. »Deven, er wird dich töten, wenn er dich findet.«

»Das wird er nicht.« *Oder es wird ihm leid tun*. Auch wenn uns einst Freundschaft verband, kenne ich keine Gnade mehr mit Manas. Ein Gong ertönt in der Ferne. »Das ist der Zapfenstreich. Ich muss gehen.«

Natesa packt mich am Arm und hält mich fest. »Du gehst

nicht ohne uns. Wir haben so lange gebraucht, um die Armee zu finden. Wir sollten die Marine übermorgen treffen. Selbst wenn wir die ganze Nacht rennen, schaffen wir es nicht rechtzeitig.«

»Dann wartet hier, und ich komme zu euch zurück.«

»Nein.« Ihr Griff wird fester. »Nachdem meine Schwester gefordert und aus dem Tempel fortgeholt wurde, habe ich sie nie wiedergesehen. Dann erfuhr ich, dass sie gestorben ist.« Rohan verzieht das Gesicht, und sie dämpft ihre Stimme. »Ich hatte nicht wie du und Rohan die Gelegenheit, nach meiner Schwester zu suchen. Morgen früh schließen wir uns der Armee an und marschieren nach Vanhi.«

Yatin verschränkt die Arme vor der Brust. »Die Armee wird einen weiblichen Eindringling anders bestrafen als einen männlichen.«

»Dann tue ich eben so, als wäre ich ein Mann«, kontert Natesa. »Ich werde eine Uniform tragen und mein Haar verstecken. Ich lasse mich nicht schnappen.«

Yatin hat recht mit seinen Bedenken. Keiner von uns würde je eine weibliche Gefangene misshandeln oder seinen Rang missbrauchen, um eine Frau zu irgendetwas zu zwingen, doch manche Soldaten nehmen sich abscheuliche Freiheiten heraus. Für Natesa wären bestimmte Gewalthandlungen ein größeres Risiko als für uns Männer. Ich kann kaum für meine Sicherheit garantieren, und für ihre erst recht nicht.

»Udug hat das Luftwesen, das ich erwähnt habe, hingerichtet«, teile ich ihr mit. »Zu eurem eigenen Schutz solltet ihr zurückkehren.«

»Du kannst unsere Hilfe annehmen oder nicht. Wir kommen so oder so mit dir.« Natesa wendet sich zum Gehen.

»Wohin willst du?«, fragt Rohan sie flüsternd.

»Ich werde mir eine Uniform besorgen.«

Rohan verzieht das Gesicht. »Die des toten Soldaten?«

»Willst du sie daran hindern?«, fragt Yatin.

Er lehnt sich gegen einen Baum. »Das ist sinnlos. Natesa umzustimmen ist unmöglich.«

Als sie zurückkommt, trägt sie die Jacke und die Hose des toten Soldaten. Beides ist weit geschnitten und kaschiert ihre weiblichen Rundungen. Sie bindet sich das Haar hoch und schlingt sich sein Turbantuch um den Kopf, verbirgt darunter ihre langen Locken. Mir geht der Gedanke durch den Sinn, dass wir beim Schlafen keinen Turban tragen. Natesa starrt mich in der Dunkelheit an und gibt mir so zu verstehen, dass ich es mir nicht einfallen lassen soll, ihr zu verbieten, mitzukommen. Ich hatte in der Vergangenheit loyale Kameraden, Männer, die bereit waren, für mein Leben zu kämpfen, doch keiner von ihnen ist je so weit gegangen, die Kleider eines Toten zu tragen, um mich begleiten zu können.

»Also gut«, sage ich. Im fernen Lager ist es still geworden. Wir würden zu viel Aufmerksamkeit erregen, wenn wir nach dem Zapfenstreich hineinspazieren würden. »Wir schleichen uns hinein, wenn sie bei Tagesanbruch das Lager abbrechen. Ruht euch aus.«

Im Dunkeln höre ich Natesas triumphierende Zustimmung und Yatins klagenden Seufzer. Rohan sagt nichts. Ich nehme sein Schweigen als Einverständnis.

Wir strecken uns auf dem Waldboden aus, wobei wir uns auf die trockenen Stellen legen, die uns die dicken Äste über uns bescheren. Rohan rollt sich dicht neben Natesa zusammen, um ein wenig Wärme abzubekommen. Sie zupft ihm ein Blatt aus den Haaren und streicht ihm die Locken aus der Stirn. Kali erzählte mir, dass Natesa eines Tages gern ein Gasthaus eröffnen würde. Ich kann sie mir sehr gut vorstellen, wie sie sich um müde Reisende kümmert.

Sie mit Rohan zu beobachten ruft Erinnerungen wach. Als ich zehn und Brac sieben war, ist er aus dem Palastkindergarten davongelaufen. Erst viele Stunden später fand ich ihn auf dem Steinigungshof, zusammengekauert unter einem Zitronenbaum. Unter den blutbefleckten Steinhaufen lagen die Leichen toter Bhutas begraben und verwesten in der Wüstensonne. Brac war fortgerannt, nachdem ich mit ihm geschimpft hatte, weil er mein Holzschwert kaputt gemacht hatte. Ich sehe noch immer die eingebrannten Abdrücke seiner kleinen Finger auf dem Griff meines Lieblingsspielzeugs.

In jenem Moment war mir bewusst geworden, dass Brac etwas Besonderes war – und dass ich ihn beschützen musste. Ich verbrannte mein Holzschwert und ließ damit den Beweis für seine Fähigkeiten zu Asche werden. Ich habe nie wieder darüber gesprochen. Doch dieses Ereignis veränderte uns beide. Brac wurde zögerlich und misstrauisch, und ich verhielt mich, als wäre alles in Ordnung. Es war für mich der einzige Weg, wie ich ihn davor bewahren konnte, auf diesem Hof zu landen.

Ich wünschte, ich könnte in die Zeit zurückkehren, als ich sein großer und starker Bruder war, aber wir werden sein Geburtsrecht vor einem grollenden Rajah nicht verbergen. Wir haben es mit einem Feind zu tun, den nicht einmal Bracs Feuerkräfte aufhalten können.

Während ein sanfter Regen fällt, richten sich meine Gedanken auf den Tagesanbruch, an dem wir die Armee des Dämon-Rajah infiltrieren wollen.

KAPITEL 13

KALINDA

Ich schrecke hoch, als jemand gegen meinen Stuhl tritt. Indah steht vor mir. In der Hand hält sie eine Tasse mit dampfend heißem Tee. »Ihr schlaft an den seltsamsten Plätzen«, sagt sie.

»Wie spät ist es?«

»Vormittag.« Sie geht zum geöffneten Fenster und schaut hinaus. Sonnenlicht fällt herein. Die Schneewolken haben sich verzogen, und die Luft ist wärmer. Die Eiszapfen an den Fenstern tropfen. Die Wärme des Leuchtfeuers hinter mir trägt zum Ansteigen der Temperatur bei. Nachdem Tarek letzte Nacht wieder verschwunden war, habe ich das Feuer neu entzündet. Jetzt, bei Tageslicht, sind meine Erinnerungen an seinen Besuch eher vage und rauben mir mein Vertrauen in das, was ich gesehen habe.

Ist es möglich, dass Seelen als Schatten erscheinen? Aus dem Nichts kommen? Ist das mit *Inannas Abstieg* wahr?

»Ashwin hat mich losgeschickt, um Euch zu suchen«, sagt Indah. »Was tut Ihr hier oben? Wart Ihr etwa die ganze Nacht hier?«

»Ich habe nach Hastin Ausschau gehalten.« Ich stecke die Hände unter die Wolldecke. Meine innere Kälte will nicht nachlassen.

»Das müsst Ihr nicht tun. Pons lauscht, ob er kommt.«

»Ich weiß. Ich wollte nur …« Die Begegnung mit Tarek hat mich daran erinnert, wie Hastin mir eingeredet hat, ihm zu vertrauen. Je länger ich warte, desto schwerer lastet Devens Warnung auf mir. Aber vielleicht ist meine Besorgnis überflüssig. Ob Hastin kommt oder nicht, wir müssen Samiya morgen früh verlassen, um uns mit der Marine von Lestari zu treffen.

»Heilerin Baka schickt Euch das hier. Sie sagte mir, dass ich Euch hier finden könnte.« Indah reicht mir die Teetasse. Ich nehme einen Schluck von dem heißen Getränk und genieße seine Süße. Indah öffnet ihren Umhang, um die Herbstluft zu spüren. Ihre Wangen haben mehr Farbe als gestern.

»Was habt Ihr in der Krankenstation gemacht?«

»Ich brauchte ein Mittel für meinen Magen. Heilerin Baka war sehr hilfsbereit. Während sie für mich Anistee gekocht hat, haben wir über den Lieferengpass des Tempels gesprochen. Ich habe Datu Bulan geschrieben und ihm mitgeteilt, dass die Schwestern und Töchter sterben werden, wenn er keine Verpflegung schickt. Die Brieftaube ist vor einer Stunde losgeflogen. Ich nehme an, er wird einverstanden sein, doch sollte er ablehnen, könnten wir die Paljoraner um Hilfe bitten.«

Das Territorium der Paljoraner grenzt an der Nordseite des *Wolf's Peak* an Tarachand. Der Stamm ist näher als die Südlichen Inseln, doch sie um Hilfe zu bitten, kommt nur im äußersten Notfall infrage. »Ich danke Euch. Wir warten ab …«

Das Klappklapp von Bambus auf Bambus erklingt unten. Ich trete zu Indah an das Fenster und blicke hinaus. Pons hat den Gleitflieger vom Innenhof zum Tor zur Straße geschoben. Der schmelzende Schnee hat Pfützen hinterlassen, die in der Sonne trocknen. In der Ferne schimmert noch die Eisdecke auf dem See, doch im Innenhof des Tempels hat der warme Herbsttag den Frost schon schmelzen lassen. Mündel in himmelblauen Saris trainieren mit Stöcken im Kampfring. Ihre Ausbilderin, Schwester Hetal, ruft Befehle.

»Ihre Stöcke sind doppelt so groß wie sie selbst«, sagt Indah.

»Die Mädchen sind vermutlich acht oder neun.« Das ist das Alter, in dem die Schwestern damit beginnen, die Mündel zu trainieren. Sie glauben, dass es der Wunsch der Göttin Ki ist, dass sie die Mündel zu Kriegerinnen machen, eine Ehre und ein Initiationsritus.

Indah dreht sich zur Sonne. Sie besitzt die Schönheit ihrer Heimat – Augen, so golden wie der Inselsonnenuntergang, strahlend weiße Zähne und eine zartbraune Haut. »Enki sei Dank, der Schnee schmilzt.«

»Ist Schnee nicht einfach nur gefrorenes Wasser?«

»Ja, aber auf den Südlichen Inseln werden keine Techniken eingesetzt, um Eis und Schnee zu manipulieren.« Indah richtet ihre Aufmerksamkeit auf den Gleitflieger. »Ich werde froh sein, wieder nach Hause zu kommen, wo es warm ist.«

Ihr dringender Wunsch, nach Lestari zurückzukehren, steht im Widerspruch zu ihrer Abneigung gegen Höhe. »Wie konnte jemand, der nicht gern fliegt, sich in ein Luftwesen verlieben?«

Indahs Blick ist auf die Mädchen unten im Hof gerichtet, während sie mir antwortet. »Pons und ich haben uns während unseres Trainings als Tugendwächter kennengelernt. Sein Vater war ein Händler seltener Schätze und machte häufig Geschäfte mit Datu Bulan. Während seiner Reisen hat er Pons im Palast gelassen. Auf einer dieser Unternehmungen ist er gestorben, und Bulan hat ihn bei sich aufgenommen.«

»Weshalb ist Euer Vater mit Eurer Verbindung zu Pons nicht einverstanden?«

Indahs Antwort zeigt ihre ganze Frustration. »Pons ist Janardaner. Mein Familienstammbaum reicht zurück bis zu den

Anfängen der Südlichen Inseln. Unsere Familie war eine der ersten dort. Mein Vater will, dass ich einen Lestarianer heirate, um unseren Stammbaum zu bewahren.« Bei den letzten Worten klingt ihre Stimme rau, als sie den Admiral nachahmt.

Eltern. Die eine Sache, die ich nicht nachempfinden kann. Trotzdem verstehe ich die Verpflichtung, dass es die Tradition zu wahren gilt. Ich hatte nie die Wahl, welcher Wohltäter mich auserwählen würde und zu welchem Zweck. Ich bin davon ausgegangen, dass Frauen außerhalb des Tempels größere Freiheit besitzen. Dass Ehen überwiegend von den Familien arrangiert werden, ist bekannt. Doch wie ich jetzt sehe, haben auch Traditionen ihre Nachteile.

Aber immerhin war es Indah möglich gewesen, einen Mann zu treffen und sich zu verlieben. Diese Option hatte ich nie.

Wir schweigen einen Moment, hängen unseren Gedanken nach. Als sich die Mündel im Kampfring ablösen, werde ich unruhig.

»Indah, würdet Ihr bitte Ashwin und Pons holen? Es gibt da etwas, das wir tun müssen.«

Sie wendet sich mir sofort zu, das Warten auf Hastin muss sie gelangweilt haben. »Ashwin kommt vielleicht nicht«, sagt sie. »Er hat sich sämtliche Bücher über das Nichts aus der Bibliothek geholt und die ganze Nacht gelesen. Als ich ihn das letzte Mal gesehen habe, hatte er noch nichts Brauchbares gefunden.«

Nach dem, was ich von Tarek erfahren habe – sofern ich mir seinen Besuch nicht einbilde –, bezweifle ich, dass der Ort, wo das Tor zu finden ist, in einem der Bücher genannt wird. »Sagt ihm, es sei wichtig. Wir treffen uns im Innenhof.« Ich eile davon, lasse sie zurück, auf dass sie meine Bitte erfüllen möge.

Im Kampfring des Hofes duellieren sich zwei Mädchen. Die anderen warten am Waffenständer darauf, dass die Reihe an sie kommt. Sarita, ein jetzt achtzehnjähriges Mündel, das ich noch aus meiner Zeit hier kenne, gibt ihnen Anweisungen, während Schwester Hetal sie beobachtet.

»Schlag ihr aufs Knie und …« Sarita unterbricht sich. »Kindred Kalinda.«

Alle jungen Mündel wenden sich zu mir um und verneigen sich.

Schwester Hetal eilt herbei und stellt sich vor die Gruppe. »Kindred, Priesterin Mita hat mich nicht darüber informiert, dass Ihr den Innenhof benötigt.«

»Das tue ich auch nicht. Ich bin gekommen, um den Mündeln beim Üben zuzuschauen.«

Die Mädchen flüstern miteinander, und Sarita begutachtet meine Hosen. Meine frühere Gegnerin im Kampfring hat sich nicht verändert. Ihre Gestalt ist noch immer zart und doch robust, fit und doch weiblich. Sie und Natesa waren gute Freundinnen. Nach dem Groll in Saritas Blick zu urteilen, hat sie diesen unseren letzten Kampf nicht vergessen. Ich habe ihr die Lippe blutig geschlagen.

Pons, Ashwin und Indah kommen die Seitentreppe herauf, die vom Untergeschoss in den Hof führt. Beim Anblick des janardanischen Kriegers mit dem teilweise geschorenen Schädel, der behaarten Brust und den nackten Beinen erlischt das Stimmengewirr der Mädchen schlagartig. Ebenso bestaunen sie Ashwins gutes Aussehen. Die meisten von ihnen erröten.

»Mädchen, schützt eure Unschuld.« Schwester Hetal hält dem nächststehenden Mädchen die Augen zu, und die anderen schließen ihre. Sarita verbirgt ihr Gesicht, späht aber zwischen den Fingern hindurch zu Ashwin. »Kindred Kalinda, die Mündel sollen keine Männer sehen. Priesterin Mita …«

»Würde es nicht wagen, ihren Prinzen wegzuschicken.« Ich ziehe Ashwin nach vorn, Pons und Indah folgen ihm Arm in Arm.

»Ich dachte, du gehst mir aus dem Weg«, sagt Ashwin leise zu mir. Genau das habe ich getan, obwohl ich mich im Augenblick nicht daran erinnern kann, wieso. Seine Berührung ist wie ein Sonnenaufgang an einem kalten Morgen. »Was tun wir hier?«

»Wir präsentieren diese Mädchen ihrem Herrscher«, antworte ich und erhebe dann die Stimme. »Prinz Ashwin ist gekommen, um Eurem Kampftraining beizuwohnen.« Schwester Hetal schwafelt etwas von Anstand und Unschuld. Meine nächsten Worte richte ich an Sarita, die ihre Arme gesenkt hat und Ashwin anglotzt. »Möchtest du als Erste deine Fähigkeiten vorführen, oder sollen wir losen?«

Niemand rührt sich. Die jüngeren Mädchen halten sich noch immer eine Hand vor die Augen, andere versuchen, an Schwester Hetal vorbei einen Blick auf den Mann zu erhaschen.

»Kalinda, vielleicht sollten wir gehen«, sagt Ashwin und tritt unbehaglich von einem Bein aufs andere.

»Diese Mädchen waren lang genug von allem abgetrennt. Es gibt einen Punkt, an dem Unschuld zu Unwissenheit wird.«

»E...es tut mir leid, Eure Majestät«, stößt Schwester Hetal hervor. »Priesterin Mita muss hiervon erfahren.«

Sie eilt davon, und die meisten Mündel lassen ihre Hände sinken. Pons verbeugt sich vor ihnen. Seine freundlichen, klugen Augen zeigen eine überraschende Verletzlichkeit. Er will nicht, dass sie Angst vor ihm haben.

Ashwin beißt sich auf die Lippen, vermutlich fühlt er sich hin- und hergerissen. »Sie sind so jung. Ich will sie nicht erschrecken.«

Die Mädchen lauschen jedem seiner Worte, der faszinierende Klang seiner Stimme schlägt sie in ihren Bann. Keine von ihnen flieht oder versteckt sich. Sie sind zukünftige Kriegerschwestern.

Als ich mich daran erinnere, wie seltsam es sich für mich anfühlte, als einzige Frau vor einer Gruppe Männer zu stehen, lächle ich Ashwin aufmunternd an. »Auch wenn sie noch nie einen Mann gesehen haben, erkennen sie durchaus deine Attraktivität.«

Ashwins Augen weiten sich. »Du hast mir noch nie gesagt, dass ich attraktiv bin.«

»Nein?« Meine Stimme wird ganz sanft. »Das hätte ich tun sollen.«

Sarita verbeugt sich kurz. »Es ist nicht nötig, das Los entscheiden zu lassen. Ich werde Euch meine Kampfkünste demonstrieren, Euer Majestät.«

Jetzt lassen auch die letzten Mädchen ihre Hände sinken und sehen Ashwin voller Staunen an.

Ich nehme einen Stock von dem Waffenständer und reiche ihn Sarita. »Dann los. Ich bin Kalinda und werde deine Übungspartnerin sein.«

Sie lacht kurz auf, nicht spöttisch, sondern amüsiert. »Du bist noch immer dünner als ein Bambusstab.«

»Ich bin außerdem zweifache Turniersiegern.« Wahrscheinlich würde sie die Flucht ergreifen, würde ich ihr außerdem sagen, dass ich überdies ein Feuerwesen bin, aber ich will nicht, dass diese Mädchen sich vor Männern oder Bhutas fürchten.

»Das wird unterhaltsam«, sagt Indah und zieht Pons zum Meditationsteich. Einige der Mündel folgen ihnen. Sie scharen sich um Indah, weichen aber nicht zurück, als Pons ihnen Fragen über ihr Training stellt. Immer mehr Mädchen gesellen sich zu meinen Freunden, fasziniert von Indahs topasfarbenen Augen und Pons' Liebenswürdigkeit. Sie bitten sogar darum, seine Waffe sehen zu dürfen, und er zeigt ihnen das Blasrohr.

Ich nehme mir ebenfalls einen Stock und im Ring gehen Sarita und ich in Angriffsposition. Ihre ganze Aufmerksamkeit ist allein auf mich und nicht auf die Männer gerichtet. Sie hat sich nach dieser ersten Begegnung mit dem anderen Geschlecht schneller gefasst, als ich es damals gekonnt habe. Nachdem ich Deven das erste Mal begegnet war, war ich tagelang wie vom Donner gerührt gewesen.

Sarita bringt ihren Stock in Position. »Bis das erste Blut fließt?«, fragt sie und zitiert damit eine der Regeln, die bei unserem letzten Kampf galten.

»Bis die Erste am Boden liegt«, korrigiere ich sie. Ich habe schon genug Blut in Kampfarenen vergossen. Priesterin Mita wird jeden Augenblick zurück sein, weshalb ich den Kampfruf ausstoße und keine Zeit mit dem Schwingen des Stocks verschwende.

Sarita blockt, und unsere Bambusstöcke prallen aufeinander. Die Vibration des Schlags fährt mir in den Arm. Seinen Beifall suchend blickt Sarita zu Ashwin. Ich rücke vor und schlage ihr mit dem Stockende seitlich an den Kopf. Sie beugt sich zur Seite, fängt sich wieder und schlägt mir gegen die Hüfte. Der Schlag wirft mich einen Schritt zurück.

»Was ist aus Natesa geworden?« Sarita ist um Sachlichkeit bemüht, doch ich erkenne ihre Sorge um die Freundin.

»Natesa lebt. Sie hat das finale Rangturnier an mich abgegeben.«

Sarita schlägt nach meiner Nase. Ich ducke mich, doch sie erwischt mich, als ich mich wieder aufrichte, an der Schulter. »Natesa würde dir nie etwas überlassen.«

»Doch, hat sie.« Ich gehe einige Schritte zurück, damit

Sarita besser sehen kann, wie ernst es mir ist. »Wir sind jetzt Freundinnen.«

»Das sind sie«, bestätigt Ashwin, der am Rand des Rings steht.

Sarita korrigiert ihren Griff, während sie über das Gehörte nachdenkt. Aus dem Augenwinkel schaue ich kurz zu Pons und Indah. Die kleinen Mädchen scharen sich noch immer um sie. Eines der Mädchen sitzt auf Indahs Schoß, und ein anderes spielt mit Pons' zusammengebundenen Haaren.

»Wo ist sie?«, fragt Sarita und stößt zu.

Ich wehre den Stoß ab, und wir drücken unsere Stöcke aneinander. »Sie hat sich in einen Soldaten verliebt. Ich glaube, sie werden irgendwann heiraten.«

Sarita gibt ihre Deckung auf, für einen kurzen Moment hat ihr diese Neuigkeit die Stimme verschlagen. »Natesa ist keine Palastkurtisane mehr?«

»Nein. Sie wurde befreit.«

Sarita lässt den Stock noch weiter sinken. Ihr ungläubiger Blick bohrt sich geradezu in mich.

»Genug!«, schallt Priesterin Mitas Stimme über den Hof. Sie und Schwester Hetal kommen auf den Kampfring zu.

Ich sage leise zu Sarita: »Es ist viel passiert, seit ich hier weg bin. Du musst nicht hierbleiben, weggesperrt von allem, und darauf warten, dass ein Wohltäter dich fordert. Es ist *dein* Leben. Fordere es für dich.«

Priesterin Mita tritt zu mir, wütend reißt sie mir den Stock aus der Hand und schleudert ihn fort. Das laute *Klong,* mit dem er auf dem Boden landet, schreckt die Mündel auf, die bei Indah und Pons sitzen. »Töchter, lasst uns allein.«

Schwester Hetal treibt die Mädchen zusammen und scheucht sie hinein. Auf Drängen der Priesterin folgt Sarita widerstrebend.

Sobald die Eingangstür sich hinter allen Mädchen geschlossen hat, faucht Priesterin Mita mich an: »Du entweihst diesen Tempel, Kalinda. Heilerin Baka sagte mir, du hast den Bhuta-Warlord hierhergebeten. Wie konntest du diese Kinder in Gefahr bringen? Du bist die Rani, versehen mit der Macht, sie zu beschützen! Du beschämst die Schwesternschaft und die Erdgöttin mit deinem Egoismus.«

Ashwin tritt an meine Seite, um mich zu verteidigen, aber ich wehre es mit einer Handbewegung ab. »Ihr habt mir das Recht verweigert, mein Schicksal selbst zu bestimmen«, sage ich.

»Die Forderung ist der Wille des Gottes Anu!«

»Was ist mit meinem Willen? Was ist mit Jaya? Die Götter haben uns die fünf Tugenden verliehen, damit wir *wählen* können, ihnen nachzueifern. Sie würden uns nie zwingen.«

Ihre Wangen röten sich. »Du undankbares Kind. Du bist zur Rani geworden – und das allein wegen der Forderung! Der Ritus hat dir alles gegeben, und er wird auch diese Mädchen beglücken.«

Mein Herzschlag pocht mir in den Ohren. »Ich schwöre beim Grab meiner Mutter, dass keines dieser Mädchen von einem Mann gefordert wird. Ich schaffe die Forderung ab.«

Ashwin richtet sich kerzengerade auf.

»Das tust du nicht.« Priesterin Mita taxiert meinen entschlossenen Blick, verunsichert wendet sie sich dann an Ashwin. »Eure Majestät, was wird dann aus den Mädchen? Sie sind Waisen! Sie haben keine Eltern und keine Familie, die sich um sie kümmert. Ich kann sie nicht schutzlos in die Welt der Männer hinausschicken.«

Ashwin runzelt die Stirn und denkt über ihren Protest nach.

»Die Tempel der Schwesternschaft retten Hunderte von Waisen«, fährt die Priesterin fort. »Wegen des Krieges werden noch mehr Kinder ein Zuhause und Hilfe benötigen. Diese Tempel werden wichtiger sein denn je.«

Ashwin streicht sein Haar zurück und schweigt. Sein Zögern, sich für eine Seite zu entscheiden, macht mich umso entschlossener.

»Es wird beendet«, sage ich.

Er hebt eine Hand, damit ich schweige. »Ich habe verstanden, Kalinda, aber die Abschaffung der Forderung kann warten.« Ich beiße die Zähne zusammen, damit ich nicht mit ihnen knirsche. Ashwin schließt die Augen, als würde er sich um Geduld bemühen. »Wir besprechen das ein andermal.«

»Dann triff dich allein mit Hastin.« Ich mache mich auf den Weg zum Haupteingang. Tränen lassen meine Sicht verschwimmen, meine Brust hebt und senkt sich mit jedem Atemzug schwerer. Ich habe für eine Zukunft gekämpft, die, wie ich glaubte, Ashwin und ich gemeinsam wollten, ein freies Reich für alle. Aber er und Priesterin Mita wollen die Tradition aufrechterhalten.

Ich wische mir über die nassen Wangen, als ich den Tempel betrete. Ich muss nachdenken, ich will Antwort auf die Frage, welcher der Moment war, in dem mir meine Freiheit entrissen wurde.

KAPITEL 14

DEVEN

Ein fernes Geräusch weckt mich. Ich springe sofort auf. Tageshelle liegt über dem Wald, und meine Schläfrigkeit ist wie weggeblasen.

Ich stöhne. »Wir haben verschlafen.«

Natesa, die sich im Schlaf an Yatin geschmiegt hat, schlägt die Augen auf. Ich trete gegen seinen Fuß, und Yatin schreckt hoch, wobei er sich den Kopf an einem Baumstamm anschlägt. Rohan erwacht und schüttelt den Schlaf ebenso ab wie die Decke aus Blättern, die ihn während der Nacht vor dem Regen geschützt hat. Der Sonnenaufgang hat den Wald erreicht. Es ist bereits später Morgen und weit nach der Zeit, die wir für unseren Aufbruch – das Morgengrauen – geplant hatten.

Yatin reibt sich den Schlaf aus den Augen, und Natesa schiebt einige Haarsträhnen zurück unter ihren Turban. Ich bin so verspannt, dass mir sämtliche Muskeln wehtun. Ich schaue mich um. Leichter Nebel hängt hier und da zwischen den Bäumen. Das Laub auf dem Boden hat sich im Regen karmesinrot gefärbt. Ich spähe hinüber zum Armeelager. Aber dort sind keine Zeltspitzen mehr zu sehen. Wir müssen völlig weggetreten gewesen sein, dass wir nicht gehört haben, dass die Armee das Lager abgebrochen hat und abgezogen ist. Mir hätte klar sein müssen, dass wir nach unserem tagelangen ermüdenden Marsch total erschöpft gewesen sein mussten.

»Sie sind weg.« Ich wische Schmutz von meiner Hose und greife nach meinem Schwert. Die anderen erheben sich, jetzt ebenfalls hellwach.

Wir eilen zum Lagerrand. Das Gebiet um die Außenpostenkaserne ist verlassen. Ich gehe über das zertrampelte Feld, meine Freunde dicht hinter mir. Eine Gruppe Soldaten mit einem Pferdegespann, das einen Katapultwagen zieht, ist spät dran. Die Hinterräder des Wagens sind in den vom Regen durchweichten Boden eingesunken. Ein Kommandant zu Pferde ruft den vier Männern zu, das Katapult herauszuhieven. Sie versuchen, das schwere Gefährt anzuschieben, aber es steckt zu tief im Schlamm.

Der Kommandant bemerkt uns, unsere scharlachroten Jacken sind auch im Morgennebel deutlich zu erkennen. »Ihr da! Helft uns mal!«

Ich laufe zu dem Katapult und stemme die Schulter gegen das Brett über einem Hinterrad. Die restliche Gruppe schließt sich an. Im Schlamm finde ich keinen Halt. Ich gehe in die Hocke, um mehr Druck ausüben zu können. Auf Befehl des Kommandanten schieben wir, das Pferdegespann zieht. Der Katapultwagen ruckt vorwärts, kurz davor, dem Schlamm zu entkommen, und rollt dann wieder zurück, steckt wieder fest.

Ich trete einige Schritte weit zurück und suche die Umgebung nach etwas ab, das ich unter die Räder klemmen kann. Der Kommandant zählt wieder, und die Männer schieben, aber ohne Erfolg. Ich kehre mit Ästen zurück und lege sie vor ein Rad. Beim nächsten Mal, als die Männer schieben und die Pferde ziehen, rollt das Rad auf die Äste. Doch das andere Hinterrad steckt noch immer im Schlamm fest.

»Wir brauchen mehr Äste«, sage ich.

Natesa und ich sammeln noch mehr davon. Wir kehren mit beladenen Armen zurück, legen die Äste vor das andere Rad und nehmen unsere Plätze hinter dem Katapultwagen wieder ein.

Der Kommandant, der abgestiegen ist und sich zu der schiebenden Gruppe gesellt hat, stemmt sich gegen die Rückseite des Wagens und ruft: »Los!«

Wir heben das Rad auf die trockenen Äste. Ich verliere im Schlamm für einen Moment den Halt, dann gelingt es mir, mich gegen das feststeckende Rad zu stemmen und mit vereinten Kräften hieven wir es auf die Lage aus Ästen.

»Vorwärts jetzt«, befiehlt der Kommandant.

Wir schieben den Wagen weiter, bis das Pferdegespann das Gewicht übernimmt und seinen Weg fortsetzt. Ich beuge mich nach vorn, um Luft zu holen. Yatin klopft mir auf die Schulter, seine schnellen Atemzüge sind laut. Rohan richtet seine Aufmerksamkeit auf die anderen Soldaten, Natesa hält den Kopf gesenkt und zupft an ihrem Turban.

Im leichten Regen senkt sich schwacher Dunst auf das Waldgebiet. Wir gehen weiter, und der Kommandant steigt auf sein Pferd und folgt uns. Ich bin sicher, dass ich ihn nicht kenne. Er war nicht im Militärlager im Sultanat. Aber Yatin und ich haben mit vielen Soldaten gedient, und er könnte jeden von uns beiden identifizieren. Oder sogar Natesa, falls er den Kurtisanenflügel des Rajahs besucht hat.

In kurzer Zeit holen wir einen Wagen mit Holzmunition ein, und unser Pferdegespann verfällt in einen langsamen Trott in der langen Reihe von Wagen und Soldaten.

Der Kommandant reitet zu mir. Ich tue so, als würde mich der Regen in den Augen stören und richte den Blick auf die schlammigen Rillen im Boden. »Woher kommt Ihr und Eure Männer?«, fragt er.

»Von Süden. Wir haben gehört, dass die Armee auf dem Marsch ist und wollten uns Euch anschließen.«

»Der südliche Außenposten wurde bereits im letzten Mond aufgegeben«, erwidert er, die Fäuste fest um die Zügel geballt.

Ich korrigiere meine Bemerkung so geschickt wie möglich. »Wir haben einen Umweg über Iresh gemacht und sind dann den Truppen gefolgt.«

Der Kommandant reitet mehrere Meter neben uns her und nimmt unsere Gruppe genau in Augenschein. Schließlich richtet er seine Aufmerksamkeit auf Natesa. Auch jetzt hält sie den Kopf gesenkt. Sein Blick gleitet zu Rohan, dann zu Yatin. Er bleibt auf dessen kräftiger Gestalt ruhen. »Habt Ihr Erfahrung in der Mannführung?«, fragt er mich.

Aus dem Augenwinkel entgeht mir nicht, dass Natesa spöttisch die Lippen verzieht. »Sir?«

»Diese Männer ziehen das Katapult seit Iresh. Ihr und Eure Leute werdet übernehmen.« Er befiehlt den Männern, sich der vorausmarschierenden Truppe anzuschließen. Dann wendet er sich wieder an mich. »Ihr werdet dieses Gespann mit dem Katapult bis Vanhi führen. Sorgt dafür, dass wir nicht langsamer werden.«

»Ja, Sir«, sage ich.

Der Kommandant gibt dem Pferd die Sporen und trabt zu den Wagen vor uns.

Natesa schließt zu mir auf. »Das war unerwartet.«

»Eigentlich nicht«, antworte ich. »Die oberste Regel für ein erfolgreiches Soldatenleben ist, sich unentbehrlich zu machen. Solange wir die Befehle befolgen, wird uns niemand ein zweites Mal behelligen.«

»Was für einen Eindruck macht das auf Opal, wenn wir dazu verdonnert sind, auf dieses riesige Holzteil aufzupassen?«, knurrt Rohan. Natesa hat Rohans Ärmel aufgerollt, damit die schlechte Passform seiner Jacke nicht auffällt, doch er versinkt noch immer in der Uniform.

»Wir werden nachts suchen«, sage ich. Rohan brummt etwas, sein Unmut zeigt sich in den kurzen schnellen Schritten, die er macht. »Vertrau mir, Rohan, ich kenne die Armee. Wir sind sicher, solange wir unsere Arbeit machen und nicht aufmucken.«

Yatin grunzt zustimmend, doch wir bleiben weiterhin wachsam und haben unsere Waffen griffbereit. Unsere kleine Einheit verteilt sich, Natesa und Rohan gehen nach vorn. Yatin geht direkt vor mir und klopft sich alle zehn oder zwölf Schritte auf die Taschen.

»Willst du ihr diesen Ring nun geben oder dich vor Sorge, ihn zu verlieren, um den Verstand bringen?«

Yatin zieht seine Hosen hoch, die lockerer sitzen, seit er an Körperumfang verloren hat. »Sie würde ihn nicht annehmen.«

Ich mache zwei Schritte in seine Richtung. »Was? Wieso nicht?«

»Sie will meine Mutter und Schwestern kennenlernen, um sicherzugehen, dass sie sie akzeptieren würden.« Er kratzt sich den Bart. »Ich habe ihr gesagt, dass es bis zu einer Begegnung eine Weile dauern könnte, doch sie ist dazu entschlossen.«

Der Tradition folgend, würde Yatin sich mit Natesas Vater zusammensetzen, um die Heirat zu besprechen, doch da ihre Eltern tot sind, kann sie selbst das Arrangement vereinbaren. Eine enge Beziehung zu seiner Familie scheint ihr wichtig zu sein, aber was mich angeht, so würde ich Kali ungeachtet der Zustimmung meiner Mutter heiraten.

Wir behalten unser Tempo den ganzen Tag bei, und bald ziehen wir an Wagen und Katapulten vorbei. Sobald wir die mittleren Reihen erreicht haben, werde ich langsamer, um das Tempo der anderen zu drosseln. Eine mittlere Position in der

Marschkolonne zieht weniger Aufmerksamkeit auf uns. Meine Füße tun bereits weh, und mein Rücken schmerzt, doch ich ignoriere die Proteste meines Körpers und füge mich in die vertraute Eintönigkeit militärischen Gehorsams.

KAPITEL 15

KALINDA

Die Tür des Forderungssaals ist abgeschlossen, deshalb gehe ich weiter den Korridor entlang, biege um eine Ecke, betrete das Zimmer, das an den Saal grenzt, und schließe hinter mir die Tür. Ich stehe im kalten grauen Untersuchungszimmer, das für die erste Stufe des Forderungsrituals genutzt wird.

Als ich durch den leeren Raum gehe, der nur von einigen Wandlampen erhellt wird, bekomme ich Gänsehaut auf den Armen. Genau hier habe ich mit den anderen Ausgewählten zur Überprüfung unserer physischen Gesundheit nackt vor Heilerin Baka gestanden. So sollte festgestellt werden, dass wir körperlich fit und in der Verfassung waren, dem Wohltäter vorgeführt zu werden.

Eine Zwischentür führt in den nächsten Raum. Dort steht auf einem Tisch ein Topf Henna. Die Schwestern benutzten das Henna, um Enkis Zeichen auf unsere Rücken zu malen. Die einzelne Wellenlinie bedeutete, dass wir uns dem angsteinflößendsten Wohltäter, der je den Tempel besuchte, unterwarfen.

Ich bin versucht, den Topf kaputt zu schlagen, um die Erinnerung an Tareks Besuch zu zerstören, doch stattdessen lege ich die Hände um das Gefäß und drücke es an mich. Ich habe einst das Zeichen der Kindred getragen, mit Henna auf meine Handrücken gemalt. Die Ziffer Eins war das für alle sichtbare Zeichen, dass ich die Erste Gemahlin des Rajahs war. Tareks Absicht mag es gewesen sein, dass man sich meiner nur in Verbindung mit seinem Namen erinnern würde, doch ich habe mir meinen Rang und meinen Stand *trotz* ihm erkämpft.

Und das alles hatte in dem Raum begonnen, den ich gleich betreten werde.

Ich bitte mit einem geflüsterten Gebet um Mut und öffne die Tür zum Forderungssaal. Der von Laternen erleuchtete, höhlenartige Raum ist kleiner als ich ihn in Erinnerung habe, aber noch genauso kalt. Ein Mosaik bedeckt die Wände, die Ornamente ein Wirbel aus Blau, Weiß, Gelb und Rot. Ein Musselinvorhang hängt von der Decke, er reicht bis zum Boden, auf den eine rote Linie gemalt ist. Es ist dieselbe wie damals, abgeplatzt und verblasst. Ich berühre den Farbstrich mit den Fußspitzen. Hier habe ich gestanden, mit verbundenen Augen, als Tarek hinter dem Vorhang vorkam und mir seine Berührung aufzwang.

Plötzlich bin ich wieder blind. Ich sinke zu Boden und stelle den Hennatopf auf den Boden. Bei allen Göttern, wie viele Mädchen wurden hier auserwählt?

Wie viele haben vor Angst gezittert und Tränen vergossen? Bei meiner Forderung hatten die Götter die Finger im Spiel, doch wie viele andere Mädchen können das noch behaupten?

Ein Schluchzen dringt aus meiner Kehle. Ich weine um Jaya und Natesa, um mich und alle anderen Mündel, denen in diesem Saal ihre Zukunft gestohlen wurde. Ich weiß nicht, wie lange ich weine. Doch die Kälte in mir strömt in den Fliesenboden, und es ist nicht erkennbar, wo mein Elend aufhört und das Gift beginnt. Erschöpft liege ich im Halbdunkel, zu deprimiert und erstarrt vor Kälte, um dieses Grab der Unschuld zu verlassen.

Schritte hallen durch die offene Tür und nötigen mich, mich aufzurichten.

Ashwin füllt den Türrahmen aus. Er bemerkt meine geschwollenen Augen und meine gerötete Nase. »Pons sagte mir, dass du hier bist.« Er betritt den Forderungssaal und sieht sich um. Er lässt eine Fingerspitze über das bunte Wandmosaik gleiten, das zu fröhlich für das schreckliche, hier abgehaltene Ritual ist. Er streckt die Hand nach dem Vorhang aus, zieht sie jedoch zurück, bevor er ihn berührt. »Es tut mir leid, dass ich dir vor den Priesterinnen widersprochen habe. Es tut mir furchtbar leid, wenn ich dir den Eindruck vermittelt habe, ich will die Forderung beibehalten. Aber ich wünschte, du hättest deine Beweggründe mit mir diskutiert, bevor du deine Pläne verkündest.« Seine nüchterne Erklärung lässt meinen Ärger verpuffen, auch weil Ashwin nicht der eigentliche Stein des Anstoßes ist.

»Ich dachte nicht, dass du es verstehen würdest.«

Er blickt auf die verwitterte rote Linie auf dem Boden. »Ich würde es gern versuchen.«

Ich will auch, dass er versteht, weshalb er die Handlungen seines Vaters nie wiederholen darf. »Tarek hat mich hier auserwählt.« Nachdem ich keine Tränen mehr habe, bin ich bereit, zu erzählen. »Meine Augen waren verbunden, und ich war nackt. Er … er hat mich berührt.« Ashwins Blick wird scharf wie Dolche, und ich ergänze: »Hauptsächlich mein Haar. Der Ritus dauerte nur eine Minute, doch es war die längste meines Lebens.«

»Eine Minute ist zu lang, wenn man gedemütigt und in Angst versetzt wird.« Ashwin durchquert den Raum und setzt sich neben mich, ein Knie an die Brust gezogen. »Die Mündel sind sicher. Wegen des Krieges wird kein Wohltäter kommen, um jemanden zu fordern.«

Seine Schulter berührt meine. Seine Berührung ist wie ein heller Schein an diesem elenden Ort. »Ich ändere in den Tempeln alles, was du willst. Ich verlasse mich auf dein Urteilsvermögen, vor allem jetzt …« Seine Stimme wird zu einem Flüstern. »Ich habe Angst, dass meine Entscheidung, Udug zu befreien, unser Untergang ist.«

Ich packe sein Knie. »Du musstest es tun.«

»Ich habe diesen Krieg ausgelöst. Wegen mir haben wir vielleicht keine Zukunft. Ich brauche dich …« Er schüttelt den Kopf und beginnt von Neuem. »Ich bitte dich darum, mir zu vertrauen.«

»Ich wollte dich nicht ausschließen. Ich vertraue dir. Wirklich.«

Ashwin spielt mit dem Goldreif an meinem Handgelenk, seinem Goldreif. Er schließt seine Finger um meinen Arm und streichelt mit dem Daumen meinen Puls. Seine Liebkosung strömt warm in mich hinein und lindert die anhaltende Kälte. Ich lasse mich gegen ihn sinken. Sein Mund nähert sich meinem, und er sagt: »Du bist wie ein Stern in mein Leben gekommen, die Antwort auf alle meine Wünsche.«

Seine Lippen streicheln meine. Erregung glimmt zwischen uns auf. Ich hebe mein Kinn, weil ich mich nach mehr sehne. Er umfasst meine Taille, und wunderbare Wärme breitet sich in mir aus. Mein Verstand ist wie benebelt, als würde ich mich an einem sonnenbeschienenen Ort ausstrecken.

Es fühlt sich richtig an.

Nein, mehr als das. Notwendig.

Ich ziehe ihn fester an mich. Ashwin biegt mich zurück, bis ich am Boden liege, und er presst seinen Körper auf meinen. Ich spreize die Finger und bohre sie in seine Schultern, und eine Vision überwältigt mich.

Ashwin und ich leben im Palast der Türkise. Wir schlafen lange und bleiben bis spät auf. Wir nehmen unsere Mahlzeiten in seinem privaten Atrium ein und regieren gemeinsam unser Volk. Ich schenke ihm einen Thronfolger, einen Sohn, ein Feuerwesen, der eines Tages das Reich gerecht und voller Mitgefühl für sein Volk regieren wird, nach dem Vorbild seines Vaters. Ashwin liebt seinen Sohn genauso sehr wie mich. Er fügt sich mir in allem und zieht mich seinem Hofstaat von Frauen und Kurtisanen vor.

Ich bin seine Favoritin, seine Kindred und einzige Liebe.

Das eindringliche Bild wirkt real. Aber es ist nicht meins. Der Palast sieht anders aus, als ich ihn in Erinnerung habe. Ein ausgezeichnetes Duplikat, dem allerdings Details fehlen, die es authentisch machen. Das plastische Bild verändert sich.

Ashwin und ich liegen umschlungen unter der Decke eines riesigen Betts. Er will weitere Erben. Er will mich.

»Heirate mich«, flüstert er an meinen Lippen.

Er lässt seine Hand meinen Rücken hinaufgleiten. Bevor ich verhindern kann, dass die Vision zurückkommt, sehe ich erneut im Geiste vor mir, wie wir im Bett liegen. Ashwin lässt seine Hände höher hinaufgleiten und zieht dabei meine Tunika mit hoch, sowohl im Forderungssaal als auch im Palast. Ich will ihn daran hindern, doch ich bin in zwei Realitäten gefangen.

Nein.

Ich bin nicht im Palast, und das ist nicht mein Traum. In meinen Träumen kommen immer Jaya und Deven vor.

Immer.

Er küsst mich auf die Wange und bahnt sich dann einen Weg hinunter zu meinem Hals. »Heirate mich, Kalinda. Sei meine Kindred. Erfülle meinen Herzenswunsch.« Er knabbert an meinem Hals. Ich stoße ihn weg und stemme die Hände gegen seine Brust, damit er sich mir nicht wieder nähert. Sein Gesicht ist gerötet, und seine Lippen sind feucht. Seine Augen sind halb geschlossen, wie in dem Bild, das meine Fantasie mir vorgegaukelt hat.

»Was hast du gesagt?«

»Sei meine Frau.«

»Nein, das über deinen Herzenswunsch.«

»Du erfüllst mir damit meinen Herzenswunsch.« Er beugt sich vor, um mich zu küssen.

Ich halte ihn davon ab. Es zerreißt mich innerlich. Ich mache mich von ihm los und lege meine Stirn auf den kalten Fliesenboden. »Oh, ihr Götter. Ich hätte es sehen müssen. Dein Herzenswunsch. *Ich* bin dein Herzenswunsch.«

»Kali …«

Ich stoße ihn weg. »Geh weg von mir. Fass mich nie wieder an.«

»Ich – ich verstehe nicht. Was habe ich getan?«

Ich streiche meine Tunika glatt und erhebe mich auf wackligen Knien. Um mich herum dreht sich alles. »Du hast dir mich gewünscht. Als du den Udug entfesselt hast, hast du dir vorgestellt, wie wir zusammen sind.«

»Ich habe mir vorgestellt, im Palast zu regieren. Das weißt du.« Ashwin geht auf die Knie, sein Haar ist zerzaust von meinen Händen. Mein Bedürfnis nach seiner Wärme drängt mich, in seine Arme zurückzukehren, meine Lippen mit seinen zu verbinden und keine weiteren Fragen mehr zu stellen.

»Schließt dein Herzenswunsch mit ein, dass ich an deiner Seite regiere?«

Aus Ashwins Augen spricht Aufrichtigkeit. »Ich wünsche mir dich, seit wir uns zum ersten Mal begegnet sind.«

Seine Antwort trifft mich wie ein Stockschlag in die Magengrube. Er haut mich um, und die eisige Kälte in mir breitet sich jetzt, da wir voneinander getrennt sind, schnell aus. Indah sagte, sie habe gespürt, dass Ashwin log, als er dem Datu erzählte, dass eine Vermählung zwischen uns nicht vorgesehen sei. In Ashwins Herzen waren wir einander versprochen. Wenn wir uns berühren, lindert das meine Schmerzen, weil er sich eine Verbindung mit mir wünscht.

Ashwin macht ein ausdrucksloses Gesicht. »Kalinda, ich habe dir gesagt, wie ich für dich empfinde, bevor ich den Udug entfesselt habe.«

»Aber du hast mich dir gewünscht.« Er reagiert auf meine Anschuldigung mit einem Blinzeln. »Das alles ist nicht real! Ich fühle mich zu dir hingezogen, weil du es dir gewünscht hast.« Die Röte weicht aus seinen Wangen, und er presst die Faust auf seine Lippen.

Ein weiterer verrückter Gedanke kommt mir in den Sinn.

Deven glaubt, dass ich in Ashwin verliebt bin.

»Wenn das alles nur Illusion ist, wieso dann eben das …?« Ashwin weist auf den Boden, erinnert an das, was sich soeben abgespielt hat.

»Du hast dir gewünscht, dass ich das Reich an deiner Seite regiere. Udug kann deinem Angebot nicht widerstehen.« Ich beiße die Zähne zusammen, um weitere Kälteschauer abzuwehren. »Udugs Kräfte herrschen noch immer in mir. Wenn ich in deiner Nähe bin, bin ich vor ihnen sicher.«

»Dann bleib dicht bei mir.« Ashwin tritt vor, um mich vor der Kälte zu schützen, aber ich taumle rückwärts und schlinge die Arme um mich. Die Grenzverletzung, die sein mir aufgezwungener Wille bedeutet, ist stärker als mein Verlangen nach Wärme. Meine Zähne klappern. Ich beiße sie aufeinander, doch es ist Ashwin nicht entgangen. »Du hast Schmerzen.«

»Komm bitte nicht näher.« Ashwin hat mich nicht bewusst manipuliert, aber in seiner Nähe traue ich mir selbst nicht.

Er ballt die Faust und schlägt gegen den Vorhang. »Wieso erlaubst du nicht, dass ich dir helfe?«

»Weil ich Deven liebe.« Ich presse die Hände auf meine schmerzende Brust. »Er ist mein Herzenswunsch.«

Alles an Ashwin verdüstert sich für mich, sein Gebaren, seine Haltung, seine erhobene Faust. Egal wie sehr er mich bisher beeindruckt hat, das ist vorbei.

Warum konnte er nicht Deven sein?, frage ich die Götter. Wieso habt ihr mich an einen Thron und an einen Mann gefesselt, den mein Herz nicht erwählt hat? Würde ich glauben, ich könnte mich in Ashwin verlieben, könnte ich Deven jetzt sofort den Laufpass geben. Wegen seiner besonnenen, ehrenhaften Art wüsste er, dass es meine Entscheidung ist, und er liebt mich genug, um mich freizugeben. Aber ich habe Ashwin nie geliebt. Selbst wenn ich es täte, wäre jede Zukunft mit ihm falsch.

Ich streife seinen Goldarmreif ab und reiche ihn ihm. »Das gehört dir.«

Ashwin öffnet den Mund, doch er bringt kein Wort heraus. Er greift nach dem Armreif, und seine Finger streifen meine Handfläche. Mein Verlangen nach ihm tut so weh, dass mir Tränen in die Augen schießen. Ich weiche zurück, und er lässt das Kinn auf die Brust sinken.

»Es tut mir leid«, flüstere ich.

Die Tür geht auf. Sarita sieht meine Tränen und wendet den Blick ab. »Kindred, die Frau aus Lestari bat mich, Euch und den Prinzen zu suchen. Sie bittet Euch, sie und den Mann mit der Glatze im Innenhof zu treffen.«

Indah würde uns nur aus einem Grund zu sich rufen – die Rebellen müssen in der Nähe sein. Sarita betrachtet uns aus dem Augenwinkel. Ashwin Haare sind noch immer zerzaust, und seine Tunika sitzt schief. Sarita ist zu unschuldig, um sich ihren Teil über das, was wir hier getan haben, zu denken, aber ich erinnere mich ganz genau und habe ein schlechtes

Gewissen. Ich hätte mir denken können, dass mein Verhältnis zu Ashwin manipuliert war.

»Das wäre alles, Sarita«, sage ich.

Sie zögert an der Türschwelle. »Ich würde Euch gern begleiten, wenn Ihr abreist.«

Ich kann jetzt nicht über die Erschwernis, die eine weitere Person auf unserer Reise bedeutet, nachdenken. »Ich werde es mir überlegen. Danke.« Sie geht wieder hinaus. »Wir sollten auch gehen.«

Der Prinz schaut mich noch immer nicht an.

»Ashwin, bitte.«

Er hebt den Kopf, und sein Blick ist eisig. Ich riskiere meine Willenskraft und nähere mich ihm. Er verströmt verführerisches Seelenfeuer, ist körperlicher Trost in Reichweite, aber ich gebe nicht nach.

»Ich bin noch immer auf deiner Seite, Ashwin. Du kannst auf meine Loyalität zählen, egal was als Nächstes kommt. Ich weiß, dass du dich ganz in den Dienst des Reiches stellst.«

»Sei nicht so herablassend. Ich mag jünger sein als du, aber ich bin kein Kind mehr.« Er zieht seine Uniformjacke glatt, eine pedantische Geste, für die Tarek bekannt war. »Du magst noch immer die Kindred sein, aber es ist *mein* Reich, und die Götter werden *mich* für das, was als Nächstes passiert, verantwortlich machen.«

Ashwin stürmt hinaus, und seine Schritte klingen wie die Tareks an jenem Tag, an dem er in mein Leben kam und meine Zukunft auf den Kopf gestellt hat. Rajah Tarek war ein rachsüchtiger Mann, und sein Herz hatte sich verhärtet, nachdem ihn die Frau, die er liebte, meine Mutter, wegen meines Vaters sitzenließ. Aber ich bin genauso wenig meine Mutter, wie Ashwin sein Vater ist.

Ich nehme den Hennatopf, tauche meinen Finger in die

klebrige Masse und trage sie auf meine Handrücken auf. Bald wird das Henna getrocknet sein und abblättern, und das Zeichen der Kindred wird zum Vorschein kommen. Das wird Ashwin daran erinnern, dass auch mein Schicksal von dem abhängt, was mit dem Reich geschehen wird, und er wird sehen, dass ich weiterhin darum kämpfen werde, dass der wichtigste Teil seines Herzenswunschs wahr wird.

Ashwin wird der nächste Rajah. Das ist das einzige Schicksal, das ich akzeptieren werde.

KAPITEL 16

DEVEN

Bis spät in den Nachmittag rollt der Zug der schwerfälligen Wagen vorwärts. Die Anstrengung des Tags zerrt an uns und lässt unsere Schritte schwerer werden. In langen Reihen verlassen die Männer den Wald, streben hinunter ins Tiefland, wo die Luft vom Geruch der feuchten Erde erfüllt ist. Der Himmel reißt auf zu endlosem Blau über grünem Grasland. Die Männer quälen sich durch die Reisfelder und die höher liegenden Weizenfelder, deren Wintersaat kürzlich ausgebracht wurde.

Obwohl ich jeden Wagen und jede Soldatengruppe genau betrachte, habe ich von Brac und Opal weder etwas gesehen noch gehört. Je weiter wir marschieren, desto überzeugter bin ich, dass sie in Gefahr sind.

Die Truppen vor uns ziehen durch ein Dorf. Unser Wagen mit dem Katapult soll als einer der letzten durch die Straßen fahren, die von Bruchbuden gesäumt sind. Yatin ist nicht weit von hier entfernt aufgewachsen. Seine verwitwete Mutter und die beiden ältesten Schwestern haben jeden Tag stundenlang auf dem Feld geschuftet, während er und seine anderen Geschwister das Haus gehütet haben.

Frauen und Kinder stehen an der Schwelle ihrer heruntergekommenen Behausungen und beobachten unsere Vorbeifahrt. Gute hundert Schritte vor uns bringt Manas sein Pferd vor einer Hütte zum Stehen. Er und ein Soldat sprechen mit einer Frau. Meine Freunde und ich verbergen unsere Gesichter, als wir uns ihnen nähern.

»Wo ist dein Mann?«, will Manas wissen.

Die Frau ist mittleren Alters, sie trägt ein Kind auf ihre Hüfte gestützt und ein älterer Junge steht neben ihr. »Die Götter haben ihn vor drei Jahren ins Jenseits geholt.« Ihr Ton ist voll und kehlig, ähnlich wie der Yatins.

»Hast du noch ältere Kinder?«

»Einen fünfzehnjährigen Sohn. Er ist auf den Reisfeldern.«

»Schick deinen Sohn los, damit er ihn holt«, befiehlt Manas und ruft dann den anderen Frauen, die vor den Soldaten in ihre Hütten zurückweichen, zu: »Rajah Tarek ruft alle diensttauglichen Männer ab vierzehn zu den Waffen und verlangt, dass sie sich uns anschließen.«

Manas kündigt keine Bestrafung für eine Verweigerung an, doch der Talwar an seiner Hüfte spricht eine eigene Sprache. Die meisten Frauen schließen die Tür. Es gibt viele Witwen im Reich, und die Lebenserwartung von Feldarbeitern ist niedrig. Der junge Sohn der Frau, die Manas als Erste ansprach, will sich auf den Weg zu den Feldern machen, aber Manas beugt sich in seinem Sattel hinunter und packt ihn an seiner Jacke.

»Wie alt bist du?«, hören wir Manas ihn fragen.

»Zwölf«, piepst er.

»In deinem Alter habe ich dem Rajah bereits als Schuhputzer gedient. Hol deinen großen Bruder her und verabschiedet euch dann von eurer Mutter. Du wirst als Wasserträger dienen.«

Ich lege die Hand an mein Schwert, umfasse den Griff.

Die Frau reißt ihren Sohn von Manas los. »Bitte. Ich brauche meine Söhne. Jemand muss auf den Feldern arbeiten und unseren Lebensunterhalt verdienen.«

Wir erreichen sie, unser Wagen ist fast auf Höhe von Manas' Pferd. Die Türen aller anderen Hütten an der Straße sind geschlossen.

Manas betrachtet die Frau ohne einen Funken Mitgefühl. »Ihr schickt beide.« Er lässt einen Soldaten zurück, der die Ausführung seines Befehls überwachen soll, und reitet weiter zur nächsten Straße.

Die Frau setzt das kleine Kind, ein Mädchen, ab und drückt ihren Sohn mit beiden Armen an ihre Brust. Ihre Tochter weint zu ihren Füßen. Der Anblick der Mutter und ihrer beiden Kinder erinnert mich an meine Mutter, meinen Bruder und mich. Die Kindermädchen mussten uns nach unserer wöchentlichen Besuchsstunde im Kurtisanenflügel von ihr wegzerren. Jedes Mal, wenn wir uns von unserer Mutter trennen mussten, weil der Rajah zu seiner Unterhaltung oder der seiner Männer nach ihr verlangte, waren wir am Boden zerstört. Vor allem Brac hat die Trennungen nur schwer verkraftet. Jedes Mal danach hielt ich ihn auf unserer Doppelpritsche im Schlafraum des Kindertrakts im Arm, während er sich in den Schlaf weinte.

Unser Wagen fährt weiter zur nächsten baufälligen Hütte. Der Soldat, den Manas zurückgelassen hat, versucht, Mutter und Sohn voneinander loszumachen, doch die Frau will ihr Kind nicht hergeben. Je mehr der Soldat an ihnen zerrt, desto hysterischer und verzweifelter wird sie. Schließlich holt er aus und schlägt sie. Sie schreit auf und fällt gegen den Türpfosten.

Die Szene löst eine weitere Erinnerung in mir aus.

Bracs und meine Stunde mit Mutter ist vorbei. Sie umarmt uns ein letztes Mal und hüllt uns in weiche Seide und betörenden Jasminduft. Ein Mann platzt ins Zimmer und teilt ihr mit, dass er genug habe vom Warten. Ich stehe zwischen ihnen, doch er stößt mich zu Boden und schleift sie an den Haaren hinaus. Bracs Hände beginnen vor Zorn zu glühen. Ich schirme ihn vor den Blicken der anderen ab. Seine Finger versengen meinen Ärmel und verbrennen mir beinahe die Haut. Er ist dicht bei mir, doch ich kann nicht sowohl seine Augen bedecken als auch meine Ohren zuhalten, die von Mutters leiser werdenden Schreien widerhallen.

Der Soldat ringt mit dem Zwölfjährigen. Ich trete von dem langsam dahinrollenden Katapultwagen weg und zücke meinen Khanda. »Lass ihn los.«

Der Soldat dreht sich zu mir um, und seine Augen treten hervor. Ich erkenne ihn ebenfalls. Wir waren beide in dem Militärlager in Iresh. Er vergisst den Jungen und zieht sein Schwert.

»General Manas!«, ruft er.

Manas ist um die Wegbiegung geritten und außer Sichtweite. Keine anderen Soldaten sind in der Nähe. Ich kann meine schweren Atemzüge über das Wehklagen der Frau hinweg kaum hören.

Der Soldat ruft lauter. »General! Cap…«

»Schönen Nachmittag, Soldat«, schnurrt Natesa und nimmt ihren Turban ab. Ihr dunkelbraunes Haar rahmt ihr dreckverschmiertes Gesicht ein.

Der Soldat ist vom Anblick einer Frau so verblüfft – dazu noch einer so schönen –, dass er zu spät bemerkt, dass Yatin seinen Haladie zückt.

Die Klinge dringt tief in die Brust des Soldaten ein, und er bricht zusammen. Die Frau hört augenblicklich auf zu weinen und hebt ihre Jüngste hoch. Ich trete vor, um den am Boden liegenden Soldaten zu untersuchen. Er ist tot oder wird es bald sein.

Yatin übernimmt für einen Moment das Kommando. »Rohan, bleib hier und lenke alle Geräusche um. Warne uns, wenn der General kommt. Natesa, setz deinen Turban wieder auf.«

Rohan erzeugt einen Windstoß, wobei er sich auf Manas' Aufenthaltsort konzentriert. Die Veränderung am Himmel würde man nur bemerken, wenn man bereits Verdacht hegen würde. Natesa wickelt sich rasch das Turbantuch um den Kopf. Yatin kommt mit großen Schritten zu mir. Adrenalin gewinnt die Oberhand, ich löse mich aus meiner Erstarrung und helfe ihm, die Leiche in die Hütte zu schaffen.

Mit seinem Haladie scharrt Yatin Erde auf die Blutspur auf dem Boden. »Versteckt euch und lasst euch erst wieder blicken, wenn die Armee weg ist«, befiehlt er der Frau, die eifrig nickt. »Verliert kein Wort über das, was geschehen ist, und man lässt euch in Ruhe.«

Sie scheucht die Kinder hinein, zieht die Tür halb zu und hält inne. »Danke, Yatin. Deine Schwestern und deine Mutter werden überglücklich sein zu erfahren, dass du wohlauf bist.«

Ich erstarre, als ich seinen Namen aus ihrem Munde höre. Sie schließt die Tür, und Yatin und ich eilen zurück zum Wagen und in den von Rohan heraufbeschworenen Wind. Zwei, vielleicht drei Minuten sind vergangen, seit Manas verschwunden ist. Natesa trägt wieder ihren Turban. Wir treiben die Pferde an, als der nächste Wagen hinter uns auftaucht. Rohan schwächt die Windstöße ab, und wir marschieren weiter.

Mein Herzschlag ist doppelt so schnell wie meine Schritte.

»Er kommt«, sagt Rohan.

Manas reitet auf uns zu. Auf meine Aufforderung hin steckt Natesa rasch eine lose Haarsträhne in ihren Jackenkragen. Manas' Pferd galoppiert an unserem Wagen vorbei und wird langsamer. Er blickt zurück zur Tür der Frau.

Ihm fällt ein, dass er dort einen Soldaten postiert hat.

Weiter vorn in der Reihe ruft ein Kommandant nach Manas. Er wendet sein Pferd und reitet davon zu den Truppen vor uns. Ich stoße einen kurzen Seufzer aus, während mein Herz gegen meinen Brustkorb pocht, und bete, dass niemand das Verschwinden eines einzelnen Soldaten in dieser gewaltigen Armee weiter verfolgt.

Sobald wir das Dorf verlassen haben, wende ich mich an Yatin. »Wer war die Frau?«

»Eine Freundin meiner Mutter. Wir können ihr vertrauen.«

Wir sind nicht in der Nähe von Yatins Dorf; das *war* sein Dorf. »Wo ist das Zuhause deiner Familie?«

»Nicht weit von hier.«

Seine Traurigkeit lässt mich verstummen. Obwohl er seit vielen Monden nicht mehr so nah bei seiner Familie war, kann er nicht anhalten, um sie zu besuchen. Wäre ich aufmerksamer gewesen, hätte ich ihm vorgeschlagen, dass er und Natesa seine Mutter und Schwestern besuchen und später wieder zu uns stoßen konnten. Hätte Natesa den Soldaten nicht abgelenkt, damit Yatin seinen Haladie zum Einsatz bringen konnte, wären wir erledigt gewesen.

»Es tut mir leid«, sage ich. »Du hast das Richtige getan.«

Yatin wirft aus dem Augenwinkel einen Blick auf Natesa. »Ich würde es wieder tun.«

Ich ebenfalls, und das bereitet mir Sorgen. Ich habe Kali einmal gesagt, dass der einzige Weg zum Frieden der Krieg sei. Aber wir sind nicht hier, um gegen diese Männer zu kämpfen oder ihre Meinung über ihren Befehlshaber zu ändern. Wir sind wegen Brac und Opal hier. Und je eher wir sie finden, desto eher können wir vor dem Dämon-Rajah und seiner Armee fliehen.

KAPITEL 17

KALINDA

Ich treffe Indah und Pons im Innenhof des Tempels. Die Nacht bricht herein, und der klare Sternenhimmel lässt die kalten Winde ungehindert aus nördlicher Richtung wehen. Ein Großteil des Schnees ist geschmolzen, und auf den daraus entstandenen Pfützen bildet sich Eis. Ashwin ist schon vor mir zu den beiden gestoßen. Er beißt die Zähne zusammen, was mir zeigt, dass er wegen unseres Streits im Forderungssaal noch immer erzürnt ist.

Pons reicht Ashwin seine Machete und sagt: »Die Rebellen warten in der Nähe des Sees. Sie wollen Euch und die Kindred allein treffen. Ich weiß nicht, wie viele es sind. Mindestens einer von ihnen ist ein Luftwesen. Ich habe ihr Ersuchen erhalten, Euch zu treffen, doch seither nichts mehr.«

Das Luftwesen lenkt bestimmt die Geräusche um, die sie verursachen, um zu verschleiern, wie viele es sind – ein ungünstiger Auftakt für unsere Verhandlungen. Ich zücke meinen Dolch. »Ich werde eine Flamme hochschießen, falls wir Euch brauchen.«

Indah nickt. Ihre Kräfte werden in dieser Kälte von keinem großen Nutzen sein, aber sie ist eine versierte Heilerin.

Wie komme ich darauf, dass ich eine Heilerin brauchen könnte?

Weil bei jedem Zusammenstoß mit den Rebellen jemand verletzt wird.

Diesmal nicht. Heute Abend werden wir einen Frieden aushandeln.

Ashwin und ich gehen durch das Tor hinaus. Die Richtung, die wir einschlagen, führt uns fort von unserem an der Straße stehenden Gleitflieger. Es weht ein eisiger Wind, als wir den Bergwald durchqueren. An dessen Rand, vor dem zugefrorenen See, sehen wir eine Gestalt stehen. Selbst aus der Entfernung erkenne ich Anjali, die Tochter des Warlords. Sie trägt schwarze Kleidung und einen roten Gürtel um die Taille. Ihr ebenholzschwarzes Haar ist zu einem langen dicken Zopf geflochten. Am Hofe war Anjali eine der vier Favoritinnen des Rajahs gewesen, doch sie arbeitete heimlich als Palastinformantin für ihren Vater. Die von ihr gerufenen Winde wirbeln heftig um sie herum, nach außen gewölbte, schnelle Strömungen. Wir bleiben in angemessenem Abstand stehen, und Anjali lässt die Winde abflauen.

»Kindred. Eure Majestät.« Anjali verbeugt sich, wobei ihre respektvolle Begrüßung nicht recht zu ihrem selbstgefälligen Grinsen passen will.

»Wir haben den Warlord erwartet«, sagt Ashwin. Unsere Atemluft schimmert in der Luft wie silbrige Federn.

»Mein Vater ist mit Angelegenheiten in Vanhi beschäftigt. Wie Ihr wisst, ist die Armee des Dämon-Rajah auf dem Weg dorthin.« Anjalis intensive dunkle Augen bilden einen Ausgleich zu ihrem rundlichen Kinn, und ihre leichten Rundungen werden von einer schmalen Taille kompensiert. »Unsere Informanten haben uns beunruhigende Neuigkeiten überbracht. Wollt Ihr sie hören?«

»Teilt uns mit, was Euer Vater Euch aufgetragen hat«, erwidere ich, genervt von ihren ausweichenden Worten. Wie eine Klapperschlange wartet Anjali, bis ihre Gegner von ihrem Ausweichmanöver abgelenkt sind, um dann zuzuschlagen.

»Der Dämon-Rajah stärkt seine Kräfte.«

»Das muss er nicht«, entgegne ich. »Seine Kräfte erlahmen nie.«

»Je länger er sich außerhalb des Nichts aufhält, desto schwächer wird er … es sei denn, er stärkt sich mit Bhuta-Seelenfeuer.« Anjali kräuselt die Nase. »Kennt Ihr diese scheußliche Sache, die Ihr Feuerwesen macht? Das Ausdörren. Udug tut das Gleiche, nur dass er die ganze Seele seines Opfers ausdörrt.«

Die Rebellen haben ebenfalls den Namen des Herrn des Nichts erfahren, aber Ashwin verrät nicht, ob ihr Wissen über Udug seinen eigenen Erkenntnissen entspricht.

»Geschöpfe der ewigen Dunkelheit blühen im Dunkeln auf«, erklärt Anjali. »In der Schattenwelt sind sie die Stärksten. Indem sich Udug vom Bhuta-Seelenfeuer ernährt, vergrößert er die Kräfte, die er in unser Reich mitgebracht hat. Wenn er Vanhi erreicht, wird er stärker als der Dämon, den Ihr bekämpft habt. Er wird nicht aufzuhalten sein.«

Eiseskälte breitet sich in meinen Bauch aus, die von dem kalten Feuer herrührt, das mein inneres Licht erlöschen lässt. Udugs Kräfte wirken auf dieselbe Weise in mir, wie sie es im Rest der Welt tun.

»Die Marine von Lestari ist unterwegs«, sagt Ashwin ruhig und konzentriert. »Mit den Rebellen, die auch auf unserer Seite sind, haben wir genügend Bhutas, um Udug zu besiegen.«

Sie schilt ihn mit ausgestrecktem Finger. »Ihr habt den Herrn des Nichts entfesselt, und jetzt braucht Ihr Bhutas, um ihn zu überwältigen?«

»Ich teile den Hass meines Vaters nicht. Eine Allianz mit den Rebellen wird dafür sorgen, dass Bhuta-Tugendwächter zukünftig einen Platz im Reich haben.«

»Eine Allianz ist die eine Antwort«, gesteht Anjali ihm zu. »Aber wir haben eine andere.«

Ashwin streckt sein Kinn vor. »Die da wäre?«

»Dass Ihr sterbt.« Anjalis Grinsen wird breiter, als er zusammenzuckt. »Udug ist durch Euren Herzenswunsch mit Euch verbunden. Wenn Euer Herz zu schlagen aufhört …«, sie macht eine Geste, als würde sich etwas in Luft auflösen, »kehrt er in das Nichts zurück.«

Meine Kräfte summen direkt unter der Haut. »Eure Theorie ist haltlos.«

»Das wissen wir erst, wenn wir es ausprobiert haben. Eure Majestät?« Anjali schmunzelt über seinen Titel. »Ihr habt Udug befreit. Habt Ihr auch den Mut, ihn zurückzuschicken?«

Ich stelle mich vor Ashwin. »Der Prinz wird sein Leben nicht verlieren.«

»Mein Vater versicherte mir, dass Ihr das sagen würdet, weshalb jede Stunde, die der Prinz weiterlebt, einer der Palastgefangenen sterben wird. Der Warlord beginnt mit Euren Lieblingen. Den mit Euch befreundeten Ranis Parisa und Eshana. Oder vielleicht Eurer Dienerin Asha. Nein, es wird Shyla sein, die mit dem Baby. Ich glaube, sie hat ein kleines Mädchen.«

Anjalis Drohungen rauben mir den Atem. Ich hebe meinen Dolch, um ihr das spöttische Lächeln aus dem Gesicht zu schneiden, doch sie baut eine Mauer aus Wind zwischen uns auf und verhindert meinen Versuch, sie zu treffen. Zufrieden, weil ich sie nicht erreichen kann, wirbelt sie ein Chakram – eine runde Wurfscheibe – um ihr Handgelenk und lässt ihren Blick zu Ashwin schnellen.

»Entscheidet Euch rasch, Prinz. Mein Vater wird nach Sonnenaufgang zu jeder vollen Stunde eine Rani töten, bis er von Eurem Tod erfährt.«

Ashwins Gesicht ist leichenblass. Er öffnet den Mund, wobei seine trockenen Lippen aneinander kleben bleiben. »Seid Ihr sicher, dass das Udug stoppen wird?«

Ich lasse meine Klinge vor ihm herabsausen. »Denk nicht einmal daran. Hastin versucht, dir Angst einzujagen, damit du deinen Thron hergibst, was erst mit deinem Tod geschähe. Das ist bestimmt eine Falle.«

»Und wenn nicht …?«, fragt er.

»Dann finden wir einen anderen Weg.«

»Deine Freundinnen werden getötet«, flüstert er und greift nach der Machete an seiner Seite. »Die Frauen meines Vaters – meine Familie – wird sterben.«

Es schnürt mir die Kehle zu, wenn ich an die Ranis und Asha, meine Dienerin, denke. Hastin könnte sie töten, egal was Ashwin tut oder nicht tut. Sie sind unschuldige Dritte in diesem Machtkampf. Doch sie sind mehr als Gefangene. Jede ist im Herzen und Handeln eine Kriegerschwester. Als solche würden sie ihr Leben geben, um ihre Familien und die Zukunft ihrer Heimat zu schützen.

»Aber keine ist der rechtmäßige Rajah. Das bist du.« Ich reibe das getrocknete Henna von meinem Handrücken. »Als die Kindred stehe ich dir zur Seite.«

Ashwin sieht meine Rangzeichen, und Tränen treten ihm in die Augen.

»Bitte gib mir die Machete«, sage ich. Unter meinem Zuspruch lässt er langsam die Waffe sinken. »Und jetzt lass sie los.« Als er das nicht tut, entreiße ich ihm die Waffe.

Er schnappt nach Luft, und sein Kinn zittert, als er weitere Tränen zurückzuhalten versucht.

Anjali stößt einen Seufzer aus und hört auf damit, ihr Chakram kreisen zu lassen. »Ihr wisst nie, wann Ihr verloren habt, Kalinda.«

Meine Instinkte kribbeln. Ich weiche zu den Bäumen zurück. »Ashwin, geh zum Tempel.«

Er dreht sich um, doch bevor er auch nur einen Schritt machen kann, schleudert Anjali das Chakram auf ihn und verstärkt den Wurf mit einem ihrer Windstöße. Er wirft Ashwin zu Boden. Das Chakram surrt an ihm vorbei in den Wald und bohrt sich in einen Baumstamm. Er rappelt sich hoch, und Anjali schleudert einen weiteren Windstoß auf uns, der uns umreißt.

Ich lande hart im Schnee und lasse die Machete los. Ashwin prallt gegen einen Baumstamm, schlägt sich den Kopf an und bleibt benommen liegen. Ich lasse eine Flamme hochschießen, das Zeichen für Indah und Pons, und zücke meinen Dolch. Als ich aufstehe, stelle ich fest, das Anjali verschwunden ist.

Ich suche die düstere Umgebung nach ihr ab. Nordwinde blasen immer kräftiger. Ich kann unterscheiden, welche von Anjali sind und welche zum Himmelsgott gehören.

Ich gehe rückwärts zu Ashwin, und ein Windstoß wirbelt um meine Fußgelenke. Ich stürze und lasse meinen Dolch fallen. Eine weitere Böe trifft mich am Rücken. Der Schlag dringt mir durch die Tunika bis auf die Haut. Dann trifft mich ein zweiter Schlag, gefolgt von Anjalis Gelächter.

Sie holt mit ihren schneidenden Winden erneut nach mir aus. Meine Tunika zerreißt und entblößt meinen Rücken. Weitere schmerzhafte Hiebe treffen mich. Striemen bilden sich auf meiner Haut. Ich rolle herum und werfe mehrere Flammen hintereinander, damit sie aufhört. Die Farbe meiner Flammen ist anfangs lindgrün und verwandelt sich in smaragdgrün.

Ihre Winde, die meine Haut zerfetzen, lassen nach, und weniger schmerzhafte Böen streichen über mich hinweg. Schnee wird gegen meinen Rücken gedrückt und lindert den Schmerz. *Wo sind Indah und Pons?*

»Feuerwesen sind angeblich die gefährlichsten von uns«, sagt Anjali über mich gebeugt.

Ich greife nach meinem Dolch, aber ein Wind schleudert meinen Arm über meinen Kopf. Anjali tritt auf meinen anderen Arm und drückt meine Feuerkräfte gegen den gefrorenen Boden.

»Lass uns in Ruhe«, sage ich. »Uns zu töten wird Udug nicht aufhalten.«

»Meinem Vater habe ich alles Gute im Leben zu verdanken. Ich tue, worum er mich bittet.« Sie beugt sich herunter und packt mich am Nacken. »Zuerst stirbst du und dann der Prinz.«

Der Wind, der meinen ausgestreckten Arm niedergedrückt hat, ist verschwunden. Ich ziehe den Arm herunter und packe sie am Handgelenk. »Zuerst mache ich ein Häuflein Asche aus dir.«

»Ich nehme die Herausforderung an.« Ihre Kräfte fahren in mich hinein und drücken meine Brust zusammen. Sie saugt meine Lunge aus, lässt meine Atemluft zusammenschrumpfen und stiehlt meinen Himmel.

Doch unsere Verbindung Haut an Haut wirkt in beide Richtungen. Ich ziehe das Seelenfeuer aus ihr heraus und dörre sie aus. Ihre Lippen und ihre Haut werden zu einem stumpfen Grau, doch sie hält durch.

Die fehlende Atemluft schwächt meinen Griff.

Ich. Muss. Atmen.

Ein Blitz schießt vorbei. Ashwin stößt Anjali von mir weg und richtet seine Machete gegen sie. Sie schleudert eine Windböe gegen seinen Arm, und der Schlag geht über ihren Kopf hinweg. Während so seine Waffe gebremst wird, packt sie ihn mit beiden Händen am Hals. Ashwin erstarrt, er zittert.

Ich bündele meine Kräfte zu einem brennenden Ball und schleudere mein smaragdfarbenes Feuer auf Anjali, das jetzt an den Rändern blau ist. Anjalis freie Hand ruft einen Wind herbei, der meinen Feuerball in die Bäume lenkt.

Mein seltsames kränkliches Feuer verschlingt das Unterholz. Der Nordwind erfasst die glühende Asche und verteilt sie im Wald. Funken werden zu Flammen, die sich trotz der Kälte ausbreiten.

Ashwin stößt und tritt Anjali. Keuchend reißt er sich los, doch sie packt ihn erneut. Ich schleudere meinen Dolch auf sie, und die Klinge bohrt sich in ihr Bein. Sie schreit auf, lässt ihn jedoch nicht los.

Ich zücke meinen zweiten Dolch, und ein riesiger Eisbrocken trifft mich. Schmerz schießt an meiner Wirbelsäule entlang. Ich kippe nach vorn, lasse den Dolch fallen, die Hände tief im frostigen Boden. Ich greife nach meiner Waffe, doch fliegende Eiszapfen behindern mich.

Indira, eine Wasserwesen-Rebellin, wirft Eiszapfen. Ich rolle aus dem Weg, weg von meiner Waffe. Und auf einmal ist Indira auf mir und schlingt ihre kalten Hände um meine Handgelenke. Ihre Kräfte strömen in mich hinein, und singen meinem Blut ein Lied, das meine Venen verzaubert. Sie saugt an mir, und wie eine Flut, die dem Mondstand folgt, dringen Blutstropfen aus meinem Körper.

Ihre Kräfte halten mich an Ort und Stelle fest, wie ein Blatt, das in einem Strudel gefangen ist. Aus dem Augenwinkel sehe ich, wie Anjali Ashwin noch immer aussaugt. Seine Arme werden schlaff, sein Widerstand lässt nach. Mein Blut läuft mir wie Tränen über die Haut, läuft mir in Mund und Nase. Mein Herzschlag verlangsamt sich zu einem schwachen Klopfen, und meine Sicht verschwimmt.

Ashwins Augäpfel verdrehen sich; ich spüre, dass meine es ebenso tun.

Mein innerer Stern bohrt sich in meine Benommenheit.

Indira saugt meinen Lebenssaft aus, vermindert aber zugleich die Kälte in mir.

Ich entfache mein schwindendes Seelenfeuer, und stoße eine Explosion sengender Hitze aus. Sie taumelt kreischend von mir herunter, und ihre Kleider fangen Feuer. Der Wald hinter ihr steht in Flammen. Indira rollt auf dem Boden in die Flammen. Das Feuer fegt über sie hinweg, und ihre Schreie und hektischen Bewegungen hören auf.

Außer Atem und schwindlig richte ich mich auf Knien auf. Blutflecken sind auf meiner bloßen Haut. Ich sehe dunkle Sterne, die sich mit dem Himmel verbinden. *Was hat Indira mit mir gemacht?*

Anjali lässt Ashwin los, und er sinkt zu einem leblosen Häuflein zusammen. Nein, Anu. Nein. Sie zieht meinen Dolch aus ihrem Oberschenkel und wirft ihn zu Boden, stürmt dann auf einem schnellen Wind auf mich zu. Anjali packt mich an der Kehle, und ihre Kräfte drücken meine Lungen zusammen. Nachdem ich mein gesamtes Feuer für Indira verbraucht habe, umklammere ich die Arme des Luftwesens mit einem schwachen nutzlosen Griff.

»Ich habe die Tagebücher deines Vaters verbrannt. Habe sie als Anzündholz benutzt.« Anjalis Kräfte fahren in mich hinein und saugen noch das letzte bisschen Luft aus mir heraus. »Betrachte es als Rache für den Verrat an meinem Vater.«

Ich beweine innerlich den Verlust von Vaters Aufzeichnungen. Ich werde seine Gedanken nie erfahren, nie meine Mutter durch seine Augen sehen. Sie nie selbst kennenlernen.

Der Waldbrand lodert und erhellt Anjalis Silhouette. Das von meinen Kräften ausgelöste Inferno hat sich in ein wildes natürliches Feuer verwandelt. Schlangen bewegen sich in den Flammen.

Kommt zu mir, Freundinnen.

Keine schenkt mir Beachtung.

Bitte, ich brauche euch.

Sie fressen sich immer weiter in den Wald hinein. Ashwin hat sich nicht gerührt. Ich werde die Nächste sein. Wo sind Indah und Pons?

Ich greife nach der einzigen Waffe in meiner Reichweite – Udugs kaltes Feuer. Ich beschwöre es herauf, wie ich es mit meinen Kräften tun würde. Saphirfarbene Funken schießen aus meinen Fingern.

Mit einem Schrei lässt mich Anjali los. Ich lande auf allen vieren und japse angestrengt nach Luft.

Pons und Indah stürmen auf die Lichtung. Beide bluten aus Schnitten im Gesicht. Pons zielt mit seinem Blasrohr und schießt in dichter Folge drei Pfeile auf Anjali ab. Sie lenkt sie mit zeitlich gut platzierten Windstößen ab.

Anjali stolpert davon, wobei sie ihr verwundetes Bein schont. Indah bleibt zurück, ihre Kräfte von der Kälte untauglich gemacht, doch Pons tritt näher. Der Waldbrand umgibt Anjali. Pons beschleunigt seine Winde zu einer Peitsche und holt damit gegen sie aus. Während ich am Boden bleibe, bringt sie ihre eigenen Luftströme gegen ihn zum Einsatz.

Ashwin hat sich nicht gerührt. *Er ist so still.*

Pons und Anjali schleudern ihre Kräfte aufeinander. Der Himmel knistert. Ihre Luftströme prallen aufeinander, und es kracht über mir. Auf dem kalten Boden liegend halte ich mir die Ohren zu. Anjali taumelt bei einem Schritt. Pons' Winde treiben sie rückwärts zur Feuerwand. Anjali stößt einen kehligen Schrei aus und duckt sich. Der Luftstrom geht an ihr vorbei in den Wald hinein, ergreift Flammen und schleudert sie weit weg.

Anjali beherrscht den Nordwind und fliegt über mich hinweg. Sie schleudert ein Chakram auf Pons. Er weicht der sich drehenden Klinge aus, und sie steigt über ihm und Indah auf. Er jagt sie mit schneidenden Luftströmen. Anjali rauscht davon in den Rauch hinein und ist nicht mehr zu sehen.

Indah kommt zu mir gerannt, sie hat Kratzer auf Stirn und Wangen. »Wir wollten früher hier sein. Das nördliche Wasserwesen hat das Innenhoftor vereist und uns mit Eiszapfen angegriffen.«

»Helft Ashwin«, krächze ich und reibe meine wunde Kehle.

Sie eilt zum Prinzen. Pons kommt herbei, sammelt auf dem Weg meine Dolche ein und hilft mir, zum See zu gehen. Seine Unterarme sind bedeckt von den Wunden von Indiras Angriffen. Ich sitze am vereisten Ufer und ruhe mich aus, und er geht zurück, um Indah mit Ashwin zu helfen. Pons wirft ihn sich über die Schulter. Als sie zu mir herüberkommen, saust ein weißer Streifen in den Himmel hinauf. Anjali hebt in unserem Gleitflieger ab und verschwindet in der Nacht.

Sie wird zu ihrem Vater zurückkehren und berichten, dass sie den Prinzen getötet hat.

Anu, verschone ihn.

Pons legt Ashwin am felsigen Seeufer ab. Er wacht nicht auf, aber seine Brust hebt und senkt sich. Ich schicke ein Dankgebet zum Himmel, doch wir sind noch nicht in Sicherheit. Wir müssen das Feuer löschen.

Indah will das Wasser des Sees nutzen, doch es ist unter der Eisdecke eingeschlossen. Meine eigenen Kräfte sind verbraucht, und ich kann nicht warten, bis sie wiederhergestellt sind. Meine Zähne klappern, und ich blicke auf Ashwin. Jemand anderem das Seelenfeuer zu stehlen, um mein eigenes zu stärken, ist falsch, aber ich brauche meine Kräfte, um das Feuer daran zu hindern, den Tempel zu erreichen.

Ihr Götter, vergebt mir. Ich berühre Ashwin und nehme

sein weißes warmes Licht in mich auf. Wärme strömt in meine Brust und erfüllt mein Herz.

Nicht zu viel. Du verletzt ihn sonst.

Aber sein Seelenfeuer ist so warm …

»Kalinda!« Indah reißt meine Hand von ihm weg. Nach einem entsetzten Blick auf mich untersucht sie Ashwin. Ashwin atmet noch.

Ich habe, was ich brauche.

So gut es mit meinem verletzten Knie möglich ist, laufe ich los. Das natürliche Feuer verströmt Hitze und wütet in Gestalt glühender Schlangen.

Schh, meine Freunde. Schlaft.

Sie fressen sich vorwärts in Richtung Tempel, und die erbarmungslosen Nordwinde treiben sie hin und her.

Pons läuft neben mir her und vertreibt den Rauch mit seinen Winden. »Ihr müsst das natürliche Feuer eindämmen.«

»Das versuche ich ja«, sage ich und rufe den Flammen zu: »Ich bin Feuer, und das Feuer bin ich!« Ich lasse meine Kräfte wirken, doch meine Hände glühen in einem kalten blassen Saphirblau. Von meinem Seelenfeuer ist nichts in mir zu erkennen, nur dieses grausame Blau.

Das Feuer ist jenseits meiner Kontrolle.

»Pons, wir müssen alle rausbringen!«

Wir passieren das Tor, vorbei an den Eisbrocken, die Pons und Indah heruntergeschlagen haben, um den Hof verlassen zu können. Priesterin Mita scheucht die Mädchen vom Haupteingang weg in den Innenhof. Einige der jüngeren kennen Pons und eilen zu ihm. Die Kleinste hebt er hoch. Heilerin Baka kommt mit weiteren Wachen. Ein Strom Mädchen und Schwestern läuft zum See.

Alle sind jetzt draußen. Priesterin Mita würde kein einziges Mädchen zurücklassen.

Das Feuer kommt immer näher. Ich versuche ein letztes Mal, es zum Erlöschen zu bringen. Priesterin Mita starrt auf meine blau glühenden Hände. *Bitte, Anu. Bitte.* Ich konzentriere mich so stark, dass mir der Kopf wehtut. Doch das natürliche Feuer gehorcht nicht.

Priesterin Mita und ich stürzen zum Tor hinaus. Sie greift mich an: »Du bist eine Schande! Du hast diese Zerstörung über uns gebracht!«

Ihre Überzeugungen Bhutas betreffend sind falsch, aber ich habe keine Rechtfertigung. Meine Kräfte haben das getan. Ich habe diesen Feuersturm angezettelt.

Rauch brennt mir in den tränenden Augen. Gierige Flammen fressen sich vorwärts, und das Feuer wütet ungehemmt. Alle meine Jahre mit Jaya werden langsam zu Asche. Strafen mich die Götter dafür, dass ich gegen die Forderung angehe? Ich wollte nur, dass Männer, vor allem solche wie Tarek, nie mehr irgendwelche Rechte an diesen Mädchen geltend machen können. Das hier wollte ich nicht.

Eine Schattengestalt taucht neben der Straße auf. Tarek ist gekommen, um der Entweihung der von den Göttern gewährten Zufluchtsstätte beizuwohnen. Meine Kehle ist wie zugeschnürt, als sich das Feuer am Nordturm hinauffrisst und das Leuchtfeuer *verschlingt.*

Anu, schick ihn weg. Wenn du barmherzig bist, lässt du nicht zu, dass er sich an meinem Schmerz ergötzt.

Doch Tarek freut sich an der Grausamkeit dieser Nacht und lächelt nicht das Feuer an, sondern mich.

KAPITEL 18

DEVEN

Die Soldaten, die das Geld und die Flasche Apong ergattert haben, ziehen singend und grölend weiter. Meine Begleiter und ich sitzen an die Räder des Katapultkarrens gelehnt auf dem Boden und ruhen uns aus. Ich bin schmutzig, verschwitzt und so müde, dass mir die Funken des Lagerfeuers wie Laternen erscheinen, die in den Himmel hinaufschweben. Ich könnte jetzt auch einen Schluck von dem Apong vertragen, aber ich begnüge mich mit dem schmutzigen Becher Wasser und dem verkohlten Fladenbrot, das ein Soldat vom Essensdienst gebracht hat.

Yatin sitzt ein wenig abseits und blickt auf die felsige Ebene, während er wieder und wieder die Faust ballt. Er und Natesa haben nicht miteinander geredet, seit wir das Dorf verlassen haben. Rohan isst schweigend, aber sein Blick wandert so beständig umher, dass er mich damit nervös macht. Bisher hat sich niemand nach dem verschwundenen Soldaten erkundigt, doch das könnte sich noch immer ändern.

Ein milder Westwind, der von der öden Fläche vor uns herüberweht, streicht durch das Lager. Bei unserem raschen Tempo werden wir die Bhavya-Wüste übermorgen erreichen, einen ganzen Tag früher als geplant.

Natesa kratzt sich den Nacken. »Wie könnt ihr die nur tragen?«

»Wir nehmen unsere Turbane nachts ab«, sage ich.

»Was für ein Glück für euch.« Sie kratzt sich fester. »Ich bin es nicht gewöhnt, mit bedecktem Kopf zu schlafen. Ihr müsst aufpassen, dass ich mir den Turban nicht abnehme und ins Feuer werfe.«

Die Trunkenbolde auf der anderen Lagerseite brechen in schallendes Gelächter aus. Rohan wippt mit dem Knie. Sein dringender Wunsch, die Suche nach seiner Schwester fortzusetzen, wird sich heute Nacht nicht erfüllen.

»Später werde ich allein eine Runde durch das Lager machen«, sage ich zu ihm.

Rohan setzt sich auf. »Ich sollte mitkommen und die Ohren aufhalten.«

Seine Stimme bricht, dreimal, daran merke ich, wie aufgelöst er ist. »Wir würden uns verdächtig machen, wenn wir zusammen herumlaufen. Nach dem heutigen Tag dürfen wir nicht zu viel riskieren.«

»Ihr meint, nachdem wir wegen Euch beinahe geschnappt wurden?«, grummelt Rohan.

»Den Fehler mache ich nicht noch einmal«, verspreche ich. »Hast du irgendwas gehört?«

»Nein.« Rohan verschränkt die Arme, seine Missbilligung ist verständlich.

Ich senke die Stimme und sage zu ihm: »Wenn Brac und Opal tatsächlich im Lager sind, finden wir sie. Warte bitte hier, während ich unterwegs bin.«

»Ist das ein Befehl?« Rohans Stimme kippt nur ein Mal, doch so deutlich, dass Yatin herüberschaut.

»Ich bitte dich um dein Vertrauen.«

Nach einem langen Blick willigt Rohan mit missmutigem Brummen ein.

Natesa streckt die Beine aus. »Ich fühle mich wohl hier.« Sie wirft verstohlen einen Blick in Yatins Richtung, der am Ende des Wagens sitzt. Seine Distanziertheit stört sie, doch sie lässt ihn in Ruhe.

Ich gehe zu ihm hinüber. »Wie geht's dir?«

Yatin betrachtet finster seine Faust, sein Blick ist auf Höhe meiner Stiefel. »Natesa hätte ihren Turban heute nicht abnehmen dürfen. Sie hat zu viel riskiert.«

Ich schürze nachdenklich die Lippen. »Ich bezweifle, dass sie das genauso sieht. Natesa ist eine Kriegerschwester. Sie ist darauf getrimmt, für sich und ihre Nächsten einzustehen.« Yatin öffnet seine Faust, und ich entdecke in seiner Hand den Lotusring. Ihn bisher behalten zu haben, muss seine Ruhelosigkeit noch vergrößern. »Du solltest ihr erneut einen Antrag machen. Vielleicht bekommst du diesmal eine andere Antwort.«

»Sie ist eigensinnig.«

»Dann sei noch eigensinniger.«

Yatin grunzt etwas Unverständliches und steckt den Ring in seine Hosentasche. Der Lärm im Lager hat nachgelassen. Die meisten Männer haben sich schlafen gelegt. Ich klopfe Yatin auf die Schulter und kehre zu den anderen zurück. Natesa sitzt ein wenig abseits.

»Wo ist Rohan hingegangen?«, frage ich.

Sie entfernt Schmutz unter ihren Fingernägeln. »Er musste zur Latrine.«

»Hab ein Auge auf ihn und Yatin, während ich weg bin.«

»Teilt Ihr mich zum Wachdienst ein, General?«

Wieso verstehen alle, was ich sage, als Befehl? »Nenn es, wie du willst.« Ich zeige mit dem Daumen auf Yatin. »Er hat sich Sorgen um dich gemacht.«

»Nein, er ist sauer auf mich, weil ich meinen Turban abgenommen habe, aber man hätte uns erwischt. Dich jedenfalls.

Kali wird uns bei lebendigem Leib verbrennen, wenn dir etwas zustößt.«

»Ich bin mir nicht so sicher, ob sie das kümmert«, bekenne ich.

»Sei kein Dummkopf. Natürlich tut es das.« Natesa tritt mir gegen das Schienbein, ein freundschaftlicher Stups. Ich erwidere das mit einem Stoß mit der Stiefelspitze. Sie lächelt nicht. »Yatin will mich heiraten.«

»Oh.«

»Du bist ein miserabler Lügner, Deven. Ich weiß, dass Yatin es dir erzählt hat. Er versteht nicht, wieso ich zuerst seine Familie kennenlernen will. Aber mir ist das wichtig.« Natesa zieht die Knie an die Brust und versucht vergebens, nicht zu ihm hinüberzuschauen.

»Er will dich zur Frau nehmen«, erwidere ich. »Er betrachtet dich bereits als Teil seiner Familie.«

Sie entspannt sich ein wenig. »Du solltest lieber gehen, bevor Rohan zurückkommt und dich überredet, ihn mitzunehmen. Sei vorsichtig.«

»Du auch.« Ich greife nach meinem leeren Wasserbecher, murmele einen Abschiedsgruß und mache mich auf den Weg.

Ich gehe langsam durch das schlafende Lager und passe auf, dass ich keine Aufmerksamkeit auf mich ziehe. Die Soldaten haben sich in die Zelte zurückgezogen oder unter ihren Wagen ausgestreckt. Ich tue so, als wäre ich auf der Suche nach einem Schluck Wasser, und bleibe an einem Wasserloch stehen. Niemand achtet auf mich, als ich meinen Becher mit abgestandenem Wasser fülle, ihn leertrinke und dann meinen Weg fortsetze – entgegen der Richtung, aus der ich gekommen bin.

Weil wir bisher keine Hinweise auf Gefangene entdeckt haben, müssen sie in der Nähe des Dämon-Rajah untergebracht worden sein, weshalb ich mich auf die Suche nach seinem Zelt mache.

In der Nähe der Lagerspitze nimmt die Zahl der überdachten Wagen zu. Am Ende einer langen Reihe steht das große Seidenzelt des Dämons. Manas tritt geduckt aus dem Zelteingang. Ich presse mich gegen einen Wagen, während er zum anderen Ende der nächsten Reihe geht.

Ich folge Manas. Ein Gefühl von Schwere beeinträchtigt meine Schritte, und ein hoher Ton schrillt mir in den Ohren, als stünde ich zu dicht neben einem Gong. Ich gehe weiter auf das Zelt zu, und eine undurchdringliche Dunkelheit erfüllt die Nacht. Nicht einmal die Fackeln leuchten weit.

Ein blaues Licht dringt aus dem Zelt, und ein plötzliches Beben erschüttert die Erde. Dann ist es völlig still.

Kalte Finger umklammern meine Brust. Dieses Beben kam von einem Erdwesen.

Ich ignoriere die Angst, die in meinen Eingeweiden rumort, und schleiche auf Zehenspitzen die Wagenreihe entlang, wobei ich die Dunkelheit zu meinem Vorteil nutze.

Vor mir bewegt sich ein Schatten. Jemand huscht zu dem Wagen am Ende der zweiten Reihe. Ich erkenne die kleine schlanke Gestalt und rufe ihren Namen.

Rohan bleibt stehen, das einzige Anzeichen dafür, dass er mich gehört hat, und geht dann weiter. Ich zische ihm leise zu, dass er zurückkommen soll, doch er schleicht sich auf Zehenspitzen zu dem letzten überdachten Wagen.

Ihr Himmel. Ich hätte ihm befehlen sollen, bei Natesa und Yatin zu bleiben.

Ich flitze zu der Wagenreihe und verberge mich in deren Schatten. Ein kräftiger verdächtiger Windstoß bauscht die

Vorhänge der Öffnung am Zelt des Dämon-Rajah und wirft eine Lampe darin um. Zwei Wachen und Manas stürzen herbei und treten das Feuer aus.

Rohan muss den plötzlich aufkommenden Wind verursacht haben. Er eilt zu dem Wagen, der dem Zelt am nächsten ist. ich bleibe vor dem Wagen neben der Kutschbank stehen und spähe um die Ecke. Rohan hält sich an der Ecke bei der hinteren Tür des Wagens auf.

»Opal?«, flüstert er.

Ich spitze die Ohren, kann jedoch nichts hören. Manas hat bestimmt die Bhuta-Gefangenen mit Christophskraut oder Schlangenwurzel oder durch Aderlass geschwächt.

Eine gedämpfte Stimme ist aus dem Innern zu hören. »Rohan?«

Opal. Ich lausche nach Brac, doch eine andere Stimme meldet sich.

»General«, sagt der Dämon Udug mit der von Tarek gestohlenen Stimme, »wir haben Besuch.«

Manas und zwei mit Armbrüsten bewaffnete Soldaten stürzen aus dem Zelt. Rohan ruft einen kräftigen Wind herbei, und das ausladende Zelt hebt langsam vom Boden ab. Möbel kippen um, und Laternenlicht flackert. Beide Soldaten schießen Pfeile ab. Rohans Wind lenkt den ersten ab, doch der zweite trifft ihn in die Schulter.

Rohan geht zu Boden, und sein Wind lässt nach.

»Fesselt ihn«, sagt Manas.

Die Soldaten fesseln Rohans Handgelenke mit einer Ranke giftiger Schlangenwurzel auf dem Rücken, und der letzte Rest seiner Kräfte schwindet. In der Stille kommt der Dämon-Rajah aus seinem Zelt.

»Du bist kühn, Junge.« Udugs schneidende Stimme klingt höchst amüsiert. »Bist du allein?«

Rohan krümmt sich vor Schmerz von dem Pfeil in seiner Schulter. »Ihr habt meine Schwester.«

»Du meinst Opal.« Udug zieht das O lang und lässt das P geradezu explodieren. Oooo-pal. »Deine Schwester hat sich als sehr wertvoll erwiesen.«

Manas meldet sich zu Wort. »Dieser Junge hat Kindred Kalinda und Prinz Ashwin als Wache gedient.«

»Ach ja?« Udug beugt sich über Rohan. »Wie geht es meinem Sohn und meiner ersten Gemahlin? Sind sie in weitere Schwierigkeiten geraten?«

Der Magen rutscht mir in die Kniekehlen. Er meint bestimmt die Piraten. Sind sie der Marine oder Kali und dem Prinzen gefolgt?

Rohan stöhnt durch zusammengebissene Zähne. »Lasst Opal frei. Nehmt mich.«

»Ich habe keinen Bedarf an zwei verabscheuungswürdigen Wesen.« Der Dämon-Rajah packt Rohans Kopf wie den des Luftwesens, das er getötet hat.

Anu, lass das nicht zu.

Rohan erkennt die tödliche Umklammerung ebenfalls und beweist mit seinen nächsten Worten mehr Mut, als man ihn bei einem Vierzehnjährigen vermuten würde. »Prinz Ashwin ist unser wahrer Herrscher. Er und Kindred Kalinda werden Euch aufhalten.«

Seine Kühnheit rührt mich und macht mich stolz. Seine Stimme ist nicht ein einziges Mal gebrochen.

»Du wirst es ganz sicher nicht mehr erleben, wie falsch du damit liegst.« Udugs Finger glühen in diesem Augenblick in einem gespenstischen Blau, als er die Fingerspitzen gegen Rohans Kopf drückt. »Ich werde dich auslöschen, Dämon.«

Rohans Gesichtsausdruck erstarrt in einem stummen Schrei.

Weißes Licht, sein Seelenfeuer, wird aus ihm herausgezogen in die Umklammerung des Dämons.

Aus dem Wageninneren kommt ein Klopfen. Opal schlägt gegen die Tür, ihr Schreien ist unartikuliert. Ich muss zu Rohan. Vielleicht könnte ich Manas und eine der Wachen ausschalten, bevor der andere einen Pfeil auf mich schießt, aber könnte ich alle drei außer Gefecht setzen? Und wie stoppe ich anschließend Udug?

Ich spanne sämtliche Muskeln an, um vorzupreschen – um Rohan zu beschützen, um Udug aufzuhalten, um *irgendetwas* zu tun, doch Opals Wehklagen hindert mich daran. Ich habe Rohan versprochen, seine Schwester zu retten. Meine Anwesenheit preiszugeben würde meine Chancen, Wort zu halten, gefährden. Jeder Versuch, Rohan zu retten, würde Opal, Natesa und Yatin in Gefahr bringen und wäre Selbstmord. Für Rohan kann ich nichts mehr tun, aber ich *kann* noch immer Opal helfen.

Ich lehne den Kopf an die Wagenwand und unterdrücke den Impuls, spontan zu handeln. *Wieso hat Rohan nicht auf mich gehört und ist bei den anderen geblieben? Wieso hat er mir nicht vertraut?*

Ich hätte wissen müssen, dass er Natesa angelogen hat und der Gang zur Latrine nur ein Vorwand gewesen ist. Ich hätte beim Wagen bleiben und auf seine Rückkehr warten müssen. Ich habe ihn im Stich gelassen. Ich habe uns alle im Stich gelassen.

Die Dunkelheit um Udug verändert sich und verdichtet sich zu einer erstickenden Leere. Rohans Seelenfeuer verlischt wie das Licht eines zu Ende gehenden Tages. Ich packe mein Schwert so fest, dass meine Handfläche schmerzt. Schließlich raubt Udug Rohan den letzten Rest seiner Essenz und lässt ihn los.

Rohan sinkt zu einem Häuflein zusammen, wie eine leere Hülle, Glieder und Kopf seltsam verrenkt.

Opals verzweifeltes Hämmern und ihre Rufe lassen nach. Udug richtet den Blick zum Himmel und starrt finster auf die Sterne, die seiner Dunkelheit trotzen. Dann geht er in sein Zelt.

Ich warte zwei Atemzüge lang. Dann fünf. Dann zwölf. Niemand kommt zurück.

Opals Rufe sind noch immer zu hören. Brac dürfte nicht bei ihr sein, sonst hätte ich ihn bereits bemerkt. *Vielleicht hat Udug sein Seelenfeuer ebenfalls gestohlen.*

Die beiden Soldaten kommen zurück und stehen Wache am Ende des Gefangenenwagens.

Ich presse meine Lippen gegen die Wand und flüstere, sodass nur der Wind mich hören kann: »Ich hole dich da raus, Opal. Ich schwör's dir.«

Ich vertraue dem Wind, dass er meine Nachricht übermittelt, und mache mich auf den Weg ans Ende des Lagers. Im Licht des Mondes und der Sterne sind zwei Paar Fußspuren zu erkennen, die hin zum steinigen Gelände führen. Ich folge ihnen bis zu dem Leichnam.

Die Soldaten haben Rohan ins Gras geworfen. Sie haben ihn nicht einmal mit dem Blick zu den Himmeln hingelegt. Zutiefst erschüttert drehe ich ihn auf den Rücken. *Er war noch so jung.*

Ohne ein Werkzeug, um ein Grab zu schaufeln, bette ich ihn zur Ruhe. Ich mache mich daran, Steine zu sammeln. Ich benutze meine Jacke als Tragetuch und kann so vier oder fünf große Steine auf einmal transportieren. Ich lege sie um Rohan herum und bedecke zuerst seine Füße und Beine.

Ein Rascheln im Gras lässt mich kurz aufblicken. Bestimmt haben Aasfresser den Leichengeruch wahrgenommen. Bald werden sie sich einfinden. Ich beeile mich mit dem Sammeln und Aufschichten von Steinen, bis Rohans Leichnam vollständig bedeckt ist.

Kniend richte ich mich auf, während mir der Schweiß von der Stirn tropft, und versuche, mich zu sammeln. Mein Zorn auf Udug hat mich fast die ganze Nacht beschäftigt, aber ich muss meinen Unmut für die Dauer eines Gebets zurückstellen.

»Ihr Götter, schützt Rohans Seele, damit er das Tor finden möge, das zu Frieden und ins ewige Licht führt.« Ich rezitiere das Totengebet häufiger als es angemessen zu sein scheint, aber diese Segnung erfüllt mein Herz jedes Mal mit Trost.

Ich sitze bei Rohan, bis sich bei Sonnenaufgang der Horizont rötet. Dann lasse ich ihn in Frieden ruhen und kehre zu unserem Katapultwagen zurück. Yatin und Natesa sind hellwach und sitzen kerzengerade nebeneinander.

»Rohan ist nicht zurückgekommen«, sagt Natesa. Ihre Unterlippe ist rot, so fest hat sie darauf gebissen.

Tränen, die ich alle am Grab vergossen zu haben glaubte, brennen mir in den Augen. »Er hat Opal eingesperrt in einem Wagen gefunden. Der Dämon-Rajah … er hat ihn in die Hände gekriegt.«

Natesas Gesichtszüge entgleisen, als sie von Schock und Trauer überwältigt wird. Ich lasse mich zu Boden sinken und vergrabe mein Gesicht in den Händen.

»Und Brac?«, fragt Yatin.

Ich sitze zusammengekauert da. »Keine Spur von ihm.«

Yatin und Natesa verstummen. Wir allein können Udug nicht aufhalten. Wir sind drei Sterbliche gegen einen unsterblichen Dämon. Wir könnten uns jetzt davonschleichen, als wären wir nie hier gewesen. Wir könnten Pferde stehlen und nach Vanhi reiten oder umkehren und am Fluss die lestarische Marine suchen. Doch mein Schwur gegenüber Opal hindert mich daran, und entgegen meinem Instinkt bringe ich die Kraft auf, nicht zu fliehen.

»Ich bleibe«, sagte ich. »Ihr zwei könnt gehen.«

Natesa atmet ein paarmal kurz ein und wieder aus, um Mut zu schöpfen, entweder zu fliehen oder sich zu verstecken oder beides. Yatin legt seine Arme um sie, und sie schmiegt sich an ihn.

»Wir müssen zusammenbleiben«, sagt er.

Mein Herz schwillt an, bis es fast zerspringt. Sie vertrauen mir noch immer, trotz meines schrecklichen Fehlers. Ich dachte, Rohan würde meiner Bitte, bei den anderen zu bleiben, folgen. Ich hätte ihm befehlen müssen, nicht wegzugehen, doch ich habe es versäumt, die volle Verantwortung für sein Leben zu übernehmen, und jetzt bin ich mitschuldig an seinem Tod. Diesen Fehler werde ich nicht noch einmal machen.

»Wenn ihr bleibt, dann als meine Truppe.« Ich lasse keinen Zweifel an meiner Autorität. »Ihr werdet tun, was ich euch befehle. Keine Fragen. Keine Debatten. Ihr gehorcht mir.«

Yatin blinzelt nicht einmal. »Ja, Sir.«

»Ja, General Naik«, ergänzt Natesa.

Dass sie mich mit meinem einstigen Titel anspricht, reißt eine alte Wunde wieder auf, doch ich ignoriere es und lehne mich erschöpft an den Wagen.

Die Morgendämmerung breitet sich langsam über dem Grasland aus, blendet meine müden Augen und lässt das Lager aufwachen. Ich konnte trotz des Lärms schlafen, aber die Zeit drängt uns zum Aufbruch.

Wir packen unsere Sachen. Der Verlust unseres vierten Gefährten wird uns einmal mehr schmerzhaft deutlich, als wir die Pferde und den Wagen bereitmachen. Ich würde gern Rohans Grab besuchen, bevor wir aufbrechen, und Natesa und Yatin mitnehmen und mir einen weiteren Moment zugestehen, um mit seinem Tod zu zürnen. Aber die Wagen vor uns haben sich bereits in Bewegung gesetzt, und so brechen wir auf in einen weiteren strapaziösen Tag.

KAPITEL 19

KALINDA

Mit trüben Augen blicke ich auf die rauchenden Trümmer. Schneeflocken treiben über die glühenden Steinsäulen und schmelzen in der Hitze. Das Feuer hat das Gebäude in der Nacht zum Einsturz gebracht, wie frohlockende Dämonen, die um einen Scheiterhaufen tanzen. Die verkohlten Ruinen sind alles, was vom Samiya-Tempel übrig ist.

Ein weiter weißer Himmel hat sich längst in ein furchtbar ödes Grau verwandelt, das die Szenerie in ein fahles Licht hüllt. Um die hundert Tempelmündel hocken zusammengekauert in der eisigen Kälte. In ihrer Hast, vor dem Feuer zu fliehen, haben nur wenige Schwestern und Mündel noch nach einem wärmenden Kleidungsstück gegriffen. Flocken aus Asche und Schnee vermischen sich miteinander und setzen sich als graue Schicht auf die schlichten blauen Kleider der Schwestern.

Tränen der Angst und der Bestürzung bilden helle Rinnsale auf den rußigen Gesichtern der Mündel. Die älteren Mädchen trösten die jüngeren, und die Schwestern trösten die älteren Mädchen. Die Mündel sind zu verstört, als dass sie mehr tun könnten, als verstohlene Blicke auf die Männer zu werfen, und die Schwestern hindern sie nicht daran. Eine Folge dieser Zerstörung ist, dass sie nicht um den Verlust ihrer Unschuld fürchten. Ich bin es, was sie fürchten. Ich bin der Feind.

Priesterin Mita steckt mit den anderen Schwestern die Köpfe zusammen, um zu besprechen, was sie als Nächstes tun sollten. Unsere Situation ist ziemlich hoffnungslos. Als Indah und Pons ein Loch in den zugefrorenen See geschlagen und Wasserstrahlen auf den Tempel gerichtet hatten, war die Feuersbrunst bereits enorm.

Mein Fehler.

Ich entlaste mein verwundetes Bein und zittere im Wind. Der Schmerz ist in mein Knie zurückgekehrt und bohrt sich mit eisigen Klauen hinein. Pons und Indah warten am Ufer, nachdem die Wasserwesen ihre Schnittwunden und die Striemen auf meinem Rücken geheilt haben. Trotzdem müssen wir reden, und ich kann sie kaum ansehen. Erinnert Ashwin sich daran, dass ich sein Seelenfeuer geraubt habe? Die Reste seiner ausgesogenen Wärme haben bis vor wenigen Stunden vorgehalten, dann übernahm Udugs kaltes Gift erneut die Regie. Doch ein paar gnädige Stunden lang habe ich mich heil gefühlt.

Ich stecke meine eiskalten Finger unter die Arme, doch viel Körperwärme ist mir nicht geblieben. *Hol dir ein wenig Seelenfeuer von einem der Mündel. Nur so viel, um die Kälte zurückzudrängen.*

Nein. Von der Essenz eines anderen zu leben ist eine niederträchtige Art zu überleben.

Heilerin Baka löst sich aus der Gruppe der Schwestern und kommt zu mir. »Fühlst du dich besser, Kalinda?«

»Alles in Ordnung. Wie geht es den anderen?«

»Ein paar Prellungen von der Evakuierung, aber insgesamt gut.« Schneeflocken schmelzen auf ihrer Brille, doch die Tropfen stören nicht ihren eindringlichen Blick. »Der Prinz gibt sich selbst die Schuld an allem.«

Ich stoße ein kurzes Lachen aus. »Dazu hat er nicht das Recht. Den Ruhm dafür ernte allein ich.«

»Das war ein Unfall, Kalinda.« Baka führt mich aus dem Blickfeld der anderen Schwestern. »Deine Freunde haben sich für den Prinzen entschieden und dafür, dass du gehst.«

»Aber unser Gleitflieger ist weg«, sage ich und verharre wie angewurzelt. »Und Indah hat Hilfe angefordert. Die Lestarianer werden mit Proviant kommen. Wir sollten zusammen auf sie warten.«

Heilerin Baka legt einen Arm um mich. »Priesterin Mita will, dass du und deine Begleiter den Berg verlassen. Wir werden euch die Lestarianer hinterherschicken, wenn sie hier sind.«

Ich reiße mich von ihr los. »Die Schwestern und Mündel sollten die Wahrheit erfahren. Bhutas sind gut. Schickt uns nicht weg, weil sie sonst immer Angst vor meiner Spezies haben werden.«

Priesterin Mita meldet sich hinter uns zu Wort. »Sie sollten *dich* fürchten.« Heilerin Baka und ich wirbeln herum. Der zornige Blick der Priesterin lässt mich in Gedanken Entschuldigungen stammeln, macht mich aber sprachlos. »Du bist keine Kriegerschwester, und du bist nicht meine Kindred. Verlasse diesen Ort und nimm die lestarischen Unholde mit.«

Es überrascht mich nicht, dass sie die Bhutas nicht hier haben will, doch ihre Respektlosigkeit Ashwin gegenüber verdient ein paar deutliche Worte: »Was ist mit dem Prinzen? Er ist Euer Herrscher.«

»Mein Herrscher ist Rajah Tarek«, stellt Priesterin Mita klar. »Er führt das Reich an, nicht der Prinz.«

Ich wirble zu Baka herum. »Habt Ihr ihr das erzählt?«

Sie verzieht entschuldigend das Gesicht. »Wie du gesagt hast, verdienen sie es, die Wahrheit zu kennen.«

»Anu hat Rajah Tarek zurückgeschickt, damit er uns rettet«, ereifert sich Priesterin Mita weiter. »Er wird unsere heiligen Riten bewahren und Eure Spezies endgültig auslöschen.«

Ihre Leichtgläubigkeit macht mich fassungslos. »Die Götter schicken niemals Seelen zurück. Sie schicken sie in ihr nächstes Leben. Der Rajah ist nicht Tarek; er ist ein verkleideter Dämon.«

Sie stülpt die Lippen nach außen, als wäre ich Schmutz auf ihrer Zunge. »Du hast kein Recht darauf, jemanden als Dämon zu brandmarken, du Schlacke.«

Baka keucht, als die Priesterin den abfälligen Begriff für ein Feuerwesen benutzt. Und ich bin verblüfft, dass sie ihn überhaupt kennt.

Priesterin Mita hebt ihre Stimme ungeniert ob ihrer Verachtung.

»Geh, bevor die Götter dich wegen der Zerstörung, die du über diese gläubigen Schwestern und Mündel gebracht hast, bestrafen.«

Ich spanne mich an, um mein Zittern abzuwehren »Diese Mündel sollten wissen, wem sie folgen. Rajah Tarek ist ein …«

»Geh!«, faucht die Priesterin. »Geh und nimm deine Lügen und deine Verderbtheit mit!«

»Mita …«, versucht Heilerin Baka zu vermitteln.

»Still, Baka!« Die Priesterin richtet ihre ganze Feindseligkeit jetzt gegen sie. »Entweder Ihr steht uns zur Seite, oder Ihr könnt auch gehen.«

Die Heilerin wird ganz klein. »Es tut mir leid, Kali. Die Mündel brauchen mich.«

Ich brauche dich auch. Ich verkneife mir dieses Eingeständnis und suche Unterstützung bei den Schwestern, die hinter den beiden Frauen versammelt stehen. Doch alle sind in ihrer Ablehnung vereint.

Sarita tritt vor, zwei kleine Mädchen an der Hand. »Kalinda, nehmt mich mit.«

»Du wirst hier gebraucht«, sage ich mit vor Rührung krächzender Stimme. Die Mädchen bei Sarita blicken zu mir hoch. Ich beuge mich zu ihnen hinunter, um mit ihnen zu sprechen. Trotz der Behauptung der Priesterin, ich sei ein Dämon, fürchten sie meine Anwesenheit nicht. »Bleibt bei Sarita und Heilerin Baka. Sie werden euch beschützen.«

Nachdem ich Sarita ein aufmunterndes Lächeln zugeworfen habe, stapfe ich durch den Schnee zu Ashwin. »Wir wurden aufgefordert zu gehen, aber sie können uns nicht dazu zwingen.«

»Genug gestritten«, erwidert Ashwin und reibt sich wegen seiner Kopfschmerzen die Schläfen. »Wir gehen.«

Er schlägt die Richtung zur Straße ein, Pons und Indah folgen ihm. Wieso hört Ashwin auf die Schwestern? Er ist ihr rechtmäßiger Anführer! Ich balle meine Hände zu Fäusten und folge ihm die Straße entlang. Pons schlingt seine Arme um Indah, und sie lehnt sich an ihn. Ich weiß nicht, ob sie erneut krank ist oder einfach erschöpft von der schrecklichen Nacht. Jedenfalls muss sie sich ausruhen. Sie sollte nicht einen verschneiten Berg hinabsteigen.

Mein Zorn dringt wie eine Klinge in meine Eingeweide. Energisch trete ich zu Ashwin. »Gibst du nach?«

»Sieht es so aus?«

»Du bemitleidest dich selbst. Du solltest an unser Volk denken.«

Er spricht zu mir, während er zügig weitergeht. »Ein Herrscher drängt sich seinem Volk nicht auf. Er kann nicht verlangen, dass es ihn liebt oder respektiert. Abgesehen davon hat die Priesterin recht damit, uns wegzuschicken. Wir haben betrügerische Rebellen hergebracht, und sie haben den Tempel zerstört.«

»Das war's also? Du willst sie in dem Glauben lassen, dass

dieser als dein Vater verkleidete Dämon ein besserer Anführer ist als du?«

Ashwin bleibt wie angewurzelt stehen. »Auf wen bist du wütend, Kalinda? Auf die Priesterinnen, weil sie dich fortschicken? Auf mich, weil es mir egal ist? Auf dich selbst, weil du das Zuhause deiner Kindheit niedergebrannt hast …«

Ich werfe zwischen uns eine kleine Flamme in die Luft, und er macht einen Satz rückwärts. »Du bist mit oder ohne mich Tareks Sohn. Nimm dein Schicksal an und fordere deinen Thron. Hör auf, dir selbst leidzutun.«

»Ich bin der Sohn meines Vaters, aber das gibt dir nicht das Recht, so mit mir zu sprechen.«

»Du warst nie das genaue Abbild deines Vaters, bis zu diesem Moment.«

Sein Blick wird ausdruckslos. »Und du bist seine Mörderin.«

Indah drängt sich zwischen uns. »Hört auf. Ihr seid wie Drachen, die sich gegenseitig an die Kehle gehen.«

Sie presst sich die Hand auf den Bauch, und mein Zorn verwandelt sich in Besorgnis. Indah bedeckt ihren Mund. Während sie in ihre Hand würgt, rennt sie zu einem Busch am Straßenrand.

Pons geht zu ihr hinüber. Ich werfe Ashwin einen wütenden Blick zu, weil er zugelassen hat, dass uns die Priesterin davonjagt. Er ist verantwortlich für Indahs Zustand. Sie übergibt sich und wischt sich den Mund an ihrem Ärmel ab.

»Wieso hast du mir nicht gesagt, dass du krank bist?«, fragt Ashwin.

»Ich bin nicht krank. Ich … ich erwarte ein Kind«, erwidert Indah. Ashwin und ich machen große Augen. »Pons und ich wissen es schon seit einer Weile. Ich bin im sechsten Monat.«

Ihre Erklärung versetzt mich noch mehr in Erstaunen. Sie war bereits schwanger, als sie nach Iresh gereist ist, um an dem Turnier teilzunehmen. »Wieso hast du nichts gesagt?«

»Mein Vater wird wütend sein«, flüstert sie.

Pons zieht sie fest an sich. »Anfangs vielleicht«, sagt er, »doch sobald er Großvater ist, wird er Enki preisen. Er liebt dich, und er wird unser Kind lieben.«

Ashwin spielt an seinem goldenen Armreif. Unsere Blicke treffen sich erneut, und ich kann seinen Traum, den er sich für uns ausgemalt hat, vorstellen. Der Traum, den ich mit Füßen getreten habe. Seine Niedergeschlagenheit ist noch zu frisch, zu sichtbar. Ich muss den Blick abwenden.

Plötzlich erhebt sich ein Nordwind und rauscht die Straße entlang, über die wir gekommen sind. Pons spitzt die Ohren in Richtung Himmel, und seine Augen werden immer größer.

»Was ist?« frage ich.

»Kommt mit.« Er führt Indah zurück in die Richtung, aus der wir gekommen sind.

Ashwin und ich eilen hinter ihnen her und folgen dem Rauch, der in den Himmel aufsteigt, um die Straßenkurve nach Samiya herum. Ein Mahati-Falke, dessen Federn tiefrot mit orangefarbenen Zwischentönen sind und gelbe Spitzen haben, kreist über dem Brandort. Seine Herrin fliegt auf dem riesigen Vogel in einem gewebten Sattel. Ihr silbernes Haar flattert in der Luft und hebt sich wie Blitze von ihrer sepiafarbenen Haut ab. Der Falke kreischt, als er herabstößt. Die Schwestern und Mündel stieben auseinander und verstecken sich im unversehrten Teil des Waldes. Der riesige Vogel, dessen Körper groß wie ein Wagen ist und dessen Spannweite drei Wagen umfasst, landet in der Nähe des zugefrorenen Sees.

Tinley, die Tochter von Chief Naresh aus Paljor, steigt von ihrem Falken. Ihre Armbrust, ihre bevorzugte Waffe, als sie gegen Indah und mich bei den Turnieren kämpfte, ist auf ihren Rücken gebunden. Tinley schied beim ersten Turnier aus, aber ich glaube, wir sind freundschaftlich auseinandergegangen. Zumindest habe ich unsere gemeinsame Zeit so in Erinnerung.

Das Luftwesen sucht die Wälder nach den verängstigten Frauen und Mündeln ab. Tinley trägt wie damals einen Sarong, dessen hoher Schlitz ihre langen schlanken Beine betont. Um die Brust ist lediglich ein Streifen Stoff gewickelt. Die einzige Veränderung in ihrer Erscheinung ist der Umhang aus Bärenfell.

Tinley tippt sich mit ihrem krallenartigen Fingernagel an die Unterlippe und betrachtet mich aufmerksam. »Auf der Patrouille an der Grenze habe ich die Rauchfahne gesehen. Du hast doch mit dieser Katastrophe nichts zu tun, Kalinda, oder?« Ich versuche, ihr die Neckerei nicht übelzunehmen, aber ihr Humor ist ziemlich verletzend. Sie bemerkt meine heruntergezogenen Mundwinkel und senkt vor Ashwin seitlich den Kopf, ihre gewohnt widerstrebende Verbeugung. »Eure Majestät, Gott möge Euch und Eurer Kindred gnädig sein. Wann ist Eure Hochzeit?«

»Wir werden nicht heiraten«, sage ich und ignoriere Ashwins Grimasse.

»Plant Ihr ein weiteres Turnier?«, will Tinley wissen. »Denn ich werde nicht antreten. Bei allem Respekt, Eure Majestät, aber ich bin zufrieden damit, die Himmel zu patrouillieren. Eine Heirat würde nur meine Flügel lähmen.«

»Wir bereiten kein weiteres Turnier vor«, versichert ihr Ashwin. »Wie Ihr sehen könnt, sind wir nicht in der Verfassung für derlei Unternehmungen. Wir brauchen Eure Hilfe.«

Tinley streichelt die Flanke ihres Mahati-Falken. »Ich habe dem nächsten Patrouillenschiff eine Nachricht übermittelt, sobald ich den Rauch gerochen habe. Sie sollten in Kürze hier sein.« Sie hebt ihre milchigen Augen, die zwei Monden gleichen, zu den Wolken. »Da kommen sie.«

Ein riesiger Schatten schiebt sich über den wolkenverhangenen Himmel. Das Schiff, das größer ist als die der lestarischen Marine, schwebt auf einem kräftigen Wind und weist drei Masten auf, die mit zahllosen Segeln bestückt sind, einem Mischmasch aus unterschiedlichen Blautönen. Die aus Flecken zusammengenähten Segel reichen nicht zu den Mastspitzen hinauf, sondern breiten sich wie Flügel aus. Das Heck hat eine Verlängerung wie ein Vogelschwanz und weist noch mehr Segel auf, Schwanzfedern ähnlich. Die Paljoraner haben bei der Gestaltung ihrer Luftschiffe die von ihnen verehrten Mahati-Falken imitiert, mit einem Vogelkopf als Galionsfigur am hohen Bug. Luftwesen an Deck blasen Winde in die sich bauschenden Segel und treiben so das Schiff vorwärts. Weitere Luftwesen leiten Windströme an der Unterseite des Rumpfs entlang und halten das Schiff so in großer Höhe.

Wind vertreibt die Rauchwolken und fährt mir in die Haare. Das Luftschiff fliegt über uns hinweg, legt dabei seine Flügel dicht an den Rumpf an und landet auf der Lichtung neben dem See. Seine Besatzung fährt vier krallenartige Füße aus, um den gerundeten Schiffsrumpf zu stabilisieren. Eine Planke wird am Heck vor dem Flügel heruntergelassen, und ein Mann geht von Bord.

Obwohl sein langes glattes Haar so weiß ist wie ein neu erstrahlter Stern, ist er von kräftiger Statur. Seine Arme schauen aus einer weiten Tunika und einem rostbraunen, um die Schultern gelegten Bärenfell hervor. Der tiefe Ausschnitt zeigt einen Streifen seiner dunkel gebräunten Brust. Ein kurzer Rock bedeckt zur Hälfte seine Oberschenkel, deren Muskeln sich wölben und senken wie Täler und Berge.

Ashwin begrüßt den älteren Mann. »Chief Naresh, ich erkenne Euch von einem Porträt, das ich vor Jahren gesehen habe. Ihr seid keinen Tag gealtert.«

»Ihr sprecht gewiss von dem Porträt in der Abhandlung über die Historie der Paljorianer. Ich habe es in Auftrag gegeben, da konntet Ihr noch nicht einmal laufen, Prinz Ashwin.« Der Chief zwinkert Ashwin zu. Seine Sprache klingt ein wenig schleppend, und er verschluckt die langen Vokale. Tinley hat den gleichen Akzent, doch der ihres Vaters ist ausgeprägter.

Die hellbraunen Augen des Chiefs schnellen zu mir herüber. »Kalinda Zacharias.« Strahlend reißt er mich in eine den Atem raubende Umarmung. Chief Naresh lehnt sich zurück und lässt seinen Blick über mich wandern, als würde er einen lange verschollenen Freund sehen.

»Ihr habt das Haar Eurer Mutter und die selbstsichere Haltung Eures Vaters. Kishan war ein großartiger Mann, und Yasmin war die tapferste Kriegerschwester ihrer Zeit. Ihre Liebe war eine Verbindung zwischen Bhutas und der Menschheit. Ihr Tod hat mich mit Trauer erfüllt.«

Dieser gefühlsbetonte, überschwängliche Mann ist nicht das, was ich erwartet hatte, wenn man bedenkt, dass seine Tochter frostiger ist als der Wind zur Wintersonnwende. Seine Zuneigung für meine Eltern lindert meinen Neid darauf, dass er sie gekannt hat, während ich dieses Privileg nie haben werde.

Chief Naresh begrüßt Pons und Indah mit weiteren herzlichen Umarmungen. »Kommt an Bord, wo es wärmer ist.« Er erhebt seine Stimme und ruft den Frauen und Mädchen in den Wäldern zu: »Alle sind willkommen!«

Priesterin Mita, die in Hörweite ist, darf selbst urteilen, ob die Einladung des Chiefs aufrichtig gemeint ist, doch sie rührt sich nicht. Die Schwestern und Mündel verharren ebenfalls, weil sie sich vor dem riesigen Vogel der sein feuerrotes Gefieder in der betäubenden Kälte spreizt, in Acht nehmen.

»Sie haben Angst vor Bhutas«, erkläre ich ihm.

Chief Naresh zwinkert mir zu und spricht lauter: »Dann müssen sie entscheiden, wovor sie mehr Angst haben – vor Bhutas oder davor, zu erfrieren.« Mit dieser bedrohlichen Wahlmöglichkeit steigt er mit großen, energischen Schritten die Schiffsplanke hinauf. Indah und Pons folgen ihm.

Priesterin Mita winkt Ashwin beharrlich zu. »Geht nicht, Eure Majestät. Das sind Paljorianer! Sie leben mit Vögeln zusammen, und ihre Frauen verloben sich mit Männern, wenn sie noch kleine Kinder sind.«

»Unsere Frauen werden nicht in ein Hühnerhaus gesperrt«, bemerkt Tinley schleppend. »Wir lassen sie mit jedem Hahn, der ihnen gefällt, über den Hof spazieren.«

Priesterin Mitas Wangen färben sich rot. »Eure Majestät!«

Ashwin zeigt mit einem Finger auf Tinley und bittet sie um Zurückhaltung. Sie reagiert mit einem Ton wie einem Knurren und geht an Bord des Schiffes. »Ich habe Euch gebeten, nicht meinen förmlichen Titel zu benutzen, Priesterin«, sagt Ashwin. »Aus Eurem Mund klingt er wie Hohn.«

Sie weicht beleidigt zurück, und Ashwin marschiert die Planke hinauf.

Ich signalisiere den Mädchen im Wald, herauszukommen. Sarita nimmt ein Kind auf den Arm und tritt hervor, ohne sich von dem riesigen Falken abschrecken zu lassen, der sie mit glasigen Augen anblickt.

»Sarita!«, ruft die Priesterin. »Komm zurück!«

Sie geht weiter. »Ich gehe mich aufwärmen und finde hoffentlich etwas zu essen.«

Bei der Aussicht auf eine Unterkunft und Nahrung rennen weitere Schützlinge hinter ihr her zum Luftschiff. Heilerin Baka führt erhobenen Hauptes zwei kleine Mädchen zum Schiff. Nach einem angespannten Blickwechsel mit der Priesterin verlässt sogar Schwester Hetal den Wald. Ihr Aufbruch löst einen Exodus aus. Der Rest der Mündel und Schwestern eilt zum Luftschiff und lässt die Priesterin zurück.

Sarita beginnt die Planke hinaufzusteigen. »Glaubst du, Priesterin Mita sieht ein, dass sie ganz schön starrköpfig ist?«

»Die Götter seien meine Zeugen, es ist mir egal.« Ich gehe eilig weiter und gehe auf die Suche nach einer trügerischen Wärme an Bord.

KAPITEL 20

DEVEN

Unser Pferdegespann müht sich eine weitere Düne hinauf und Sand spritzt mir in die Augen. Wir haben die halbe Strecke auf dem nachgiebigen Untergrund hinter uns gebracht, als der Katapultwagen im Sand versinkt und ruckartig stehen bleibt. Seit unserem Aufbruch heute Morgen sind wir entweder über heißen Sand marschiert oder haben die Wagenräder aus dem Sand gegraben. Wie die Götter hat die Wüste keinen Respekt vor dem Menschen.

Ich treibe die Pferde an, während Yatin und Natesa den Wagen anschieben. Unsere schlaflose Nacht hat unsere Kräfte gefordert, was jetzt unseren Anstieg verlangsamt, doch wir schleppen uns weiter.

»Los doch! Voran!« Mein Appell, der gleichzeitig eine Bitte ist, soll die Pferde ermuntern, die Düne zu erklimmen.

Aus zusammengekniffenen Augen schaue ich über die Wüstenlandschaft, in der sich wellenförmig bis weit in die Ferne eine Düne an die andere reiht. Unsere Truppen ziehen über sie hinweg wie Ameisen auf einer ihrer Straßen. Ich schöpfe Luft und führe unsere Pferde und den Wagen über den Dünenkamm, um auf der anderen Seite wieder hinabzusteigen.

Schweiß rinnt mir in die Augen. Ich wische ihn mit dem Arm weg, der ebenfalls schweißnass ist. Soldaten trotten neben uns her, mit Tüchern schützen sie Mund und Nase vor der Sonne und dem Sand. Mit einem Teil meines Turbantuches habe ich meine untere Gesichtshälfte verdeckt, Yatin ist meinem Beispiel gefolgt. Natesa war heute Morgen froh, den Turban abnehmen und gegen ein großes Kopftuch tauschen zu können, das sie im letzten Dorf vor der Wüste beschaffen konnte. Dort haben wir uns mit einer Legion Soldaten zusammengeschlossen, die darauf warteten, sich dem Marsch der Armee nach Vanhi anzuschließen.

Zusammen mit ihnen schwollen unsere Reihen auf zehntausend Mann an, vielleicht ein paar Hundert mehr. Unsere wachsende Zahl hat meine Sorge, womöglich entdeckt zu werden, zum Teil zerstreut, aber ich bleibe wachsam. Der Soldat, den Yatin mit seinem Haladie erledigte, wurde als vermisst gemeldet. Ein geschwätziger Wasserdiener äußerte den Verdacht, dass der Mann desertiert sei. Aber Manas wird sein Verschwinden vielleicht nicht so rasch ausblenden.

Wir machen uns daran, die nächste Düne zu erklimmen. Auf einer parallelen Erhebung fährt sich ebenfalls ein Wagen fest. Ich entdecke Manas auf seinem Pferd, wie er eine Gruppe Männer anweist, den Wagen zu befreien. Erpicht darauf, sie zu überholen, zerre ich kräftiger an dem Pferdegeschirr. Meine Arme zittern vom Antreiben der Tiere, doch bald haben wir den anderen Wagen überholt.

Fast auf Höhe des steilen Kamms versinken unsere Räder im Sand. Der Wagen gleitet seitlich hinab, und das schwere Katapult kippt. Die Pferde rutschen schnaubend und wiehernd gemeinsam mit dem schweren Wagen rückwärts die Düne wieder hinunter. Ich stemme die Füße in den Sand, schliddere aber mit ihnen hinab.

Rufe ertönen, und Soldaten eilen herbei, um den Wagen aufzurichten. Hände und Rücken stemmen sich gegen die überhängende Seite. Yatin schiebt sich unter den Schatten des gekippten Katapults. Natesa übernimmt die Zügel, damit ich ihn unterstützen kann. Meine Füße finden keinen Halt, doch weitere Soldaten kommen hinzu, um den Katapult zu stützen.

Weil der Wagen in einem bestimmten Winkel feststeckt, rutscht er immer weiter hinab. Die Männer hinten stemmen sich dagegen und halten den Wagen auf, aber er ist noch immer in Schräglage. Der Katapult wird auf ihnen landen oder die Soldaten auf seinem Weg hinab überrollen.

»Wir brauchen Gewicht!«, sage ich. »Yatin, spring auf die hohe Seite!«

Er geht um den Wagen herum und klettert auf den Katapult. Sein Gewicht lässt die hochstehenden Räder ein wenig herabsinken. Drei weitere Männer springen auf, und der Wagen kippt zurück in die Waagerechte. Die Männer springen herab, und unsere Einheit zieht den Katapult auf die Düne hinauf und auf der anderen Seite wieder hinunter.

Am Fuß der Düne lasse ich mich zusammen mit Yatin und Natesa atemlos und sonnenverbrannt gegen den Wagen sinken. Derselbe Kommandant, der uns zu dem Katapult abkommandiert hat, kommt auf seinem Pferd angeritten.

»Gut gemacht, Soldaten.«

Ich wische mir die schweißbedeckte Stirn mit dem Schal ab und anschließend den Staub aus den Augen. »Wir haben nur unsere Pflicht getan, Sir.«

Er ruft nach einem Wasserdiener. Natesa tätschelte mit gesenktem Blick die Pferde. Sie kann nicht trinken, ohne den Kopfschal zu lösen, weshalb sie den Diener mit einer Handbewegung wegschickt. Ich löse mein Mundtuch und leere den Becher zur Hälfte.

»Darf ich den behalten?«, frage ich den Kommandanten. Wir geben die Becher normalerweise zurück, doch ich will den Rest des Wassers für Natesa aufbewahren.

»Den habt Ihr Euch verdient«, sagt der Kommandant und blickt dann zu einem Offizier, der auf uns zureitet.

Ihr allmächtigen Götter. Manas.

Natesa geht um die Pferde herum und nestelt an den Zügeln. Yatin ist irgendwo am Rand meines Sichtfelds und hat die Schultern hochgezogen. Ich schiebe den Rand meines Kopfschals bis zu den Augenbrauen herunter und habe inzwischen auch meine untere Gesichtshälfte wieder bedeckt.

»Kommandant«, sagt Manas zum Gruß, »gut, dass Ihr den Katapult gerettet habt.«

»Das ist der Soldat, dem Ihr danken solltet.« Der Kommandant zeigt auf mich.

Ich verbeuge mich. Manas Blick bohrt sich so erbarmungslos wie die Nachmittagssonne in mich.

»Ihr habt die Wüste schon einmal durchquert«, bemerkt Manas. Ich nicke und halte den Kopf noch immer gesenkt, um meine Augen zu verbergen. »Wie heißt Ihr?«

Ich brauche einen Namen. Irgendeinen Namen. Ich sage den ersten Namen, der mir einfällt. »Chitt.«

»Wir vermissen einen Offizier, Chitt. Du scheinst von der wachsamen Sorte zu sein. Hast du gestern gesehen, wie sich ein Offizier von den Truppen entfernt hat?«

Der Soldat war ein Offizier. Ihr Götter. Kein Wunder, dass Manas nach ihm suchen lässt. Ich spreche mit heiserer Stimme, damit er sie nicht erkennt. »Nein, Sir.«

Sein Pferd scharrt ungeduldig im Sand. Die Soldaten ziehen weiter, viele werden langsamer, um an uns vorbeizukommen.

»Ich könnte einen Mann gebrauchen, der den verschwundenen Offizier ersetzt«, sagt Manas. »Ich bewundere Euren Diensteifer, Chitt. Ich befördere Euch zum Hauptmann. Kommt mit.«

Ich unterdrücke ein Lachen. Manas befördert *mich* zum Hauptmann. Ich war sein Hauptmann und Befehlshaber. Dass er mir einen höheren Rang verleiht – oder mich in Wirklichkeit degradiert –, schmerzt. Doch unabhängig von seiner Arroganz wird er jeden Moment entdecken, wer ich bin. Natesa und Yatin brauchen Zeit, um sich unter die Truppe zu mischen.

»Nein, danke, Sir.« Ich hebe mein Kinn.

Unsere Blicke begegnen sich, und Manas Augen weiten sich. Er beugt sich herunter und reißt mir das Gesichtstuch weg. Als er mich packen will, lasse ich meinen Trinkbecher fallen und schlage ihm auf die Nase.

Er kippt zur Seite und greift sich an die Wunde. Seine Hand ist blutig, als er sie sinken lässt. Er ballt eine Faust um mein Tuch. »Fesselt ihn!«

Ich bin augenblicklich von Soldaten umstellt. Ich wehre mich nicht, als sie mir mein Schwert abnehmen, mir die Arme auf den Rücken drehen und meine Hände fesseln. Natesa und Yatin sind verschwunden.

Lauft und schaut nicht zurück.

»Kommandant«, faucht Manas, »das ist Hauptmann Deven Naik, ein Mitverschwörer von Prinz Ashwin und Kindred Kalinda. Dieser Mann ist ein Verräter.«

»Er ... er sagte, er stammt aus dem Süden. Er trägt eine Uniform ...«, stammelt der Kommandant.

»Genug!« Manas reitet an seine Seite. »Hatte er irgendwelche Begleiter?«

»Zwei Männer, einer groß und einer klein.«

»Sind das alle?«

»Ja, General.«

»Gut.« Manas zückt seinen Talwar und versenkt die gebogene Klinge im Bauch des Kommandanten. Dessen Körper zuckt, und Blut breitet sich um die Wunde herum aus. Manas zieht seine Waffe heraus, und der Mann stürzt von seinem Pferd in den Sand.

Nachdem Manas seinen Talwar weggesteckt hat, zeigt er auf die Einheit Soldaten, die ihm am nächsten ist. »Findet Hauptmann Naiks Komplizen!« Sie gehorchen hastig. Manas beugt sich über mich, sein Kopf verdeckt die Sonne. »Ich hätte wissen müssen, dass du hier herumschleichst, als wir den Jungen, das Luftwesen, gefangen genommen haben. Dieser schmutzige Abschaum hat um sein nutzloses Leben gefleht.«

Rohan hat nichts dergleichen getan, doch ich verkneife mir eine Erwiderung. Manas wird mich nicht in die Falle locken.

Soldaten zerren Yatin herbei. Man hat ihm seinen Kopfschal abgenommen, und er hält die Schultern sehr gerade. Seine Größe muss ihn verraten haben … oder vielleicht auch nicht. Ich sehe sein trotzig erhobenes Kinn und ziehe meine Schlüssc. Yatin hat sich absichtlich schnappen lassen. Er hat zugelassen, dass die Soldaten ihn finden, um Natesa Zeit für ihre Flucht zu verschaffen.

»Wo ist der dritte Mann?«, fragt Manas.

»Spurlos verschwunden, Sir«, antwortet ein Soldat. Mir entgeht Yatins flüchtiges Lächeln nicht.

»Sucht weiter nach ihm!«

Die Männer machen sich wieder auf die Suche, aber Natesa ist clever. Und mit der zusätzlichen Zeit, zu der ihr Yatins Verhaftung verholfen hat, wird man sie nicht finden.

Manas grinst zu mir herunter. »Du hättest mich töten sollen, als du die Gelegenheit hattest, Deven.« Ich halte meinen Mund, nicht bereit, ihm die Genugtuung meiner Zustimmung zu geben. »Bringt sie her.«

Die Soldaten binden uns an unseren Handfesseln an das Pferd des Kommandanten und stoßen uns hinter ihren General. Wir stapfen Sanddünen hinauf und hinunter, und der

Sand bläst uns in Augen und Mund. Ich falle auf die Knie, und das Pferd zieht mich so lange hinter sich her, bis ich wieder auf die Füße komme.

Vor uns, weit vor dem vordersten Soldaten und Wagen, verdeckt ein Schleier den wabernden Horizont. Der verschwommene Streifen markiert den Anfang einer Luftspiegelung, den angeblichen Eingang zum Paradies der Götter. Aber nicht einmal der Gedanke an diese nicht existierende Zuflucht kann das seltsame Gefühl in meiner Magengrube zum Verschwinden bringen.

Als wir uns der Spitze des Soldatenzugs nähern, liegt ein bleierner Geruch in der Luft, den ich sogar auf der Zunge schmecke. Seine Intensität kann nur von Udug herrühren. Ich kann spüren, dass er in der Nähe ist. Seine Anwesenheit klebt wie ein Spinnennetz auf mir, das mir in die Haut schneidet. Wir holen eine Einheit Soldaten ein, die eine kunstvoll gearbeitete Sänfte tragen. Die Vorhänge sind geschlossen und verbergen ihren Insassen, doch ein stechend bitterer Geruch geht von ihr aus, der sich als Rauch materialisiert.

Manas gibt Befehl, einen der geschlossenen Wagen anzuhalten. Er reitet hin, öffnet die Tür an dessen Rückseite. Opal schützt ihre Augen vor dem Sonnenlicht. Getrocknetes Blut bedeckt ihre gefesselten Handgelenke. Manas hätte sie mit Schlangenwurzel fesseln oder ihr Neutralisierungstonikum einflößen können, aber sie zur Ader zu lassen, ist grausamer. An der Schulter trägt sie einen Verband, und ihre Arme sind mit Brandwunden in der Größe von Fingerabdrücken bedeckt. Yatin und ich werden zu ihr in den Wagen gestoßen. Manas schlägt die Tür zu und liefert uns der Dunkelheit aus.

»Opal, geht es dir gut?«, frage ich.

»Sag mir, dass ich mich irre«, flüstert sie. »Sag mir, dass es nicht wahr ist.«

Meine Augen gewöhnen sich an das schummrige Licht und können ihre schmale Gestalt erkennen. Sie ist kleiner als Kali, aber fast genauso dünn. »Es tut mir leid«, sage ich. Ein Wimmern kommt über ihre Lippen. Der Wagen setzt sich in Bewegung und wankt hin und her. »Wir waren auf der Suche nach dir und Brac.«

»Wir wurden getrennt, als der Gleitflieger abgestürzt ist. Ich habe ihn seither nicht gesehen.«

Das sind wahrscheinlich gute Nachrichten. Brac war wahrscheinlich nie bei der Armee. Rohan hat ihn nirgends gehört, und wir haben keinen zweiten Wagen mit Gefangenen gesehen. Wo ist er dann?

»Fast wäre ich entkommen«, schnieft Opal. »Aber der Dämon-Rajah hat mich mit seinem blauen Feuer verwundet.« Das erklärt den Verband an ihrer Schulter. »Manas hat mich erkannt und mich hier mit anderen Bhuta-Gefangenen eingesperrt. Der Dämon-Rajah … er … er hat sich die Seelenfeuer der anderen einverleibt. Ich bin die Einzige, die noch lebt.«

Yatin rutscht unbehaglich hin und her. Wir sind beide dankbar, dass Opal überlebt hat, aber warum sie? »Der Dämon-Rajah sagte zu Rohan, dass du ihm nützlich seist«, beginne ich und wähle meine Worte sorgfältig.

»Er lässt mich jeden Abend zum Abendessen zu sich kommen und stellt mir Fragen.«

»Worüber?«, will Yatin wissen.

»Er fragt mich über Vanhi aus. Ich wusste die Antworten nicht, also hat … hat er mich verbrannt. Ich habe mir Sachen ausgedacht, aber als ich ihm nichts über die Rebellen sagen konnte, wurde er immer wütender.« Tränen schnüren Opal die Kehle zu. »Ich hätte alles gesagt, um Rohan zu retten.«

Yatin rückt näher zu ihr hin, und sie lehnt sich weinend an ihn.

Dank sei Anu, dass Natesa entkommen ist. Wir haben eine Freundin außerhalb dieses Wagens, die weiß, dass wir hier sind, aber Udug ist ebenfalls dort draußen. Und er hat keinen Anlass, Sterbliche wie Yatin oder mich am Leben zu lassen.

Gänsehaut breitet sich auf meinen Armen aus. *Er verleibt sich Bhuta-Seelenfeuer ein …*

Udug wird stärker. So sehr ich mich auch bemühe, ich weiß nicht, wie unser nächster Zug aussehen soll. Bei einem größeren oder stärkeren Feind wurde ich darauf trainiert, seine Füße anzugreifen, ihn zu Boden zu werfen und zu entwaffnen. Udug steht auf unsicherem Grund – seiner geliehenen Identität –, aber keiner wird eher mir als ihm glauben. Selbst wenn ich ihn von seinem Thron eines Blenders herunterhole, kann ich ihm seine Kräfte nicht wegnehmen. Ich habe noch nie gegen einen Feind gekämpft, der stärker in der Dunkelheit verwurzelt ist.

Der Wagen rumpelt weiter durch die Wüste und bringt uns Vanhi näher. Und dem Beginn eines Krieges.

KAPITEL 21

KALINDA

Im Bauch des Luftschiffes ist genügend Platz für alle Schwestern und Mündel. Ashwin, Indah und Pons bleiben an Deck, während ich den Kleinen dabei helfe, die Leiter nach unten zu klettern.

Strohmatten und die in einer Ecke untergebrachten Yaks sind für den Stallgeruch verantwortlich. Ich höre ein Crewmitglied sagen, das Schiff sei auf einem Flug in die arktische Tundra gewesen, um die Herde einem Klan zu liefern, habe jedoch den Kurs geändert, als Tinleys dringende Nachricht eintraf.

Wir ruhen uns auf Grasballen aus und entkommen den eisigen Temperaturen, indem wir uns in Wolldecken einmummeln, die die Crew verteilt. Ich versuche mein Zittern zu unterdrücken, doch die Decke scheint meine innere Kälte noch zu isolieren. Die Mündel hingegen haben sich schnell erholt. Eines beginnt eine Runde Flieg-Kranich-Flieg zu spielen, und bald springt eine ganze Gruppe mit wie zu Flügeln gespreizten Armen von Ballen zu Ballen.

Die Schwestern lassen sie spielen, der Anschein von Normalität ist willkommen. Nach einiger Zeit kommt Priesterin Mita die Treppe herunter, jeder ihrer Schritte wirkt lustloser als der vorige. Sogar nachdem die Paljoraner getrocknete Aprikosen verteilt haben, macht sie noch immer ein finsteres Gesicht.

Sarita teilt sich den Ballen neben mir mit zwei Mädchen, und alle kauen Früchte. Ihre Seelenfeuer glimmen schwach. Meine Bedürftigkeit schnürt mir die Kehle zu.

Ich könnte ein wenig davon abzapfen. Nur so viel, um die Eiseskälte zu mindern, deren lautes Schreien mich umtreibt. Könnten sie mein sterbendes Herz spüren, würden sie mir ihr Licht anbieten.

Ich lasse meine Hand unter die Decke gleiten und greife nach dem Arm des Mädchens, das mir am nächsten ist.

»Hungrig?« Sarita streckt mir eine getrocknete Frucht entgegen.

»Nein danke.« Ich klemme meine zitternden Finger zwischen meine Oberschenkel. Ich hätte beinahe Seelenfeuer gestohlen, um mein eigenes anzufachen. Das ist falsch, doch mein Verlangen danach ist so stark, dass meine Augen brennen. Ich kauere mich zusammen. *Es ist so kalt.*

Sarita legt mir die Hand auf den Arm. »Kalinda, geht es dir gut?«

Sauge sie aus. Nimm ihr Licht …

Ich rücke von ihr weg und richte mich auf. »Ich kann die Undankbarkeit der Priesterin nicht länger ertragen.«

Eine partielle Wahrheit. Priesterin Mita hat sich bei unseren Gastgebern nicht bedankt, doch ihr mangelnder Respekt ist ebenfalls ein Grund zu gehen. Ich werfe die Decke zurück und erklimme die Leiter zum offenen Deck. Es ist makellos sauber und mit schimmerndem Mahagonifurnier ausgelegt. Ich schaue hinauf in die Takelage, sehe die vielen Strickleitern. Eisige Luft schließt mich ein wie ein schneebedecktes Grab. Ich schlinge die Arme um mich, um meine kaum vorhandene innere Wärme zu finden.

Tinley kommt über das Deck auf mich zu. »Da bist du ja. Mein Vater und Prinz Ashwin erwarten dich.« Sie legt mir ein

Bärenfell um die Schultern und führt mich zu den Privatquartieren des Chiefs.

Ich ziehe das Fell enger um mich. »Willst du nicht auch hereinkommen?«

»Ich muss mich um Chare, meinen Falken, kümmern.« Tinley zeigt auf den Mahati, den sie am Waldrand zurückgelassen hat. Ihr vorheriger Falke, Bya, starb während unseres Turniers. Tinley war am Boden zerstört gewesen. Mahati-Falken kommen bereits als Küken zu ihrem Besitzer und werden von ihm geprägt. Bya und Tinley waren mehr als Herrin und Vogel gewesen; sie waren beste Freunde.

»Wie hast du Chare so schnell gefunden und abgerichtet?«

»Ein Händler hat sie wegen ihres Gefieders verkauft. Sie fiel in eine Depression, als ihr Besitzer starb. Anfangs hat sie mich nicht auf sich fliegen lassen. Jetzt will sie nichts anders mehr, als in den Lüften sein.«

Chare kreischt in Richtung Luftschiff.

»Sie hat Hunger.« Tinley öffnet ihren Beutel, um mir den toten Hasen darin zu zeigen, und geht von Bord. Ich beobachte sie dabei, wie sie Chare füttert und ihr die gefiederte Brust krault. Ich frage mich, ob Chare gelernt hat, Tinley zu vertrauen, weil sie spürt, dass diese ebenfalls ein gebrochenes Herz hat.

Nach einem kurzen Klopfen an der Tür des Chiefs betrete ich dessen Kabine. Laternen erhellen sie. Tierzähne in allen Größen hängen aufgereiht an der Wand hinter dem Schreibtisch des Chiefs, an dem er und Ashwin sitzen. Indah und Pons sitzen an der Seite.

»Kalinda«, begrüßt mich der Chief, »bitte gesellt Euch zu uns. Prinz Ashwin erklärt mir gerade Eure Situation.«

Ich setze mich auf einen Stuhl neben Indah und Pons, und Ashwin ergreift wieder das Wort.

»Nachdem der Dämon-Rajah meinen Wunsch erfüllt hat, wird er vermutlich versuchen, Kur dabei zu helfen, sich an Anu dafür zu rächen, dass er das sterbliche Gefilde den urzeitlichen Göttern entrissen hat. Mein Studium der Texte aus dem Samiya-Tempel hat den Groll zwischen Kur und Anu verstärkt. Ich bin fest davon überzeugt, dass der Dämon-Rajah vorhat, seinen Meister zu befreien. Der einzige Weg, ihn zu besiegen, ist, ihn durch das Tor in das Nichts zu befördern, doch in meiner Lektüre stand nichts davon, wo sich dieses Tor befindet.«

Chief Naresh legt sich die Hände auf die breite Brust. »Wir wissen auch nicht, wo es ist. Nur Dämonen und gefallene Seelen können das Tor finden.«

»Ich weiß einen Weg«, sage ich. Wir haben es nicht geschafft, uns mit den Rebellen zu verbünden, aber wir können noch immer eine Sache versuchen, bevor wir die Berge verlassen. »Rajah Tarek hat mich aufgesucht. Er sagte, meine Gedanken hätten ihn aus dem Nichts herbeigerufen.« Mein Blick wandert von Indah zu Pons und dann weiter zum Chief. Sie sehen mich verwirrt an.

Ashwin erbleicht. »Du hast ihn wiedergesehen?«

»In unserer ersten Nacht im Tempel. Er kam zu mir in den Nordturm.«

»Hat er das zuvor schon getan?«, fragt Indah.

»Ich weiß, das klingt … seltsam, aber ich bilde mir das nicht ein.«

»Wir glauben dir«, versichert sie, und Pons nickt. »Unser Volk kennt Erzählungen von Seelen, die als Schatten reisen.«

»Unseres auch«, fügt der Chief hinzu.

»Tarek weiß, wo das Tor ist«, sage ich. »Er sagte, er würde es mir zeigen. Als Gegenleistung bat er mich darum, dass ich mich vor das Tor stelle und seinen Namen sage.«

Ashwin erhebt sich. »Nein. Du hast Tarek allein mit Gedankenkraft herbeigerufen. Überleg nur, welche Macht ihm das geben würde, wenn du seinen Namen am Tor *aussprechen* würdest.«

»Der Prinz hat recht«, sagt Chief Naresh. »In Namen stecken Kräfte.«

»Und wenn das der einzige Weg ist?«, frage ich.

Chief Naresh seufzt, und eine lange Pause entsteht. »Das Reich der Sterblichen ist eng verbunden mit dem Jenseits und dem Nichts. Wir dürfen uns in dieses Gleichgewicht nicht einmischen.«

Ashwin geht vor dem Schreibtisch auf und ab. »Wir dürfen nicht mit Tarek verhandeln. Wir finden einen anderen Weg, um das Tor zu finden.« Er ahnt meinen Protest und hebt die Hand. »Denk nicht an ihn, Kalinda. Beschwöre nicht die ewige Nacht herauf. Wir wenden uns an das Licht, damit es uns hilft.«

»Wie wir es mit den Rebellen getan haben?«, erwidere ich.

Ashwin hört auf, hin und her zu gehen, und unsere Blicke treffen sich. »Das war mein Fehler. Ich hätte Hastin nicht vertrauen dürfen.«

Sein Eingeständnis lässt alle innehalten. Ich bin genauso verantwortlich dafür wie er. Ich wünschte, ich könnte die grausamen Dinge, die ich heute Morgen zu ihm sagte, zurücknehmen.

Chief Naresh durchbricht das Schweigen. »Prinz Ashwin sagte mir, dass der Warlord glaubt, dass sein Tod auch das Ende Udugs wäre.«

»Ich glaube das Gegenteil«, sagt Indah leise, aber bestimmt. »Ashwin hätte durch Anjalis Aussaugen sterben sollen, doch er hat sich schnell erholt. Nicht einmal Blutergüsse sind zurückgeblieben. Ich vermute deshalb, dass Ashwins Herzenswunsch ihn auf unerkannte Weise an Udug bindet.«

Mein Verstand rast, um ihrem Gedankengang zu folgen. »Ihr glaubt also, Udugs Unsterblichkeit dehnt sich auf Ashwin aus, solange er seinen Herzenswunsch nicht aufgibt?«

»Ja.«

Indah weiß nichts von meinem Konflikt mit Ashwin, aber könnte ihre Theorie auch für mich gelten? Ashwins Handel mit Udug erklärt vielleicht, weshalb mich die eisigen Gifte noch nicht getötet haben. Der Herzenswunsch der Prinzen könnte mein Leben verlängern.

»Unsere Luftwesen sammeln Kräfte für den Flug zurück nach Paljor«, sagt der Chief. Indah erblasst bei der Erwähnung des geplanten Rückfluges. »Wir werden Euch vorübergehend Asyl gewähren, ebenso den Schwestern und Tempelmündeln.«

»Danke, aber ich kann nicht mitkommen.« Ich lächle, um meine Ablehnung ein wenig abzumildern. »Ich werde in Vanhi gebraucht.«

»Ihr schafft es niemals rechtzeitig, Euch der Marine anzuschließen«, sagt Pons.

»Doch, wenn Tinley mich auf ihrem Falken hinbringt.«

»Meine Tochter wird sich der Kriegsfront nicht nähern«, erklärt Chief Naresh.

»Das verstehen wir«, entgegnet Ashwin. Ich ziehe eine Braue hoch wegen des »wir«. Hat er etwa vor, mitzukommen? »Sie kann uns so weit bringen, wie Ihr es vertreten könnt.«

»Bitte, Chief Naresh. Wir müssen unserem Volk helfen«, füge ich flehend hinzu.

Er setzt sich gerade hin. »Ich erlaube es aus Respekt vor Euren Eltern, Kalinda. Reden wir mit Tinley.« Er steht auf und schickt sich an, um mit Ashwin seine Tochter aufzusuchen.

»Ich komme gleich nach«, sage ich und bleibe bei Indah und Pons. »Ist es annehmbar für Euch, nach Paljor zu fliegen?«

»Wir kommen klar damit.« Pons legt seine große Hand auf Indahs kleinen Bauch. Bestimmt sind sie froh, die Kriegsfront umgehen zu können.

Indah tätschelt Pons' Knie. »Lässt du uns einen Moment allein?« Er küsst sie auf die Wange und geht. Ich gehe davon aus, dass sie über ihren Vater oder ihre Schwangerschaft reden will, aber sie richtet ihren ernsten Blick fest auf mich. »Ich mache mir Sorgen um Euch, Kalinda. Ich habe gesehen, was Ihr gestern Abend mit Prinz Ashwin gemacht habt. Aussaugen mag ein plausibles Mittel gegen Eure Schmerzen sein, aber zu viel davon ist gefährlich.«

Ich wehre ab. Die Leute haben nicht nur Angst vor Feuerwesen, weil sie das Feuer fürchten. Sie fürchten, dass einer ihre Seele aussaugen könnte. »Ich habe mir Ashwins Seelenfeuer nur geliehen, weil ich versucht habe, den Brand an seiner Ausbreitung zu hindern.«

»Ihr habt Euch nichts geliehen – Ihr habt es gestohlen. Ausgesaugtes Seelenfeuer kann nicht zurückgegeben werden.«

Ich halte den Mund. Das Gegenteil von Aussaugen ist verdorren, wobei ein Feuerwesen seine Kräfte in einen anderen eindringen lässt und ein Häuflein Asche aus ihm macht. Also nein. Ich kann das Seelenfeuer, das ich genommen habe, nicht zurückgeben.

»Zu oft jemanden auszusaugen macht süchtig. Ihr könntet abhängig vom Seelenfeuer anderer werden, um Eure Kräfte wiederaufzustocken.« Indah legt ihre Hand auf meine. »Wofür sind Dämonen am bekanntesten?«

»Sie jagen Menschen Angst ein.«

»Sie jagen uns Angst ein, weil sie gedeihen, indem sie alles Helle zerstören. Dämonen beleidigen die Sterne, verfluchen den Mond und verabscheuen die Sonne. Ich weiß, dass Udugs kaltes Feuer noch immer in Euch ist, doch der Preis ist zu hoch für Euch, wenn Ihr nachgebt. Ihr opfert Euer inneres Strahlen für einen Augenblick in der Sonne – dann wird es verschwinden und Euch nach Licht schmachtend zurücklassen.«

Ich erzähle Indah, was ich Ashwin gegenüber nicht einzugestehen wage: »Ich weiß nicht, ob wir ihn besiegen können.«

»Ihr könnt. Bekämpft ihn, Kalinda. Haltet Euch an Euren inneren Stern und lasst ihn nicht aus den Augen.« Indah besiegelt ihre Ermunterung mit einem Kuss auf meine Wange. Schwanger zu sein hat sie offener gemacht. »Ich schau mal, wo Pons abgeblieben ist.«

Ich seufze und schließe die Augen.

Ein winziges Licht schimmert in meinem Geist. Die Farbe meines inneren Sterns hat sich von einem hellen Licht in schimmerndes Saphirblau verwandelt. Je länger ich in dem blauen Licht nach Reinheit suche, desto kälter wird mir. Der Stern bekommt rasiermesserscharfe Spitzen, die mir in den Schädel stechen. Hinter meinen Augen brennt eine schneidende Kälte. Ich öffne sie, und Tränen quellen heraus. Das Stechen in meinem Kopf bleibt, ein zunehmender Kältedruck.

Indah und Pons kehren zurück und treffen mich an, wie ich zusammengekrümmt dasitze und mir den Kopf halte.

»Kalinda, was ist passiert?«, fragt Indah, als sie an meine Seite eilt. Ich warte darauf, dass der Kälteschock nachlässt, doch die Eiszapfen bohren sich immer tiefer in mich hinein. Sie presst mir ihre warme Handfläche auf die Stirn. »Du bist eiskalt.«

Ihre Wärme ist wie ein kühles Getränk in der Wüste. Ich reagiere wie eine hungrige Seele und sauge an ihrer Wärme. Ihr Seelenfeuer strömt in mich hinein und verteilt sich in meinem Körper. Indah stöhnt auf, fest mit mir verbunden, während ich sie mehr und mehr aussauge.

Pons reißt sie weg. Sie taumelt und wird ohnmächtig. Er fängt ihren schlaffen Körper auf und schüttelt sie. Indah erwacht nicht. Sein angsterfüllter Blick schnellt zu mir. Ich habe Indahs Seelenfeuer verschlungen, habe es in mich hineingefressen und heruntergeschluckt.

Mir fehlen die Worte, während ich zurückweiche. Es gibt keine Rechtfertigung dafür.

Ich flüchte aus dem Zimmer des Chiefs und renne über das Deck. Ein frischer Wind trifft meine Wangen, doch mir ist warm. So wunderbar warm.

Dämonen stehlen das Licht.

Ist es das, was aus mir wird? Udugs kalte Kräfte töten die sterblichen und Bhuta-Anteile in mir. Ohne sie bleibt nur ein Teil meines Erbes – die Linie der Vorfahren, die bis zum leiblichen Vater des Feuergotts, dem Dämonen Kur, zurückreicht.

Während ich das Bärenfell an meinem Hals zusammenziehe, nähere ich mich langsam dem Mahati-Falken. Tinley und ihr Vater machen den großen Vogel reisebereit. Während sie sich einen erhitzten Schlagabtausch liefern, wartet Ashwin in angemessener Entfernung. Er trägt ebenfalls ein Bärenfell für unseren Flug.

Nach einem Blick auf mich erklärt er: »Tinley will in Vanhi bleiben und kämpfen, aber ihr Vater verbietet es.«

»Tut mir leid, dass ich wütend auf dich war. Das war nicht fair von mir.«

Er richtet seine Aufmerksamkeit auf mich: »Tut mir leid, dass mein Herzenswunsch dir schadet. Mir war nicht bewusst, dass ich … dass er uns aneinanderfesselt.«

Hinter dem mit seiner Tochter zankenden Vater steigt vereinzelt Rauch von der Tempelruine auf. Vor den Ruinen meines Zuhauses zu stehen, bringt mir meinen eigenen Herzenswunsch mit schmerzhafter Klarheit ins Gedächtnis zurück.

»Über Jahre war mein Traum, hier mit Jaya in Frieden zu leben.«

»Und jetzt?«

»Frieden wünsche ich mir noch immer.« Ich vergrabe mein Kinn im Bärenfell und stelle mir Indahs Enttäuschung vor, wenn sie erwacht. Selbst wenn ich mein Handeln begründen kann, habe ich trotzdem sie und ihr ungeborenes Kind in Gefahr gebracht. Ich habe ihren Seelenfrieden gestohlen und wahrscheinlich ihr Vertrauen ruiniert.

Chief Nareshs Stimme unterbricht mich in meinen Gedanken. »Ich möchte, dass du nach Hause kommst, wenn du von Vanhi zurück bist, Tinley. Deine Mutter und ich vermissen dich.«

»Ich kann nicht«, knurrt sie verärgert. »Chare ist nicht in einem unserer Nester ausgebrütet worden. Die Vogelschar wird sie als Eindringling ansehen. Sie ist so klein, sie könnte verletzt werden.«

Ashwin und ich betrachten die Falkin. Bya war riesig gewesen, doch auch Chare ist von beeindruckender Größe. Wie groß werden Mahati-Falken?

Chief Naresh schließt kurz die Augen, um sich zu beruhigen, und kommt dann zu uns. »Tinley bringt Euch jetzt zu Eurem Ziel. Kindred, es war mir eine Freude.« Er schließt mich in die Arme. Er hält mich, wie Deven mich hält, bis mein Herz angesichts seiner Zuneigung zerspringen könnte. »Die Götter werden über Euch wachen. Macht Euch auf den Weg. Sonst habt Ihr nicht genug Tageslicht.«

Der Chief reicht seiner Tochter sein Bärenfell. Sie nimmt es, küsst ihn hastig auf die Wange und schwingt sich auf den großen Vogel. Ashwin hilft mir hinauf und schiebt sich hinter mir nach oben. Der Saum meiner Hose rutscht hoch, und die glatten Federn des Vogels streichen über meine Fußknöchel.

Chare breitet ihre flappenden Flügel aus und erhebt sich in die Lüfte. Tinley ruft einen aufsteigenden Luftstrom herbei, und für einen Augenblick verschlägt es mir den Atem. Der abrupte Anstieg ist wie das Abheben in einem Gleitflieger.

Von oben sind die Trümmer des Tempels besser zu sehen. Ist es das, was Anu sieht, wenn er zu uns herunterblickt? Hat er gesehen, dass der Brand ein Unglücksfall war?

Wolf's Peak ragt in den schiefergrauen Himmel auf. Ich betrachte seine Felsvorsprünge und für Ekur unzugänglichen Gipfel, um unbedingt einen Blick auf das Bergzuhause der Götter zu erhaschen. *Zeig es mir, Anu. Zeige mir, dass du mir vergibst.* Aber Chare dreht nach Süden ab, und wir lassen die Berggipfel hinter uns.

KAPITEL 22

DEVEN

Kurz nachdem der Wagen für die Nacht angehalten hat, kehrt Manas zurück.

»Komm heraus, Deven. Der Rajah hat nach dir gefragt.«

Das überrascht mich nicht im Geringsten. Opal hat den Udug mit ihrem mangelnden Wissen über Vanhi nicht zufriedengestellt. Wen könnte man da besser nach dem Palast und den Rebellen ausfragen als den früheren Hauptmann der Wachen?

Opal will ebenfalls aussteigen, doch Manas streckt seinen Arm aus. »Bleib hier, Abschaum. Der Rajah hat genug von deiner abstoßenden Gegenwart.«

»Und trotzdem umgibt er sich mit dir«, sage ich und klettere aus dem Wagen.

Manas schlägt mir auf den Hinterkopf. Ich stolpere und falle auf die Knie, meine Hände sind noch immer auf dem Rücken gefesselt. Als ich aufstehe, kann ich die Landschaft hinter dem Lager überblicken. Der Palast der Türkise leuchtet auf dem Hügel, zu dessen Fuß sich Vanhi erstreckt. Für diejenigen, die Vanhi lieben, ist sie auch als Stadt der Edelsteine bekannt, eine funkelnde Oase für alle. Aber die Minen unter dem Palast, die einst reiche Adern mit Türkisen beherbergten, wurden schon vor langer Zeit geschlossen. Wie diese versiegten Minen sind auch Vanhis Fensterläden geschlossen.

Männer eilen umher, bringen die Katapulte in Stellung und laden Munition ab. Die Vorbereitungen der Armee, um die Stadtmauer zu durchbrechen, haben begonnen.

Manas schließt die Wagentür und stößt mich durch den Sand auf Udugs Zelt zu. »Wen hattest du noch bei dir, Deven? Der Hauptmann hat einen dritten Mann gesehen.«

»Ich weiß nicht, wovon du sprichst.«

Manas versetzt mir einen Stoß und bringt mich fast noch einmal zu Fall. »Du bist für den vermissten Soldaten verantwortlich, stimmt's?«, fragt er.

»Du vermisst einen Soldaten?«

Noch ein Stoß. »Rajah Tarek wird deinem Leben ein Ende machen.«

Die Dunkelheit nimmt zu, als wir uns dem Zelt nähern. »Ich habe dir bereits in Iresh gesagt: Er ist nicht Rajah Tarek.«

»Hör auf mit den Lügen.« Manas schneidet meine Fesseln durch und stößt mich hinein, folgt mir aber nicht.

Lampenlicht fällt auf üppiges Gold und Purpur, rote Teppiche bedecken den Boden. Eine unnatürliche Kälte erfüllt die Luft. Ein reichhaltig gedeckter Tisch verströmt Dekadenz. Mir läuft bei den würzigen Gerüchen das Wasser im Mund zusammen. Seidenkissen sind um den Tisch herum drapiert, an dessen Kopfende Udug sitzt.

»Du weißt, wer ich bin«, sagt er und reißt ein Stück Fladenbrot ab.

Ich reibe meine Handgelenke, die von den Fesseln geschwollen sind. »Ihr seid der Herr des Nichts.«

Er grinst, während er kaut. »Mein Gebieter nennt mich Udug.«

»Ist Euer Gebieter der Dämon Kur?«

Er beißt ein weiteres Stück Brot ab. »Ich kenne ihn als Kur, den Gott der ewigen Dunkelheit.«

Kurs Namen mit der Bezeichnung Gott zu versehen, klingt irgendwie falsch. Der Parijana-Glaube lehrt, dass Kur, der allererste Drache, von einer urzeitlichen Göttin erschaffen wurde, um ihren Sohn Anu zu bekämpfen. Doch Anu obsiegte und bemächtigte sich seiner Mutter, und Kur, der weder zu den Himmeln noch zur Erde gehörte, beanspruchte die ewige Dunkelheit für sich und seine verderbten Anhänger als sein Zuhause.

Udug spricht mit vollem Mund. »Ich habe das Ritual des Essens vermisst. Ihr Sterblichen, vor allem Eure Herrscher, aalen sich im Luxus.« Er macht schmatzende Geräusche. Ein Brotmesser liegt in der Tischmitte. Wenn ich mich darauf stürze, erwische ich es vielleicht vor ihm. »Weshalb seid Ihr hier, Hauptmann? Weshalb seid Ihr nicht bei der Kindred? Hat der Prinz sie gefordert?«

»Kali kann nicht gefordert werden«, sage ich knapp. »Tarek ist der Beweis dafür.«

»Tarek kann man Egoismus und Arroganz vorwerfen, aber keine Übervorteilung. Er hat sich genommen, was er begehrt hat, und hat an sich gerissen, was er kriegen konnte. *Er* war nie selbstzufrieden.« Udug sagt Letzteres, als wollte er mich dessen zeihen. »Ihr seid hier, weil Ihr nicht diese Sorte Mensch seid.« Wieder wie eine Anschuldigung formuliert. »Prinz Ashwin hingegen hat das Potenzial, gegen seinen Vater anzutreten. Ich habe seinen Herzenswunsch gesehen. Er giert nach allem – dem Reich, der kaiserlichen Armee, der Kindred. Sein Verlangen danach, gemeinsam mit Kalinda zu herrschen, ist der Grund, weshalb ich sie nicht getötet habe.«

Ich versteife mich. »Aber Ihr habt sie verwundet.«

»Nicht verwundet, wiederhergestellt. Ihre Feuerwesen-Seele birgt großes Potenzial. Ich habe ihr nur zu einem besseren Zustand verholfen. Ihr seid leider ziemlich vergesslich.«

Sein Plauderton steht im Kontrast zu seinem mitleidigen Gesichtsausdruck.

»Pflichtergebene Männer sind alle gleich – sie sind Märtyrer. Ihr wollt alles, aber nichts davon für Euch selbst. Ihr opfert Euer eigenes Glück anderen und rechtfertigt Euer daraus resultierendes Elend mit Eurer edelmütigen Loyalität.«

Ich lecke mir die Lippen, mein Mund ist trocken und klebrig. »Ich bin aus der Armee desertiert.«

»In Worten vielleicht, aber nicht in Taten. Ihr habt Euch einfach unter meine Truppen gemischt. Ihr habt Offiziere ausgetrickst und seid so weit gegangen, Eure Entdeckung zu riskieren, um einen Katapult daran zu hindern, auf eine Gruppe Kameraden zu kippen. Ihr werdet immer ein Soldat sein.«

Sein Kommentar trifft mich ins Mark. Meine göttliche Pflicht ist, dem Rajah zu dienen, und jedes Mal, wenn ich gegen meine Bestimmung verstoße, sind schlimme Konsequenzen die Folge.

»Ihr versteckt Euch hinter der Willenskraft von jemandem, der stärker ist als Ihr, und nennt das Ehre«, sagt Udug.

Ich muss auf die Ironie dahinter hinweisen. »Ihr versteckt Euch hinter Tarek.«

Udug gesteht dies mit einem kurzen Nicken zu. »Tareks physische Gestalt ist nötig für meinen Handel mit dem Prinzen. Wenn ich frei bin, werde ich mein wahres Selbst preisgeben.« Er leert sein Glas Wein mit einem Zug, so gierig ist er.

Ich erwarte, dass er mich über die Befestigungsanlagen der Stadt befragen wird oder darüber, wie man den Palast am besten infiltriert, doch er fragt mich nichts. Ich gehe ein paar Schritte auf Udug und das Brotmesser zu. »Welche Rolle spiele ich bei Eurem Vorhaben?«

»Die Menschheit spielt darin keine Rolle«, sagt er und füllt seinen Weinkelch. »Ihr werdet alle verschwinden, wenn die ewige Dunkelheit die Himmelslichter verschlingen wird.«

»Und die Bhutas?«

Eine blaue Flamme blitzt in Udugs Pupillen auf. »Nur Feuerwesen dürfen wählen, ob sie Kur dienen oder lieber sterben wollen. Immerhin stammen sie von ihm ab. Sie sind aus Feuer und Gift geboren.«

Ein Hauch seiner fauligen Kälte streicht über mich hinweg. Opal denkt, Brac sei der Armee entkommen. Aber was, wenn nicht? »Mein Bruder ist ein Feuerwesen. Er wird vermisst.«

Udug verzieht gönnerhaft die Lippen, eine exakte Replik von Tareks herablassendem Gesichtsausdruck. »Seid Ihr deshalb gekommen? Um Euren Bruder zu suchen? Das ist tragisch. Ihr seid den ganzen langen Weg gekommen, dabei ist der Junge, das Luftwesen, getötet worden, und Euer Bruder ist gar nicht hier.«

Ich stürze mich auf das Messer. Meine Finger streifen den Griff, als eine blaue Flamme den Teller trifft. Kälte fährt mir in die Hand. Ich weiche zurück und beiße die Zähne zusammen, um ein Aufjaulen zu unterdrücken. Meine Fingerspitzen werden weiß wie Raureif. Ich atme in kurzen Stößen aus, um den Schmerz zu vertreiben.

Udug tippt mit der Weinflasche gegen seinen Kelch, und Manas betritt das Zelt. »Ich bin fertig.«

»Ja, Eure Majestät.« Manas zerrt mich hinaus ins Freie.

Ich umklammere meine verletzte Hand. Warum halten sie uns noch immer gefangen? Die Armee hält Gefangene aus ganz wenigen Gründen: wenn sie hingerichtet werden sollen, um sie zur Zwangsarbeit zu zwingen oder zur Erpressung von Lösegeld. Keine dieser Optionen ist angenehm. »Manas, hör mich an. Das ist nicht Tarek. Er …«

Seine Faust trifft meinen Bauch, und ich krümme mich zusammen. Er packt mich an den Haaren und reißt meinen Kopf nach hinten. »Du bist wegen Kalinda noch am Leben. Wenn dem Rajah klar wird, dass du ihr nichts bedeutest, werde ich das hier beenden.«

»Du kannst mich schlagen, so viel du willst. Das ändert nichts an der Wahrheit.«

»Die Wahrheit ist, du hast verloren.« Manas packt mich am Uniformrock und zerrt mich zum Wagen.

Die Munition ist beinahe vollständig abgeladen. Soldaten richten die letzten Katapulte in einer Reihe aus, die auf die Mauer zeigen. Es ist eine Frage von Stunden, bis die Armee ihren ersten Angriff startet, obwohl kein Fackellicht in den Wachtürmen der Stadt flackert. Wo sind die Rebellen?

Zwei Soldaten bewachen den Wagen. Einer schließt die Tür auf, und Manas stößt mich hinein. Ich bekomme bestimmt blaue Flecken von seinem groben Umgang mit mir, aber sie werden nicht so wehtun wie die erfrorene Hand.

»Zeit für deine Verabredung mit meinem Dolch, Abschaum.« Manas beugt sich vor und greift nach Opal. Vermutlich will er sie zur Ader zu lassen, um ihre Kräfte zu schwächen.

Ich trete ihm auf die Hand und halte sie so am Boden fest. Er stöhnt und versucht sich loszureißen, aber ich drücke mein Knie auf seinen Kiefer.

Die beiden Wachmänner zücken ihr Schwert. Der eine stößt damit in meine Richtung. Ich weiche aus, packe ihn mit meiner unverletzten Hand am Handgelenk und drücke seinen Arm herunter. Der Mann stolpert in den Wagen und fällt auf Manas. Yatin stößt ihm den Ellbogen gegen die Schläfe. Der Soldat wird ganz schlaff.

Der zweite Wachmann versucht zu fliehen, aber Yatin packt ihn mit seinen gefesselten Händen am Genick und schleudert ihn gegen die Tür. Noch ein Wachmann, der bewusstlos ist.

Ich halte Manas auf dem Boden fest, indem ich mein Knie auf seinen Hals drücke.

»Du bist wegen Hochverrats dran«, krächzt er. »Rajah Tarek wird euch in eine Grube mit Skorpionen werfen. Du wirst den Stich von tausend …«

Jemand draußen vor dem Wagen trifft Manas mit dem Griff eines Dolchs an Kopf. Als ich mich umdrehe, sehe ich einen Soldaten mit einem Kopfschal über der unteren Hälfte seines – nein, ihres – Gesichts.

Natesa schiebt den Schal beiseite. »Er hat mich auf die Palme gebracht.« Sie schneidet Opals und Yatins Fesseln durch. Er hebt Natesa hoch und küsst sie. Sie zupft ihn zärtlich an seinem Bart. »Wir müssen sofort verschwinden.«

Eine Explosion ist im Lager zu hören. Feuer und glühende Asche erhellen die Dunkelheit.

Ich klettere neben Natesa hinaus. »Du warst fleißig«, stelle ich fest.

»Jemand muss uns hier rausbringen.« Sie reicht mir ihren zweiten Dolch und bemerkt meine Verbrennungen. »Was ist passiert?«

»Es ist nichts. Gehen wir.«

Opal gleitet aus dem Wagen, und Yatin hilft ihr, sich auf den Beinen zu halten. Wir folgen Natesa durch das Lager. Soldaten, die mit dem Feuer beschäftigt sind, rennen hin und her. Ein Katapult in der Ferne flammt auf.

»Ist das der Katapult, den wir hierhergeschoben haben?«, frage ich.

»Ich konnte nicht zulassen, dass unsere harte Arbeit sinnlos war.« Natesa blickt über die Schulter auf ihr Werk. »Nur ein bisschen Lampenöl, und jetzt schau dir mal dieses Feuer an.«

Wir machen einen Bogen um eine Gruppe Soldaten. Ich schnappe mir einen Eimer, als wollte ich Wasser holen, und wir verlassen das Lager. Opal wird wegen ihrer Verletzungen langsamer, weshalb Yatin sie trägt. Ich führe uns über die Sanddünen zum Fluss Nammu, der durch die Stadt fließt. Ich werfe den Eimer weg, und wir laufen am Ufer entlang. Natesa und ich waten in den Fluss.

Das seichte kühle Wasser lindert den Schmerz meiner Verbrennungen. Opal hält sich an Yatins Hals fest, und wir schwimmen stromaufwärts. Wachen an der Außenmauer suchen regelmäßig den Fluss nach Eindringlingen ab, doch niemand befiehlt uns, anzuhalten.

Wir erreichen den Kanal und durchqueren ihn nacheinander, wobei wir uns gegen die Strömung in Richtung Vanhi vorankämpfen. Ich steige auf der anderen Seite der Stadtmauer aus dem Wasser. Ein steinerner Fußweg führt am Flussufer entlang. Dahinter liegt der Vorplatz und hinter diesem sind die Straßen dicht von Hütten gesäumt. Ich kann keinerlei Hinweise auf die Bewohner entdecken, weder Geräusche noch Gerüche. Alle sind längst vor dem Warlord geflohen.

»Wohin jetzt?«, fragt Yatin.

Mein Blick wandert hinauf zum Palast. Ob die Rebellen auf unserer Seite oder gegen uns sind, hängt vom Ergebnis von Kalis Treffen mit Hastin ab. Ich traue dem Warlord noch immer nicht, aber wir haben eine größere Chance, eine weitere Konfrontation mit Udug zu überleben, wenn wir uns mit ihm verbünden. »Wir benutzen die alten Minentunnel, um uns in den Palast zu schleichen.«

»Glaubt ihr, die Rebellen sind auf unserer Seite?«, fragt Natesa, während sie ihren Zopf auswringt.

»Das finden wir morgen heraus. Wir brauchen Fackeln oder Laternen, um uns in den Tunneln zurechtzufinden. Suchen wir uns einen Platz in der Nähe, wo wir die Nacht verbringen können.«

Wir überqueren den Pfad neben dem Fluss und wagen uns auf den Vorplatz. Steinhaufen liegen überall herum. Ich gehe an einem vorbei, und mein Magen krampft sich zusammen. Scharlachfarbene Fetzen tarachandischer Armeeuniformen sind darunter vergraben. Die Rebellen müssen die Soldaten gesteinigt haben, die ihnen bei ihrem Angriff auf den Palast in die Hände gefallen sind. Wir hasten über den Vorplatz zwischen den Steinigungshaufen hindurch zu den dicht stehenden Reihen aus Hütten.

Die Götter haben Erbarmen mit uns. Die erste Hütte, die ich inspiziere, ist bis auf die Ratten, die beim Öffnen der Tür fliehen, leer. Ich betrete das Domizil, das aus einem einzigen Raum besteht, und richte einen umgekippten Stuhl auf. Sand bedeckt den Boden und die Möbel. Ich fülle eine Öllampe auf und zünde sie an. Natesa hängt Decken vor die Fenster, damit man das Licht nicht sieht. Yatin duckt sich mit Opal unter der Tür hindurch und legt sie auf eine strohgefüllte Matratze. Sie rollt sich auf den sandbedeckten Laken zusammen und schließt die Augen.

Während Yatin die abgenutzten Küchenschränke nach etwas Essbarem durchsucht, bringt Natesa ein trockenes Tuch für meine Hand. Sie wickelt es um meine Finger und verknotet es fest. Yatin findet ein paar verschrumpelte Limetten und schneidet sie auf. Der intensive Geruch dringt bis zu mir, doch ich reiche meine Portion weiter. Natesa und Yatin essen die Zitrusfrüchte und kosten den Saft, als wäre es Honig.

Ich klemme den Stuhl unter die Tür und setze mich mit hin, dabei halte ich Natesas Dolch auf dem Schoß. Wahrscheinlich sind wir hier sicher bis morgen, aber ich traue dieser leeren Hülle nicht, die einst die Stadt war.

Ich lehne den Kopf an den Türrahmen und verfalle in die alte Gewohnheit, auf potenzielle Gefahren zu horchen. Dass ich aus der Armee desertiert bin, konnte niemanden täuschen. Sogar Udug hat meine Leidenschaft erkannt. Ich brauche die Ordnung und Disziplin der Armee. Der einzige Grund, aus dem ich endgültig ausscheiden würde, wäre Kali. Doch jedes Mal, wenn ich etwas unternehme, um mit ihr zusammen zu sein und meinen Eid, dem Reich zu dienen, breche, bricht eine Katastrophe über mich und die, die mir am Herzen liegen, herein. Ich wünschte, ich wüsste, was das für uns bedeutet, aber ich weiß nur, dass ich hier gebraucht werde, um zu verteidigen, was von meinem Zuhause übrig ist.

KAPITEL 23

KALINDA

Wir fliegen in die Nacht hinein, unverzagt ob der Dunkelheit gleitet der Mahati-Falke dahin. Glitzernde Sterne umgeben uns und sind so nah, dass sie die Wärme von tausend Wünschen zu versprechen scheinen, sich mit ihrem unerreichbaren Licht jedoch über mich nur lustig machen. Das Seelenfeuer, das ich von Indah gestohlen habe, ist beinahe erloschen, und wie sie mich vorgewarnt hat, ist mir kälter als zuvor.

Mein Kiefer schmerzt vom Zusammenbeißen meiner klappernden Zähne. Ashwin hält sich an mir fest, ein Fels zwischen den Zitteranfällen, die in Wellen kommen. Ich dürste nach Seelenfeuer. Die Versuchung, ihn oder Tinley auszusaugen, verursacht mir ein Ziehen in der Brust. *Wenn ich meine Hand nach Tinleys Arm ausstrecke …*

Nein. Denk an Indah. Ich werde nicht das Vertrauen einer weiteren Freundin missbrauchen.

Auf halbem Weg durch die Nacht falle ich in ein Delirium. Als ich wieder aufwache, erstreckt sich die Dunkelheit noch immer bis ins Unendliche, aber mein Zittern hat aufgehört. Mir ist weder kalt noch warm.

Ich fühle … fühle … nichts. Sogar die Schmerzen in meinem Knie sind verschwunden.

Frei von Schmerzen zu sein wäre ein Geschenk, aber die plötzliche Leere verunsichert mich. Mein Herz schlägt langsam, ein träges Klopfen. Ich schließe die Augen und suche nach dem Stern in meiner eigenen Dunkelheit. Mein Seelenfeuer ist winzig, wie zu einer saphirblauen Nadelspitze geschrumpft, die ich kaum wahrnehme.

Aus Furcht vor dem, was ich finden werde, halte ich eine Hand zwischen Tinley und mich und beschwöre meine besonderen Fähigkeiten herauf. Meine Finger schimmern blau. Ich erwarte einen Kälteschauer, doch er kommt nicht. Ich lasse das Licht verblassen. Udugs Kräfte haben meine in Besitz genommen, doch mein Seelenfeuer muss noch immer da sein, irgendwo tief in mir, sonst wäre ich gestorben. Oder der Herzenswunsch des Prinzen ist das Einzige, was mich am Leben hält …

Ich suche nach dem zunehmenden Mond, sein silbernes Licht ist der einzige Schutz vor der anhaltenden Dunkelheit. Ich erwarte, dass Tränen dem Anfall von Panik folgen, doch auch sie sind in mir wie eingefroren.

Ihr Götter, bringt mich beschützt durch die Nacht. Ich wiederhole die Bitte, bis der Himmel einen dunklen Blauton annimmt und ich mich tausendfach bedanke.

Der Sonnenaufgang lässt Wiesen und gewundene Flussläufe erkennen. Chare ist schnell, schneller, als Tinley angekündigt hat. Wir überfliegen ein Tal und folgen dabei dem Fluss Nammu. Vor uns gleitet eine lange Reihe von Segelschiffen den Fluss entlang. Meine Aussichten verbessern sich. Wir haben die lestarische Marine gefunden. Deven und die anderen sollten bei ihr sein.

Ashwin ruft Tinley zu, den Schiffen zu folgen. Sie lenkt die Falkin tiefer. Chares Schatten saust wie ein Feuerstrom über den Fluss. Als wir uns dem letzten Schiff nähern, erklingt ein Schneckenhorn. Die Mannschaften stürzen zu ihren Wasserkanonen.

Sie wissen nicht, wer wir sind.

Tinley lässt die Mahati-Falkin höher steigen, während Ashwin und ich den Seeleuten zuwinken. Admiral Rimba steht auf der Plattform des Ausgucks auf dem vordersten Schiff. Er erkennt uns und signalisiert der Crew, wegzutreten. Indahs Vater zu sehen macht meine Schuldgefühle nur schlimmer. Mein Hunger nach Seelenfeuer ist verschwunden, gedämpft von dem Taubheitsgefühl, aber meine Erinnerung an das, was ich getan habe, ist es nicht.

Chare landet am Flussufer. Tinley springt herunter, und die Falkin hält nach Hasen im Gras Ausschau. Ich lasse mich heruntergleiten und lehne mich auf wackligen Beinen gegen den Vogel. Ashwin steigt ab und reibt sich die wunden Oberschenkel. Er behält sein Bärenfell an, um sich vor der morgendlichen Kühle zu schützen. Der frische Morgen macht meinen bereits eisig kalten Fingern und Zehen nichts aus.

Die Marine legt entlang des Flussufers an. Admiral Rimba geht in seiner schneeweißen Uniform an Land, begleitet von Prinzessin Gemi. Sie betrachtet die große Mahati-Falkin und ihre wild aussehende Reiterin mit großem Interesse.

Ich suche die Schiffsdecks ab. »Wo ist Deven?«

»Seine Gruppe war nicht am Treffpunkt«, erwidert Admiral Rimba und kaut auf einem Klumpen Minze.

Ein lähmendes Gefühl befällt mich. Deven bricht nie sein Wort. Seine Suche nach Brac muss schiefgegangen sein. Aber warum hat er dann nicht Natesa oder Yatin geschickt?

Admiral Rimba kaut schneller auf seinem Minzeklumpen. »Wo ist Indah?«

»Sie und Pons sind nach Paljor gereist«, antwortet Ashwin.

»Paljor?«, fragt der Admiral.

Tinley versteift sich, dreht uns aber weiterhin den Rücken zu und richtet ihre Aufmerksamkeit auf ihre Falkin.

»Sie sind in Sicherheit«, sage ich, wobei mir das letzte Wort beinahe im Hals stecken bleibt. Ich hoffe, dass es Indah gut geht, aber was ist, wenn ich ihr mehr geschadet habe, als ich dachte?

»Pons kümmert sich um Indah«, sagt Ashwin. Er ist so erpicht darauf, zu erzählen, was passiert ist, dass er den strengen Blick des Admirals übersieht. »Unser Treffen mit dem Warlord war eine Farce. Hastin hat Rebellen geschickt, um uns anzugreifen, dabei wurde der Samiya-Tempel zerstört. Chief Naresh sah den Rauch und kam, um nach dem Rechten zu sehen. Seine Tochter Tinley hat uns freundlicherweise hierher geflogen. Indah und Pons sind nach Paljor gereist, um dort auf eine Nachricht von Datu Bulan zu warten.«

»Die Rebellen sind noch immer gegen uns«, fasst Admiral Rimba zusammen. »Seid Ihr denn unverletzt?« Gnädigerweise gilt seine Besorgnis außer seiner Tochter auch uns, obwohl ich so viel Freundlichkeit nicht verdiene.

»Das sind wir«, sagt Ashwin und beantwortet dann noch weitere Fragen des Admirals. Als er von unserem Kampf gegen Anjali und Indira erzählt, unterbricht ihn Prinzessin Gemi.

»Ihr habt es mit Bhutas aufgenommen?«

»Ich habe mich und Kalinda verteidigt«, antwortet Ashwin bescheiden. Prinzessin Gemi nimmt ihn erneut in Augenschein. Er räuspert sich und spricht wieder zum Admiral. »Irgendwelche Neuigkeiten von der Armee?«

»Die letzte Nachricht lautete, dass sie sich der Wüste nähern. Das war gestern.«

Ich bin vor Panik wie erstarrt. Die Armee rückt schneller vor als gedacht. Womöglich hat sie Vanhi bereits erreicht.

»Wir werden morgen ankommen«, sagt der Admiral. »Ihr könnt Euch uns anschließen. Aber ich schlage vor, Ihr setzt Eure Reise mit Eurem Falken fort. Die Seeräuber folgen uns, wir haben nur ein paar Stunden Vorsprung.« Ashwin und ich werfen einen Blick den Fluss entlang, können aber von Kapitän Loc und seinem Schiff nichts entdecken. »Sie haben Euch auf einem unserer Schiffe vermutet. Wir haben eine Schweigemauer aufgebaut, um ihre lauschenden Luftwesen zu täuschen, doch die Mahati-Falkin haben sie bestimmt nicht übersehen. Vermutlich wissen sie jetzt, dass Ihr nicht mit uns gefahren seid.«

»Was … was werden sie tun?«, frage ich.

»Da sie über keine Fluggeräte verfügen, werden sie uns wahrscheinlich weiterhin folgen. Kapitän Loc gibt nicht so leicht auf.«

Prinzessin Gemi wagt sich zu der Mahati und streichelt ihr leuchtendes Gefieder. Chare beäugt die Prinzessin und lässt sich die Berührung gefallen.

Den Seeräubern auszuweichen ist allein schon Grund genug zu fliegen, zudem wird Chare auch viel schneller als die Marine sein. Nach einem Nicken von Ashwin sage ich: »Wir werden mit Tinley fliegen und Euch in Vanhi treffen.«

»Ich würde gern mit Euch fliegen«, sagt die Prinzessin.

Admiral Rimba spuckt fast seine Minze aus. »Dein Vater würde das nicht gutheißen.«

»Ich gehe trotzdem an die Kriegsfront.« Gemi streichelt den Vogel unverzagt. Ich betrachte ihre Finger eingehender und sehe, dass sie Zeichnungen der Mondphasen tragen. Die Hennazeichnungen passen zu den Mustern an ihren Füßen. »Kann Eure Falkin einen weiteren Passagier tragen?«

Tinley sieht sie misstrauisch an. »Chare hat kein Problem mit Euch, doch die Entscheidung obliegt Seiner Majestät.«

Gemi baut sich vor Ashwin auf. »Ihr könntet eine weitere Bhuta gut gebrauchen.« Ihrem Ton fehlt das Selbstvertrauen ihrer Pose. Ashwin würde sie nur mitnehmen, wenn er sich einen Nutzen davon verspricht.

Mir wäre es lieber, sie käme nicht mit. Wir wissen nicht, was uns in Vanhi erwartet. Ich kann mich nicht darum kümmern, zwei Mitglieder von Königshäusern zu beschützen. Ich habe keine umfassende Prüfung meiner Kräfte vorgenommen, seit die Taubheit eingesetzt hat. Da meine Finger letzte Nacht blau geschimmert haben, bin ich mir unsicher, was sich sonst noch verändert hat.

»Wir verschwenden Zeit«, drängt Gemi.

»Ihr könnt uns begleiten«, sagt Ashwin langsam, als wäre er sich seines Entschlusses nicht sicher.

Gemi verneigt sich ehrerbietig. »Danke, Majestät.«

Ich weiß nicht, ob ich Ashwin gegen den Arm boxen oder ihm den Rücken tätscheln soll. Endlich begreift er, dass Gemi das Recht hat, ihre eigenen Entscheidungen zu treffen, doch ich bin ungeduldig, weil ich endlich aufbrechen und Deven finden will. Da er nicht am verabredeten Treffpunkt gewesen ist, wird vermutlich Vanhi sein nächstes Ziel sein. Er wird davon ausgehen, dass wir dorthin kommen. Die Prinzessin täte gut daran, unsere Weiterreise nicht noch länger zu verzögern.

KAPITEL 24

DEVEN

Die Explosionen beginnen kurz nach dem Morgengrauen.

Unsere Gruppe ist bereits aufgebrochen und folgt jetzt dem Weg entlang des Flusses. Beben vom Angriff der Armee auf die Stadtmauer erschüttern den Boden. Wir haben unsere Verkleidung abgelegt und unsere scharlachroten Uniformjacken und Kopfschals in der Hütte zurückgelassen. Als ich aufgewacht bin, waren meine Fingerspitzen geheilt. Ich habe keine Ahnung, weshalb meine Brandwunden verschwunden sind, während Opal ihre noch immer hat, doch es ist eine Gnade, die infrage zu stellen ich keine Zeit habe.

Im fahlen Morgenlicht gehe ich mit raschen Schritten den kleinen Hügel vor uns hinauf. Natesa und Yatin folgen mir auf dem Fuße. Opal bleibt ein wenig zurück, doch ihre Gesichtsfarbe und Haltung haben sich seit gestern verbessert. Ihre Kräfte als Luftwesen kehren langsam zurück, und sie lauscht nach Rebellen.

Der steinerne Pfad endet an einem niedrigen Tunnel. Der Eingang zu den Minen liegt im Schatten des Palasts der Türkise. Ich bleibe stehen, um eine Laterne anzuzünden, die wir aus der Hütte mitgenommen haben, als ein Chakram an mir vorbeifliegt und mich beinahe an der Nase trifft. Die Klinge bleibt in der Mauer stecken.

Wir alle wirbeln herum, der Pfad unter unseren Füßen wird

von einem Felsrutsch weggerissen, und wir werden gegen eine Mauer geschleudert. Bänder aus harter Erde schließen sich um unsere Arme und Beine.

Der Bhuta-Warlord schreitet die Stufen zum Fluss herunter. Hastins tiefgebräunte Gesichtszüge stehen im Kontrast zu den weißen Haarbüscheln an seinen Schläfen. Seine grauen Augen sind steinhart. Anjali begleitet ihren Vater, ein Chakram in der Hand. Zwei weitere Rebellen in schwarzen Uniformen folgen ihnen.

»Hauptmann Naik, Ihr beleidigt mich.« Hastins Stimme klingt wie ein Reibeisen. »Habt Ihr wirklich geglaubt, Ihr könnt Euch an uns vorbeischleichen?«

Ich werfe einen Blick auf Opal. »Ich hatte es gehofft.«

»Es tut mir leid«, flüstert sie. »Meine Kräfte kehren nur langsam zurück.«

»Eine Bhuta?«, fragt Hastin und wippt auf den Fersen. »Der Dämon-Rajah hat einen von meinen Leuten geschickt, um mich auszuspionieren?«

»Wir sind nicht mit der Armee hier«, sagt Natesa. »Wir dienen Prinz Ashwin.«

Hastin lässt den Boden unter uns erbeben. »Der Dämon-Rajah und der Prinz sind sich gleich. Beide sind darauf aus, unsere Welt zu zerstören.«

Eine Warnung kommt mir in den Sinn, und mein alter Verdacht meldet sich zurück. »Man hat uns gesagt, Ihr wollt Euch mit dem Reich zusammentun.«

Hastin manipuliert die Steine, die mich umschließen, und drückt mich gegen die Wand. »Ich werde mich niemals mit Tareks Erben oder seiner Kindred verbünden.«

»Sind sie am Leben?«, will ich wissen.

»Kümmert Euch lieber um Euren eigenen unausweichlichen Tod«, knurrt Anjali.

Hastin befreit uns von unseren Erdfesseln. Opal fällt nach vorn auf die Knie, Schmutz hat sich in den von den Aderlässen verbliebenen Wunden abgesetzt. Natesa hilft ihr auf.

»Bring sie zum Frauenflügel«, befiehlt Hastin seiner Tochter und zeigt dann drohend auf Opal. »Mach bloß keinen Ärger, sonst werfe ich dich in den Kerker.«

Die Palastkerker sind mit Gift versehen, das die Bhuta-Kräfte schwächt. Hastins Zögern, einer Bhuta-Kameradin ihre Abwehrkräfte zu entziehen, ist eine Gunst, die er uns Sterblichen nicht zuteilwerden lässt. Seine Soldaten entwaffnen uns.

Der Warlord marschiert zum Palast hinauf. Bestimmt hat er uns aus den gleichen Gründen als Geiseln genommen, aus denen er die Ranis und Kurtisanen gefangen hält – er benutzt uns als Druckmittel. Hastin giert nach dem gesamten Reich, und er hat vor, Kali und Prinz Ashwin zu manipulieren oder sie in eine Falle zu locken, um das zu bekommen, was er ersehnt. Wir bleiben so lange am Leben, wie sie es sind, was in gewisser Hinsicht tröstlich ist. Wären Kali und der Prinz tot, wären wir es ebenfalls.

Anjali zieht ihr Chakram aus der Wand und hält mir die Metallscheibe so dicht vors Gesicht, dass ich mein Spiegelbild darin sehe. »Wenn Ihr Euch nicht benehmt, verliert Ihr Eure Nase.« Yatin streckt seine Brust heraus, eine instinktive Reaktion, um mich zu beschützen. Anjalis Waffe kommt noch näher. Das Metall beschlägt von meinem Atem. »Sorgt dafür, dass keiner von Eurer Truppe aus der Reihe tanzt, Hauptmann.«

Sie und ihre Kameraden treiben uns die Treppe zur Palastmauer hinauf. Die Wand aus Lehmziegeln hat kein Tor, doch einer von Anjalis Männern schafft mithilfe seiner Kräfte einen Durchgang. Wir steigen hindurch und stehen auf Palastboden. Nachdem der Letzte von uns den Durchstieg passiert hat, schließt das Erdwesen ihn hinter uns.

Die Rebellen treiben uns einen Pfad entlang durch den Garten. Die vernachlässigten Blumenbeete sind von Unkraut überwuchert. Palmen weisen tote Wedel auf, und die Hecken müssten geschnitten werden, doch der Boden ist noch immer grün, und es riecht angenehm nach Zitrone und Blumen.

Wir betreten den Palast durch einen Seiteneingang. Die vertrauten, mit Edelsteinen besetzten Vorhänge schmücken die Türöffnungen. Kühle Marmorböden, weiße, von Nickeladern durchzogene Fliesen, lassen unsere Schritte widerhallen. Aromatische Düfte werden durch die Gänge mit ihren hohen Arkaden herbeigetragen: Wüstensand, blühende Neembäume und Kokosnussöl. Die Flure, die einst von Dienern, Hofschranzen und Wachen nur so wimmelten, sind verwaist.

Ein farbenprächtiger Pfau spaziert den Flur entlang. Wie eine Schleppe zieht er seine schimmernden Schwanzfedern hinter sich her, während er nach Sandflöhen sucht, die er verspeisen kann.

Stille dringt aus dem Hauptsaal der Kurtisanen. Keine Musik wird gespielt und auch keine jadegrünen Flaschen klirren. Das fehlende Leben erschreckt mich. Natesa geht langsamer, beschleunigt dann aber ihre Schritte, um den verlassenen Palastflügel hinter sich zu lassen. Ihren Zwangsdienst als eine von Rajah Tareks Kurtisanen möchte sie lieber vergessen.

Die Türen zu Tareks Gemach und Vorraum wurden herausgerissen. In seinen privaten Räumen liegen Möbel und Kissen wild durcheinander, als wären sie vom Wind hochgehoben, durcheinandergewirbelt und wieder abgeworfen worden. Glasscherben funkeln wie gefrorene Tränen auf dem gefliesten Boden. Zerrissene Vorhänge hängen von den Decken, und Berge von Sand türmen sich in den Ecken. Die Zerstörung der Gemächer des Rajahs macht Hastins Herrschaft greifbarer.

Wir werden ins Obergeschoss des Frauenflügels geführt. Bogenförmige Fenster zeigen auf den Garten, die Palastmauer und eine verlassene Stadt. Dahinter erheben sich Dünen bis zum Horizont. Wie Ströme aus Rot drängen Soldaten durch das Haupttor und schleudern Steine mit ihren Katapulten. Ein Wummen, das einem in die Eingeweide fährt, erklingt in der Ferne.

»Die Armee stürmt«, sage ich mehr zu mir selbst. »Es ist unausweichlich.«

»Sie werden erst dann in die Stadt eindringen, wenn wir bereit sind.« Anjalis kryptische Erwiderung stellt meine Annahme infrage, dass die Rebellen sich zurückgezogen haben, um den Palast zu beschützen.

»Wie?«, frage ich.

»Denkt nach, Hauptmann«, sagt sie verächtlich. »Woraus sind die Stadtmauern gemacht?«

Mit einem Mal ist die Strategie klar. »Lehmziegel.«

»Und woher kommt der Lehm?«

Sie ist herablassend zu mir, trotzdem antworte ich. »Aus dem Boden.«

»Mein Vater hat Erdwesen um die Stadt herum postiert, um die Mauer zu schützen. Wie ich gesagt habe, wird die Armee erst eindringen, wenn wir es erlauben.«

»Und wie *ich* gesagt habe, sind wir nicht mit der Armee hier.«

»Wenn mein Vater das annähme, wärt Ihr bereits tot.« Anjali bleibt an der Türschwelle zum Tigerinnen-Pavillon stehen. »Haltet den Atem an.«

»Was …?«

Eine Windbö zerrt an uns, raubt mir den Atem und wirft uns um. Meine Begleiter und ich schliddern über den Boden und über die Türschwelle des Pavillons. Ein letzter Windstoß schlägt die Tür hinter uns zu.

Ich blinzele in der plötzlichen Stille den Staub aus meinen Augen. Der Tigerinnen-Pavillon, der zentrale Gesellschaftsbereich der Ranis, rückt in den Blick. Ich habe nie viel Zeit hier verbracht, doch er sieht anders aus. Der schwarz-weiß geflieste Brunnen ist versiegt, das Wasserbassin schlammig und voll stehendem Wasser. Leere Waffenregale stehen an der gegenüberliegenden gefliesten Wand aufgereiht. Die zahllosen Schwerter und Stöcke, mit denen die Gemahlinnen des Rajahs trainiert haben, sind fort.

»General Naik, wir sind nicht allein«, warnt mich Opal.

Brac tritt hinter einer niedrigen Mauer hervor. Mein gesamter Körper erstarrt vor Schreck.

»*General* Naik?« Brac kommt auf mich zu. »Wir waren *tatsächlich* eine ganze Weile voneinander getrennt.« Er umarmt mich, wobei meine Arme an den Körper gepresst sind. Die goldenen Augen meines Bruders leuchten. Ich bin ganz ergriffen davon, wie sehr sie denen Chitts ähneln.

»Was tust du denn hier?« Natesa gibt ihm einen Klaps auf die Schulter. »Wir haben dich gesucht, du Blödmann. Deven ist vor Sorge fast umgekommen.«

»Nur Deven?«, scherzt er, und Natesa gibt ihm noch einen Klaps.

Yatin hebt Brac in einer herzlichen Umarmung hoch. Mein Bruder stößt mit quiekender Stimme hervor: »Hab dich vermisst, großer Mann.« Yatin lässt Brac wieder herunter und zerzaust ihm das kupferfarbene Haar. Brac betrachtet Opal von oben bis unten. »Du siehst ja noch schlimmer aus als ich. Wo sind Rohan und Mutter?«

Opal wendet sich mit Tränen in den Augen ab. Ich lasse Yatin erzählen. Sein leiser Bariton nimmt dem, was er sagt, die Schärfe.

»Mathura geht es gut, aber Rohan … wird nicht kommen.«

Bracs Augen weiten sich verstehend. Er berührt Opal sanft am Arm. »Mein Beileid.«

Hinter niedrigen Mauern und Gittertrennwänden hervor dringen aus dem Speisesaal der Gemahlinnen die Geräusche von klapperndem Geschirr und Gesprächsfetzen zu uns herüber.

Brac pfeift. »Ihr könnt rauskommen! Es ist nur mein Bruder.«

Nur sein Bruder?

»Bei den Göttern, Brac«, sage ich. »Ich dachte, man hätte dich gefangen genommen!«

Er blickt von mir zu Opal und wieder zurück. »Hat Opal dir nicht erzählt, dass ich entkommen bin?«

»Das war, nachdem ich tagelang der Armee gefolgt bin, um nach dir zu suchen!«

Frauen strömen in Scharen aus dem Speisesaal in den Hauptpavillon. Es sind Ranis, Kurtisanen und Palastdiener, wobei jede Gruppe an Frisur und Kleidung zu erkennen ist. Ranis tragen ihr langes Haar offen, und ihre Saris sind elegant und raffiniert, während Kurtisanen ihr Haar zu Zöpfen flechten, und ihre Kleidung in Schnitt und Farbe auffallender ist. Die Dienerinnen tragen schlichte, weit geschnittene Gewänder. Kinder jeden Alters begleiten sie, werden von ihren Kindermädchen an der Hand geführt oder von ihnen getragen. Die Ranis und Kurtisanen, die alle auf die eine oder andere Weise Narben tragen – aus der Zeit, als sie in öffentlichen Turnieren um ihren Rang gekämpft haben –, strömen in den Pavillon, bis er voll ist. Es ist ein beeindruckendes Bild.

»Ich wurde aus dem Gleitflieger geschleudert, als wir in der Luft getroffen wurden. Ich bin in den Sumpf gestürzt und war ohnmächtig«, erklärt Brac mit gedämpfter Stimme. »Die Armee dachte wahrscheinlich, ich sei tot oder wäre es bald.

Als ich wieder zu mir kam, fand ich die Absturzstelle, aber Opal und die Armee waren weg. Ich wusste nicht, wie ich zu dir und Mutter nach Lestari kommen sollte, deshalb bin ich zur nächsten Ortschaft gelaufen, habe mir ein Pferd geliehen und bin hierhergeritten. Ich bin vor das Palasttor getreten und habe mich Hastin ausgeliefert. Er überließ es mir, zu entscheiden, ob ich mich erneut den Rebellen anschließen oder bei den Frauen bleiben will. Nach dem, was er dir und Kali angetan hatte, konnte ich es nicht ertragen, ihm noch einmal zu dienen.«

»Du warst die ganze Zeit hier mit diesen Frauen?«

»Gute Idee, was?« Brac zwinkert zwei sehr hübschen Ranis zu, und sie kichern. Auf meinen kurzen Seufzer hin wird er ernst. »Ich wusste, dass Kali und du irgendwann wegen der Ranis zurückkehren würdet. Hierherzukommen schien mir die sicherste Möglichkeit zu sein, euch zu finden.«

Ich packe ihn im Nacken und ziehe ihn an mich. »Ich bin froh, dass es dir gut geht.«

»Dito.« Er klopft mir auf den Rücken, und ich lasse ihn los. »Wir sollten wohl mit den Frauen sprechen. Um ihre Geduld ist es im Moment nicht besonders bestellt.«

Die Blicke unserer Zuhörerschaft machen mich befangen. Ein paar Kurtisanen flüstern miteinander. Ich höre, wie eine Natesas Namen nennt, als handelte es sich um etwas Obszönes. Sie strahlt eine gewisse Distanziertheit aus, bleibt aber nah bei Yatin, dessen große Gestalt einschüchternd wirkt.

Eine Dienerin tritt vor. Rote Narben ziehen sich über ihre Wangen und ein Auge. »Wo ist Kindred Kalinda?«

Das Flüstern verstummt, und Yatin presst die Lippen zu einem dünnen Strich zusammen.

»Ich weiß es nicht.« Meine Stimme wird vor Besorgnis leise.

»Ich bin mir sicher, dass die Götter über die Kindred wachen«, sagt eine junge Rani, die ein Baby auf ihre Hüfte stützt. »Ich bin Shyla.« Sie zeigt zu den beiden Ranis, die vorhin über Brac gekichert haben. »Das sind Eshana und Parisa. Und die Frau dort …«, sie zeigt auf die Dienerin mit den Narben, die den Blick gesenkt hat, »ist Asha, Kalindas Dienerin.«

Jetzt erkenne ich sie. Eshana gehörte zu Tareks bevorzugten vier Frauen. Asha, die Dienerin, hat früher einen dichten Schleier getragen, um ihre Gesichtsnarben zu verbergen. Sie hat sich gut um Kali gekümmert.

Shyla kommt näher. »Wir sind Freundinnen der Kindred, aber ein paar der Frauen sind wütend, weil sie geflohen ist, als die Rebellen einmarschiert sind.«

Nach den vorwurfsvollen Blicken der Frauen zu urteilen, halten sie Natesa und Kalindas Handeln für feige. Aber Kali hat seit ihrer Flucht für ihr Volk gekämpft, und Natesa ist jetzt hier. Die Wahrhaftigkeit ihrer Bemühungen bringt mich dazu, zu schweigen.

Brac zieht mich am Arm von den Frauen weg. »Sie wissen nicht, was außerhalb dieser Mauern geschieht. Hastin hält es für unter seiner Würde, ihnen irgendetwas zu erzählen, und ich will sie nicht noch mehr aufregen. Wir sollten uns unter vier Augen unterhalten.« Er dreht sich um und wirft den Frauen ein charmantes Lächeln zu. »Wir entschuldigen uns dafür, euer Frühstück unterbrochen zu haben. Kehrt also mit den Kindern zu eurer Mahlzeit zurück. Wir kommen in Kürze wieder zusammen.«

Er begleitet eine Rani zum Speisesaal. Sie lächelt ihn an, und sie nehmen auf ihrem Weg weitere Frauen und Kinder mit. *Ihr Himmel. Brac hat ihnen nicht gesagt, dass er ein Feuerwesen ist.* Nach und nach und kehren alle zu ihrem Mahl zurück, bis auf Shyla, Parisa und Eshana und die Dienerin Asha, die er einlädt zu bleiben.

Wir versammeln uns um den Brunnen. Brac kehrt zurück und bittet mich anzufangen. Ich verschwende keine Zeit mit Höflichkeiten. Diese Frauen haben zahlreiche Kämpfe überlebt. Sie kommen mit der Wahrheit klar.

»Die Armee des Reiches, die zehntausend Mann stark ist, steht vor den Stadtmauern.«

»Das ist doch gut, oder nicht?«, fragt Parisa.

»Nein. Die Armee wird von einem Dämon angeführt, der aus dem Nichts entkommen ist.« Ich warte, bis meine Erklärung eingesickert ist. »Der Dämon gibt sich als Rajah Tarek aus.«

Eshana und Parisa stöhnen auf. Shyla schlägt sich die Hand vor den Mund.

»Aber Rajah Tarek ist tot.«

Ein Stirnrunzeln hebt Ashas Narbe hervor. »Wir haben seine Leiche gesehen. Bevor er sie verbrannte, warf Hastin sie auf einen Karren und fuhr damit in der ganzen Stadt herum, damit alle sie sehen konnten.«

»Rajah Tarek ist tot«, bestätige ich. »Aber der Dämon lässt die Armee in dem Glauben, dass ihn die Götter ins Leben zurückgeschickt haben, um dem Warlord das Reich wieder wegzunehmen.«

»Dieser Dämon-Rajah …« Shyla blickt auf ihr Kind, Tareks Nachkomme. »Ist er auf dem Weg zum Palast?«

»Ja. Seine Freiheit hängt von seinem Erfolg ab. Die Armee versucht in diesem Moment die Stadtmauer zu durchbrechen.«

Eshana erbleicht. »Aber wir haben keine Möglichkeit, uns zu verteidigen. Die Rebellen haben uns die Waffen weggenommen.«

Parisa blickt finster auf ihre Finger. »Sie haben sogar meine Lieblingsnagelfeile konfisziert.«

»Die Iestarische Marine ist auf dem Weg hierher«, sage ich. »Kalinda und Prinz Ashwin sind vielleicht bei ihr.«

»Vielleicht?«, fragt Brac. Die Informationen sind teilweise auch neu für ihn.

»Hastin wollte sich mit den beiden treffen, um ein mögliches Bündnis zu besprechen, doch es war eine List. Ich glaube, dass sie noch leben, aber ich habe keine Ahnung, wo sie sind.«

Opal packt mich am Arm. Eine Sekunde später ertönt eine ohrenbetäubende Explosion, und eine Staubwolke bedeckt den Horizont. Sämtliche Frauen im Speisesaal verstummen. Wände und Böden im Palast beben.

Opal lässt mich los, ihre Hand zittert. »Die Armee hat die Stadtmauer durchbrochen.«

Verflucht sei Hastin für seine Arroganz. Entgegen Anjalis Versicherung, dass die Rebellen stärker wären, hat sich Udug seinen Weg erzwungen.

Shyla schaukelt nervös ihr Baby auf der Hüfte. »Wir müssen die anderen warnen.«

»Wir können mehr als das«, kontert Parisa. »Wir können kämpfen.«

Die Frauen und Kurtisanen des Rajahs haben große Erfahrung darin, um ihr Leben zu kämpfen, was ihre Narben von den Rangturnieren beweisen. Parisa wurde ein Stück von ihrem Ohrläppchen abgehackt, und Eshana hat Narben quer über den Oberkörper. Shyla fehlen zwei Finger an der linken Hand. Diese Frauen sind engagierte Töchter der Erdgöttin Ki und haben das Recht, sich selbst, ihr Zuhause und ihre Familien zu verteidigen. Sie sind keine gewöhnlichen Soldaten – sie sind besser. Sie sind Kriegerschwestern.

Doch selbst sie können sich dem Dämon-Rajah nicht entgegenstellen und siegen. Ich sollte sie über unsere geringe Chance auf einen Sieg ins Bild setzen, obwohl ich bezweifle, dass sie das abschrecken würde. Es hat auch mich nicht abgeschreckt. Ich bin ebenfalls gewillt, für alles, was ich liebe, gegen Udug zu kämpfen. Die Ranis und Kurtisanen verdienen es, die gleiche Wahl zu haben, und gemeinsam können wir vielleicht etwas ausrichten.

»Brac«, sage ich. »Wie schnell kannst du ihre Waffen auftreiben?« Niemand kennt die Palastgänge besser als er.

»Das könnte eine Weile dauern. Luftwesen bewachen die Flure.«

»Ich kann helfen«, bietet sich Asha mit schüchterner Stimme an. »Ich war dabei, als man sie weggebracht hat. Sie sind in einem Vorzimmer des Thronsaals.«

»Das ist im Zentrum des Palasts«, knurrt Natesa.

Asha nickt. »Ich kenne den Weg durch die Dienstbotengänge. Einer ist mit dem Vorzimmer verbunden, doch die Tür ist von außen verschlossen, und ich habe keinen Schlüssel. Wir müssen durch den Thronsaal ins Vorzimmer und die Tür von innen öffnen. Wir können den Dienstbotengang benutzen, um die Waffen herauszubringen.«

Ich treffe umgehend eine Entscheidung. »Asha und ich werden gehen.«

»Werden die Rebellen nicht den Haupteingang bewachen?«, fragt Natesa. »Ihr müsst daran vorbei, wenn ihr in den Thronsaal wollt.«

Brac, begierig darauf, zu helfen, hüpft leicht auf und ab. »Ich werde mich um die Wachen am Haupteingang kümmern.«

»Gut«, antworte ich. »Yatin und Natesa bleiben mit Opal hier. Ihr passt auf die Zugänge auf. Hastin tut vielleicht etwas Unbedachtes, wenn er sich bedroht fühlt oder Verdacht schöpft, dass wir Truppen bilden.«

Opal meldet sich mit eindringlicher Miene zu Wort. »Ich verfolge sämtliche Bewegungen, so gut ich kann.«

Ich ermuntere sie mit einer raschen Umarmung, und sie schmiegt sich an mich, um die Berührung hinauszuzögern. Ihr Bedürfnis nach Nähe ist so groß, dass ich es bereue, sie nicht schon früher getröstet zu haben.

»Wir helfen ebenfalls«, sagt Eshana. »Parisa, Shyla und ich sagen den anderen, was los ist.«

»Yatin und ich helfen beim Beantworten von Fragen«, sagt Natesa. Die Ranis beäugen sie, da sie in ihrer strengen Hierarchie eine untergeordnete Kurtisane ist.

»Gute Idee«, sagt Shyla und hakt sich bei Natesa unter. Sie geht mit ihr den anderen voran zum Speisesaal.

»Hast du das gehört?«, flüstert Parisa Eshana zu, als sie gehen. »Deven hat uns Truppen genannt.«

»Ich hätte nichts dagegen, unter seinem Befehl zu kämpfen«, erwidert Eshana. Ihr Kichern entfernt sich, und Yatin trottet hinter ihnen her.

Asha geht zur Tür des Dienstbotengangs und wartet. Ich zögere, meinen Bruder zurückzulassen, nachdem ich ihn gerade erst wiedergefunden habe. Ich muss noch mit ihm über Chitt sprechen. Doch eine andere Sorge hält mich davon ab. Was, wenn Brac sich darüber freut, von seinem Vater zu hören? Er, Mutter und Chitt werden eine Familie sein, und ich weiß nicht so recht, wie ich da hineinpasse. Unser Gespräch kann warten.

»Pass auf dich auf«, sage ich.

Brac packt mich an der Schulter. »Hör auf, dir Sorgen um mich zu machen, Deven. Ich schleiche in diesem Palast herum, seit ich laufen kann.«

»Wir treffen uns in Kürze wieder hier«, verspreche ich ihm. Meine Worte werden teilweise vom Wind davongetragen. Die Rebellen organisieren ihre Verteidigung gegen die Armee. Es wird Zeit, sich in Bewegung zu setzen.

Ich gehe zu Asha, die an der Tür wartet, und bleibe stehen, um zurückzublicken. Wind zerrt an den Seidenvorhängen. Bracs Haar weht ihm über die messingfarbenen Augen. Ich winke zum Abschied und schlüpfe in den Durchgang.

KAPITEL 25

KALINDA

Warmer Wind trägt die Mahati-Falkin über die sanft gewellten Sanddünen. Ashwin und Gemi ducken sich aus Sorge vor dem Staub. Ich suche den verschleierten Horizont, an dem sich dunkles Blau zu hellem wandelt, nach der Stadt der Edelsteine ab.

Ein Schatten zeichnet sich dort ab und wird für uns erkennbar. Die Zivilisation grüßt uns, sie ruht auf der gerundeten Kuppe eines alten Berges. Der Palast der Türkise taucht als Erstes auf, seine goldenen Kuppeln wirken wie poliert in der Reflektion der Wüstensonne. Die weißen Türme leuchten wie Elfenbein über der noch in Grau gehüllten Stadt am Fuße des Palasts.

Rot gekleidete Soldaten drängen sich an der Stadtmauer. Zahllose Banner mit dem Wahrzeichen Tarachands, dem schwarzen Skorpion, werden geschwenkt. Es ist nur eine Frage von Minuten, bis die Armee des Reiches die Stadt einnimmt.

Deven und die anderen müssen einen sichereren, schnelleren Weg an der Mauer vorbei gefunden haben, um dort auf die Marine zu treffen. Er wird unsere Ankunft erwarten, also wird Rohan lauschen. *Bitte hör uns kommen.*

Tinley schnalzt mit der Zunge, und Chare setzt zur Landung an. Die Falkin umkreist eine Düne und landet. Gemi lässt sich als Erste herabgleiten, dann folgt Ashwin. Er streckt mir die Arme entgegen. Meine Füße landen im Sand, und meine Knie geben nach. Ich klammere mich an seinen Schultern fest und warte darauf, meine untere Körperhälfte wieder zu spüren.

»Ich habe mich zu lange nicht bewegt«, erkläre ich.

Seine Mundwinkel sinken herab. Er bleibt so lange dicht bei mir, bis ich mein Gewicht auf meine Beine verlagern kann. Sie fühlen sich zwar taub an, aber meine Knie sind stabil und halten mich.

»Ich muss wieder los«, sagt Tinley, die im Sattel geblieben ist. Die Mahati-Falkin schiebt ihren gebogenen Schnabel unter einen Busch und kommt mit einem Skorpion wieder hervor, den sie verspeist.

»Fliegt Ihr nach Paljor?«, fragt Ashwin.

»Ich wünschte, ich …« Tinley unterbricht sich selbst. »Mein Vater sagt, Wünsche sind etwas für Träumer, nicht für Macher.«

»Euer Vater ist vielleicht der größte Träumer von allen«, erwidert Ashwin. Chief Naresh ist Pazifist, einer der seltenen Visionäre und Anwälte für den Frieden. »Ihr habt nur ein Zuhause, Tinley.«

Ich seufze stumm, jedenfalls denke ich das. Doch Ashwin streicht mit seiner Hand über meine. Keiner von uns beiden ist mit einer Familie gesegnet, die für unsere Sicherheit betet. Tinleys Hingabe an ihre Falkin ist bewundernswert, aber vielleicht meidet sie Paljor ja aus einem anderen Grund. Vielleicht ist sie nicht bereit, sich ihren Erinnerungen an Bya zu stellen und sie durch Chare zu ersetzen. Doch ich hoffe, dass sie die Stärke findet, um nach Hause zurückzukehren.

»Danke, Tinley.« Ich streichle Chares Gefieder. »Möge der Himmel dich führen, die Erde dir Halt verleihen, das Feuer dich reinigen und das Wasser dich nähren.«

»Dich ebenso.« Tinley lässt die Zügel schnalzen, und der Vogel hebt vom Boden ab. Sie fliegen fort von der Spätnachmittagssonne, über die alles versengende, erbarmungslose Wüste.

Ashwin blickt in die entgegengesetzte Richtung, zu den schimmernden Palastkuppeln. Ich lasse meine Hand in seine gleiten. Als Erwachsener hat er seinen Palast, sein Erbe noch nie gesehen. Es muss seltsam sein, zu diesem Ort zurückzukehren, der ihm zwar gehört, jedoch keine Erinnerungen birgt.

Gemi blickt kritisch auf unsere verschränkten Hände. »Sollen wir gehen?«

Ich lasse Ashwin los, um meinen Dolch zu zücken. Gemi hat einen Dreizack aus ihrer Heimat mitgebracht, mit dem sie souverän umgehen kann. Wir steigen den Hügel hinauf und auf der anderen Seite wieder hinunter. Als wir die nächste Düne erklimmen, rutsche ich weg und falle nach vorn. Die Teile von mir, die noch nicht taub sind, verströmen eisige Kälte.

Gemi kriecht geduckt zum Kamm hinauf, legt sich auf den Bauch und verscheucht Sandflöhe. Ashwin legt sich neben sie. Ich zwinge mich, den Hang ebenfalls hinaufzukriechen und spähe über den Rand. Wir sind ungefähr tausend Schritte von den hintersten Reihen der Armee entfernt.

Das Loch in der Mauer ist fertig. Hunderte von Soldaten schieben Katapulte und Wagen durch die Öffnung. Meine Angst wächst, während immer mehr Truppen in die Stadt eindringen. Der Schutz des Palastes liegt in den Händen der Rebellenarmee. Sie müssen die Außenmauer des Palastes schützen, bis die Marine eintrifft. Am Morgen werden sie uns um unsere Hilfe anflehen.

»Wir warten hier, bis die gesamte Armee drinnen ist, dann folgen wir ihr«, sagt Ashwin.

Gemi packt ihn am Unterarm. »Hast du das gespürt?«

»Was gespürt?«

Sie bringt ihn zum Schweigen und springt dann auf. »Lauft!«

Ohne auf Deckung zu achten, rennt Gemi die Düne hinab. Ashwin und ich rappeln uns hoch. Das Beben wird zu einem durchdringenden Donnern, als hätte man einen schlafenden Drachen geweckt. Gemi wartet nicht auf uns, sondern spurtet direkt nach Westen zum Fluss. Ashwin und ich stapfen durch den rieselnden Sand hinter ihr her.

Meine Beine und Füße sind schwer wie Blei und hindern mich daran, schnell zu sein. Ashwin packt meinen Arm und zerrt mich hinter sich her. Ohne Deckung haben wir einen freien Blick auf die Armee. Und die Soldaten auf uns. Doch während wir davonlaufen, verschwindet eine Infanterieeinheit im Wüstenboden.

Ein noch stärkeres Beben fährt mir wie ein Zucken in die Beine. Ich taumele, und Ashwin fängt mich auf. Risse breiten sich im Boden aus. Gemi wird auf der anderen Seite eines Spalts davongetragen, und wir landen auf der gegenüberliegenden. Ashwin und ich gehen direkt bis zur Kante. Der Spalt ist breiter als ein Katapultwagen.

Gemi erzeugt eine Brücke aus festem Sand über dem Spalt. »Beeilt Euch!«

Ashwin drängt mich, als Erste zu gehen. Ich stolpere über die Sandbrücke, Ashwin ist direkt hinter mir. Ich erreiche Gemi auf der anderen Seite. Kurz bevor Ashwin bei uns ist, vergrößert ein weiteres Beben den Spalt, und die Brücke stürzt ein.

Ashwin springt, bekommt aber meine ausgestreckte Hand nicht zu fassen. Gemi erzeugt eine Sandexplosion und schleudert ihn in hohem Bogen über unsere Köpfe. Er stürzt zu Boden, rollt, staubig und hustend, vor unsere Füße. Der Boden unter uns bebt. Die beiden Seiten des Erdspalts schließen sich.

Gemi reißt Ashwin hoch. Wir stürzen die sich bewegende Düne hinab zum Fluss, schliddern über das schlammige Ufer in das kühle Wasser. Das Beben der Wüste hinter uns hört auf. Die Truppen um die Stadtmauer herum sind verschwunden.

Ich suche die sandige Ebene ab. »Wo … wo sind sie hin?«

Gemis Brust hebt und senkt sich schwer, ihre Hosen sind nass bis zu den Knien, und ihr Kinn bebt. »Ein starkes Erdwesen hat den Wüstenboden geteilt. Die Soldaten sind in die Spalten gestürzt, dann hat das Erdwesen sie wieder geschlossen.«

Der Warlord hat das getan. Hastin gilt als das mächtigste Erdwesen. Pferde, Wagen, Katapulte, Hunderte von Männern – alle von Erdspalten im Sand verschlungen und darin begraben.

Diese Soldaten waren nicht unsere Feinde; sie gehörten zu unserem Volk.

»Die Götter mögen sich ihrer erbarmen«, bete ich.

Ashwin watet hastig aus dem Fluss. Wir kehren dorthin zurück, wo die Armee begraben wurde. Gemi schließt von Kummer erfüllt die Augen. Ich lausche auf irgendwelche Lebenszeichen, doch es herrscht Totenstille.

Vereinzelte Winde bilden Sandtunnel an der verwaisten Kriegsfront. *Bitte lasst Deven in der Stadt sein. Lasst ihn überall sein, nur nicht hier.*

Die Truppen, die überlebt haben, sind durch die Mauer hindurch. Blaue Flammen und gespenstischer blaugrauer Rauch zeigen den Anstieg durch die kurvenreichen Straßen zum Palast an. Udug führt den Zug an und macht den Weg mit seinem zerstörerischen kalten Feuer frei. Angesichts der Anzahl der Opfer muss seine Flucht eine große Chance bedeuten. Anjali sagte, seine Kräfte nähmen zu. Er hätte sich einen Weg durch die Mauer hindurch brennen können, doch er fand es wohl reizvoll, sie zum Einsturz zu bringen und die Rebellen zum Gegenschlag zu zwingen. Mit seiner Aktion hat der Rajah bewiesen, dass seine Fähigkeiten die Hastins übersteigen.

Ashwin hebt einen verloren gegangenen Khanda auf, der einzige Gegenstand, der von den Männern, die hier gestanden haben, übrig ist, und schlüpft durch die Öffnung in der Mauer. Gemi und ich klettern über die zertrümmerten Lehmziegel, ich mit gezücktem Dolch und sie mit ihrem Dreizack in der Hand.

Im Schatten der durchbrochenen Stadtmauer lassen Ashwin und ich den Blick zum aufragenden Palast der Türkise hinaufwandern.

»Willkommen zu Hause«, sage ich zu ihm.

KAPITEL 26

DEVEN

Ich stehe kerzengerade an der Flurwand. Asha ist neben mir und lauscht aufmerksam. Meine Muskeln sind steif vom stundenlangen Herunterschleichen vom oberen Stockwerk des Außenflügels des Palastes bis hierher. Die Tür zum Thronsaal ist um die Ecke, aber wir können nicht weiter, ohne dass uns die Rebellenwachen am Haupteingang sehen.

Wo ist Brac? Er hätte sie inzwischen ablenken sollen.

Ein Beben erschüttert den Boden und breitet sich in starken, schrecklichen Wellen aus. Wandbehänge fallen herunter und Glaskugeln zerschellen am Boden. Möbel schliddern über den Fliesenboden. Ich spähe um die Ecke zum Haupteingang. Keine Rebellen. Ich weiß nicht, wie Brac das hingekriegt hat, aber das Beben muss sein Ablenkungsmanöver sein.

Ich verlasse meine Deckung und überprüfe den Eingang und die Flügeltreppe. Beide sind leer. Ich gebe Asha ein Zeichen, und wir schlüpfen in den Thronsaal.

Tageslicht fällt durch die hohen Fenster herein. Die ordentlichen Reihen mit Sitzkissen, auf denen der Hofstaat des Rajahs zu knien pflegte, sind verschwunden. Sie sind durch Tische, die im Raum verteilt stehen, ersetzt worden. Der Thronsessel des Rajahs ist umgekippt. Ein Bein ist abgebrochen, als wäre es weggetreten worden.

Asha eilt in den Vorraum, während ich den Eingang bewache. Sie zieht am Türgriff, doch die Tür klemmt. »Jemand hat die Angeln mit Steinen blockiert.« Sie benutzt ihre Fingernägel, um sie herauszuhebeln.

Ein Geräusch im Eingangsbereich ist zu hören. Ich schnappe mir zur Verteidigung ein Bodenkissen und presse mich gegen den Türrahmen. Die Schritte kommen näher. Ich halte das Kissen wie einen Schild. *Ich hätte mir eine richtige Waffe holen sollen.*

Ein Pfau stakst vorbei. Ich senke das Kissen und atme aus. Der nächste Eindringling könnte ein Rebell sein, deshalb gehe ich zu Asha, um ihr zu helfen, die Tür zum Vorzimmer zu entsperren.

»Wir brauchen etwas, um sie aufzustemmen«, sage ich und sehe mich nach einem behelfsmäßigen Werkzeug um.

Ein einzelner Windstoß bauscht die langen Vorhänge, und eine Stimme ist zu vernehmen.

»Ich dachte, ich hätte Ratten gehört.« Anjali marschiert in den Thronsaal. Asha steht stockstill. »Lästiges, kleines Geschmeiß, nicht wahr?«

»Wir haben denselben Feind«, erwidere ich, ohne ihre Waffe aus den Augen zu lassen. Windböen wirbeln um sie herum – Luftpeitschen, bereit zuzuschlagen. »Wir sollten einander helfen.«

»Uns helfen? Ihr seid uns höchstens im Weg.« Anjali schleudert eine ihrer Sturmböen auf Asha, die das Dienstmädchen gegen die Wand wirft. Dann schickt sie einen Starkwind in meine Richtung, der mich von den Füßen reißt. Ich schlage auf den harten Boden auf, Schmerz schießt mir durch die Seite und ich rolle herum. Anjali geht neben mir in die Hocke und drückt mir ihren Chakram gegen den Hals. »Keine Bewegung, oder ich schneide dir den Kopf ab.«

»Der Dämon-Rajah kommt«, sage ich. »Gebt den Ranis und Kurtisanen ihre Waffen zurück und lasst uns gemeinsam mit Euch gegen ihn kämpfen.«

Sie zieht mir die Klinge über den Hals und verletzt beinahe die Haut. »Was würde Kalinda mehr aufregen? Wenn ich dir nacheinander die Gliedmaßen abschneiden oder so langsam die Luft aus dir heraussaugen würde, dass du dir wünschtest, ich hätte dich enthauptet?«

Ich schlage ihre Hände nach oben und greife nach ihrem Chakram. Anjali drückt ihr Knie auf meinen Mund. Ich sehe Sterne, und spüre, wie sie die Hände um meinen Hals schließt und mir die Kehle zudrückt. Unsere Verbindung von Haut zu Haut ist alles, was sie braucht. Ihre Kräfte schießen in mich hinein und schnüren mir die Luft ab.

»Ihr seid wertloses Ungeziefer.«

Mich langsam qualvoll zu ersticken ist Folter. Sie saugt auch noch das letzte bisschen Sauerstoff aus meinen Muskeln, um mich zu schwächen, und dann aus meinen Organen. Mein Puls schlägt langsamer und meine Sicht verschwimmt.

Ich höre einen Schlag, und Anjali sinkt zusammen.

Ich japse nach Luft. Den kostbaren Stoff einzuatmen, erweckt meine Sinne zum Leben. Asha steht über mir, das abgebrochene Stuhlbein des Throns in der Hand. Noch immer röchelnd stoße ich Anjali von mir herunter und nehme ihren Chakram. Asha wirft ihren behelfsmäßigen Knüppel weg, ihre Blässe steht im starken Kontrast zu ihren roten Narben.

»Komm mit«, keuche ich.

Mit dem Chakram heble ich die Steine heraus, die die Tür blockieren, und reiße sie auf. Das Vorzimmer ist vollgestellt mit Handwagen mit den Waffen der Ranis. Unserem Eingang gegenüber ist die Tür zum Durchgang für die Dienerschaft, von dem Asha gesprochen hat.

Anjali liegt noch immer bewusstlos im Thronsaal, doch Stimmen dringen von der Eingangshalle herein. Ich staple noch mehr Dolche, Haladies und Schwerter auf zwei Handwagen. Asha und ich packen jeweils einen am Griff. Sie wirft einen Blick in den Durchgang und macht mir Zeichen, hineinzugehen.

Schreie erschallen hinter uns. Ich kann nur Hastins Stimme erkennen.

»Sollen sie ihren verdammten Stahl doch haben. Dafür haben wir keine Zeit. Kehrt zur Palastmauer zurück!«

Wir ziehen die Handwagen durch die düsteren Gänge und zerren sie steile Treppen hinauf. Schließlich öffnet Asha eine niedrige Tür, und wir betreten den Tigerinnen-Pavillon. Asha und ich rollen die Wagen herein und bleiben stehen, um Luft zu schöpfen.

Natesa kommt herbeigelaufen, dicht gefolgt von Yatin. Die Ranis, Kurtisanen und Dienerinnen haben sich auf den Bodenkissen niedergelassen. Opal starrt mit leerem Blick zum dunkel werdenden Himmel hinauf, die Ohren gespitzt.

Natesa nimmt einen Khanda von einem der Wagen. »Oh, wie ich das vermisst habe. Gute Arbeit, Deven.«

»Ohne Asha hätte ich das nicht geschafft«, keuche ich. Die schüchterne Dienerin errötet. »Wo ist Brac?«

Yatin sucht sich ebenfalls einen Khanda aus. »Er ist noch nicht zurück. Er hat nur gesagt, dass er auf die andere Seite der Palastmauer will und ist gleich nach dir gegangen.«

Ich schiebe einen Anflug von Unbehagen beiseite. Das heißt nicht, dass etwas schiefgegangen ist. Von der anderen Seite der Palastmauer zurückzukehren, dauert etwas länger. Doch wie genau hat Brac das Beben ausgelöst, mit dem er die Wachen abgelenkt hat? Ich wende mich an Opal, damit sie berichtet.

»Es tut mir leid«, sagt sie. »Wegen der näherkommenden Armee bekomme ich immer weniger mit. Udugs Kräfte sind sehr viel stärker als meine. Ich kann nicht hören, was außerhalb der Palastwände vor sich geht.«

In der Stadt sind Explosionen zu hören. Einige der Frauen kreischen und ducken sich. Der Wind nimmt zu, und Sturmwolken ziehen über den Himmel und verdunkeln den Sonnenuntergang. Donner grollt in den Gewitterwolken, und Blitze folgen. Die Rebellenarmee hat sich formiert, und wir müssen das ebenfalls tun.

»Werden die Frauen mit uns kämpfen?«, frage ich.

»Sie sind verwirrt«, erklärt Natesa. »Wir haben ihnen gesagt, Rajah Tarek sei tot, aber ein paar von ihnen glauben daran, dass er zurückkommt, um sie und ihre Kinder zu befreien. Wir müssen sie erst noch überzeugen.«

Der erste Schritt wird sein, ihnen die Kontrolle über sich zurückzugeben.

Ich wähle einen alten Freund aus, einen Khanda, wie er vom Militär verwendet wird, und nehme noch einen zweiten. Ich bringe beide Khandas zu den Frauen und erhebe die Stimme. »Die Armee des Reiches wurde von einem Dämon getäuscht. Diesem Dämon sind wir und unser Reich egal. Der wahre Herrscher des Tarachandischen Reiches ist Prinz Ashwin, und Kalinda Zacharias ist unsere Kindred. Sie lässt Euch nicht im Stich. Sie ist hierhergeeilt, um den Prinzen zu finden und zu beschützen. Sie weiß, dass sie dem Erben zur Seite stehen muss, um das Reich zu retten.«

Natesa tritt zu mir. »Sag ihnen, dass du dem Prinzen vertraust«, flüstert sie.

Etwas sträubt sich in mir. Soll ich etwa lügen?

Natesa schnaubt ungeduldig und wendet sich an ihre Kriegerschwestern. »Prinz Ashwin hat es Kindred Kalinda freigestellt, ihn zu heiraten oder sich für ihre Freiheit zu entscheiden. Er hat mir gegenüber nie davon gesprochen, mich als seine Kurtisane zu behalten, und er wird keine von euch zwingen, im Ehestand zu bleiben oder ihm zu dienen.« Die Frauen flüstern erstaunt miteinander. »Prinz Ashwin ist ein gerechter und ehrenhafter Herrscher. Er sorgt sich um sein Volk und das Schicksal unseres Reiches.«

Donnerschläge krachen, gezackte Blitze zucken über unsere Köpfe hinweg. Die Frauen schreien auf und kauern sich zusammen. Ein Baby weint, und Mütter schließen ihre Kleinen fester in die Arme. Ich bringe es nicht fertig, diesen verängstigten Frauen etwas von den Tugenden des Prinzen vorzubeten, aber ich kann sie vor Udug warnen.

»Dem Dämon-Rajah ist Euer Wohl egal«, rufe ich. »Er giert danach, unsere Welt auszulöschen.« Ich reiche meinen zweiten Khanda einer Rani, deren Arme von breiten weißen Narben überzogen sind. »Ihr könnt frei über Euer Schicksal entscheiden. Ihr könnt für Euer Heimatland kämpfen – oder danebenstehen und zusehen, wie es gestürzt wird.«

Parisa und Eshana stehen auf und kommen zu den Wagen, um sich eine Waffe auszusuchen. Shyla reicht ihr Baby einem Kindermädchen und wählt ein Schwert aus. Von allen hier anwesenden Frauen hat Asha bestimmt am wenigsten trainiert, trotzdem nimmt sie zwei Haladies. So bewaffnet kommen sie und meine Freunde zu mir, und wir wenden uns zur Tür.

»Wohin geht Ihr?«, ruft eine Rani.

»In den Kampf«, erwidere ich. »Wenn Ihr wollt, dass Eure Kinder die Nacht überleben, dann nehmt Euch eine Waffe und kommt mit uns.«

Vom Gang vor dem Tigerinnen-Pavillon aus sehe ich, dass Rebellensoldaten im Garten postiert sind. Erdwesen stärken die umgebende Mauer, und Luftwesen sorgen für den Gewittersturm. Wiederholt leuchten Blitze über uns auf. Etwas weiter entfernt sind Udugs unheimlich blau flackernde Flammen zu sehen, sie kommen näher.

»Hastin weiß, dass wir kommen«, sagt Opal. »Deven, er wartet auf dich in der Eingangshalle.«

Nur die Kriegerschwestern, die sich Waffen genommen haben, stehen bei mir. Ich warte nicht auf die anderen Ranis und Kurtisanen. Ich verlasse den Frauenflügel und gehe in Richtung Palastzentrum.

Auf dem Absatz der geschwungenen Treppe in der Rotunde steht Hastin und gibt seine Befehle. Durch den offenen Haupteingang sehe ich, wie Erdwesen eine dicke Mauer aus Lehmziegeln errichten, um den Eingang zu schützen, und Wasserwesen schwere Wasserrohre in die Anlagen rollen und zusammenfügen. Anjali sitzt auf einer der unteren Stufen der gegenüberliegenden Treppe und drückt sich eine Kompresse an den Hinterkopf.

Hastins graue Augen bohren sich in meine. »Sagt mir, weshalb ich Eure Knochen nicht dafür zermalmen sollte, dass Ihr meine Tochter angegriffen habt.«

»Wir sind hier, um mit Euch zu kämpfen.«

Er grinst ebenso missmutig wie hinterhältig. »Eure Einmischung ist nicht nötig, Hauptmann.«

»General«, korrigiere ich ihn. »Prinz Ashwin hat mich zum Befehlshaber der Armee ernannt.« Hastin schnaubt herablassend und wendet sich zum Gehen. Ich rufe ihm nach: »Wir verdienen es ebenfalls, in den Kampf zu ziehen.«

Er dreht sich auf dem Absatz zu mir um. »Wurde Euer Volk je gejagt und abgeschlachtet?«, fragt er und wartet auf meine Antwort.

»Nein.«

»Ich war nicht zu Hause, als die Soldaten in mein Dorf kamen. Sie haben meine Tür aufgebrochen und meine Frau und meine Söhne hingerichtet. Ich habe Anjali, eine Neugeborene, in eine Decke gehüllt gefunden. Meine Frau hatte sie in einem Topf versteckt, damit die Soldaten sie nicht finden.«

»Es tut mir leid.«

»Ich will Eure Entschuldigung nicht«, knurrt er und lässt den Boden erbeben. »Ich will, dass Ihr meine Zeit nicht länger verschwendet. Zieht Euch in den Flügel der Gemahlinnen zurück und nehmt diese Frauen mit.«

Ich folge seinem Blick zu den Reihen bewaffneter Ranis und Kurtisanen, die die Treppen besetzen. Shyla und Asha führen die Frauen an, mit Parisa und Eshana an ihrer Seite. Ich zähle kurz durch. Fast alle Frauen sind gekommen.

Mit stolzgeschwellter Brust sage ich: »Diese Kriegerschwestern können sich im Kampf behaupten. Udugs Armee ist zehntausend Mann stark. Ihr wärt ein Dummkopf, ihre Unterstützung zurückzuweisen.«

Der Warlord ballt die Fäuste wie zwei Vorschlaghämmer. Er könnte meine Knochen zu Staub zermalmen. Ich habe die Fähigkeiten eines Erdwesens einmal am eigenen Leib erlebt, doch ich lasse nicht zu, dass mich die Erinnerung an den Schmerz beeinflusst. »Ihr könnt das nicht verstehen«, sagt er. »Ihr seid kein Vater. Tarek zu stürzen, den Palast zu erobern, dem Dämon entgegenzutreten – all das geschieht, um eine bessere Welt für meine Tochter zu schaffen.« Er zeigt auf Anjali. »Sie ist der Grund, weshalb Ihr mir nicht im Weg stehen dürft.«

»Viele der Kurtisanen und Ranis sind Mütter. Sie wollen, genau wie Ihr, dass ihre Kinder die Nacht überleben.«

»Ich lasse ihre Kinder am Leben!«, brüllt Hastin und stampft so fest auf, dass die Marmorfliesen zerspringen. »Ich hätte

Tareks Frauen und Söhne niedermetzeln können, wie er es mit meinen getan hat, aber ich war gnädig mit ihnen! Diese Frauen sollten Anu auf Knien dafür danken, dass sie wahren Verlustschmerz nicht kennen.«

Seine zornerfüllte Stimme hallt noch in der Rotunde wider, als ich ihm entgegne: »Wenn wir uns nicht zusammenschließen, werden wir alle dieses Leid kennenlernen. Keiner von uns wird dann eine Zukunft haben.«

Vom Haupteingang her sind Warnrufe zu hören. Unmittelbar danach erbeben die Palastmauern. Die Kriegerschwestern klammern sich am Treppengeländer fest. Ich stelle mich breitbeinig hin, bis das Beben vorbei ist.

Ein Rebell kommt hereingerannt und berichtet. »Sie haben ihre Katapulte geladen!«

Hastin marschiert hinaus, unter seinen Schritten bebt der Boden. Anjali und ich eilen ihm nach. Gewitterwolken haben den Himmel verdunkelt. In der Ferne hört man das Dröhnen der Katapulte, und mehrere Felssteine fliegen in hohem Bogen auf den Palast zu.

»Zurückwerfen!«, ruft der Warlord.

Winde treiben die Felssteine über die Mauer zurück in die Stadt. Blitze schießen herab und spalten sie. Steine von der Größe meiner Faust regnen in den Innenhof herab. Bevor sie uns treffen können, bläst Anjali sie mit einer Windböe weg.

Wasserwesen lösen einen Platzregen aus, der meinen Turban durchnässt und mir in die Augen läuft. Die dichte Regenwand behindert die Sicht der Soldaten und macht die Mechanik der Katapulte glitschig, doch das wird sie lediglich verlangsamen. Udug und seine Soldaten werden die Mauer erreichen, und die Bhutas werden mehr als Wind und Regen und Erdbeben brauchen, um sie zu besiegen. Bhuta-Kräfte sind begrenzt, und selbst mit vereinter Stärke werden die Rebellen gegen eine Armee dieser Größe bald ermüden. Wir beten alle dafür, dass die Rebellen Udug besiegen können, doch er ist in die Stadt eingedrungen, als man dachte, dass er das noch nicht könnte. Jeder einzelne Krieger, ob Bhuta oder nicht, muss sich ihm entgegenstellen.

»Hastin«, dränge ich ihn. »Ihr braucht uns.«

Der Warlord klopft mit dem Zeigefinger gegen seinen Oberschenkel, während sein Blick über die Lehmmauer fällt, die das Palasttor blockiert. Er ringt mit sich. »Also gut. Kämpft mit, aber auf eigene Gefahr. Positioniert Eure Truppen auf den Befestigungsmauern. Sie werden die Soldaten aufhalten. Meine Männer werden gegen Udug antreten.«

»Vater!«, protestiert Anjali.

Hastin bringt sie mit einem leisen Knurren zum Schweigen und richtet seinen harten Blick auf mich. »Bringt Eure Kriegerschwestern in Position, General.«

Meine Truppen werden oben auf der Mauer die vorderste Verteidigungslinie bilden, doch ich glaube, dass wir die Stellung gegen die Soldaten halten können. Ich kehre zu den Kriegerschwestern zurück, die in der Eingangshalle warten, und betrachte ihre ernsten Mienen. »Die Rebellen akzeptieren unsere Hilfe. Es ist mir eine große Ehre, Euch in den Kampf zu führen. Bei Eurem Leben, lasst den Dämon-Rajah nicht durch dieses Tor kommen. Verteidigt Eure Familien und Eure Heimat. Macht Ki stolz.«

Die Kriegerschwestern heben ihre Waffen. Yatin, Natesa und Opal tun es ihnen nach. Habe ich ihnen Unrecht getan? Führe ich sie vielleicht in ihren Untergang? Wir müssen nur so lange durchhalten, bis Kali und die Marine uns zu Hilfe kommen.

Ich senke den Kopf und spreche ein inniges Gebet. »Großer Anu, schütze Tarachand und führe uns zum Sieg.«

Meine Truppen wiederholen das Gebet, ein feierliches Echo unserer gemeinsamen Ergebenheit. Dann drehe ich mich um und führe sie hinaus unter den mit Kriegslärm erfüllten Himmel.

KAPITEL 27

KALINDA

Ich habe den halben Weg den Hügel hinauf hinter mir, als mich die Kälte lähmt. Ich taumle und lande auf allen vieren auf der Straße. Der Regen und die Taubheit in meinen Muskeln sorgen dafür, dass ich meine Füße nicht spüre. Wenn das Vorhaben der Rebellen ist, die Eindringlinge mit dem Sturm zurückzuschlagen, funktioniert ihre Strategie zumindest bei einer Person.

Ashwin bemerkt, dass ich zurückgefallen bin, und kommt zu mir gelaufen, um mich zu holen. »Brauchst du eine Pause?«

»Nur einen Moment.« Ich sinke gegen ihn. Mein Seelenfeuer schimmert wie ein Signalfeuer, aber ich bin so durchgefroren, dass ich seine Wärme nicht spüre.

Gemi kommt zu uns. »Ist sie verletzt?«

»Sie muss sich nur aufwärmen.« Selbst in meinen Ohren klingt Ashwins Erklärung schwach. Er hebt mich hoch und trägt mich den Hügel hinauf.

Ein Katapult in der Nähe kracht und schießt einen Stein auf den Palast. Ashwin erstarrt und tritt von der Straßenmitte weg. Kaum ist die Gefahr vorbei, lenkt ein gewaltiger Wind den Stein in die Stadt zurück. Das Wurfgeschoss fliegt über unsere Köpfe hinweg und kracht in mehrere Hütten der nächsten Straße.

»Geht weiter«, sagt Gemi und hält nach weiteren fliegenden Steinen Ausschau.

Sie und Ashwin legen an Tempo zu, doch in mir wird alles schwer, so als würde ich in Treibsand versinken. Ashwin geht auf ein großes Gebäude in der nächsten, höher gelegenen Straße zu, den Tempel der Bruderschaft.

Gemi hebelt die Eingangstür mit den Zinken ihres Dreizacks auf. Die Flure und Räume des Tempels liegen im Dunkeln. Sie zündet eine Laterne an, und Ashwin folgt ihr in die Kapelle. Im schwachen Lichtschein werden Wandmalereien des Himmelsgottes und seiner Gefährtin Ki sichtbar. Sie erinnern mich an die Wandmalereien im Samiya-Tempel, die ich als Heranwachsende so bewunderte.

»Ich wollte immer malen lernen«, lalle ich. Sogar meine Zunge ist schwer. »Jaya liebte meine Zeichnungen. Wusstest du, dass ich dich gezeichnet habe, Ashwin? Tarek dachte, ich zeichne ihn, doch er hätte es besser wissen müssen.«

Ashwin legt mich auf den Altar und berührt meine Stirn. »Bei der guten Enlil, du bist eiskalt.«

»Bin ich das?« Ich versuche mit den Fingern und Zehen zu wackeln, fühle jedoch nichts.

Gemi prüft meine Temperatur. Sie schreckt zurück, als würde meine Haut brennen. »Ich suche nach einer Decke und trockener Kleidung für sie.«

Ashwin stößt in größter Dankbarkeit einen Seufzer aus. »Ich fange hier an. Ihr durchsucht die anderen Räume.«

Gemi zündet eine weitere Laterne an und eilt davon.

Ashwin streichelt meine Wange, doch ich spüre die Berührung kaum. »Ich bin gleich wieder da. Ich gehe nicht weit weg.« Mit der Laterne geht er durch die Kapelle, um die Körbe entlang der gegenüberliegenden Wand zu durchsuchen.

Dunkelheit hüllt mich ein. Meine wirren Gedanken springen zwischen jetzt und meiner Kindheit hin und her, als ich an mein Krankenbett gefesselt war. Mehr als einmal hat mich Heilerin Baka mit Schnee abgerieben, um mein Fieber zu senken und das Feuer in mir zu besänftigen. Im Gegensatz zu Indah liebe ich Schnee. Doch ich würde darauf verzichten, je wieder welchen zu sehen, wenn ich von diesem Gift geheilt würde.

Vielleicht *ist* diese Kälte ja ein Gefühl. Das allmähliche Schwinden meiner Sinne und Fähigkeiten, der Kontrollverlust – so muss es sich anfühlen, wenn man stirbt.

Die Erkenntnis ist wie ein eindringliches Flüstern. Das Ende meines Wegs ist nicht mehr weit. Der Tod ist bereits hier. In diesem Altarraum. Auf diesem geheiligten Altar.

Ein Angstsplitter bohrt sich in mich. Ich darf diese Welt jetzt nicht verlassen, nicht so, wo der göttliche Teil in mir erstickt ist. Ich betrachte das Wandgemälde von Anu und Ki, erhellt von Ashwins weit entfernter Laterne, und warte darauf, dass die Götter eingreifen.

Etwas anderes geschieht.

Tareks unscharfe Gestalt tritt aus der Düsternis hervor, die mich umklammert. »Hallo, mein Liebling. Ich habe mir immer gewünscht, dich vor mir auf einem Altar liegen zu sehen.«

Ich öffne meine gesprungenen Lippen und flüstere stoßweise: »Wie habt Ihr mich gefunden?«

»Ich bin die Straßen der Dunkelheit entlanggegangen. Sie führen zu allen Tarnstellen der Dunkelheit im Reich der Sterblichen.« Er setzt sich neben mich auf den Altar und spielt mit meinem nassen Haar. »Ich bin gekommen, um bei dir zu sein, wenn du aus diesem Leben fortgehst.«

»Warum?«

»Du weißt, warum. Du musst mir glauben, wenn ich sage, ich liebe dich. Ich habe meine anderen Ehefrauen sehr geschätzt. Auch deine Mutter Yasmin. Wie ich sie verehrt habe. Aber du hast mich auf eine Weise herausgefordert, wie es keine andere Frau getan hat.« Er beugt sich dicht zu meinem Ohr herunter. »Weißt du, was passiert, wenn das kalte Feuer in dir obsiegt? Dein Seelenfeuer wird erlöschen, und du wirst nur noch aus der dunklen Abstammungslinie in dir bestehen. Du wirst zusammen mit mir zum Nichts gehören.«

Meine Tränen gefrieren zu Eistropfen. Ich habe falsche Entscheidungen getroffen und Fehler gemacht, aber die Ewigkeit im Dunkeln mit Tarek könnte ich nicht ertragen. Das ist das schlimmste Schicksal, das ich mir vorstellen kann. »Lasst das bitte nicht geschehen. Bitte helft mir.«

Er streift mit den Lippen meine Stirn. »Schh, Liebling. Gib dich der ewigen Dunkelheit hin, und du wirst frei von Sorgen und Kämpfen sein.«

Ashwins Laterne schwankt auf der anderen Kapellenseite.

»Ashwin«, krächze ich.

Tarek streichelt mein Kinn. Es gelingt mir, den Kopf wegzudrehen, doch seine fordernde Hand folgt sogleich der Bewegung. »Er kann mich nicht sehen. Nur dich. Unsere Liebe verbindet uns, Kalinda.«

Seine Finger berühren meine Lippen und streicheln mein Haar. Ich versuche zu schreien oder zu schluchzen, doch das Taubheitsgefühl hat mich im Griff. Die Kälte obsiegt. *Er* obsiegt.

Mein Herzschlag verlangsamt sich zu einem schwachen Pochen. Sämtliche körperlichen Empfindungen verschwinden, und Stille breitet sich über mir aus. Das fehlende Empfinden meines Körpers schärft meinen Verstand.

Unser Band ist nicht Liebe, sondern Hass. Ich kette Tarek an diese Welt. Ich gebe ihm Kraft und die Erlaubnis, in meinem Leben zu sein.

Heilerin Baka hat mir einmal gesagt, dass Frieden eine Entscheidung ist. Eine Entscheidung, nicht mit der Welt zu hadern. Ich hadere schon seit so langer Zeit mit Tarek, dass ich keine andere Möglichkeit kenne. Aber wir sind nicht gleich. Ich muss eine bessere Entscheidung treffen als er. Ich muss loslassen, oder ich werde an seiner Seite enden.

Worte dringen aus meiner Kehle und tun weh. »Verzeiht mir.« Er beugt sich tiefer herab, um zu verstehen. Ich wiederhole die Worte, lauter. »Ich vergebe Euch, dass Ihr mich gefordert habt. Ich habe Euch nur geheiratet, um Euer Leben zu beenden. Ich habe Euch vom ersten Moment an verachtet, und ich kann meinen Hass nicht länger für mich behalten. Ich vergebe Euch, dass Ihr mich aus meinem Zuhause fortgeholt und meinen Traum vom Frieden zerstört habt.«

Er stößt ein Knurren aus. »Kalinda, das ist Unsinn. Du bist meine Frau. Du liebst mich.«

»Ich vergebe Euch, dass Ihr all die unschuldigen Bhutas getötet und ihre Familien zerstört habt. Ich vergebe Euch, dass Ihr Ashwin ein schlechter Vater wart und Eure Frauen und Kurtisanen so lieblos behandelt habt.« Meine Stimme kippt, aber ich mache weiter. »Ich … ich vergebe Euch, dass Ihr mir meine beste Freundin genommen habt. Ich vergebe Euch … dass Ihr Jaya getötet habt.«

Tareks unruhige Dunkelheit wird schwächer. Er drückt mein Kinn zusammen. »Du verdankst mir dein Leben. Ich habe getan, was die Götter wollten, als ich dich gefordert habe. Ich habe dich zu meiner Kindred gemacht. Ohne mich bist du ein Niemand. Die Geschichte wird sich nur an dich erinnern wegen *mir.*«

Noch mehr gefrorene Tränen hängen an meinen Wimpern und lassen meine Sicht verschwimmen. »Ich vergebe Euch, weil Ihr mir Deven gebracht habt, mich Ashwin vorgestellt und Natesa und mich in Freundschaft vereint habt.« Seine Dunkelheit verwandelt sich in Rauch. Er versucht, mich mit seiner Hand auf meinem Mund zum Schweigen zu bringen, aber ich spreche durch sie hindurch. »Ich vergebe Euch, Tarek. Für alles. Kommt nicht mehr zu mir. Folgt mir nicht in meinem Schatten. Ich werde Euch niemals wieder herbeirufen.«

»Kalinda!« Tareks klauenartige Finger wollen mich an den Haaren packen, greifen jedoch hindurch. Seine unscharfe Gestalt bebt vor Zorn. »Ich bin dein Gemahl! Du wirst mich niemals los. Niemals!«

Ein Schweregefühl, an das ich so gewöhnt bin, fällt von mir ab, und Frieden wärmt mich genug, um die vereisten Tränen zum Schmelzen zu bringen. »Lebt wohl, Tarek. Ich werde für Eure Seele beten.«

Er greift nach mir, doch wie Rauch, der sich auflöst, verschwindet der Rest von Rajah Tarek.

Ich atme zittrig ein und wieder aus. Obwohl sich noch immer alles taub anfühlt, erfüllt Leichtigkeit die Leere seines Abschieds. Ich habe mein Leben lang Freiheit und Frieden gesucht. Ich dachte, ich muss um sie kämpfen, sie mir verdienen oder warten, bis die Götter es für angebracht halten, mir beides zu geben. Doch geistiger Friede war stets in Reichweite.

Ashwin kehrt mit einem großen Stück Stoff zurück. »Der hing über einer Tür.« Er legt den schweren Stoff auf mich. Ich erkenne den Wandbehang als denjenigen, der vor dem Tunneleingang zum Palast hing. Ich habe ihn gesehen, als ich vor vielen Monden hierherkam, um Zerstörung anzurichten …

»Ashwin, nimm meinen Dolch.«

»Was? Wieso?«

»Bitte. Tu's einfach.« Er packt einen der Dolche meiner

Mutter an seinem Türkisgriff. »Ich brauche deine Hilfe. Mir ist zu kalt, um das allein zu schaffen. Ich will, dass du mich schneidest.« Unter größter Anstrengung zeige ich auf die Stellen an meinen Handgelenken.

»Ich soll dich schneiden?«

»Ich muss einen Aderlass machen. Der Heiler in Lestari meinte, es würde helfen.« Vorübergehend. Dann würde das Gift mit doppelter Kraft zurückkommen, doch über die Konsequenzen werde ich mir später den Kopf zerbrechen.

Ashwin weicht zurück. »Ich kann dich nicht verletzen.«

Eine Explosion vor der Kapelle lässt die Dachsparren erzittern. Ashwin stellt sich hinter mich und zieht mich auf seinen Schoß. Ich lasse mich gegen ihn sinken, zu schwach, um mich ohne Hilfe zu bewegen. Die Explosionen, die lauter werden und näher kommen, bedeuten, dass wir keine Zeit zu verlieren haben.

»Du wirst mir nicht wehtun«, sage ich. »Ich würde es selbst tun, wenn ich könnte.«

Ashwin senkt den Dolch auf meinen Arm, zieht ihn jedoch wieder zurück. »Ich habe dir das angetan, Kalinda. Ich habe Udug entfesselt. Deven hatte die ganze Zeit recht. Ich war egoistisch. Ich wollte ... ich wollte meinen Herzenswunsch erfüllt sehen. Ich habe vom Palast, der Armee, dem Volk – und von dir geträumt.«

»Ich habe dir nie vorgeworfen, dass du Udug entfesselt hast«, sage ich undeutlich. Die ganze Qual des Frierens kehrt zurück. Die Taubheit wird mir bald die letzten Kräfte rauben. »Ich wollte immer, dass du deinen Thron zurückbekommst. Du musst jetzt meine Hilfe erwidern.« Ich rolle die Ärmel für ihn hoch. »Ich sterbe, Ashwin. Wenn du das nicht tust ...«

Er drängt seine Tränen zurück. »Hier und hier?« Er fährt mit der Klinge über meine Haut.

»Ja«, sage ich keuchend. »Ich weiß nicht, was herauskommen wird … wenn du in die Haut schneidest … also lehne dich zurück.« Das erste Mal, als ich mich schnitt, entwich eine Hitze, die meine Tränen verdampfen ließ.

Er hält zitternd den Dolch über mein Handgelenk. Er kann das, doch er muss mir vertrauen. Sich selbst vertrauen. Ashwin setzt die Klinge auf der glatten Haut an.

Ich atme ganz leicht ein. »Los.«

Ashwin schneidet nur so tief, dass Blut fließt. Schmerzen folgen meiner Bitte, und ein Schwall eisiger Luft strömt heraus. Die Kälte trifft mich wie ein eisiger Wind. Ashwin lässt ihn entweichen und bewegt die Klingenspitze zu meinem anderen Arm, schneidet ein wenig tiefer, und noch mehr Kälte strömt heraus.

Er lässt die Klinge sinken, und hält meine blutenden Handgelenke. Ich lehne mich an ihn, und Schweißperlen rinnen mir über die Schläfen. Ich schließe die Augen und suche in mir nach meinem Seelenfeuer in meinem inneren Himmel. Während ich in Ashwins Hände, die mich festhalten, blute, wird das Licht meines Sterns heller und intensiver. Ich bin noch immer schwach, weit entfernt von meinem starken Selbst, aber nicht mehr so verwirrt.

Gemi kehrt mit den Armen voller Kleidungsstücke zurück und lässt sie mit einem Stöhnen fallen.

»Keine Sorge«, sage ich. »Ashwin hat mir geholfen …«

Eine Explosion über uns übertönt mich. Gemi bedeckt ihren Kopf, und Ashwin beugt sich über mich. Staub und Lehm fallen von der Decke herab auf den Altar. Das Dach hält, doch ich halte diesen Ort nicht mehr für sicher.

Ashwin lässt meine Handgelenke los und erbleicht beim Anblick seiner blutverschmierten Hände.

Gemi reicht ihm ein Tuch. »Wisch sie ab. Ich helfe Kalinda.«

Er geht ein Stück zur Seite, während Gemi meine Handgelenke mit Stoff umwickelt. Sie tun weh, aber der Schmerz ist leichter auszuhalten als die Kälte und nicht so beängstigend wie die Taubheit. Die innere Kälte ist noch immer da, ist in steter Lauerstellung. Ich lasse meine Kräfte in meine Finger fahren. Sie glühen blau anstatt weiß. Aber meine blutenden Handgelenke lassen vorläufig das Schlimmste von Udugs kaltem Feuer herausströmen.

Gemi zurrt meinen Verband fest. »Ich habe noch nie gesehen, dass ein Feuerwesen ohne die Anwesenheit eines Wasserwesens einen Aderlass vornimmt. Es ist zu gefährlich. Ashwin muss sehr um dich besorgt sein.« Gemis wehmütiger Ton klingt beinahe eifersüchtig.

»Er ist ein guter Mann.« Das Wiedererwachen meiner Sinne bringt aber auch Sorgen zurück. Wir haben Deven in der Stadt nicht angetroffen. Ich kann mir die Gefahren, in denen er und meine Freunde sein könnten, kaum vorstellen. So viel könnte schiefgehen.

Ashwin gesellt sich erneut zu uns. »Wir müssen von hier weg.«

»Suchen wir Hastin«, sage ich. »Vielleicht ist er für eine Allianz inzwischen zugänglicher.« Mit Gemis Hilfe stehe ich auf und nehme eine Laterne mit zu der Ecke, wo Ashwin den Wandbehang heruntergenommen hat. Gemi und Ashwin kommen, um sich die Öffnung anzuschauen, die Prinzessin hält den Dreizack in der Hand. »Der Tunnel führt zum Palast.«

Ashwin schaut die Treppe hinunter. »Ist das der einzige Weg?«

»Besser als in der Stadt der Armee in die Arme zu laufen.«

Eine Explosion erschüttert den Tempel. Die Decke sackt herab, bröckelt und gibt dann nach. Wir rennen die Treppe hinunter, während Schutt hinter uns her poltert. Unten hält

Gemi den Schuttberg mit ihren Kräften auf, trennt die Stadt darüber von uns ab.

Ashwin eilt zum offenen Ende des Durchgangs. »Nun, damit ist die Sache entschieden.« Er hebt die Laterne, und wir schlängeln uns durch den Untergrund der Stadt.

KAPITEL 28

DEVEN

Die Kriegerschwestern stellen sich auf der Festungsmauer auf. Yatin, Natesa, Opal und ich sind in der Mitte der Truppen auf der Mauer neben dem Tor. Alle sind so still wie die lautlosen Blitze über unseren Köpfen, während wir zusehen, wie die Armee näher kommt.

Luftwesen lenken von den Palastbalkonen aus den Sturm. Wasserwesen sind neben offenen Wassertonnen postiert, die auf dem Gelände aufgestellt sind. Hastin und seine Erdwesen verstärken die Außenmauer des Innenhofes und des Gartens. Die Rebellenarmee ist klein, um die zweihundert Bhutas nach meiner Schätzung, was ungefähr der Anzahl der Kriegerschwestern entspricht.

Brac ist noch nicht zurückgekehrt, eine Sache, um die ich mich im Moment nicht kümmern kann. Ich kann meine Truppen nicht alleinlassen, hoffe und bete, dass er uns findet.

Die Fackeln der Armee tauchen in den Straßen auf. Infanterie und Bogenschützen verteilen sich vor der Mauer, Männer marschieren, und Artilleriewagen knarren. Sie sind so laut und in Bewegung, wie wir still und reglos sind. Manas reitet mit der leichten Kavallerie und hebt die Hand als Zeichen, anzuhalten. Hastin tut das Gleiche. Regen und Donner hören auf, doch die dunklen Wolken wälzen sich noch immer über den Himmel, durchzogen von Blitzen.

Udug reitet an Manas Seite, erkennbar an seinen blau glühenden Händen, und steigt ab. Seine Reihen haben sich um beinahe die Hälfte gelichtet, aber es sind noch immer Tausende mehr als wir. Der Dämon-Rajah geht zum verbarrikadierten Tor. Fackelschein beleuchtet seine Gestalt. Die Kriegerschwestern holen hörbar Luft.

Udug richtet seine Worte an die erschrockenen Frauen. »Meine Gemahlinnen, ich bin gekommen, um Euch zu befreien. Legt Eure Waffen nieder und lasst mich in unser Zuhause ein.«

»Haltet Eure Stellung«, befehle ich. »Glaubt seine Lügen nicht.«

Shyla antwortet mit gedämpfter Stimme: »Wir kennen unseren Ehemann. Das ist er nicht.«

»Das ist nicht Tarek«, pflichten ihr Parisa und Eshana bei.

Immer mehr Ranis und Kurtisanen murmeln diesen Satz. *Das ist nicht Tarek.* Ich hätte nicht an ihnen oder ihrer Überzeugung zweifeln müssen.

»Hauptmann Naik«, ruft Udug, »welche Lügen habt Ihr meiner Familie erzählt?«

»Ich habe ihnen die Wahrheit gesagt. Ihr gehört nicht in unsere Welt.«

Udug schnaubt und gibt Manas ein Zeichen, der absteigt und zu einem Munitionswagen geht. »Ich habe kein Interesse daran, meinen Palast bei dem Versuch zu zerstören, in mein Heim zurückzukehren. Vielleicht können wir ein Tauschgeschäft machen. Ihr lasst mich durch das Tor, und ich werde Euren Bruder nicht hinrichten.«

Manas zerrt Brac aus dem Wagen und stößt ihn zu Boden. Brac landet reglos auf der Seite. Seine Handgelenke sind mit Schlangenwurzel gefesselt. Mein Herz krampft sich zusammen.

»Meine Späher haben ihn vor der Palastmauer entdeckt. Er

hat versucht, eine Palme anzuzünden. Amüsant, nicht? Ihr habt geglaubt, er wäre mein Gefangener, als er das gar nicht war, umso überraschender ist das hier jetzt.« Ich beiße die Zähne zusammen, um nicht zu antworten. »Öffnet das Tor, und Ihr könnt ihn haben.«

Hastin klettert die Leiter bis zum Mauerrand hinauf und blickt Udug finster an. »General Naik ist nicht in der Position, um zu verhandeln.«

Manas schnaubt in Richtung des Warlords bei der Erwähnung meines Rangs. Ich würde seine Wut genießen, wenn Brac nicht wäre, der gefesselt und bewusstlos zu seinen Füßen liegt.

»Wollt Ihr Blutvergießen?« Udug lässt sein gespenstisches blaues Licht in seine Hände strömen. »Ihr werdet die Schlacht verlieren.« Er macht seiner Armee Zeichen. »Bogenschützen bereithalten!«

Hastin instruiert seine Rebellen. »Luftwesen, macht den Himmel bereit! Erdwesen, übernehmt die Erde!«

Brac ist so nah, und doch kann ich nicht zu ihm gelangen. Wie schaffe ich das nur? Die Bogenschützen entzünden ihre Pfeile und zielen damit auf die tosenden Sturmwolken.

»Duckt euch!«, rufe ich meinen Truppen zu.

Manas ruft: »Feuer!«

Pfeile fliegen auf uns zu. Ich schlinge meinen Arm um Asha und ziehe sie herunter. Luftwesen beschwören Winde herauf, die einen Teil der brennenden Pfeile zurückschleudern. Die anderen treffen auf Steine und prallen ab. Natesa und Yatin ducken sich neben uns. Ein Pfeil ist knapp an Yatins Bein vorbeigeflogen. Zwei Kriegerschwestern werden getroffen.

Als keine Pfeile mehr durch die Luft surren, spähe ich über die Mauer. Brac hat sich nicht gerührt. Soldaten schleppen Rampen herbei und lehnen sie an die Mauer. Winde der Luftwesen schleudern die Rampen in die Wolken. Doch weitere

Soldaten bringen neue Rampen und stemmen sich mit ihnen gegen den Sturm.

Udug schleudert sein blaues Feuer gegen das verbarrikadierte Tor. Hastin und mehrere Erdwesen verstärken die Lehmziegel von ihrer Seite, doch von außen brennt das blaue Feuer ein Loch hinein. Das ist meine Gelegenheit, während der Herr des Nichts abgelenkt ist.

»Natesa«, sage ich, und sie richtet ihre Aufmerksamkeit auf mich, »du hast jetzt das Sagen. Aber denk daran: Greift nicht Udug an, nur die Soldaten.«

Ich springe über die Mauer auf eine Rampe. Ich stauche mir die Knie und rolle die Schräge hinunter. Ich stemme mich hoch, und jemand holt mit einem Talwar nach mir aus. Ich wirble herum und richte meinen Khanda auf Manas.

»Du bist der General von wem?«, will er wissen. »Von diesen Frauen?«

»Kriegerschwestern«, korrigiere ich ihn und wehre seinen Hieb ab. Blitze fahren hinter mir herunter, und die Luft knistert. Männer schreien. Ein Katapult wurde von einem Blitz getroffen. »Ihr dient dem falschen Herrn. Geh mir aus dem Weg, Manas.«

»Damit du deinen dreckigen Bhuta-Bruder retten kannst?« Er stößt mir mit dem Ellbogen in die Seite, und ich werde zurückgeschleudert. Unsere Klingen sind aufeinander gerichtet. »Sobald der Rajah seinen Palast zurückerobert hat, werde ich deinen Bruder in den Kerker werfen und ihn täglich zur Ader lassen. Ich werde ihn wieder und wieder schneiden.« Manas schwingt seinen Talwar, und unsere Waffen schlagen klirrend aneinander. »Er wird darum betteln, dass ich ihn töte.«

»Du hast genug Bhutas verletzt.« Ich werfe mich zu Boden, treffe sein gebeugtes Knie, rolle herum und bohre ihm meinen Khanda in die Brust. »Möge Anu deiner Seele gnädig sein.«

Manas zuckt einmal und kippt dann um. Ich ziehe mein Schwert aus seiner Brust. Die Soldaten hinter mir lehnen Rampen an die Mauer und erklimmen sie. Ein Beben rüttelt sie durch, und die Rampen fallen zu Boden.

Hagelkörner von der Größe meiner Faust prasseln herab und treffen die Vorhut der Truppen. Männer retten sich unter Wagen oder Katapulte. Der herabdonnernde Hagel zerbeult den Rahmen der Katapulte und zerstört die Federn, macht sie unbrauchbar.

Ich stürze zu Brac und zerschneide die Schlangenwurzel, mit der seine Handgelenke gefesselt sind. Er schlägt in dem Moment die Augen auf, in dem er von dem Gift befreit ist, und stöhnt. Die feindlichen Bogenschützen schießen weitere surrende, brennende Pfeile ab. Plötzlich einsetzender Regen und Wind schickt die meisten zurück über die Mauer in unsere Richtung. Brac schleudert einen Feuerschwall und verbrennt sie. Asche regnet herab und wird in dem Wolkenbruch zu schwarzer Schmiere.

Mein Bruder legt sich die Hand auf die Brust. »Bei den Göttern, es tut so gut, etwas zu verbrennen.«

Ich gebe ihm einen Klaps auf die Schulter und ziehe ihn hoch. »Eine brennende Palme?«

»Es war eine gute Idee. Sie hätte auch funktioniert, wenn mich die Späher nicht erwischt hätten.«

Hinter uns reißt ein Beben einen Krater in den Boden. Mehrere Reihen Bogenschützen stürzen hinein. Hinter ihnen bilden sich auf der Straße leichte Verwerfungen. Die Pferde der Kavallerie erschrecken, bäumen sich auf und gehen durch, wobei sie ihre Reiter abwerfen. Viele werden von den fliehenden Pferden niedergetrampelt.

Brac hebt einen fallen gelassenen Schild auf. »Zeit, sich aus dem Staub zu machen.«

Wir rennen zur schützenden Mauer. Über uns auf der Mauer kämpfen die Kriegerschwestern, Sturm und Hagel behindern meine Sicht. Udug hat einen Tunnel durch die verstärkte Ziegelwand gebrannt und schleudert sein unnatürliches Feuer auf die letzte Verteidigungsstellung: das Tor. Die Gitterstäbe verbiegen sich und schmelzen. Er breitet triumphierend die Arme aus und geht durch das riesige qualmende Loch. Er muss nur einen Fuß in den Palast setzen, und er wird frei sein von Ashwin und dessen Herzenswunsch.

Wasserwesen erwarten ihn auf der anderen Seite. Sie ziehen Wasserströme aus den bereitstehenden Fässern und zielen damit auf den Herrn des Nichts. Über seinem Kopf lassen sie das Wasser verharren, verwandeln sie die Ströme in spitze Eiszapfen, die auf ihn herabregnen. Das dolchförmige Eis dringt in Udugs Rücken und den Erdboden um ihn herum.

Er reißt einen Eiszapfen aus seinem Arm und wirft ihn beiseite. Sein kaltes Feuer lässt die anderen Zapfen schmelzen. Aus seinen punktförmigen Wunden sickert teerartiges Blut. Doch eine nach der anderen hören sie auf zu bluten und verheilen.

»Eure Kräfte können mir nichts anhaben«, sagt Udug. »Das Seelenfeuer der Bhutas, das ich aufgenommen habe, schützt mich vor Eurer Abwehr.«

Mögen die Götter uns gnädig sein.

Ein weiterer Wolkenbruch entlädt sich direkt über uns. Brac und ich schlüpfen durch das Palasttor, um dem niederprasselnden Hagel zu entkommen.

Die Rebellen hinter dem Tor richten verheerende Verwüstungen an. Wasserwesen schießen Wasserstrahlen aus den Fässern auf die Soldaten und ertränken sie, indem sie es in ihre Münder und Nasen strömen lassen. Männer werden über die Mauer geschleudert und von Luftwesen in die Dunkelheit geschleudert. Ich entdeckte Opal unter ihnen, die einem Soldaten die Luft aussaugt, der ihr zu nahe gekommen ist. Erdwesen benutzen Ziegel und Steine, um ihren Gegnern den Schädel einzuschlagen. Trotz der grausamen Verluste strömen immer mehr Soldaten der Armee auf das Palastgelände.

Der letzte Rest der leichten Kavallerie stürmt heran, einer der Reiter schlägt mit seiner Peitsche nach Brac. Der geflochtene Strang mit drei Kugeln daran wickelt sich um seine Beine und bringt ihn zu Fall.

Obwohl seine Arme und Hände frei sind, liegt Brac reglos auf der Seite. Ich schneide die Schnur durch und kappe somit die Verbindung zum Reiter. Während der Soldat nach seinem Khanda greift, schwinge ich meine Klinge und hole ihn vom Pferd.

Ich gehe zu Brac und befreie ihn von seiner Fessel. Aus der Nähe erkenne ich, dass der Peitschenstrang nicht aus Leder, sondern aus den Ranken der giftigen Schlangenwurzel geflochten ist. Die Soldaten haben sich eine Waffe erschaffen, die Bhuta-Kräfte neutralisieren kann. Alle Reiter haben eine solche Peitsche.

»Sohn eines Skorpions«, flucht Brac, als er das letzte Stück der lähmenden Schnur abschüttelt.

Ich helfe ihm hoch. »Halt dich von den Reitern fern.«

»Das musst du mir nicht sagen.« Brac schickt Feuer in seine Finger. Seine Fähigkeiten sind zurückgekehrt, und er schleudert eine orangefarbene Flamme auf einen Reiter.

Oben auf der Mauer halten die Kriegerschwestern die Stellung, aber ich kann Yatin oder Natesa im Getümmel nirgends entdecken. Leichen bedecken den Boden, genauso viele Armeesoldaten wie Ranis. Ich erkenne niemanden, doch dieser Verlust von Leben macht mich krank.

Der Boden unter uns bebt. Brac und ich gehen in die Hocke,

um das wellenartige Beben zu überstehen. Quer durch den Innenhof öffnet sich eine Kluft im Boden zwischen Hastin und Udug. Eine Handvoll unglückseliger Soldaten stürzt hinein, ihre Schreie verhallen in der Tiefe. Der Warlord lässt den Abgrund breiter werden, entzieht so dem Dämon die Zugriffsmöglichkeit auf den Palast. Wir sind auf der Seite des Warlords gelandet.

Udug macht einen Schritt, bleibt am Rand des Abgrunds stehen. »Ihr Bhutas glaubt, ihr beherrscht die Natur.« Er bildet zwei brennende Bälle und wirft einen nach links und einen nach rechts. Sie schießen durch die Reihen der Rebellen hindurch und machen den Weg frei für Udugs Truppen.

Seine Soldaten marschieren über Rampen durch das Tor. Luftwesen schleudern ihnen Sturmböen entgegen. Einige der Böen reißen die Rampen empor und schleudern die Männer hoch in den Himmel. Doch es sind zu viele Soldaten und Rampen, um sie alle zu stoppen. Eine Einheit erreicht den Abgrund, legt ihre Rampen darüber und bildet eine Brücke zur anderen Seite.

Udug ist über eine der Rampen auf die andere Seite gelangt, als ein weiteres Beben die provisorische Brücke zum Einsturz bringt.

»Wir müssen auch hinüber!«, sagt Brac.

Die Luftwesen, die die Soldaten herumschleudern, bringen mich auf eine Idee. Ich packe eine Rampe und schleppe sie zu Opal. »Bring mich mit einer Windbö hinüber auf die andere Seite.«

»Deven, das ist gefährlich!«

»Udug ist bereits dort. Tu's!«

Brac schleudert einen Feuerschwall auf einen Soldaten hinter mir, und der Mann rennt schreiend und in Flammen gehüllt davon. »Bring mich auch hinüber«, sagt Brac.

Opal sieht zu Udug auf der Palastseite und lässt sich zu unserem Irrsinn breitschlagen. »Na schön. Dreht euch um und haltet die Luft an.«

Brac und ich schauen hinüber auf die andere Seite und halten die Rampe vor uns.

»Ich hoffe, du weißt, was du tust«, sagt er.

»Und ob.« *Denke ich.*

»Auf drei«, sagt Opal. Brac und ich halten die Luft an. »Eins, zwei …!«

Windböen peitschen uns. Die Rampe, an der wir uns festhalten, dient als Segel und trägt uns über die Kluft. Ich begehe den Fehler, in die Tiefe zu schauen, doch wir fliegen über die gesamte Breite. Als wir auf der anderen Seite ankommen, lassen wir die Rampe los, fallen auf den Boden und rollen uns ab.

Brac neben mir steht auf. Er hat seinen Schild mitgenommen, und ich habe noch immer mein Schwert.

Die Rebellen halten vor dem Palast die Stellung und bekämpfen die Truppen der Armee, die angegriffen hatten, bevor sich der Spalt auftat. Die Soldaten heulen auf, als die Rebellen ihren Gegnern die Lungen verschließen, sie ausdörren oder ihre Knochen zermalmen. Wir beteiligen uns an der Schlacht, Brac mit seinem Feuer und ich mit meinem Schwert.

Hastin und Anjali verteidigen den Palasteingang. Udug attackiert sie mit seinen Kräften. Seine Flammen verbrennen Anjali am Arm, und sie zieht sich zurück. Hastin stellt sich vor seine Tochter und schleudert Ziegel- und Pflastersteine auf den Dämon, der diese zu Asche werden lässt.

Udug kommt Hastin immer näher, bis sie sich direkt gegenüberstehen. Hastin packt Udug an der Kehle, um seine Knochen zu zermalmen. Doch dieser Hautkontakt hat für ihn böse Folgen. Denn Udug schickt seine Kräfte in ihn hinein, und der Warlord erstrahlt in blauem Licht. Anjali schreit vor Zorn auf, doch ist sie so schwer verwundet, dass sie den Herrn des Nichts nicht angreifen kann.

Der Palasteingang liegt jetzt offen vor ihm.

Ich schlage einen Soldaten nieder und rufe Brac. Er wirbelt herum, sieht, dass Udug sich anschickt, den Palast zu betreten, und schleudert im hohen Bogen einen Feuerschwall auf dessen Rücken.

Udug zieht die Schultern hoch, um den Schwall abzufangen, wirbelt herum und erwidert das Feuer. Brac duckt sich hinter sein Schild, doch die Druckwelle schleudert ihn zurück über den Abgrund. Opal dämpft seinen Sturz mit einer geschickt platzierten Windböe. Sein Schild schützt ihn, doch er ist jetzt erneut auf der falschen Seite der Kluft.

Weniger als fünfzig Schritt, und Udug wird den Palast betreten.

Ich stelle mich ihm eilig in den Weg und blockiere den Eingang. Ich stemme die Beine in den Boden und hebe meinen Khanda. Ich sollte wegrennen, mich verstecken, den Kopf einziehen. Ich sollte mich für meine Dummheit entschuldigen und um unser aller Leben betteln. Aber ich war mir noch nie so sicher, dass dies mein Weg ist.

Udug tritt mit glühenden Händen vor mich hin. »Ihr seid kein Sieger, General. Ihr werdet schnell vergessen sein. Eine Beilage. Ein Nachgedanke.« In seinen Pupillen tanzen blaue Flammen. »Ihr seid Asche im Wind.«

Sein Feuer trifft mich hart. Ich fliege nach hinten in den Palast, schliddere über den Marmorfußboden und pralle gegen die unterste Treppenstufe. Durchdringender Schmerz breitet sich auf meiner Haut aus und brennt in meinen Adern.

Prinz Ashwin kniet sich neben mich. Hinter ihm betritt Kali, die Astrallicht abstrahlt, die Haupthalle. Und dann wird alles schwarz.

KAPITEL 29

KALINDA

Devens Kopf fällt zur Seite. Rauch steigt von seiner Brust auf, der widerliche Geruch von verbranntem Fleisch dreht mir den Magen um. Udugs Feuer hat sich durch seine Uniformjacke bis zu seiner Haut gefressen. Sein Fleisch ist verschmort und versengt. Das Bedürfnis, zu ihm zu eilen, ist übermächtig, aber Udug nähert sich der Schwelle. *Bitte, Anu, lass Deven nicht sterben,* bete ich, gehe zum Palasttor und überlasse es Ashwin, sich um Deven zu kümmern.

»Kommt ja nicht näher«, rufe ich Udug zu.

»Liebste Kalinda«, schnurrt er, »wie gefällt dir das kalte Feuer, mit dem ich dich beschenkt habe?«

»Euer Gift ist mir egal. Nehmt es zurück.«

Sein höhnisches Lächeln trifft meine wunden Punkte. »Ich habe vom Samiya-Tempel gehört. Ich bewundere Eure Dreistigkeit. Nur wenige Sterbliche würden es wagen, eines der Heiligtümer der Götter abzufackeln. Gebt zu, dass Ihr in die Dunkelheit gehört.«

»Nein, Udug. Ich gehöre genau hierher.«

Hinter ihm, neben einem der Wassergräben des Palastes, schlägt Yatin einen Soldaten nieder. Kriegerschwestern kämpfen gegen weitere Truppen der Armee, der Ansturm beschränkt sich auf die uns gegenüberliegende Seite des Erdspalts. Unsere Seite ist von Toten übersät.

Udug macht einen Schritt zur Seite, sein arrogantes Lächeln bohrt sich mir wie Nadelstiche in die Haut. Er will mich mit seiner Ähnlichkeit mit Tarek verunsichern, aber mein Herz ist frei. »Du hast nur so lange überleben können, weil du dich an einem anderen Seelenfeuer gelabt hast«, sagt er. »War es köstlich? Hast du die Wärme genossen?«

»Ich bin nicht wie Ihr.« Ich rufe meine Kräfte auf, und meine Hände glühen von Sekunde zu Sekunde grüner.

Er starrt auf das Blut, das von meinen Handgelenken tropft. »Du kannst dein wahres Ich nicht ausbluten lassen. Der Dämonenanteil in dir ist zu stark.«

Udug trifft mich mit einem Schwall kaltem Feuer. Ich verteidige mich mit meinen grün schimmernden Händen. Seine Kräfte schleudern mich rückwärts, und meine Füße schliddern über den Boden. Die Flammen verschwinden, und ich bleibe stehen. Udug ist direkt vor mir. Er packt mich am Kinn, und seine Finger bohren sich wie Eiszapfen hinein, und ich atme seine Kräfte durch Nase und Mund ein. Das eisige Gift bahnt sich seinen Weg in mich hinein und erweckt die Giftstoffe, die mein Aderlass reduziert hat, zu neuem Leben.

»Nichts stärkt einen Dämon mehr als Bhuta-Seelenfeuer«, sagt Udug schmachtend. »Den Palast zu betreten ist reine Formalität. Ich habe genügend Kräfte aufgenommen, um jede Armee der Welt zu überdauern. Nichts in deinem Reich kann mir etwas anhaben. Die ewige Dunkelheit kommt, Kalinda. Du kannst uns nicht aufhalten, aber du kannst dich uns anschließen.«

Udug lässt los. Ich falle ausgestreckt vor seine Füße. Seine Kräfte kehren mit doppelter Wucht zurück, unersättlich in ihrer Gier. Das Feuer umschließt mein Herz, bohrt sich wie eisige Scherben in meine Muskeln und macht meine Knochen brüchig. Ich verkrampfe und winde mich, treibe wie in rauer See.

Er steigt über mich hinweg. Sobald er den Palast betritt, wird der Herzenswunsch des Prinzen erfüllt, und die blauen Flammen in mir werden besiegt sein. Mein Seelenfeuer wird kollabieren, ein zerstörter Stern, und wohin Udug geht, werde ich mit ihm gehen.

Vielleicht gehöre ich zu ihm. Sein Gift könnte nicht in mir überleben, wäre ich nicht zum Teil ein Monster. Vielleicht sollte ich mich ihm ergeben, damit er diesen Ort verlässt.

Ich beiße vor Schmerz die Zähne zusammen. »Nehmt mich mit. Beendet nur die Schmerzen.«

Udug betrachtet mich, sieht mich zucken. »Wünschst du dir, dem Gott der ewigen Dunkelheit zu dienen?«

»Ja«, keuche ich. »Bitte, befreit mich von Euren Kräften, und ich werde mit Euch gehen.«

Er kommt langsam zurück, zieht mein Leiden in die Länge und beugt sich über mich. »Ich werde dich von meinen Kräften befreien, aber zuerst musst du der ewigen Dunkelheit deine Treue schwören. Schwörst du, Kur in allem zu gehorchen?«

Ich blicke durch den Raum zu Deven. Mit Udug zu gehen würde bedeuten, ihn nie wiederzusehen. Deven ist zu gut für das Nichts. Anu wird ihn nach seinem Tod ins Jenseits schicken. Ich verstehe jetzt, weshalb wir es so nennen. Das Jenseits ist außerhalb menschlicher Reichweite – und außerhalb der Reichweite des Nichts. Dunkelheit kann im Licht nicht bestehen. Ich kann letztendlich nur zum einen oder zum anderen gehören. Und ich weiß, welchem Gott ich diene.

»Nein.« Ich greife nach dem abscheulichen kalten Feuer in mir, lenke es in meine Hände – und schleudere es auf ihn. Meine saphirblauen Flammen treffen Udug am Oberkörper. Er stolpert rückwärts mit versengten Schultern.

Nichts in *unseren* Gefilden kann ihm etwas anhaben.

Ich schleudere immer mehr Saphirfeuer auf ihn. Er wirft mir seines entgegen, doch ich rolle zur Seite. Meines trifft ihn mitten am Oberkörper. Er wird zurückgeschleudert durch die Palasttür und landet im Eingang, wobei er sich an seine verkohlte Brust fasst.

Das blaue Licht in seinen Händen wird schwächer. Ich stehe über ihm mit saphirfarben glühenden Fingern.

»Dunkelheit, kehre zu mir zurück«, befiehlt er mir.

Seine Kräfte verlieren schlagartig ihre Wirkung und verschwinden, so als würden sie sich Knochen für Knochen von meinem Skelett lösen. Ich richte mich mühsam auf Knien auf, und mir ist schwindlig. Udugs kaltes Feuer strömt aus meiner Nase und meinem Mund und verflüchtigt sich wie Dampf. Die Dämpfe verziehen sich, bis mich auch der letzte Rest des kalten Feuers verlassen hat.

Ich krümme mich zusammen, zitternd und schwach, als wäre ich vom Himmel gefallen. Udug hebt seine Hand, wie um seine wirkungslosen Kräfte auf mich zu schleudern, doch er zögert und erschlafft. Tareks leerer Blick starrt ins Nichts. Nach Schwefel riechender Rauch steigt sich kräuselnd von seinen Lippen auf.

Udug hat seine Kräfte von mir abgezogen, um sich selbst zu retten, doch er war bereits zu schwer verwundet, um zu überleben.

Wärme durchströmt mich, entzündet mein Seelenfeuer aufs Neue und stattet mich erneut mit Bhuta-Kräften aus. Ich muss die Augen nicht schließen, um meinen inneren Stern zu suchen. Ich habe so lange in der Dunkelheit gelebt, dass ich das Licht auch so erkenne.

Gegenüber vom Eingang kniet Ashwin neben Deven. Ich schleppe mich zu ihm hinüber, doch auf halbem Weg zeigt Ashwin auf mich und flüstert meinen Namen.

Tareks Leichnam verströmt blaues Licht. Die Intensität des azurblauen Lichts nimmt zu, bis es mir in den Augen wehtut. Ich halte schützend die Hand vor die Augen, und als ich wieder hinschaue, zerfällt Tareks Leichnam.

Ein schorfiger bleicher Dämon mit extrem dicken Adern, fledermausartigen Fängen und irr blickenden Augen windet sich aus der Hülle. Die Haut des Dämons ist so durchscheinend, dass ich sein schlagendes Herz sehen kann. Seine stacheligen, transparenten Flügel entfalten sich, schleimig und von teerhaltigen Adern durchzogen.

Udugs wahre Gestalt wächst an, bis er größer ist als alle Menschen, die ich kenne. Die bei unserem Kampf entstandenen Brandstellen haben einen seiner Flügel versengt.

Er legt seinen Kopf zurück und stößt einen schrillen Schrei aus. Ein eisiger Schauer überläuft mich. Sein jenseitiger Schrei dringt bis zum Schlachtfeld, und beide Seiten halten inne. Udug entblößt seine gelb verfärbten Fangzähne und schlägt mit seinen dornigen Flügeln. Er steigt in der Rotunde auf, wobei ihn sein verwundeter Flügel seltsam schwerfällig erscheinen lässt. Schließlich stößt er herab und schießt durch die Tür hindurch. Die Soldaten und Kriegerschwestern schreien auf und hechten aus seiner Flugbahn. Der Dämon steigt auf und fliegt über die Mauer und die Stadt.

Gemi kommt aus einem der Flure herbei. Ashwin hatte sie dazu überredet, sich nach unserer Ankunft zu verstecken. »Der Dämon kann *fliegen?*«, sagt sie.

Deven stöhnt. »Kali?«

Ich krieche zu ihm und berühre seine Brust. Seine Brandverletzungen sind verheilt. Seine Kleidung ist versengt, doch seine Haut ist glatt und unbeschädigt. »Wie das?«, hauche ich.

»Ich weiß es nicht.« Deven breitet einladend einen Arm aus. Ich lege mich neben ihn und streichle sein bärtiges Kinn.

Ashwin schaut weg. »Hinterfragt nicht ein Gnadengeschenk der Götter.«

Brac kommt hereinspaziert, seine Hose ist von Brandflecken übersät. »Ich habe Udug über der Wüste aus den Augen verloren.«

»Ich dachte, er wäre tot«, sagt Gemi.

»Er kann nicht getötet werden«, erwidert Ashwin nüchtern, »nur besiegt.«

Vor dem Palast hat das Blutvergießen aufgehört. Als Udug wegflog, wurde der falsche Rajah demaskiert. Ich höre, wie Natesa der Armee zuruft, die Waffen niederzulegen, und den Rebellen, ihre Kräfte im Zaum zu halten. Doch der Frieden kommt zu spät. Leichen übersäen den Innenhof. Verluste hat nur unsere Seite erlitten. Die Menschheit.

»Was jetzt?«, frage ich und lege meine Wange an Devens Schulter.

»Udug ist verletzt. Du hast ihn gesehen. Er konnte kaum von hier wegfliegen. Morgen überlegen wir, wie wir ihn am besten verfolgen. Jetzt stehen wir erst einmal von dem harten Boden auf.«

»In einer Minute.« Ich schmiege mich in seine Halsbeuge, und zum ersten Mal seit langer Zeit ist mir warm.

Morgenlicht fällt durch die offen stehende Balkontür in mein Zimmer. Ich strecke meine Beine bis zum Ende meines Himmelbetts aus, dem Sonnenschein entgegen. Aus dem Garten dringen Geräusche herauf, dort wird bereits eifrig gearbeitet. Gestern Abend hat Gemi den Krater auf dem Palastgelände geschlossen, und Brac hat die besiegten Rebellen in den Kerker gesteckt. Die meisten hatten sich im Kampf völlig verausgabt, was sie daran gehindert hat, sich zu wehren oder zu fliehen. Anjali eingeschlossen hat nur knapp die Hälfte überlebt.

Ashwin befahl Deven und mir, uns auszuruhen, und kümmerte sich dann um die Toten und überwachte die Versorgung der Verwundeten. Obwohl ich gern noch mit den Ranis und Kurtisanen gesprochen hätte, war ich doch froh, den Kampfplatz zu verlassen. Bis gestern wusste keine meiner Freundinnen im Palast, dass ich ein Feuerwesen bin. Wir haben eine Menge Arbeit vor uns, unser Volk bezüglich der Bhutas eines Besseren zu belehren.

Deven reibt seinen Fuß an meiner Fußsohle, was kitzelt. Ich stupse ihn mit dem Zeh, damit er aufhört.

»Wir sollten aufstehen«, sage ich, ein Vorschlag, der mehr einem Pflichtgefühl als einem ehrlichen Wunsch geschuldet ist.

Deven schlingt seine Arme um mich und zieht mich an sich. »Noch nicht«, murmelt er schläfrig.

Nachdem wir uns gestern mühsam aufgerappelt hatten, haben wir uns in mein früheres Schlafgemach zurückgezogen und sind vor Erschöpfung sofort eingeschlafen. Ich erinnere mich kaum, wie ich den riesigen Berg Satinkissen vom Bett geschubst habe und neben Deven hingesunken bin.

Als ich an gestern Abend denke, erinnere ich mich an die ersten Opferzahlen – einundzwanzig Ranis und neunundvierzig Kurtisanen. Wir müssen noch die Soldaten zählen, obwohl die Gesamtzahl der Vermissten und Toten auf mehrere Tausend geschätzt wird. Deven hat mich über Rohans Hinscheiden informiert. Im Gegenzug erzählte ich ihm von der Zerstörung des Samiya-Tempels. Die Trauer um alle, die ihr Leben gelassen haben, kehrt zurück, doch ein paar der gestrigen Ereignisse sind noch unklar.

»Wie hast du Hastin davon überzeugen können, sich mit den Kriegerschwestern zusammenzutun?«

Deven zeichnet Kreise auf meinem Arm. »Mir wurde klar, dass du recht hattest, und ich sagte ihm, dass wir uns zusammenschließen müssten. Ich habe vor den Ranis und Kurtisanen sogar eine Ansprache über deine Ergebenheit gehalten.«

Ich lege die Hand auf seine Brust und spreize die Finger. Ich genieße das leichte Flackern seines Seelenfeuers. »Wirklich?«

»Es war sehr schmeichelhaft.«

»Verrätst du mir, was du gesagt hast?«

Er lacht leise, ein tiefer voller Klang. »Wo bleibt deine Bescheidenheit?«

»Wenn es darum geht, dich zu loben, gibt es keine.« Ich lege meinen Kopf unter sein Kinn und schwinge mein Bein über seins, mein Knie auf seinem Oberschenkel. Devens Sandelholzgeruch durchdringt meine Kleidung und die Bettwäsche.

»Ich habe ihnen gesagt, dass du tun wirst, was für das Reich am besten ist«, sagt er mit belegter Stimme.

Ich lasse meine Finger unter den Halsausschnitt seiner Tunika gleiten, um ihm näher zu sein. »Ashwin wird tun, was das Beste ist. Unser Volk muss auf ihn als Herrscher setzen.«

Deven hört damit auf, Kreise auf meinen Arm zu zeichnen. »Seid ihr euch noch immer … nah?«

»Nein, jedenfalls nicht auf diese Weise. Was du gesehen hast, war nicht real. Ashwin hat mich in seinen Herzenswunsch mit einbezogen. In seinem Idealreich hat er sich mich an seiner Seite vorgestellt. Seine Vision hat mich vor Schaden bewahrt, mich aber auch zu ihm hingezogen.«

Devens Stimme wird zu einem frustrieren Knurren: »Er hat dich manipuliert, damit du dich ihm näherst?«

Ich erkläre das nicht richtig. »Keiner von uns wusste, dass sein Herzenswunsch so viel Macht besaß. Ich fand es in Samiya heraus, und selbst Ashwin hatte keine Ahnung. Ich hätte es dir erzählt, hätte ich es gewusst.« Ich zwinge mich, die Frage zu stellen, vor der ich mich seit unserem Streit in Lestari fürchte. »Hast du wirklich geglaubt oder glaubst du immer noch, dass ich Ashwin dir vorziehen würde?«

»Ich stelle mir lieber vor, dass deine Entscheidung zwischen mir und deinem Thron fällt, und nicht zwischen ihm und mir.«

Ich ziehe die Nase kraus. »Ich habe meinen Thron nie begehrt.«

»Aber du brauchst ihn, um die Veränderungen durchzusetzen, die du dem Reich gern angedeihen lassen möchtest.« Seine Antwort klingt zu gelassen, um ihm seine Objektivität abzunehmen. Immer, wenn ihm etwas wichtig ist, tut Deven so, als wäre es das nicht.

Ich lege mein Kinn auf seine Brust und blicke zu ihm hinauf. »Es tut mir leid, dass ich dir wehgetan habe. Ich dachte nicht, dass du im Zorn abreisen würdest.«

»Und ich dachte nicht, dass du dich nicht verabschieden würdest.«

»Ich habe es versucht.«

Seine Selbstbeherrschung bekommt Risse. »Tatsächlich?«

»Du warst bereits in der Luft. Dann ist Mathura gekommen …« Ich hatte nicht die Absicht, über seine Mutter zu sprechen. Ich lege meine Wange wieder auf seine Brust, doch Deven ist neugierig.

»Was hat meine Mutter gesagt, Kali?«

Ich entscheide mich dagegen, ihm zu erzählen, dass Mathura unsere Verbundenheit missbilligt, und fasse stattdessen ihre Meinung über mich zusammen. »Sie denkt, es ist dumm von mir, nicht für den Rest meines Lebens eine Rani sein zu wollen.«

»Meine Mutter hat im Palast andere Erfahrungen gemacht

als du. Sie wurde nicht … geschätzt wie du und die anderen Ranis. Eine Rani zu werden war für sie das Beste, was sich eine Kurtisane erträumen konnte. Aber sie glaubt an dich, Kali. Und sie hat recht. Du bist die Rani, die das Volk braucht.« Deven führt meine Hand zu seinen Lippen und küsst das Symbol der Kindred. »Aber du bist nicht so dumm, dir mehr zu erhoffen. Du hast ein Recht auf deine eigenen Träume. Deshalb bin ich abgereist, ohne mich zu verabschieden. Ich war wütend, aber ich wollte auch, dass du dich entscheidest.« Sein Herz pocht gegen meine Brust. »Ehrlich gesagt, dachte ich, du würdest dich für Ashwin entscheiden – äh, für deinen Thron.«

»Ashwin ist wie Familie, aber ich habe mich in dich verliebt, bevor ich eine Rani wurde.« Ich lege eine Hand auf seinen flachen Bauch. »Der Tag wird kommen, an dem Ashwin seine eigenen Frauen ehelichen wird, und ich werde als Kindred des Reiches zurücktreten.«

Deven streicht mir das Haar von den Schultern. »Und dann?«

»Und dann … will ich eine Zukunft mit dir haben.«

Er rutscht im Bett ein wenig herunter, bis wir auf Augenhöhe sind, und streichelt meine Hüfte. Das kitzelt meine Nerven, die überempfindlich auf jede noch so leichte Berührung reagieren. Sein Bart streift mein Kinn, seine Lippen sind nur eine leichte Neigung des Kopfs entfernt. »Wir haben den gleichen Traum.«

Er wirft die sonnenbeschienene Decke über uns. Darunter schmiege ich mich an ihn, und er küsst mich, bis unsere Glieder beben und meine Haut nach mehr verlangt. Seidige Laken, feuchte Lippen und verlangende Hände überwältigen meine Sinne. Wir erkunden einander auf eine Weise, wie es uns nie erlaubt war und wir es nicht gewagt hatten. Ängste zähmen unser Verlangen nicht mehr. Wir machen unsere Träume wahr, fliegen zu grenzenlosen Höhen erfüllter Wünsche.

Deven versucht wegzurücken, doch ich ziehe ihn an mich. »Geh noch nicht«, flüstere ich.

Er küsst mich lange und langsam, lässt mich auf meinen Kissen zerfließen, und setzt sich dann auf, schlüpft in seine Hosen und seine weiße Tunika. Die weiten Ärmel bedecken seine Handgelenke, und der weite Halsausschnitt enthüllt die Verletzungen an seiner Brust.

Er blickt sich nach mir um. »Es ist schwer, dich zu verlassen.«

Ich packe ihn an den Haaren und ziehe seine Lippen auf meine. Als ich loslasse, steht Verlangen in seinen Augen, und ich weiß, ich kann ihn erneut zu mir unter die Decke locken.

Die Tür, die auf den Flur führt, wird aufgerissen. Ein Kichern breitet sich im Raum aus, und Shyla, Eshana und Parisa legen sich zu uns, tummeln sich mit uns. Asha folgt ihnen mit einem Tablett mit Speisen. Sie trägt einen Verband um ihre Hand. Die Ranis weisen diverse Schnittwunden und Prellungen auf. Parisas gebrochene Rippen sind die schwerste Verletzung. Unter ihrem Sari trägt sie einen Verband um den Oberkörper. Mir entgeht nicht, welche Gnade es ist, dass wir alle überlebt haben.

»Guten Morgen, meine Damen«, sagte Deven ein wenig zu strahlend für meinen Geschmack.

Parisa nimmt Devens lose sitzende Tunika in Augenschein. »Meint Ihr nicht eher guten Nachmittag? Die Kindred hat Euch wohl ziemlich beschäftigt.«

»Tatsächlich war es umgekehrt.« Deven ärgert mich, indem er seinen Worten ein Zwinkern folgen lässt.

Eshana fächelt sich bei seinem anzüglichen Tonfall Luft zu. »Der Prinz ist auf der Suche nach Euch, und wir müssen Kalinda ein paar Dinge fragen.« Ihr direkter Blick ist Anstoß für Deven, zu gehen.

»General Naik hat vergessen uns zu sagen, wie hübsch der Prinz ist«, fügt Parisa hinzu.

»Und wie freundlich«, sagt Shyla. Ihr Baby Rehan sitzt auf ihrem Schoß und saugt an einem der Finger ihrer verstümmelten linken Hand. »Er hat Rehan auf den Kopf geküsst, als er sie kennengelernt hat.«

»Entschuldigt.« Deven tippt mir zum Abschied auf die Nase. »Ich überlasse die Damen ihrer Unterhaltung.«

Ich richte mich auf und wickle die Decke um mich. »Soll ich dich begleiten, um festzustellen, was der Prinz braucht?« Ich bin nicht angekleidet, aber das geht schnell. Diese Frauen haben gerade erst erfahren, dass ich ein Feuerwesen bin. Ich bin gespannt, was sie dazu sagen.

Deven wirft mir eines der heruntergefallenen Kissen zu, und ich fange es. »Bleib und hab Spaß mit deinen Freundinnen.« Er zwinkert mir in dem Wissen zu, dass ich lieber mit ihm gehen würde. Deven verlässt das Zimmer, während Eshana und Parisa sich über Ashwins markantes Kinn unterhalten.

»Der Prinz ist noch attraktiver als Tarek, und – oh, Kindred.« Parisa nimmt meine Hand und schnalzt mit der Zunge. »Deine Nägel sind scheußlich!«

Eshana lässt ihre Finger über meine Locken gleiten. »Aber sie hat noch immer das schönste Haar von allen.«

»Vielleicht mag die Kindred ja aufstehen«, schlägt Asha vor und verschränkt die Arme vor der Brust.

»Sieht Asha nicht hübsch aus?«, bemerkt Shyla. »Wir hatten

viel freie Zeit, während wir im Tigerinnen-Pavillon festsaßen. Es hat ein wenig Überredung gebraucht, doch schließlich hat Asha den hässlichen Schleier abgenommen und uns ihre Nägel machen lassen. Sogar ihre Zehennägel sind lackiert!«

»Sie war schon immer wunderschön«, erwidere ich, und Asha wird so rot wie ihre Fingernägel.

»Du hättest uns ruhig sagen können, dass du ein Feuerwesen bist«, sagt Shyla, ihre Tonlage hat sich geändert.

Ich nehme Rehans kleine Hand in meine und meide ihre Blicke. »Ich hatte Angst, ihr würdet mich hassen.«

Eshana schlingt die Arme um mich, gefolgt von einer vorsichtigeren Parisa, die ihre schmerzenden Rippen schont. »Wir könnten dich niemals hassen, Kalinda«, sagt Eshana. »Dein Sieg beim Rangturnier hat dem Palast Frieden gebracht.« Und ich hatte geglaubt, ich hätte das Gegenteil getan. »Dein Sieg hat die Kurtisanen und Ranis zusammengebracht. Wir sind Kriegerschwestern, die jetzt Seite an Seite kämpfen anstatt gegeneinander.«

»Du bist unsere Kindred«, fügt Parisa hinzu. »Wir waren voller Sorge, als du uns verlassen hast.«

Ich hätte nie gedacht, dass sie mich vermissen würden. »Und ich habe mir Sorgen um euch gemacht.«

Shyla zieht Rehan fester an sich. »Asha hat die ganze Zeit gesagt, dass du zurückkehren würdest. Keiner von uns hat daran gezweifelt.«

Asha steht ein Stück von uns entfernt. Eshana streckt ihr den Arm entgegen, und Asha schließt sich unserer kollektiven Umarmung an. Zu sehen, wie die Frauen sie wie eine von uns behandeln, gibt mir die Hoffnung, dass Tarachand für Veränderungen bereit ist.

»Äh, Kalinda«, sagt Eshana und lässt mich los, »ich glaube, du bist nackt.«

Parisa gibt ihr einen leichten Klaps. »Als hättest du das nicht gewusst!«

»Hab ich nicht! Ich dachte, sie und der General wären …« Eshanas Erröten steht ihr gut. »Du meine Güte. Heißt das, du wirst Prinz Ashwin nicht ehelichen?«

Parisa wirft ein Kissen auf sie. »Ich wollte sie das gerade fragen!«

Ihr kleinliches Gezänk bringt die anderen zum Lachen.

»Ihr dürft dem Prinzen gern nachstellen.« Tatsächlich freue ich mich schon darauf mit anzusehen, wie Ashwin mit der lebhaften Parisa und der verführerischen Eshana klarkommt.

Ein rot-orangener Streifen flitzt an meinem Balkon vorbei. Ich schlüpfe in meinen Morgenrock und trete hinaus. Tinley und Chare landen im Garten. Die anderen Frauen eilen herbei, um die Mahati-Falkin zu sehen. Während sie Chare bestaunen, kleide ich mich an, wobei ich wie immer die Dolche meiner Mutter anlege. Dann eile ich hinunter in den Garten.

Hier duftet es nach den reifen Zitronen an den Bäumen. Ich ducke mich unter einem hindurch und gehe zu Tinley. »Ich dachte, du hättest Tarachand verlassen.«

»Das hatte ich.« Sie nimmt einen Schluck aus ihrer Wasserflasche, bevor sie weiterspricht. »Wir waren auf dem Weg zurück nach Paljor, als der Wind mir verriet, dass Udug entkommen sei. Chare und ich haben ihn durch die Wüste verfolgt. Er hat dort im Morgengrauen angehalten, um sich um seinen verletzten Flügel zu kümmern. Er wird tagsüber ausruhen und nachts seinen Flug fortsetzen.«

Meine gute Laune ist wie weggeblasen. »Ist Udug auf dem Weg zum Tor?«

»Das muss er wohl.« Tinley richtet ihre milchigen Augen auf den klaren Himmel. »Die Sonne war voll, als ich heute Morgen aufgewacht bin.«

Zuerst weiß ich nicht, was sie meint, doch als ich meine Augen schützend mit einer Hand beschirme und in die Sonne blicke, bemerke ich, dass ein Stück davon fehlt.

Ein Schatten verdeckt das überirdische Licht der Sonne. Die Verdunkelung ist nur leicht, doch während ich hinaufblicke, wird er größer und mein Schreck ebenfalls. Dämonenkräfte sind im Dunkeln stärker. Udug daran zu hindern, das Tor zu öffnen, wenn die Sonne vollkommen verfinstert ist, wird unmöglich sein.

Ashwin muss das gesehen und nach Deven gerufen haben. Die beiden schmieden wohl in diesem Augenblick einen Plan. Ashwin wird jede Hysterie vermeiden wollen, und Deven wird sämtliche unserer Mittel einsetzen, um Udug aufzuhalten.

Ich betrachte die Falkin, die eine Maus verspeist, die sie aus einem Busch gescheucht hat. »Könnte Chare schnell genug fliegen, um Udug auf dem Weg nach Samiya zu überholen?«

»Er hat einen Vorsprung, also wird es knapp. Du bist ohne mich früher dort.« Tinley tätschelt mit ihren langen Fingernägeln die Flanke der Falkin. »Chare ist schneller als jeder Wind, den ich herbeirufen kann, und mein zusätzliches Gewicht würde sie langsamer machen.«

»Du warst auf dem Weg nach Hause«, sage ich, als ich daran denke, was sie gesagt hat.

»Ja, das war ich.« Tinley wirft ihr silbernes Haar zurück, eine lässige Geste, die im Widerspruch zu dem Schmerz in ihrer Stimme steht. »Ehrlich gesagt vermisse ich es.«

Mein Blick wandert zu dem von der Schlacht beschädigten Palast. Löcher überziehen wie Pockennarben die Mauern und Dächer, doch das Gebäude ist intakt. Der Palast ist jetzt mein Zuhause. So viele Menschen, die ich liebe, sind hier. Und sie sind endlich frei. Ich muss Udug durch das Tor drängen und so besiegen.

»Alles, was du brauchst, ist in der Satteltasche.« Tinley hilft mir in den gewebten Sattel. Chare dreht den Kopf und zwinkert mir zu.

Ich packe eine Handvoll Federn an ihrem Hals, wie ich es bei ihrer Herrin gesehen habe. »Danke, Tinley. Bitte sag General Naik und Prinz Ashwin auf Wiedersehen von mir.«

»Ich bin sicher, das wird sie besänftigen«, bemerkt sie trocken. Tinley tritt zurück und pfeift durch die Zähne. »Chare, bring Kalinda nach Samiya. Zeig ihr, was es heißt, schneller zu sein als der Wind.«

Die Falkin öffnet ihre Flügel und erhebt sich in den Himmel. Mir wird flau, als wir über Vanhi aufsteigen. Ich werfe einen letzten Blick auf den Palast, als wir unsere Flughöhe erreicht haben, in Richtung Wüste abdrehen und der untergehenden Sonne davonfliegen.

KAPITEL 30

DEVEN

Ich treffe unerwartet Brac im oberen Flur abseits vom Haupteingang. Er versucht, zwei Ranis mit einer auf seiner Handfläche tanzenden Flamme zu beeindrucken. Ich klopfe ihm auf den Rücken. »Du musst mit zu Prinz Ashwin kommen, um mit ihm zu reden.«

Brac löscht die Flamme und schenkt den Frauen zum Abschied ein Lächeln. »Ich zeige Euch später, wie ich Feuer lösche«, sagt er. Völlig hingerissen blicken sie uns nach, als mein Bruder und ich die Treppe hinuntergehen.

»Diese Frauen wissen, dass du ein Feuerwesen bist, und sie haben keine Angst vor dir?«, frage ich.

Brac stößt ein lautes Lachen aus. »Seltsam, nicht? Ich habe mein Leben lang verborgen, dass ich zu den gefährlichsten Bhuta-Wesen der Welt gehöre. Doch jetzt, wo die Kindred das Reich mit ihren Feuerkräften gerettet hat, macht mich meine Seltenheit begehrenswert.«

In seiner munteren Stimme schwingt ein gewisser Groll mit. Brac muss vielleicht nicht länger seine Kräfte verbergen, doch die plötzliche Akzeptanz in der Gesellschaft macht nicht die Jahre wieder gut, in denen er sich aus Angst versteckt hat.

Natesa und Yatin sitzen auf einer Seite des doppelten Treppenaufganges. Yatin hat ein blaues Auge, und Natesa trägt eine Schlinge wegen ihrer ausgekugelten Schulter.

»Deven! Brac!« Natesa winkt uns herbei … und winkt so lange, bis wir bei ihnen sind. Sie streckt uns ihre Hand entgegen, um uns den Lotusring an ihrem Finger zu zeigen. »Yatin und ich haben vor, zu heiraten!«

Brac schließt sie vorsichtig in die Arme. Seine Begeisterung mag ungekünstelter sein als meine, aber es kommt von ganzem Herzen, als ich ihnen gratuliere.

»Yatin lädt seine Mutter und Schwestern ein, uns zu besuchen«, sagt Natesa und streicht meinem Freund über seinen struppigen Bart. »Er denkt, sie ziehen vielleicht her, um in unserer Nähe zu sein.«

Ich beneide sie aus vollem Hetzen um ihre Geradlinigkeit auf ihrem Weg. Obwohl Kali und ich eine vorübergehende Lösung für unser Dilemma gefunden haben, das die Beziehung zwischen einer Rani und einem Soldaten bedeutet, ist meine Position in der Armee eher ungewiss. Ebenso wenig weiß ich, was mich von Udugs Feuerstoß geheilt hat. Kali hat meine wundersame Heilung als eine Gnade der Götter hingenommen, aber ich vermute, mich hat etwas ganz anderes vor Schaden bewahrt.

Natesa entdeckt eine Kurtisane oben auf der Treppe und zerrt Yatin hinter sich her, um der Nächsten den Lotusring zu zeigen.

Ich bleibe mit Brac vor dem Thronsaal stehen. »Brac, bevor wir hineingehen, muss ich dir etwas sagen.«

»Wie du General geworden bist? Das hat Yatin mir bereits erzählt.«

»Nein, es geht um Mutter.« Brac wippt auf den Fersen und zieht die Brauen hoch. Ich zögere kurz, doch ich habe dieses Gespräch begonnen und muss es nun auch zu Ende führen. »Ich habe in Lestari einen Mann getroffen. Hast du je von Botschafter Chitt gehört?«

»Ja, das habe ich.« Brac wischt sich Asche von seiner Tunika, während ich darüber nachdenke, wie ich es ihm am besten sage. *Ich habe deinen Vater getroffen*. Oder: *Dein Vater ist am Leben*. Oder vielleicht: *Mutter ist mit deinem Vater zusammen. Er sieht aus wie du. Besser gesagt, du siehst aus wie er, nur dass du größer bist …*

Brac stößt ein Lachen aus. »Deven, nun sag schon.«

»Botschafter Chitt ist dein Vater«, sage ich unvermittelt. Bracs Gesicht verschließt sich. Himmel, ich vermassle das hier. »Mutter hat es bestätigt. Sie haben sich hier in Vanhi kennengelernt. Er hat versucht, sie von Rajah Tarek freizukaufen, doch er hat seine Angebote abgelehnt.« Als Brac noch immer nicht reagiert, füge ich hinzu: »Du hast seine Augen.«

Brac behält seinen starren Gesichtsausdruck bei und zuckt die Achseln. »Ist das alles?«

»Ja, ich … *wie bitte?*«

Er packt mich an meiner steifen Schulter und rüttelt mich. »Entspann dich, Deven. Ich weiß, dass Botschafter Chitt mein Vater ist. Hastin hat mir vor langer Zeit dabei geholfen, es herauszufinden. Es war gar nicht so schwer. Nicht viele Feuerwesen waren im Jahr meiner Geburt in Vanhi zu Besuch, und Mutter durfte den Palast nicht verlassen, was die Möglichkeiten auf einen Mann einschränkte.«

»Ihr gütigen Himmel, Brac.« Ich reibe mir die Anspannung aus den Mundwinkeln fort. »Das hättest du mir sagen können. Hast du mit Chitt gesprochen oder ihn getroffen?«

»Ich hatte nicht das Bedürfnis, den weiten Weg nach Lestari auf mich zu nehmen, um einen Fremden zu treffen. Du und Mutter seid alles an Familie, was ich brauche.« Angesichts meines Versuchs, die Fassung wiederzuerlangen, runzelt er die Stirn. »Was hast du denn erwartet?«

»Ich dachte, jetzt, da Mutter und Chitt …«

Brac packt mich erneut an der Schulter, wenn auch sanfter, und schüttelt mich kameradschaftlich. »Wir sind Brüder, schon ein Leben lang. Niemand kann etwas daran ändern.« Er legt seine Stirn gegen meine, packt mich im Nacken und zieht mich an sich. »Du bist ein guter Bruder, Deven, aber du sorgst dich zu viel.«

Ich klopfe ihm auf den Rücken. »Du hast es mir nicht gerade leicht gemacht. Dein Verschwinden, die Frauen …«

Brac macht sich los und grinst verschlagen. »Wo wir von Frauen sprechen, diese Prinzessin Gemi ist eine echte Dame.«

»Sie ist sehr von sich überzeugt.«

Brac legt einen Arm um meine Schultern und zieht mich in Richtung Thronsaal. »Sie versucht es mit ihrem Charme bei Ashwin.«

Gemi und der junge Prinz? Die Prinzessin wird doch wohl einen besseren Geschmack haben.

Wir betreten den Thronsaal. Ashwin steht vor dem Podest, die Hände tief in den Taschen, und betrachtet den umgestürzten Thronsessel seines Vaters. Der Raum ist in Unordnung, Tische sind umgekippt worden, Bodenkissen türmen sich. Prinzessin Gemi steht wartend an der Seite. Sie sieht uns näher kommen, doch sie ist ganz auf Ashwin konzentriert.

Vielleicht ist sie doch nicht so wählerisch.

Ich lasse Brac bei Gemi zurück und gehe zum Prinzen.

»Prinz Ashwin«, sage ich und verbeuge mich.

Er dreht sich um, lässt jedoch seine Hände in den Taschen. Er hat vor Erschöpfung dunkle Ringe um seine rot geränderten Augen. »General Naik. Oh, verzeiht mir, Hauptmann Naik … oder ist es einfach nur Deven?«

Ich senke die Stimme, um das Gespräch auf uns beide zu beschränken. »Das sollten wir besprechen. Ich frage mich, wie ich Udugs Angriff überleben konnte, und alles, was mir einfällt, ist, dass mich jemand mit besonderen Kräften geschützt hat.« Ashwin streicht sich mit einer Hand durch das zerzauste Haar, das er sich vermutlich die ganze Nacht gerauft hat. »Kali hat mir von den Einzelheiten Eures Herzenswunsches erzählt. Sie meinte, wegen der Nähe zwischen Euch hätte er sie beschützt. Das kann ich verstehen. Was ich nicht verstehe, ist, warum. Weshalb habt Ihr mich in Euren Herzenswunsch mit eingeschlossen?«

Ashwin streicht sich erneut durch das Haar, hält dann inne und steckt die Hand wieder in die Tasche. »Ich habe Euch als meinen General gesehen. Der Palast der Türkise ist Euer Zuhause. Während ich … dieser Platz ist mir fremd. Ich habe gespürt, dass ich ohne Euch und Kali nicht erfolgreich sein könnte. Ihr seid dem Reich treu ergeben.« Er stellt seinen Fuß auf die unterste Stufe des Podests, neben den umgekippten Thron. »Ohne Euch wäre die Zukunft von Tarachand unvollständig.«

Ich glaube ihm, und nicht nur, weil mir keine andere Erklärung für meine Heilung einfällt, nachdem Udug mich zwei Mal verbrannt hat. Ich habe Udugs Kräfte auf die gleiche Weise überlebt wie Kalinda – durch Ashwins Liebe zum Reich. Ich fühle mich beschämt, weil er mich als Teil seiner Zukunftsvision sieht. Mich, einen Mann, der ihn niedergestreckt hat, ihm getrotzt hat, ihm misstraut hat und ihn nicht leiden konnte. Der Mann, für den sich Kalinda, die Frau, die wir beide lieben, wiederholt entschieden hat. Er mag ein Idealist sein, aber seine Absichten sind rein.

»Ich verdanke Euch mein Leben.«

Ashwin seufzt leise. »Betrachtet es als Dank für Euren jahrelangen Dienst.«

Dass er mir meine Fehler so schnell vergibt, beschämt mich ebenfalls. »Ich muss mich für mein unbotmäßiges Verhalten entschuldigen.«

Ashwin richtet seinen Blick auf mich. »Falls Ihr mich noch immer haben wollt, wäre es mir eine Ehre, Euch als Euer General zu dienen, Eure Majestät.« Ich verneige mich so tief, wie ich es beim Rajah tat. Als ich mich wieder aufrichte, steht Ashwin völlig reglos da, nur sein Mundwinkel zuckt ein wenig.

»Danke, General. Ich fürchte, ich weiß wenig über Truppenführung. Die Soldaten sind verwirrt wegen der Bhutas, die unter uns weilen. Die Kommandeure sorgen dafür, dass keiner von den Männern aus der Reihe tanzt, aber ich befürchte eine Revolte. Was würdet Ihr …?«

Eine Windböe fährt in den Thronsaal und erschreckt Prinzessin Gemi, dann kommt auch schon Opal hereingestürzt. »Deven, Kalinda ist fort. Sie ist auf Tinleys Mahati-Falkin weggeflogen.«

»Tinley?«, frage ich und erinnere mich, diesen Namen bei den Turnieren im Sultanat gehört zu haben.

»Sie ist Chief Nareshs Tochter und hat uns geholfen«, erklärt Ashwin.

»Kalinda ist auf dem Weg nach Samiya.« Opal spreizt die Hand, und Wind stößt die Vorhänge beiseite, die die oberen Fenster bedecken. »Udug hat die Wüste übergeflogen. Er ist auf dem Weg hinauf in die Berge, um das Tor zum Nichts zu öffnen.« Sie zeigt aus dem Fenster, und wir blinzeln ins Helle.

Ein Stück von der Sonne ist wie abgeschnitten.

»Die himmlischen Lichter verdunkeln sich«, murmelt Ashwin.

»Wie bitte?«, fragt Brac alarmiert.

»Die Verdunkelung der Sterne und der Sonne ist das definitive Anzeichen dafür, dass die ewige Dunkelheit in unsere Welt kommt.« Ashwin reibt sich mit dem Daumen die Stirn.

»Wir haben nicht mehr viel Zeit. Die Sonnenfinsternis ist in einem Tag abgeschlossen ... oder waren es zwei? Ich erinnere mich nicht.«

»In welchem Buch steht das?«, frage ich.

»Der Text ging bei dem Brand im Tempel von Samiya verloren.« Ashwin umfasst nachdenklich sein Kinn. »Ich brauche einen vollständigen Zustandsbericht über unsere Truppen, General.«

»Die Armee ist nicht dafür gerüstet, Udug allein zu besiegen. Die Marine von Lestari müsste in Kürze eintreffen, aber wir brauchen eine Strategie, um so viele Bhutas wie möglich so schnell es geht nach Samiya zu bringen.« Vor Angst klingt meine Stimme rau und verzerrt. *Bei den Göttern, Kali. Wieso bist du ohne uns gegangen?* Ich mache Brac ein Zeichen, vorzutreten. »Das ist mein Bruder Brac. Er ist ein Feuerwesen und Soldat. Er wird Euch als mein Stellvertreter dienen.«

»Ich freue mich, Euch an Bord zu haben, Kommandant«, sagt Ashwin zur Bestätigung meiner überstürzten Ernennung.

Brac verneigt sich. »Es ist mir eine Ehre, Eure Majestät.«

Opals Aufmerksamkeit richtet sich auf etwas außerhalb des Raums. »Deven, die Marine von Lestari ist eingetroffen.«

Wir alle eilen zur Tür. Ich erreiche vor den anderen den Vorplatz des Palastes. Der Fluss, der sich auf die Stadtmauer zuschlängelt, ist voll mit Schiffen. Weit hinter dem letzten Schiff der Flotte kommt ein weiteres den Fluss herauf. Ich erkenne die gelbe Farbe und fluche leise. Die Seeräuber sind unermüdlich.

Ein stattliches statuenhaftes Mädchen mit Haaren wie Blitze schlendert herbei. »Ihr müsst General Naik sein. Ich bin Tinley, Chief Nareshs Tochter.«

»*Ihr* habt Kali auf Eurer Falkin davonfliegen lassen«, sage ich.

»Ich soll Euch von Kalinda ausrichten, dass es ihr leid tut, sich nicht verabschiedet zu haben. Ich habe ihr gesagt, dass eine Entschuldigung Euch nicht besänftigen würde.«

Ihre Aufrichtigkeit wischt einen Großteil meiner Verärgerung weg. »Ihr habt recht. Das tut es nicht.«

»Ist das die Marine von Lestari?«, fragt Tinley und schnaubt dann unbeeindruckt. »Ein bisschen spät, oder nicht?«

»Sie haben ihr Bestes getan.«

»Ganz bestimmt«, sagt sie trocken. »Mein Vater hat eine Luftschiffflotte, die von Luftwesen gesteuert wird, ähnlich der Marine, die Ihr hier seht. Nur dass sich unsere Flotte nicht eine Wasserstraße entlangschlängeln muss, um an ihr Ziel zu kommen.«

Ich reagiere nicht auf ihre unverhohlene Arroganz. Ihre Meinung über die Marine ist irrelevant angesichts der Tatsache, dass die paljoranische Luftflotte beschlossen hat, sich nicht mit uns zu verbünden. Ich gehe näher zu dem beschädigten Tor und steige dabei über einen Riss, das Einzige, was von dem Erdkrater übrig ist, den der Warlord geöffnet hat.

Tinley hält mit mir Schritt. »Falls Ihr vorhabt, der Kindred zu helfen, schlage ich vor, sofort nach Samiya aufzubrechen.«

Ich reibe mir den Nasenrücken. Wie soll ich das nur anstellen? Meine Gedanken rasen, um alles zu bedenken.

Kali auf dem Weg nach Samiya. Ankunft der Marine. Die Seeräuber. Chief Nareshs Tochter. Luftschiffe …

Ich wirble zu Tinley herum. »Wie viele Luftwesen braucht es, ein Luftschiff zu steuern?«

»Das hängt von der Ladung ab.« Sie lehnt sich zurück und verschränkt die Arme vor der Brust. »Wieso?«

Ashwin und Gemi holen uns ein, gefolgt von Brac und Opal.

»Könnt Ihr jedes Schiff fliegen, oder muss es ein Luftschiff sein?«, frage ich Tinley, ohne auf ihre Frage einzugehen.

»Mit ausreichend Luftwesen und Segeln können wir den gesamten Palast irgendwohin fliegen.«

Ich blicke lange zu den Marineschiffen. »Ich weiß, wie wir nach Vanhi kommen, aber ich brauche mehr Luftwesen. Viele.«

»Ich bin die Einzige«, sagt Opal. »Die Marine hat vielleicht zwei Dutzend, aber das ist alles.«

»Prinzessin Gemi«, sage ich, »sind unter den Seeräubern nicht auch Luftwesen?«

Gemi schilt mich mit einem Finger. »Nein, General. Die Seeräuber sind Profiteure. Kapitän Loc wird uns nicht helfen.«

Ich zeige auf die Sonne, die sich immer mehr verdunkelt. »Wenn wir ihnen das zeigen, werden sie es tun. Wir bieten ihnen die gleiche Prämie, die sie für die Gefangennahme von Prinz Ashwin und Kali erhalten hätten. Kommandant Brac, Ihr und die Prinzessin trefft Euch mit Kapitän Loc. Der Prinz und ich sprechen mit Admiral Rimba.« Mein Blick wandert zu der langen Reihe der Marineschiffe, und ich versuche mir vorzustellen, wie sie in der Luft aussehen. »Ich habe das Gefühl, wir beide müssen uns auf ein schwieriges Gespräch gefasst machen.«

Ich eile zurück in den Palast, um mein Angebot für den Admiral vorzubereiten. Der Prinz folgt mir auf den Fersen.

»General«, beginnt er, »ich weiß, was Ihr plant, aber was wird es mich kosten?«

»Wir müssen dafür sorgen, dass die Sonne sich nicht verdunkelt, und Ihr sorgt Euch wegen der Kosten?«

Ashwin geht mit energischen Schritten neben mir her. »Ich habe Angst um Kali und um uns alle, aber ich muss sämtliche Konsequenzen und Folgen bedenken.«

Wir betreten den Palast, die vergoldeten Türgriffe in der Form von Elefanten glänzen hell. Ich respektiere Ashwins Entschlossenheit, sein Volk allem anderen voranzustellen, doch er hat den entscheidendsten Teil seines ersehnten Erfolgs außer Acht gelassen – Kali ist das Herz des neuen Tarachand.

Sie zu verlieren heißt, die Zukunft ist bedeutungslos.

Die Verärgerung ist meiner Stimme anzuhören. »Die einzige sichere Folge im Moment ist Kalis Tod. Wollt Ihr sie fallenlassen, um Euer Vermögen zu retten?«

»Ich bin jetzt der Rajah«, erwidert er in resignierter Hinnahme der Verantwortung seines Amtes. »Ich kann nicht wegen jedem Kompromisse machen.«

Wir betreten den Thronsaal, und unser Tageslicht nimmt weiter ab. »Eure Majestät, mit Kompromissen sind wir längst durch. Uns läuft die Zeit davon.«

KAPITEL 31

KALINDA

Ich gleite von Chares Rücken und stehe auf schneebedecktem Boden. Die Falkin spreizt augenblicklich ihre weiten Schwingen und fliegt davon. Sie dreht nach Westen ab, ihr feurig glänzendes Gefieder verschmilzt mit dem Licht des Sonnenunterganges. Nach fast einem ganzen Flugtag ist die Sonne zu drei Vierteln verdunkelt. Morgen früh wird nur noch eine Sichel zu sehen sein. Wenn die Sonne überhaupt aufgeht …

Während des Fluges war ich auf die Sicht aus der Vogelperspektive angewiesen, um in der eisigen Landschaft intensiv nach Udug zu suchen. Ich habe ihn nirgends gesehen. Ich ziehe mein Bärenfell enger um mich, erklimme den Hügel, lasse den gefrorenen See hinter mir und gehe am verbrannten Wald vorbei zu den Ruinen des Tempels der Schwesternschaft. Der Schwelbrand ist erloschen. Asche und Schnee überziehen weiß die Trümmer dessen, was einst der Nordturm war. Ein Teil der geschwärzten Geröllhaufen ist in die Schlucht gestürzt. Ich halte die Tränen zurück. Das tragische Ende meiner Heimstatt wird mich den Rest meines Lebens bekümmern.

Dunkelheit bricht herein, eine eisige Decke nasskalten Winters. Mein angesammeltes Seelenfeuer simmert und schickt Wärme in meine Gliedmaßen. Ich habe die Verpflegung, die Tinley in ihrer Satteltasche hatte, vollständig aufgebraucht, um meine Kräfte zu stärken, und mein innerer Stern summt.

Ich kehre zu den Baumskeletten zurück und kauere mich in meinem Bärenfell zusammen, um auf die Sterne zu warten. Doch nicht einer zeigt sich, und auch der Mond ist nur schwach zu sehen. Seine Blässe ist keine Aufmunterung angesichts der Dunkelheit. Eingehüllt in Schwärze warte ich beklommen darauf, dass die Nacht ihre Zähne fletscht und das Schicksal seinen Lauf nimmt.

Das Geräusch herabrollender Steine durchbricht das dunkle Schweigen. Ich umklammere den kalten Griff des Dolches meiner Mutter und flüstere meinen vollen Namen: »*Kalinda Zacharias.*« Als Letzte der langen Stammlinie von Feuerwesen seitens meines Vaters und dem Kriegerschwesterngeist seitens meiner Mutter versuche ich, den Geruch nach verbranntem Schwefel auszumachen.

Klauen erscheinen am Rand des Felsvorsprungs. Ein weiß schimmernder Dämon mit deformiertem Antlitz und abscheulich geäderten Flügeln klettert die Ruinen hinauf. Ich ducke mich zwischen die verkohlten Baumstümpfe. Udug breitet seine Schwingen aus. Die spitzen Knochen treten hinter seinem Kopf hervor wie das Geweih eines Hirschs. Er ist gezacktes Eis und splitternde Knochen.

Udug schießt in den Himmel hinauf und fliegt über den toten Wald. Ich renne zwischen den Bäumen hindurch und verfolge das Flappen seiner hässlichen Flügel. Er landet am Ufer des zugefrorenen Sees, dessen Oberfläche vom schwachen Mondlicht beschienen wird. Ich schleiche mich näher heran, so leise wie es mir und meiner Vorsicht möglich ist. Udug lässt den Kopf hochschnellen, dreht sich um und blickt mich an.

»Bist du gekommen, um den Meister zu treffen?«, schnaubt er.

»Wir dienen verschiedenen Göttern.«

»Und wo sind deine Götter jetzt?« Udug hebt die Arme und spreizt die Schwingen zu den unsichtbaren Sternen und dem blassen Mondlicht, das jetzt noch schwächer ist als bei Einbruch der Dunkelheit.

Ich verlasse den toten Wald, den Dolch fest umklammert. »Sie wachen über mich.«

»Sie haben dich verlassen«, kontert er. »Kur ist der einzige Gott, der noch hier ist, und er war zu lange eingesperrt.« Udug macht mit seinen Klauenfüßen einige Schritte rückwärts zum See. Ich folge ihm. *Wohin will er?* »Er wird dein allmächtiger Meister sein. Mit seiner Rückkehr wird der Glaube an Dinge überflüssig, die man noch nicht gesehen hat, von denen man aber überzeugt ist. Jetzt und für alle Zeit wirst du deinen Gott haben, der über alles Fleisch *in* allem Fleisch herrschen wird.«

»Die Menschheit ist nicht dazu da, Kurs Gebote zu erfüllen.«

»Lebst du nicht bereits durch deine göttliche Bestimmung? Was sollte daran anders sein, Kur zu dienen, statt die Forderungen des Gottes Anu zu erfüllen? Im Gegensatz zu Anu hat Kur keine Tugenden, die es zu beachten gilt. Deine Bestimmung wird auch seine sein.« Udug betritt den zugefrorenen See. Weil ich dem Eis nicht traue, folge ich ihm zwar, bleibe aber dicht am Ufer. Er geht bis in die Mitte des Sees. »Ich verspüre weder Bedauern noch Kummer.« Er spreizt seine Flügel und inhaliert die Dunkelheit. »Durch Kur werden alle frei sein.«

Etwas schlägt unter meinen Füßen gegen das Eis. Beinahe wäre ich ausgerutscht und hingefallen. Gezackte Risse breiten sich auf dem See aus. Ich gehe zurück ans Ufer. Schatten schießen unter der rissigen Oberfläche umher. Udug verweilt auf dem See und grinst, enthüllt seine schiefen Zähne. Lange Risse brechen die gefrorene Oberfläche des Sees auf. Gestalten schießen explosionsartig daraus hervor. Ich schütze mich gegen die herabregnenden Eisstücke.

Ein Trio von Dämonen watet aus dem wie ein Krater aussehenden See. Die größte Dämonengestalt scheint aus Felsbrocken zu bestehen. Sein Gesicht ist eine Fratze, sein Mund ein Schlitz, und seine Augenhöhlen sind leer. Der Dämon kommt mit schweren Schritten näher, der Boden unter ihm bebt bei jedem Schritt.

Der zweitgrößte Dämon hat ein Gesicht so flach wie der Kopf einer Drachenkobra. Es ist ein weiblicher Dämon, deren schuppige Haut mich an die eines Dschungelkrokodils denken lässt. Sie zieht einen dicken geschuppten Schwanz hinter sich her, der so lang ist wie sie groß. Ihre dreigeteilte Zunge schnellt durch die Luft. Die drei scharfen Spitzen erinnern an ein Urumi, eine raffinierte Waffe mit peitschenartigen Klingen.

Die dritte Dämonin verschlingt einen Karpfen, während sie an Land stapft. Ihre rasiermesserscharfen Zähne reißen das Fischfleisch von den Gräten. Sie hat Ähnlichkeit mit ihrer Beute: glasige glotzende Augen, Kiemen am Hals, Hände und Füße wie Flossen und schillernde Schuppen. Sie schmatzt, als sie den Kopf des Fisches mit einem Bissen hinunterschluckt.

Gute Götter, der *See* ist das Tor zum Nichts.

Udug schwebt über das zerbrochene Eis ans Ufer und zeigt auf den Felsenmann. »Darf ich dich mit Asag bekanntmachen.« Dann die Krokodilschlange. »Edimmu.« Und schließlich die Fischfrau. »Lilu.«

Ich lasse meine Kräfte in meine Hände schießen. Meine zitternden Finger leuchten, und ich ziehe mich langsam in den dunklen Wald zurück. Allein hierherzukommen war ein edler Gedanke, solange ich es mit nur einem Dämon zu tun hatte. Es allein mit vier Dämonen aufzunehmen ist Wahnsinn.

Udugs Geschwister blicken zum Nachthimmel hinauf.

»Der Mond isssst zu hell«, zischt Edimmu und lässt ihre mehrfach gespaltene Zunge hervorschnellen.

»Die himmlischen Kräfte werden verlöschen«, versichert ihr Udug.

Aus reiner Gehässigkeit schleudert Asag einen Stein von der Größe meines Kopfes in Richtung Mond, als wollte er ihn von seinem samtenen Vorhang herunterholen. Sein Wurf gerät zu kurz, und er knurrt. Ich bin weniger als zehn Schritte vom schützenden Wald entfernt, als Edimmu die Luft mit ihrer Zunge kostet.

»Wassss issst dasss?«, fragt sie.

Lilu schnuppert, und ihre Kiemen blähen sich wie Nüstern. Ihre Fischaugen richten sich auf mich. »Es riecht nach … nach uns. Nur verdorben.«

»Sie ist ein Nachkomme von Enlil«, erklärt Udug. »Kur will, dass sie erhalten bleibt.«

Asags Stimme ist ein dumpfes Grummeln. »Du solltest ihr Licht abzapfen, bevor unser Herr kommt.«

Blaue Flammen leuchten in Udugs Händen auf. »Wir haben Zeit.«

Asag hebt wieder einen schweren Stein auf und wirft ihn auf mich. Ich springe zur Seite und schleudere einen Feuerschwall auf ihn. *Es fühlt sich gut an, meine Fähigkeiten zurückzuhaben.* Mein Feuer trifft seine Brust und zerstiebt. Nur ein kleiner Brandfleck bleibt zurück.

Ich erhebe mich aus meiner geduckten Haltung. *Uh-oh.*

Edimmu rollt ihre lange Zunge aus und peitscht damit die Luft zwischen uns. Ein kräftiger Windstoß schleudert mich zwischen die Bäume. Ich pralle gegen einen der Stämme. Als ich aufschaue, starren mich reglos Fischaugen an. Lilu packt mich mit ihren schleimigen Händen. Meine Adern werden schlaff, ziehen sich schmerzhaft zusammen.

»Ich werde das verrottete Licht aus dir heraussaugen«, verkündet Lilu, und ihre Stimme klingt wie ein Gurgeln.

Ich winde mich vor Schmerz, als sie mir mein Blut aussaugt. Tropfen dringen mir aus den Poren und schwächen mich. *Ich habe das schon einmal erlebt. Nie wieder.*

Ich verbrenne sie mit meinem Feuer, durchdringe ihre schuppige Haut. Lilu schreit auf und stolpert davon. Ich schleudere ihr einen Feuerschwall hinterher, aber Asag blockiert ihn mit einem riesigen Stein.

Udug fliegt auf mich zu und wirft mich zu Boden. Ich versuche, den Dämon mit meinen Händen zu verbrennen, aber mein Feuer kann ihm nichts anhaben. »Ich werde dich von deinem Gewissen befreien, liebe Schwester.«

Er lässt die Kräfte seines kalten Feuers in mich strömen, doch heftige Windböen reißen ihn plötzlich fort. Auf dem Rücken liegend umklammere ich den Schmerz, der aus meiner Brust weicht. Zwei Marineschiffe von Lestari schweben über uns, und ihre zahlreichen elfenbeinfarbenen Segel blähen sich im Wind. Ich versuche zu begreifen, was ich da sehe. Das Meeresschiff *fliegt*.

Udug und seine Dämonengeschwister ziehen sich an das Seeufer zurück. Die Luftschiffe landen an der Straße, und bewaffnete Seeleute klettern die Strickleitern herunter. Ein paar kommen auf mich zugerannt. Deven und Ashwin vorneweg, und Natesa und Yatin hinter ihnen. Brac und Gemi bilden die Nachhut.

Was um der Himmel willen …? Ich sehe Kapitän Loc auf einem der Schiffe, die zur Landung ansetzen. Seine Piratencrew, Opal und lestarische Seeleute steuern das Schiff und halten es mit ihren Winden in der Luft.

Udug und seine Dämonengeschwister bewachen den See, während sie das Kräfteaufgebot nicht aus den Augen lassen.

Sie werden ihre Posten nicht aufgeben, außer wir zwingen sie dazu.

»Ihr habt die Seeräuber mitgebracht?«, frage ich meine Freunde, während ich bei der Landung der Schiffe zusehe.

Deven mustert mich, seine Stirn ist gerunzelt. Ich blute nicht mehr aus allen Poren, aber ich muss fürchterlich aussehen. Er hingegen imponiert in seiner akkurat sitzenden marineblauen Generalsjacke. »Wir brauchten Luftwesen, deshalb hat Seine Majestät sich ihre Loyalität erkauft.«

»Vorübergehend«, fügt Ashwin hinzu.

Admiral Rimba, der seine den Dreizack schwingenden Männer anführt, tritt zu uns. Kapitän Loc und seine Piraten, ein Haufen skrupelloser Bhutas, verstärken ebenfalls unsere Reihen.

»Kalinda, was sind das für grässliche Wesen?«, fragt Natesa, als wäre die Hässlichkeit der Dämonen der schlimmste Nebeneffekt ihrer Freisetzung.

»Das ist Udugs Sippschaft, und sie sind hier, um das Tor zum Nichts zu bewachen – den *See*«, erkläre ich hastig. »Wir müssen sie überwältigen, bevor die himmlischen Lichter verlöschen.«

Deven betrachtet den verblassenden Mond. »Geht in Stellung!«, befiehlt er und wendet sich dann an Ashwin: »Eure Majestät, bleibt zu meiner Rechten.«

Ashwin packt sein Schwert zu tief am Griff. Er hat wenig Übung im Umgang mit dem Khanda und ebenso wenig Geschick. Die Welt war noch nie trostloser, aber die geliebten Wesen erinnern mich daran, dass die Götter auf unserer Seite sind.

Deven hebt sein Schwert. »Vorwärts!«

Wir haben den halben Weg zum See zurückgelegt, als die Sicht sich plötzlich stark eintrübt und unsere Gegner nur noch sich auflösende Schemen sind. Die Erde grollt in einem fortwährenden Beben, das meine Knie zittern lässt. Das Wasser in der Mitte des Sees brodelt.

Udug und seine Geschwister senden ein lautes, jubelnd klingendes Heulen hinauf in den sich verdunkelnden Himmel. Das Brodeln des Sees wird stärker, Wellen klatschen ans Ufer. Ich packe Deven am Arm, um uns miteinander zu verbinden, als das blasse Mondlicht verlöscht, erstickt wird von der ewigen Dunkelheit.

KAPITEL 32

DEVEN

Mir stockt vor Angst der Atem. Jeder Soldat erlebt im Kampf Rückschläge, doch nie habe ich mich verwundbarer gefühlt. Umgeben von meiner Familie habe ich mehr als mein Leben zu verlieren. Ich könnte die Menschen verlieren, die mein Leben lebenswert machen.

Die Jubelschreie Udugs und seiner Geschwister brechen urplötzlich ab. Ein Platschen erfüllt die Dunkelheit, und dann dringen aus der Tiefe des Sees hallende Schläge herauf.

Etwas hat sich aus dem Wasser erhoben. Und es ist *groß*.

»Ihr Götter, Deven.« Kali umklammert meinen Unterarm, doch ich bin dankbar für die Berührung. In der undurchdringlichen Dunkelheit um uns herum erhebt sich ein Flüstern, erfüllt von Furcht und Entsetzen.

»Was ... was ist da draußen?«, wispert Natesa.

Ein Donnern nähert sich unserer vordersten Linie. Die bebende Erde wirft Kali und mich einen Schritt zurück.

»Ich glaube nicht, dass ihr das wissen wollt«, erwidert Opal. Ihr feines Gehör kann erkennen, was durch die schwarze Nacht auf uns zukommt.

Brac schleudert Flammen in den Wald auf der anderen Wegseite. Sein Feuer setzt die niedrig wachsenden, immergrünen Pflanzen in Brand und sorgt für Licht im Dunkel.

Der größte Drache, den die Menschheit je erblickt hat, ragt

über uns auf. Größer als der Nordturm einst war, glänzt sein schlangenartiger Körper schwarzblau im Feuerschein, während eisiges Wasser von ihm herabtropft. Seine mit Krallen bewehrten Vorderpfoten haben sich in das Seeufer gegraben. Er schleppt seine riesige Gestalt aus dem Wasser und stößt dabei ein Brüllen aus, das einem durch Mark und Bein fährt. Kali hält sich die Ohren zu, und ich zucke zusammen. Der Drache dreht seine Schnauze mit den spitzen drahtigen Barthaaren vom Feuer weg.

Kali lässt die Hände sinken und flüstert: »Ich habe diesen Krieg schon einmal gesehen, auf einem Wandgemälde in Kis einstigem unterirdischen Tempel. Kur hat in den Bergen gegen eine Menschenarmee gekämpft.«

»Wie ist es für die Menschen ausgegangen?«, frage ich.

»Er hat die Armee mit seinem glühenden Atem zu Hüllen aus Asche verbrannt.«

Bracs Feuer erlischt nach und nach. Die schneebedeckten Bäume geben ihm nicht genügend Nahrung, weshalb Opal die Flammen mit ihren Winden anfacht. Feuer erleuchtet die Umgebung erneut.

Kur faucht und verengt die goldenen Augen angesichts des Loderns. »Ich mag kein Licht.« Seine kehlige Stimme dröhnt in mir. Ich nehme meinen Mut zusammen, bevor er sich verflüchtigt.

»Kur!«, ruft Kali. Der Drache richtet seinen Kopf zu unseren Truppen. »Kehre in das Nichts zurück und nimm deine Untergebenen mit!«

»Weißt du, was mit dem letzten Sterblichen passiert ist, der dem Obersten Drachen gedroht hat?« Seine Klauen graben Löcher in die nasse Erde. »Ich habe ihn ausgeweidet und seine Eingeweide über seinen Freunden verstreut und mir die Zähne mit seinem Rückgrat gesäubert.« Der Gott der Dämonen beugt sich zu uns herunter, sodass wir unsere Spiegelungen in seinen goldenen Augen sehen können. »Ich habe schon existiert, als diese Berge nur ein Haufen Geröll waren, bevor die Menschheit eine Ansammlung von Sternen war, die Anu zu seinen Zwecken vom Himmel entwendet hat. Ich bin Nachkomme von Tiamat, der Salzwassergöttin. Ich verfüge über ein tödliches Gift, um sie zu rächen und jeden zu zerstören, der ihrem verräterischen Sohn Anu huldigt.«

»Anu hat diese Welt der Menschheit und den Bhutas überlassen«, ruft Ashwin aus.

Kur blinzelt ihn an. »Du riechst nach Angst, Junge.«

Ashwin hebt sein Schwert. Von den vielen Gelegenheiten, bei denen er seinen Mut hätte zeigen können, ist das jetzt nicht die richtige. Ich stelle mich vor ihn, um Kurs Aufmerksamkeit auf mich zu lenken.

Er schnüffelt und seine kehlige Stimme wird streng. »Du … du riechst nach *Opfer*. Dein süßer Geruch dreht mir den Magen um.« Kur schnüffelt erneut, und seine glühenden Augen richten sich auf Kali. »Du gehörst mir. Und du auch«, behauptet er von Brac. »Wieso stehst du an der Seite von Schwächlingen, Kindern der ewigen Dunkelheit?«

»Mein Schicksal bestimme ich«, sagt Kali mit hochgerecktem Kinn.

Brac zeigt auf Udug und die anderen Dämonen. »Und wer will schon so aussehen wie die?«

Der Dämon Kur stößt Atemluft aus, die nach verwesenden Leichen riecht. »Ich könnte dich in das Nichts schleifen und dich den Weg der Dunkelheit lehren.« Kali erhebt ihren Dolch gegen ihn, indem sie ihn quer vor sich hält, und Brac bringt seine Äxte in Position. »Nein? Dann ist es vorbei mit dir.«

Kur hebt seinen mächtigen Kopf und richtet sich zu seiner vollen Größe auf. Rauch dringt aus seinen Nüstern.

»General«, sagt Admiral Rimba, »Euer Befehl?«

»Haltet Euch an den Plan. Haltet die Reihen geschlossen und führt sie auf das Tor zu.«

»Entzückend.« Brac stellt sich breitbeinig hin und umklammert fest seine Äxte.

Kur krümmt eine seiner Klauen, und seine Untergebenen stürmen los. Sie laufen auf uns zu, aber Kur duckt sich wie ein Schneeleopard, reißt sein Maul auf und bläst einen Feuerschwall auf unsere Reihen. Ich werfe mich zur Seite, und Kali bewegt sich in die entgegengesetzte Richtung. Sie landet mit Brac auf der gegenüberliegenden Seite des Infernos. Ashwin liegt neben mir, sein Hemd brennt. Er schlägt hilflos um sich. Ich schlüpfe aus meiner Jacke und schlage damit die Flammen aus.

Ashwin sinkt erleichtert zusammen. »Danke.«

»Dankt mir nicht zu früh.«

Ich helfe ihm auf. Auf der anderen Seite stürzt sich Kali ins Gefecht, um zu Kur zu gelangen. Ich versuche, sie nicht aus den Augen zu verlieren, aber sie verschwindet hinter einer Reihe von Wasserwesen, die Wasser aus dem See ziehen und es auf Lilu sprühen. Die fischartige Dämonin wehrt sich, indem sie einen Strahl eiskalten Wassers auf sie richtet. Yatin und Natesa halten Edimmu auf, die Reptiliendämonin, und Prinzessin Gemi und Kapitän Loc greifen den schwerfälligen Felsendämon Asag an.

Plötzlich sehe ich, wie sich Opal Udug allein entgegenstellt. Der Mörder ihres Bruders hat sie oberhalb des Sees gegen eine hohe Uferböschung gedrängt.

Ich eile ihr zu Hilfe, dabei zerre ich Ashwin hinter mir her und stoße ihn hinter einen Felsblock. »Bleibt hier!«

Opal ist kurz davor, die Böschung hinunterzustürzen, ihre Fersen berühren bereits den Rand des Abhangs. Udug sammelt blaues Feuer in seinen klauenartigen Händen. Ich sprinte los, das Khanda hoch erhoben, und verpasse Kurs Flügel einen Hieb.

Udug jault schrill und laut auf. Opal lässt sich zwischen seine Beine gleiten und rammt ihm die Machete in den dünnhäutigen Leib. Schwarzer Schleim quillt heraus. Er rächt sich mit einer Kugel aus kaltem Feuer, die er auf sie wirft.

Sie wird zurückgeschleudert und sackt zusammen.

Udug fliegt mit einem funktionstüchtigen Flügel davon und drückt den verwundeten an seinen Körper.

Der Gestank nach verkohltem Fleisch steigt mir in die Nase, als ich mich über Opal beuge. Ihr Körper ist zu mehr als der Hälfte verbrannt, und ihre Haut an einem Arm und einem Teil des Halses vollkommen verschwunden.

Ich halte ihre unverletzte Hand. Der Druck der ihren lässt nach, ihre Atemzüge sind ein mühsames Keuchen. Ihr Leiden erinnert mich an meinen Kummer über Rohans Tod. Wieder kann ich nichts tun.

»Opal«, krächze ich. »Es tut mir leid.«

Ihr schmerzerfülltes Wimmern wird schwächer, und ihr Blick wendet sich mit erschreckender Intensität nach innen. Das Schlachtfeld driftet in eine andere Welt davon. »Ich kann sie rufen hören.«

»Wen?«

»Meine Mutter und Rohan. Sie warten auf mich.«

Ich drücke ihre Hand auf mein Herz. »Du solltest zu ihnen gehen.«

»Ja …« Opals Oberkörper zuckt heftig, ein letztes körperliches Aufbäumen, und ihr Blick erlischt.

Ich lasse das Kinn auf die Brust sinken. *Anu, möge ihre Familie sie empfangen*. Ich gönne mir einen Augenblick der Trauer und lasse sie gehen.

Die Schlacht hinter mir geht weiter, doch in meinen Ohren klingen noch immer Opals letzte Atemzüge nach. Ich werde sie nicht unseren Feinden überlassen, dass sie sich an ihr laben. Ich bringe sie zu Ashwin und lege sie hinter den Felsen. Er legt meine Jacke über ihren Oberkörper, um die Wunde zu verdecken.

Auflodernde Flammen lenken meine Aufmerksamkeit auf die Frontlinie. Kali und Brac schleudern Flammen auf Kur. Der Oberste Drache kann sie ermüden. Bhuta-Kräfte sind begrenzt. Seine sind unerschöpflich.

Ein Stein kracht gegen unsere Felsendeckung. Ich ducke mich über Ashwin, während uns Gesteinsbrocken auf den Rücken prasseln. Asag bewirft uns mit noch mehr Steinen. Der Fels, der uns schützt, bekommt von den wiederholten Schlägen Risse.

»Könnt Ihr schwimmen?«, frage ich Ashwin.

»Ja. Wieso?«

Ich packe einen Stein und werfe ihn auf Asag. Er prallt von dessen harter Brust ab. Er wölbt seine breite Brust und knurrt.

»Das gefällt ihm wohl nicht«, sagt Ashwin.

»Lauft zum See!«

Wir rennen in Richtung Ufer. Ich bleibe direkt hinter dem Prinzen als Puffer zwischen ihm und dem Dämon. Wir ziehen an dem schwerfälligen Asag vorbei, und ich werde von einem fliegenden Stein umgeworfen.

Ich falle nach vorn, meine Knochen werden durchgerüttelt, und ich rolle auf den Rücken. Asag tritt auf meine Brust und lässt seinen Fuß dort. Etwas in mir bricht und löst Schmerz aus. Mein Rücken wird gegen den Boden gepresst, und ich kann nicht atmen.

Ashwin taucht seitlich in meinem Blickfeld auf und holt mit seinem Khanda gegen Asag aus. Die Klinge trifft klirrend auf den Giganten. Asag stößt den Prinzen weg und nimmt dann seinen Fuß von meiner Brust, nur um mir als Nächstes auf den Kopf zu treten.

Eine Hand schießt durch den Torso des Dämons.

Prinzessin Gemi reißt eine Handvoll Stein heraus. Asag neigt sich nach hinten und kippt wie in Zeitlupe um. Gemi wirbelt ihn gemeinsam mit einem Schwall Erde in die Luft und in den See. Er klatscht auf die Oberfläche und versinkt im Wasser.

»So bezwingt man einen Dämon«, keucht Prinzessin Gemi, Hände auf den Hüften.

»Offensichtlich«, krächze ich und umklammere meinen Oberkörper. Asag hat mir mindestens eine Rippe gebrochen.

Gemi hebt Ashwin hoch und hält ihn fest. Er ist sicher bei ihr. Wir müssen drei weitere Dämonen ausschalten, und ich will heute Nacht nicht noch einen Soldaten verlieren.

»Bleibt zusammen«, sage ich zu ihr, als ich nach meinem Schwert greife und mich zum eigentlichen Schlachtfeld aufmache.

KAPITEL 33

KALINDA

Kur wird nicht aufzuhalten sein. Egal, wohin Brac und ich das Feuer schleudern, der Dämonengott entfernt sich weiter vom See. Die ewige Dunkelheit wird siegen, wenn er noch weiter vorankommt. Ich spüre es in meinen Eingeweiden.

Brac schleudert einen weiteren Feuerschwall auf den Schlangendrachen, und seine einzigartige orangefarbene Flamme ist schwächer als die letzte. Unsere Kräfte dringen nicht durch Kurs Schuppenhaut. Wir werden mit dieser nutzlosen Strategie bald die Kraft unseres Seelenfeuers verlieren.

Ein natürliches Feuer nährt sich von den Bäumen, beleuchtet das Schlachtfeld. Schlangen tanzen in den Flammen und wirbeln fröhlich umher. Ihre flackernden Augen verfolgen mich, voller Verehrung und Bewunderung in unserer Liebe für das Licht. Ich strecke meine Finger nach ihnen aus.

Meine Freunde, ich habe euch vermisst.

Glühende Tentakel schießen hervor und legen sich heiß und feurig um meinen Körper. Ich fordere sie zum Handeln auf.

Bildet einen Gehilfen für mich.

Das Naturfeuer faucht, und immer mehr Flammen lodern empor. Sie wirbeln umher und verbinden sich, vereint durch ihre Wildheit. Ein Monster entsteht zwischen Kur und mir, ein Schlangentier, das sich zur vollen Größe des Dämonengottes erhebt. Das Naturfeuer imitiert die Proportionen und Gestalt des Dämonengottes und bildet einen glühenden Drachen, der ihm in seinem Körperumfang und dem Leib mit den kurzen Beinen ähnelt; ein glatter langer Hals und ein Maul mit scharfen Zähnen. Der Feuerdrache schimmert in sämtlichen Farben der Feuerwesenkräfte – strahlend weiß, sonnengelb, scharlachrot – und im Innern des glühenden Biests flackert ein Herz aus Saphirblau.

Ich staune, wie schnell und übergangslos sich das Naturfeuer in ein greifbares Wesen mit einem Verstand und einem eigenen Willen verwandelt – um meinem Befehl zu gehorchen.

Brac schaut mich an. »Wann hast du das gelernt …?«

»Schütze meine Flanke.« Mein Drache duckt sich, und ich schwinge mich auf seinen Rücken, ohne dass mir die Hitze etwas anhaben kann. Denn ich bin das Feuer, und das Feuer ist ich.

Auf dem Rücken des riesigen Drachen bin ich auf Augenhöhe mit Kur. Seine Augen blitzen. »Du glaubst, du kannst Feuer gegen mich einsetzen? Ich bin aus Feuer *und* Gift geboren.«

Ich beuge mich vor auf meinem Drachen, bereit, loszureiten. »Ich bin aus Sternen geboren, und ich werde sie wieder funkeln sehen.«

Dränge ihn zum See. Lass uns die Himmel zurückerobern.

Mein Feuerdrache stemmt seinen Kopf gegen Kurs Brust und versetzt ihm einen Stoß. Kur weicht zurück und speit Flammen. Ich ducke mich hinter den Kopf meines Tieres. Der Feuerschwall geht an mir vorbei, doch sein giftiges Feuer reißt kleine Löcher in meinen Drachen.

Brac schleudert Flammen auf Kurs Vorderfüße. Dieser schleudert Brac mit seinen Klauen in die Dunkelheit.

Flieg!

Mein Drache steigt in den Himmel auf. Kur schickt uns

einen Schwall weißblaues kaltes Feuer hinterher. Wir weichen ihm aus, indem wir höher fliegen.

Kur greift nach dem Hals meines Drachen, packt mit seinen Kiefern zu und schleudert uns zu Boden. Alles bebt und dröhnt, als wir herumrollen. Ich bemühe mich, oben zu bleiben, bis wir uns wieder aufgerichtet haben. Mein Drache duckt sich, die Stelle, über die wir gerollt sind, ist verkohlt. Kur schießt noch mehr kaltes Feuer auf uns ab und reißt weitere Löcher in meinen Drachen. Die Kraft der Flammen unter mir beginnt sich aufzulösen.

Als Kur einen abschließenden Feuerstoß vorbereitet, ist auf einmal etwas Erstaunliches zu sehen.

Elefanten? In den Alpanas?

Grün gekleidete Krieger aus Janardan reiten sie und halten ihre grün-weißen Drachenkobra-Flaggen hoch. Mathura und Chitt reiten gemeinsam auf einem Elefanten mit riesigen Stoßzähnen. Die Herde marschiert auf das Schlachtfeld. Landbarken – riesige Steinplatten auf Felsenrädern – bleiben stehen. Noch mehr Elefantenkrieger drängen von den Landbarken an die Front, Macheten im Anschlag.

Sie erschüttern den Boden, lockern die Erde unter Kurs Füßen und zerren ihn in Richtung Tor. Kurs Schwanz ist auf Höhe der Wasseroberfläche. Er stößt ein durch Mark und Bein gehendes Brüllen aus und bläst Feuer auf die vorderste Reihe der Elefantenkrieger. Erschrocken sehe ich, wie sein giftiges kaltes Feuer Reiter und Tiere verschlingt.

Ich ducke mich auf meinem Drachen, während Wut in mir hochkocht. *Schnapp ihn dir!*

Wir heben ab. Kur stößt einen weiteren Feuerschwall aus. Wir weichen zur Seite, doch er trifft meinen Drachen in der Mitte. Das Feuer in Drachengestalt unter mir löst sich in Rauchsäulen und Dampf auf. Die Welt verschwimmt zu rot –

orange – gelb – blau. Ich falle. Feuertunnel umgeben mich in einem Chaos aus Schreien und Schlägen.

Ich knalle auf den Boden, und mein Feuerdrache über mir verschwindet. Das Beben unter dem Stampfen der Elefanten setzt sich fort, denn die Erdwesen sind unermüdlich. Sie drängen Udug und seine Dämonenschwestern zum See, aber Kur ist zu groß und schwer, als dass ihn die Erschütterungen zu Fall bringen könnten.

Der Oberste Drache schlägt seine vordere Klaue über mir in den Boden und hält mich so gefangen. Er bohrt mir eine spitze Kralle in den Oberschenkel. Etwas schnappt zu und zerreißt. Er bohrt seine Klaue tiefer in mich, durch Haut, Fleisch und Knochen. In meinen Ohren hallen Schreie. Erst als ich wieder Luft holen kann, wird mir klar, dass *ich* es bin, die schreit.

Die Elefantenkrieger lösen Erderschütterungen aus – entfernte Schläge auf dem Boden. Kurs Schnauze taucht über mir auf. Ein Atemzug, und er macht ein Häuflein Asche aus mir.

»Es ist noch nicht zu spät, dich in das Nichts zu schicken, mein Kind. Dort wirst du nie wieder Schmerz oder Reue empfinden.«

Ich werfe mich gegen seine Krallen. In ihm brennt nichts als Gift, kalt und unerbittlich. Ich greife auf meine Kräfte zurück, schicke mein glühend heißes Seelenfeuer in ihn hinein.

Kurs schwefliger Atem ergießt sich über mich. »Deine Kräfte sind bedeutungslos. Aber eine andere Kraft haust in dir, die nie vergehen kann. Komm in die ewige Dunkelheit.« Er drückt zu und quetscht mich zusammen. Seine Schnauzenhaare streichen über mein Gesicht und stechen wie Tentakel. »Ich kann dich von deinen schwachen sterblichen Ketten befreien. Ich kann dich großartig machen.«

Ich antworte durch zusammengebissene Zähne. »Das bin ich bereits.«

Ein Heulen erfüllt die Berge, eine Kriegsfanfare ruft zum Kampf auf. Ein Schwarm Mahati-Falken, die größten Greifvögel, die ich je gesehen habe, schießen im Sturzflug auf Kur herab und zerren wütend an dem Dämon. Er bäumt sich auf, zieht die Kralle aus meinem Bein und entlässt mich aus meinem Gefangensein. Ich rolle stöhnend zur Seite und umklammere mein blutendes Bein.

Tinley führt eine Einheit paljoranischer Krieger an, die auf den Vögeln reiten. Als natürliche Feinde von Schlangen kämpfen die Mahatis, indem sie ihrem Instinkt folgen. Sie umkreisen Kurs Kopf in perfekter Formation. Ihre Krallen kratzen ihn, und scharfe Schnäbel picken an seiner schuppigen Haut. Indah und Pons reiten gemeinsam auf einem Falken mit burgunderrotem Gefieder und schießen Armbrustpfeile in Kurs Brust. Er jagt dem kreisenden Schwarm hinterher und stößt Feuer aus. Sie stieben rasch und geschickt auseinander, doch er trifft einen Falken, der in den See stürzt.

»Kali!« Deven fällt neben mir auf die Knie.

»Deven, mein Bein …«

Er zieht rasch seine Uniformjacke aus und wickelt sie um meinen Oberschenkel. »Es ist in Ordnung. Denk nicht daran. Du hältst das aus.«

Ich stöhne, ein kehliger Schmerzensschrei, als er den Stoff um mein Bein knotet. Seine Tunika bekommt rote Flecken.

Die Verfolgung durch den Mahati-Schwarm treibt Kur bis zu seinen Hinterbeinen in den See, doch mit seinem giftigen Feuer holt er zwei weitere Falken vom Himmel.

Ein plötzlicher Wind kommt auf, und in der Ferne kommen rasch, erhellt von Laternen, paljoranische Luftschiffe in Sicht. Chief Naresh führt seine Crew im Bug des vordersten Schiffes an. Die Luftwesen an Bord sammeln die Nordwinde und lenken eine Bö auf Udug und seine Schwestern.

Der Boden um Deven und mich vibriert, Steine hüpfen und springen. Schaumgekrönte Wellen bedecken die Oberfläche des Sees, aufgepeitscht vom Wind. Wasserwesen stechen ihre Dreizacke in Lilu. Als sie in die Wellen flieht, drücken die Wasserwesen sie in die Tiefe. Ein Erdwesen erwischt Edimmus hervorschießende Zunge mit einem Felsen, und ein Erdrutsch reißt sie in den See.

Udug, der verwundet ist, schleudert sein blaues Feuer auf Elefantenkrieger. Tinley stößt mit Chare im Sturzflug herab. Die Falkin packt ihn, ihre Krallen bohren sich durch seine Flügel. Udug schlägt um sich, doch die Falkin geht über dem Wasser tiefer und lässt ihn hineinfallen. Eine Woge verschluckt ihn.

Wir gewinnen. Wir werden den Morgen wiederauferstehen lassen. Anu wacht über uns von Ekur aus in der Höhe. Er lässt nicht zu, dass wir scheitern.

Die Falkenkrieger, die Kur bekämpfen, ziehen sich zurück, um den Luftschiffen Platz zu machen. Kur schickt Feuer zum Himmel und trifft eines davon. Das Gewirr aus Segeln entzündet sich. Das Schiff kippt, als sich die Flammen ausbreiten, und trudelt zu Boden.

Die anderen Luftschiffe aus Paljoran nutzen den Nordwind und nähern sich dem Dämonendrachen. Ihre Böen treiben Deven und mich bis zu den Knien in das eisige Wasser. Deven sticht mit seinem Schwert durch meine Tunika und stößt es ins Seeufer, um mich zu sichern. Er umklammert den Griff, und ich halte mich an ihm fest.

Das Luftschiff kommt näher, und die Winde nehmen zu. Die lestarische Marine lässt Wellen über Kur schwappen und verstärkt so ihren Angriff, der ihn weiter in das kabbelige Wasser treibt.

Devens Hände rutschen ab. Ich packe ihn am Handgelenk, damit er nicht weggetrieben wird. Ich halte mich am Schwert fest, doch es entgleitet meiner nassen Hand. Deven wird in den See geschleudert.

»Nein!«

Ich verliere ihn aus den Augen, Schaum und Schmutz nehmen mir die Sicht. Er taucht wieder auf und treibt hilflos in der starken Strömung, die von den von allen Seiten blasenden Winden verstärkt wird.

»Jemand muss ihm helfen!«

Der Mahati mit Indah und Pons kommt im Sturzflug herab, die Klauen ausgestreckt, um Deven zu packen, doch die Winde werfen den Falken zurück, treiben ihn außer Handlungsweite.

Kur versinkt bis zur Brust im See. Ohrenbetäubende Winde tosen um mich herum. Meine Tunika reißt, löst sich vom Schwert, aber meine Hand bleibt, wo sie ist. Das Seeufer hinter mir wurde für diesen Angriff freigeräumt. Sogar die Wasserwesen steuern die Wellen aus sicherer Entfernung. Ich bin am nächsten an Deven dran.

Ich atme einmal tief ein und lasse los.

Winde treiben mich über das Wasser. Ich lande auf Eisschollen, bis zum Hals in eisigen Wellen. Die Kälte tut weh, das Wasser packt mich wie Zähne, die mich zu Kur zerren. Deven ist in einem Gezeitenpool neben ihm gefangen, und sinkt immer wieder so tief hinein, dass er aus meinem Sichtfeld verschwindet.

Eine Welle schwappt über mich hinweg. Eine andere hebt mich hoch und wirbelt mich herum. Kur streckt seine Klauen in die Luft. Unsere Streitkräfte bekämpfen ihn mit allem, was sie haben, aber sein Kopf ist noch immer über Wasser.

Er braucht einen Grund, um unterzutauchen.

Auf einer hereinströmenden Welle reite ich zu ihm und klammere mich an seine schuppige Seite. Mit einer Hand dringe ich in ihn hinein und dörre ihn aus. Seine giftigen Kräfte fließen in meine brennende Handfläche. Meine Finger bilden Blasen und kochen. Meine Haut schmilzt, aber ich lasse nicht locker. Ich kann sein kaltes Feuer aushalten. Ich kann die Dunkelheit annehmen.

Kur versucht mich abzuschütteln. Ich klammere mich an ihn und ziehe die ewige Dunkelheit in meine Knochen. Schmerz schießt mir durch den Arm und verlangt, dass ich aufhöre. Der Schmerz breitet sich in alle Richtungen aus und ist so unerträglich, dass ich beinahe den Verstand verliere.

Unfähig, noch mehr in mich aufzunehmen, lasse ich los, und eine kleine Welle trägt mich von ihm fort. Meine Finger schrumpfen weiter zusammen, zerfressen vom kalten Gift, das ich freiwillig in mich aufgenommen habe.

»Kur!«, brülle ich.

Er beugt seinen Kopf zu mir herab, und ich werfe das kalte Feuer, das ich ihm entzogen habe, auf ihn. Die saphirfarbenen Flammen schießen über seine Schnauze und setzen seine Barthaare in Brand. Er wirft den Kopf hin und her, um sie zu löschen, doch das giftige Feuer breitet sich über die Schuppen aus.

Eine Welle schlägt über mir zusammen, aber ich tauche wieder auf. Er senkt seine Schnauze in das Wasser, um die Flammen zu löschen. Ich greife nach dem letzten Rest kalten Feuers in mir und schicke eine blauweiße Flamme auf seine Augen. Er brüllt und schlägt um sich, als es brennt und brennt.

»Kali!«, ruft Deven.

Er ist hinter ihm gefangen. Unsere Blicke treffen sich, beide voller Entsetzen. Kur brennt noch immer. Unfähig, den Schmerz zu ertragen, taucht der Dämonengott unter Wasser, um die Flammen zu löschen.

Die Wucht seines Untertauchens verursacht kräftige Gegenströmungen. Ein Mahlstrom wirbelt mich an seinem äußeren Rand herum. Näher in der Mitte des starken Strudels wird Deven hinabgezogen.

»Nein!«

Ich tauche nach ihm. Schatten winden sich dort unten, die wie Haken greifen und ziehen. Ich schieße meine Kräfte in meine unverletzte Hand, doch im gedämpften Lichtschein sind weder Deven noch Kur zu erkennen. Meine Lungen stechen. Die Dunkelheit ist undurchdringlich und zerrt an mir, hängt sich wie Mühlsteine an meine Fußknöchel.

Ich sinke ins kalte Nichts hinab, näher hin zum Tor.

Ein plötzlicher Auftrieb presst gegen meine Seite. Die Strömung wirft mich an Land. Meine verletzte Hand – meine *aussaugende* Hand – ist so geschunden, dass sie nicht mehr wiederzuerkennen ist. Ihr Fleisch ist größtenteils zerfressen, und die Reste des starken Gifts brennen noch immer. Ich presse die Hand an meinen Körper und suche die Wellen zwischen den Eisschollen nach Deven ab.

Ashwin kommt im nachlassenden Wind zu mir gerannt. »Kali, wo ist Deven?«

Ich konzentriere mich und kämpfe gegen eine drohende Bewusstlosigkeit an. »Kur hat ihn mitgenommen.« Ashwin betrachtet den aufgewühlten See, sein Kinn entschlossen. »Er ist untergegangen …«

»Ich finde ihn, Kalinda.« Ashwin reißt sich die Jacke herunter, springt ins Wasser und taucht unter.

Kaum ist er weg, sind Yatin und Natesa bei mir. Sie erbleicht beim Anblick meiner entstellten Hand und meines blutigen Oberschenkels und ruft nach Indah. Das Zittern in mir wird zu einem unkontrollierbaren Schütteln.

»Wohin wollte der Prinz, Kalinda?«, fragt Yatin.

»Kur hat Deven gepackt. Ashwin ist ins Wasser gesprungen, um ihn zu suchen.«

Yatin erbleicht und ruft den Truppen hinter uns zu: »Der Prinz ist im See! Findet ihn! Holt ihn raus, bevor er durch das Tor gezogen wird!«

Wasserwesen springen in den See. Der Rest der Truppen versammelt sich am Ufer und ruft ihre Götter mit Namen an.

»Anu, Gott der Stürme … Ki, Mutter der Berge … Enlil, Bewahrerin der Flamme … Enki, Herrin der Meere …«

Wieso beten sie? Sie sollten in den See springen. Sie sollten nach Deven suchen!

Sterne blinken jetzt hell am Himmel, und der Mond zeigt sein unvergessliches Rund. Doch ihr Wiedererscheinen löst keine Freude aus. Wie können die Sterne es wagen, ohne ihn zu scheinen! Wie können sie zurückkommen, wo er gegangen ist? Wie kann die Welt gerettet werden, wenn mein Herz zerstört ist?

Das von Trauer erfüllte Beten geht weiter und mein Wüten gegen die Himmel ebenfalls. *Anu, das darfst du nicht! Deven ist gut. Kur darf ihn nicht haben!*

Eine Welle bricht sich ganz in der Nähe.

»Ich habe ihn!«, ruft Admiral Rimba.

Wen?

Ich zwinge mich, die Augen zu öffnen. Ein Mann liegt auf dem Boden, umringt von Soldaten. Ich versuche mich aufzusetzen, doch die abrupte Bewegung kostet mich die letzte Kraft. Gefühllosigkeit legt sich über mich.

Ist es Deven?

Bitte, Anu. Bei allem, was recht ist, du musst ihn zurückbringen.

Eine Stimme ruft meinen Namen. Ich weiß nicht, wessen. Mein Geist erliegt dem Gift, und ich schwebe davon in die Dunkelheit, wütend auf die Sterne.

KAPITEL 34

KALINDA

Im Tigerinnen-Pavillon ist es warm heute. Der Frühling weckt die Nachmittagswärme, und eine Brise treibt den süßen Duft blühender Iris und sonnenwarmer Zitruspflanzen herein. Natürlich beschwert sich keine der Frauen oder Mädchen darüber. Wir freuen uns über den Sonnenschein, denn wir erinnern uns noch lebhaft an eine Welt unter einem versehrten Himmel.

Ich habe meinen Kunstunterricht beendet und die Schüler entlassen. Sarita, meine Co-Lehrerin, kommt später, um meine Sachen zusammenzupacken und in mein Zimmer zu bringen. Sie hat eine Begabung für das Zeichnen, und weil ich vielleicht nie mehr so zeichnen werde wie früher, ist sie ein absoluter Gewinn.

Im Zentrum des Pavillons führen Parisa und Eshana Kampfkünste vor. Ihre Tempelmündel sitzen mit verschränkten Beinen vor dem vollen Waffengestell und blicken verzückt auf die herumwirbelnden Stöcke der Ranis. Neben dem schwarz-weiß gefliesten Brunnen bringt Shyla drei kleine Mädchen dazu, zuzuhören anstatt zu flüstern, und belehrt sie dann darüber, wie wichtig es ist, die Erdgöttin Ki und ihre Kriegerschwestern zu ehren. Rehan tapst zu ihren Füßen herum, und ihre kleinen Hände klammern sich an die Knie ihrer Mutter.

Priesterin Mita, Heilerin Baka, Schwester Hetal und all die

anderen Schwestern knien auf Bodenkissen im Schatten eines rubinroten Baldachins. Sie nippen an geeistem Minze-Zitronen-Tee und nehmen sich Eiswürfel aus einem Eimer, um sie zu lutschen oder sich damit über die Stirn zu reiben. Es war Natesas Vorschlag, die Mündel und Schwestern so lange im Palast wohnen zu lassen, bis ein neuer Tempel errichtet wäre. Der Bau könnte allerdings auf sich warten lassen, weil die Wohltäter nur zögerlich etwas zu unserer Kollekte beitragen, jetzt, da wir die Bedingungen für die Forderung geändert haben. Ein paar von ihnen gefällt die Herausforderung, eine Kriegerschwester zu besiegen, während andere es als unangemessen für Frauen ansehen, ihre Beschäftigung und, sofern der Wunsch besteht, einen Ehemann selbst auszuwählen. Unabhängig davon wollte die Erdgöttin Ki stets, dass Frauen die Wahl haben, also haben sie die bekommen. Irgendwann werden wir genug Mittel beisammenhaben, um den ersten Tempel der Schwesternschaft in Vanhi zu errichten, doch ich bedauere bereits den Tag, an dem uns diese Mädchen verlassen werden. Sie sind eine angenehme Gesellschaft.

Parisas Stimme schallt durch den Pavillon: »Wir sollten stets nett zu unseren Schwestern sein«, unterweist sie ihre Schülerinnen.

»Außer wenn wir kämpfen«, erwidert Eshana und schlägt Parisa mit ihrem Stock leicht auf die Hüfte.

Ihre Klasse kichert, während die beiden eine Reihe leichter spielerischer Schläge austauschen. Ich gehe an der Reihe mit den Mädchen vorbei, winke den wenigen zu, die meine Kunstklasse besuchen, und schlüpfe hinaus.

Im Flur schlängle ich mich an den hohen Gerüsten vorbei, auf denen Männer mit Reparaturarbeiten beschäftigt sind. Sie verteilen weiße Spachtelmasse auf Wänden und Decken, schließen Löcher und Risse in der elfenbeinfarbenen Fassade.

Die Instandsetzung des Palasts hat unmittelbar nach unserer Rückkehr nach Vanhi begonnen.

Nun, beinahe jedenfalls. Zuerst haben wir die Rebellen in die arktische Tundra verbannt. Anjali und dem Rest von Hastins Anhängern wurde befohlen, nie wieder einen Fuß auf tarachandischen Boden zu setzen. Angesichts ihrer schweren Vergehen war diese Bestrafung eine Gnade. Dann halfen wir unseren Flüchtlingen, in ihre Häuser in Vanhi zurückzukehren. Viele Teile der Stadt stehen noch immer leer, doch täglich kehren mehr ehemalige Bewohner zurück.

Ich gehe bis zum Zentrum des Palasts. Das Tor zum privaten Atrium des Rajahs steht offen. Ich folge dem Pfad durch den gepflegten Garten, der voll grüner Bäume und leuchtend bunter Blumen ist, und bleibe stehen, bevor ich auf eine herabgefallene Limone trete. Ich hebe die reife Frucht mit meiner linken Hand auf, meiner einzigen Hand. Indah musste meine andere amputieren. Sie erzählte mir danach, dass Dämonengift tödlicher ist als das von Drachenkobras, das einen Menschen in fünfzehn Minuten und einen Elefanten in wenigen Stunden töten kann. Pons hat mir eine Prothese aus Holz und Leder angefertigt, aber ich habe sie ihm zurückgegeben, damit er die Manschette und den Riemen verändert. Sie ist im Kunstunterricht heruntergefallen. Keine meiner Schülerinnen lachte – sie haben großen Respekt vor mir, aber ich werde diese Hand erst tragen, wenn sie richtig passt.

Natesa und Yatin wuseln geschäftig zwischen den Bäumen herum. Brac, Mathura und Chitt helfen ihnen, alles für das Fest heute Abend zu Ehren der Ankunft von Prinzessin Gemi und Datu Bulan sowie Chief Naresh und Tinley vorzubereiten. Die ganze Bagage ist heute Morgen eingeflogen. Es ist unser erstes Zusammentreffen, seit wir Samiya verlassen haben.

Ich war an diesem Tag in miserabler Verfassung. Ich habe mich während des gesamten Rückflugs nach Vanhi im Luftschiff des Chiefs versteckt und mich geweigert, irgendjemanden – außer Indah für meine Behandlung – zu empfangen.

An manchen Tagen wünsche ich mir, ich hätte die Kabine nie verlassen.

Nachdem ich die Limone hingelegt habe, verlasse ich das Atrium, bevor mich meine Freunde sehen und mich bitten, mich zu ihnen zu gesellen. Ich steige die Treppe zur Haupthalle hinunter. Bevor ich durch die Eingangstür hinaustreten kann, werde ich von Indah gerufen. Sie und Pons holen mich ein, ihr in Tücher gewickeltes Neugeborenes in seine großen Arme geschmiegt.

»Wie war der Besuch bei deinem Vater gestern?«, frage ich Indah. Admiral Rimba und seine Frau trafen vor dem Datu und der Prinzessin ein, um ein wenig Zeit für ihre Tochter und ihr Enkelkind zu haben.

»Besser«, sagt Indah und führt uns in eine Nische abseits vom Eingang. »Sooft er mürrisch wird, reiche ich ihm das Baby. Mit der Zeit wird er die neue Familie akzeptieren.«

Ich konnte den Wutausbruch des Admirals mit anhören, als ich an Bord des Luftschiffs war. Er war überhaupt nicht glücklich darüber, dass seine Tochter ein uneheliches Kind erwartete, was für ihn offensichtlich beschämender war als das, was Pons mit den meisten Janardanern erlebte. Natesa erzählte mir später, dass er Indah und Pons auf der Stelle verheiraten wollte, irgendwo in der Luft über dem nördlichen Tarachand. Doch Indah erlaubte ihrem Vater nicht, sie zu einer lebensverändernden Verpflichtung wie einer Heirat zu drängen, bevor sie dazu bereit war.

Zu dritt, mit dem Baby zu viert, betreten wir die stille Kapelle. Brandopfer liegen auf dem Steinaltar, und der Geruch nach Sandelholz erfüllt den Raum. Die Kapelle war selten leer seit unserer Rückkehr. Natesa und ich haben jeden Tag für die Brandopfer dargeboten, die auf dem Berggipfel gestorben sind. Ich verbringe mehr Zeit hier als in meinem Gemach.

Pons streckt mir seine Tochter entgegen.

Ich blicke auf sie hinunter. »Sie wächst sehr schön.«

»Sie ist zwölf Tage alt, und du hast sie noch nicht ein Mal gehalten«, erwidert Indah.

»Oh, ich glaube nicht …« Indah nimmt ihre Tochter aus Pons' Armen, legt sie in meine und hält dann inne, um zu sehen, wie es mir mit der einen Hand ergeht. Ich schmiege das Baby fest an mich. »Habt ihr schon einen Namen?«

»Wir haben uns für den Namen von Pons' Mutter entschieden, Jala.« Einen Moment lang dachte ich, Indah hätte Jaya gesagt. »Pons und ich haben schon darüber gesprochen. Wir möchten, dass du Jalas Patin wirst. Ich habe es dir nie erzählt, aber als ich schwanger war, fühlte ich in deiner Anwesenheit großen Frieden. Vielleicht fand ich dich deshalb sympathisch, obwohl wir Gegnerinnen waren. Auch wenn es seltsam sein mag, doch meine Gefühle wurden stärker, während Jala wuchs. Allein schon sie zusammen mit dir zu sehen fühlt sich richtig an. Sich nur, wie fröhlich sie ist. Als würde sie dich erkennen.«

Tränen brennen in meinen Augen. Ich weiß nicht, ob diese kleine Seele Jaya in ihrem nächsten Leben ist oder ob sich Indah ihre Zufriedenheit mit mir nur einbildet, aber Jala im Arm zu halten, fühlt sich richtig an. Nichts ist vom Samiya-Tempel übrig, aber dieses kleine Mädchen … fühlt sich wie zu Hause an.

»Nimmst du an?«, fragt Pons.

»Natürlich.« Obwohl mir beide vergeben haben dafür, dass ich Indahs Seelenfeuer missbraucht habe, frage ich mich noch immer, ob ein solcher Missbrauch je vergeben werden sollte.

Dass sie mir Jala anvertrauen, befreit mich von meinen letzten Zweifeln, und ich verspreche mir selbst, es nie wieder zu tun.

Der Gong zum Abendessen erklingt. Indah greift nach Jala, und ich reiche sie ihrer Mutter. Ich werde nicht noch einmal zwölf Tage warten, bis ich sie das nächste Mal im Arm halten werde.

Nachdem ich ein Räucherstäbchen in meine Tasche gesteckt habe, folge ich ihnen aus der Kapelle.

»Kommst du zum Fest?«, fragt Indah.

»Ich bin beschäftigt.« Ich tue so, als würde ich das Stirnrunzeln der beiden nicht bemerken.

Indah spricht in sanftem Ton. »Kalinda, du musst versuchen, nach vorn zu schauen.«

Irgendwann haben alle meine Freunde mir diesen Rat erteilt. Aber sie sagen mir nicht, was es dort zu schauen gibt. Sie wollen mich nur über eine Klippe stoßen, um zu sehen, wo ich lande.

»Danke, dass ich Jala halten durfte«, sage ich und verlasse die Kapelle.

Palmwedel rascheln in der stillen Dämmerung. Die Palastgärten, die kürzlich erst in ihre Vorkriegspracht zurückversetzt wurden, sind leer. Alle versammeln sich zum Fest. Natesa wird unsere Gäste mit köstlichen Gerichten und Desserts verwöhnen. Sie hat sogar Tänzer mit Glöckchen an den Fußknöcheln und Handgelenken engagiert. Meine Abwesenheit wird sie enttäuschen, doch es ist ein fröhlicher Anlass, und ich kann mich nicht zu einem falschen Lächeln zwingen.

Die Gruft meiner Mutter befindet sich zwischen zwei Eukalyptusbäumen an einem Pfad, der von süß und fruchtig duftenden Ringelblumen gesäumt ist. Meine Finger zittern, als ich den frisch geschnitzten Namen unter ihrem an der Tür nachzeichne.

Ich spüre dabei nur Leere, als würde das Grab aus seiner Leiche bestehen. Als ich auf dem Heimflug von Samiya im Luftschiff erwachte, war meine erste Frage: *Wer? Wer wurde an Land gespült?* Indah sagte mir, dass die Wasserwesen Ashwin zurückgebracht hätten und sich anschließend das Eis auf dem See wieder geschlossen habe und damit auch das Tor. Aber ich kann nicht akzeptieren, dass Deven tot ist.

Während ich meine Handfläche auf seinen Namen presse, verweile ich auf der Schwelle zu den Toten. Die Schatten um mich herum verwandeln sich von dunklen Schattierungen in tiefschwarzen Samt. Ich atme ihren frischen Geruch ein. Die Nachtstunden sind zu meiner Zuflucht geworden. Ich kann im Dunkeln ich selbst sein.

Eine Wahrnehmung löst Gänsehaut auf meinen Armen aus. Jemand beobachtet mich. Vielleicht ist das Wunschdenken, obwohl ich versuche, etwas in der Dunkelheit zu erkennen.

»Es gefällt mir, dass du noch immer Hosen trägst«, sagt Ashwin hinter mir.

Das Gefühl, beobachtet zu werden, verschwindet, als ich mich zu ihm umdrehe. »Du kommst zu spät zum Fest.«

»Du ebenfalls.« Er steckt die Hände in seine Hosentaschen. Er hat sich für das Abendessen herausgeputzt, eine goldbestickte scharlachrote Tunika mit Stehkragen und passendem Turban. »Alle haben Spaß. Chitt hat angeboten, Brac in seine Position einzuweisen. Ich will ihn als meinen Bhuta-Botschafter.«

»Er ist der perfekte Kandidat dafür«, sage ich. Brac wird dafür sorgen, dass alle Bhutas sich in Tarachand willkommen fühlen, aber auch aufpassen, dass sie nicht aus der Reihe tanzen. Jüngste Streitigkeiten haben Fragen darüber aufgeworfen, wie sich das Gesetz Geltung bei denen verschaffen will, die ihre Kräfte missbrauchen. Vor allem Bhuta-Kinder brauchen neben der entsprechenden Erziehung ein angemessenes Training. Ich bin mir sicher, dass Bracs erste Aufgabe sein wird, eine faire Lösung zu finden.

Ashwin zuckt lässig die Achseln und sucht nach einem anderen Thema. »Natesa und Yatin haben darum gebeten, ihre Trauung hier vollziehen zu dürfen.«

Ich nehme ihm seine Unbekümmertheit nicht ab. »Haben sie darum gebeten, oder hast du es ihnen angeboten?«

»Es war wohl mein Vorschlag. Sie haben nicht viele Mittel, wegen der baldigen Eröffnung ihres Wirtshauses.« Ashwin pflückt eine Blüte vom Neembaum und dreht sie zwischen den Fingern hin und her. »Es ist seltsam, eine Hochzeit zu planen, die nicht meine ist. Ich habe vier Tugendwächter ausgewählt, kann mich aber für keine Braut entscheiden. Die Ranis und Kurtisanen macht die Warterei ganz nervös. Ich habe ihnen gesagt, dass sie alle bleiben können … aber es gibt nur einen Namen, den ich als den meiner Kindred verkünden möchte.«

»Ashwin«, sage ich erschöpft, »es ist Zeit, dass ich meinen Platz für eine andere freimache.«

»Wenn dir die Rolle der Kindred unsympathisch ist, dann sei meine zweite oder dritte Frau.«

»Du weißt, ich kann nicht.« Meine Pflicht gegenüber dem Thron war erfüllt, als ich Kur besiegte. »Ich werde dir als Feuerwesen-Tugendwächterin dienen, obwohl du wirklich eine mit zwei Händen auswählen solltest.«

Das ernüchtert ihn ein wenig. »Wie geht es mit dem Zeichnen voran?«

»Langsam.« Seit der Rückkehr in den Palast habe ich jeden

Tag gezeichnet und mich verbessert, doch meine Zeichnungen sind nichts, um damit anzugeben. »Bitte Gemi, dich zu heiraten, Ashwin. Sie wird eine gute Ehefrau sein, und euer Bund wird die Verbindung zum Ausland stärken.«

Und als Erbin wird Gemi verstehen, dass für Ashwin das Reich an erster Stelle stehen muss, noch über ihr.

»Du hast über die Vorteile gründlich nachgedacht«, sagt er und wirft die Blume weg.

»Du weißt, dass ich recht habe«, erwidere ich auf dieselbe Weise. »Es ist an der Zeit, dass du heiratest. Das Reich braucht Ranis, und du bist bereit.«

Ashwin streicht mir mit den Fingern über die Wange. »Ich wünschte, du könntest es sein.«

»Für dich wird das Reich immer an erster Stelle stehen. So sollte es sein. Aber ich … ich habe einen anderen Traum für mich.«

Meine Aufmerksamkeit wandert zu den Schatten, zu dem Sandelholzgeruch in meiner Tasche, zu der Zeichnung in meinem Schlafgemach, an der ich seit vierzehn Tagen arbeite.

Ashwin nimmt meine Hand in seine. »Falls du je deine Meinung ändern solltest …«

»Danke.« Ich drücke seine Finger.

Er lässt ohne weiteres Drängen los. »Bist du sicher, dass du dich nicht zu uns gesellen willst? Yatins ältere Schwestern werden Geschichten über die Götter vortragen.«

»Das klingt traumhaft, aber ich bin wirklich müde.« Das ist meine gewohnte Entschuldigung, um seine Enttäuschung über meine Abwesenheit oder mein fehlendes Interesse an den Geschehnissen im Palast zu dämpfen. »Bitte richte den Gästen meine Grüße aus.«

»Das werde ich.« Ashwin steckt die Hände in seine Hosentaschen und schlendert davon.

Ich hebe die Blüte auf, die er weggeworfen hat, und lege sie vor das Grab. »Gute Nacht, Mutter und Vater.«

Als ich wieder hineingehe, sind die Laternen angezündet worden, und der Geruch nach köstlichen Gewürzen zieht durch die Flure. Die Balkontüren in meinem Schlafgemach sind geschlossen, und es ist stickig. Asha ist seit Kurzem sehr beschäftigt. Sie macht bei Baka eine Ausbildung zur Heilerin. Ich schleudere meine Sandalen von den Füßen und öffne die Balkontüren. Ein Windstoß bauscht die Vorhänge. Ich erinnere mich daran, wie ich mich mit Deven darin einwickelte, eng umschlungen und …

Ich versuche, nicht weiterzudenken, bevor ich nicht mehr atmen kann, und kehre ins Schlafzimmer zurück.

Pergament und Kohlezeichnungen liegen auf dem Tisch ausgebreitet. Ich zünde eine Lampe an, die einen Lichtschein auf die oberste Zeichnung wirft. Ein faszinierendes Porträt, das beinahe fertig ist, blickt zu mir herauf. Sein eckiges Kinn, das ich gestreichelt habe, die hervorstehenden Wangenknochen, die ich umfasst habe, die vollen Lippen, die ich geküsst habe, und freundliche, entschlossene Augen.

Seine Nase ist noch immer nicht fertig. Meine linke Hand hat Probleme damit, Kohlestriche so gleichmäßig zu ziehen, wie meine rechte es so geschickt konnte. Ich habe fast drei Tage gebraucht, um seine dichten Wimpern zu zeichnen. Doch die Anstrengung musste sein.

Die Zeichnung ist nutzlos, solange seine Nase nicht korrekt ist.

Ich setze mich und versuche es erneut. Ein leichtes Zittern fährt mir durch die Hand. Die erste Linie ist falsch. Ich radiere sie weg und versuche es erneut. Dann noch einmal … und noch einmal.

Die Öllampe brennt schwach. Der Mond steht hoch am

Himmel, und die entfernten Festgeräusche sind verstummt. Kohle befleckt meine Finger und Nägel, und mein Rücken schmerzt wegen der gebeugten Haltung. Als ich sicher bin, dass ich nie wieder eine perfekte Linie zeichnen werde, gelingt es mir schließlich. Ich zeichne die gerade abfallende Linie seiner Nase, und da ist sie in ihrer ganzen Perfektion.

Meine Nerven prickeln und beleben meinen Plan. Ich habe es geschafft. Ich bin bereit.

Ich ziehe das Sandelholzräucherstäbchen aus meiner Tasche, das ich aus der Kapelle mitgenommen habe. Meine Fingerspitze glüht vom Feuer, und ich entzünde das Ende. Ein gleichmäßiger Rauch breitet sich im Raum aus und vermittelt meinen Sinnen einen Geruch, den ich vermisst habe.

Die Zeichnung, mit der ich mich tagelang abgemüht habe, liegt auf dem Tisch. Mehrere Monde voller Vorbereitungen und Übungen, um einen bestimmten Grad an Kunstfertigkeit mit meiner schwächeren Hand zurückzuerlangen, liegen hinter mir. Ist sie gut genug? Sieht sie aus wie er? Oder habe ich irgendwelche Details vergessen? Der Gedanke beunruhigt mich. Ich nehme die Zeichnung in die Hand und betrachte sie, während ich mein Gedächtnis bemühe. Jedes Detail erfordert eine gewissenhafte Aufmerksamkeit.

Nein, ich habe nichts vergessen. Das ist er.

Aber wenn es nicht stimmt. Wenn ich scheitere …

Meine Nerven ertragen ein weiteres Zögern nicht. Ich lösche die Lampe, und Schatten senken sich um mich herab. Ich presse die Zeichnung auf mein pochendes Herz und beobachte die dunkelste Ecke meines Zimmers. Nachdem ich den Sandelholzgeruch eingeatmet habe, heiße ich die Schatten willkommen, weil sie die Tür zur ewigen Dunkelheit sind.

Anu, bitte lass es geschehen …

Ich schließe die Augen, tauche tief in mein Bewusstsein ein

und öffne mein Herz mit all seinen Schätzen darin. Erinnerungen an Deven Naik, lebendig und heil, erfüllen mich. Sein tiefes Lachen, sein sanfter Kuss, sein weicher Bart. Ich folge den Erinnerungen, gehe zurück bis zum ersten Mal, als ich ihn auf seinem Pferd sitzen sah, als er auf den Tempel zuritt. Ich schärfe meine Sinne, suche nach einer Veränderung in der Dunkelheit und öffne die Augen.

Niemand ist da. Ich schärfe meine Wahrnehmung, suche nach jemandem in meinem düsteren Zimmer, greife jedoch ins Leere.

Namen haben Macht.

Ich rufe ihn, zuerst mit meinem Verstand und meinem Herzen und dann mit meinen Lippen. »Deven Naik.«

In den Schatten tut sich nichts. Ich rede mit mir selbst, zu einem Geist, einem verlorenen Traum.

Tränen kommen, obwohl ich sie kaum spüre. Sie sind in letzter Zeit häufig, vor allem nachts, wenn ich allein bin. Ich lege die Zeichnung weg und mache das Weihrauchstäbchen aus.

Mondlicht überzieht meinen Balkon. Ich schließe die Türen, damit es noch dunkler in meinem Zimmer wird, und schleppe mich zu meinem Bett. Neu aufsteigende Tränen schnüren mir die Kehle zu. Ich denke immer, ich werde darin ertrinken, doch das passiert nie. Ich lasse mich auf den Berg alberner Kissen fallen, die ich nur für einen Zweck gut gebrauchen kann. Ich nehme mir eines, presse es auf mein Gesicht und gebe ein Schluchzen von mir. Natesa schaut abends manchmal nach mir, und ich will nicht, dass sie mich hört.

Ich weine in das Satinkissen, bis ich vor Kopfschmerzen ganz benommen bin. Ich werfe das Kissen beiseite und putze mir die Nase, und plötzlich nehme ich etwas wahr.

Jemand ist hier.

Ich halte den Atem an und richte mich langsam auf.

Der Schatten eines Mannes befindet sich neben dem Kamin. Ich stöhne, und meine Lippen zittern. Ich kann kaum ausatmen, als er zu mir herüberkommt. Als er neben meinem Bett steht, richte ich mich auf und lege meine Hände auf sein Profil, dasjenige, das ich heute Abend gezeichnet habe und von dem ich jede Nacht träume.

»Kali«, sagt Deven in dem Moment, als ich seine Wange berühre.

Er ist real, nicht nur eine Schattensäule. Sein Seelenfeuer pulsiert.

»Du bist gekommen. Du hast mich gefunden.« Ich werfe mich ihm entgegen, und er schließt seine Arme um mich, fest und stark. Er ist ein realer Mensch. Ich ziehe ihn so fest an mich wie möglich, voller Angst, dass er verschwinden könnte, wenn ich ihn wieder loslasse. »Ich wusste, dass du lebst. Ich habe nach dir in der Dunkelheit gesucht.«

Er vergräbt sein Gesicht in meinen Haaren. »Ich habe versucht, früher zu kommen, doch die Dunkelheit hat es erschwert. Es gibt so viele Pfade, die man nehmen kann. Heute Nacht habe ich dich stärker gespürt. Du warst wie ein Leuchtfeuer.«

Ich lehne mich zurück und umfasse sein bärtiges Kinn. Seine ernsten Augen sind vom vertrauten kräftigen Braun. Sein Haar ist länger, es umrahmt sein Gesicht bis zum harten Kinn und lässt es weicher wirken. Er riecht nach seinem gewohnten Sandelholz, und ich nehme einen Hauch Nebel darin wahr. »Bist du in der ewigen Dunkelheit gefangen?«

»Ja.«

Ich lasse meine Hand an seiner Brust hinabgleiten. Sein Herz schlägt gleichmäßig gegen meine Handfläche. »Tut es weh? Hast du Schmerzen?«

Er streichelt mein Haar. »Es ist dunkel, aber mir geht es gut.«

»Ich muss dich dort rausholen. Ich kenne eine Geschichte. Inannas … *Inannas Abstieg*. Sie rettet ihren Auserkorenen vor dem Tod. Sie stieg hinab in das Nichts und fand ihn. Ich kann meine Kräfte nutzen, um dich zu holen.« Ich leite ein Glühen in meine Hand, und Deven beginnt sich aufzulösen. Ich nehme mein Seelenfeuer zurück, während mir ein frustriertes Stöhnen in die Kehle steigt.

Er ist auf die Dunkelheit beschränkt, es ist unmöglich, dass er ins Licht kommt.

Weine nicht. Er kann dein Weinen nicht gebrauchen. Doch als ich erneut zu Deven blicke, fühlt sich sein Seelenfeuer falsch an, wie eine Flamme, die hinter Glas gefangen ist.

»Es tut mir so leid. Ich hätte mehr tun sollen, noch mal im See nach dir suchen oder andere dazu bringen, vom Ufer aus intensiver und länger nach dir zu suchen.« Ich kann meine Tränen nicht länger zurückhalten. »Ich hab's versucht. Wirklich.«

Er legt seine Stirn gegen meine. »Als ich durch das Tor hindurch bin, dachte ich … ich dachte, ich wäre tot. Ich dachte, jedes Licht ist aus meinem Leben verschwunden, und ich … ich wollte es so. Doch in jeder Nacht spürte ich, dass du von mir träumst und dich nach mir sehnst. Du hast mich daran gehindert, wegzugleiten. Ohne dich hätte ich den Weg durch die Dunkelheit nicht gefunden, Kali.«

Ich lasse meine Hand an seinem Arm auf- und abgleiten.

Er lebt. Er ist hier.

»Wir finden einen Weg, um dich zurückzuholen«, verspreche ich ihm. »Im Augenblick bin ich nur froh, dass du hier bist.«

Deven presst seine Wange gegen meine. »Da ich jetzt den

Weg kenne, werde ich jeden Abend zu dir kommen. Nichts wird mich davon abhalten.«

Ein Hunger nach Leben, wie ich ihn nicht mehr verspürt habe, seit Deven mir genommen wurde, bebt in mir. Ich schlinge meine Arme um ihn, und er bedeckt meine Stirn mit Küssen. Ich schwöre bei jedem Stern am Himmel, dass ich einen Weg finden werde, in die Tiefen des Nichts hinabzusteigen und Deven heimzuholen. Doch in dieser mitternächtlichen Stunde, in diesem Augenblick, will ich mich nur an ihn lehnen und das Glück genießen.

FIGUREN

Kalinda: Mündel des Samiya-Tempels, Rani des Tarachandischen Reiches; Feuerwesen
Deven: General der tarachandischen Armee
Prinz Ashwin: Erbe des Tarachandischen Reiches
Natesa: einst Kurtisane am Hofe Tareks
Yatin: Soldat, Devens bester Freund
Indah: Wasserwesen von den Südlichen Inseln; Tugendwächterin
Pons: Luftwesen; Tugendwächter
Brac: ehemaliger Rebell; Feuerwesen
Mathura: Devens und Bracs Mutter, ehemalige Kurtisane
Admiral Rimba: Indahs Vater; Wasserwesen von den Südlichen Inseln
Kapitän Loc: Kapitän der Seeräuber
Prinzessin Gemi: Erbfolgerin der Südlichen Inseln
Datu Bulan: Herrscher über die Südlichen Inseln
Rohan: Bruder von Opal; Luftwesen
Opal: Schwester von Rohan; Luftwesen
Rajah Tarek: verstorbener Herrscher des Tarachandischen Reiches
Der Herr des Nichts (alias Dämon-Rajah alias Udug): aus dem Nichts befreiter Dämon
Dämon Kur: Herrscher über das Nichts
Manas: General der tarachandischen Armee

Priesterin Mita: Oberin des Samiya-Tempels
Jaya: Kalindas verstorbene beste Freundin
Heilerin Baka und Schwester Heta: Schwestern aus dem Samiya-Tempel
Tinley: Tochter von Chief Naresh; Luftwesen
Chief Naresh: Herrscher über Paljor; Luftwesen
Shyla, Parisa und Eshana: Ranis
Asha: Palastdienerin
Hastin: Bhuta-Warlord und Anführer der Rebellen; Erdwesen
Anjali: Hastins Tochter; Luftwesen
Indira: Wasserwesen aus dem Norden, Rebellin
Edimmu, Lilu und Asag: Dämonengeschwister von Udug
Yasmin: Kalindas verstorbene Mutter
Kishan: Kalindas verstorbener Vater; Feuerwesen

DANKSAGUNGEN

Lob und Dankesworte an die folgenden wunderbaren Menschen:

Jason Kirk, meinen Oberbefehlshaber. Wir tauschen nicht eine E-Mail aus, in der ich dir als meinem Herausgeber nicht sage, wie sehr ich dich schätze. Du hast das Veröffentlichen meiner Bücher zu einer wahren Freude gemacht.

Clarence Haynes, dein Einfühlungsvermögen und deine gefühlvollen Fragen kennen keine Grenzen. Ohne dich wäre dieses Buch nur eine leere Hülle. Wie du häufig sagst, Excelsior und Frieden.

Kim Cowser, Brittany Jackson und Kristin King für eure Ermunterungen aus der Ferne und dafür, dass ihr die Werbetrommel für mich rührt. Ihr seid mein Kriegerschwestern-Straßenteam.

Meine Agentin Marlene Stringer. Dank deiner unermüdlichen Unterstützung habe ich meine Vorstellung von dieser Welt und dieser Geschichte verwirklicht. Danke, dass du Kalinda liebst.

Kate Coursey, wir sind Busenfreundinnen bis in alle Ewigkeit. Du wirst mich nie los.

Den anderen Kriegerschwestern: Veeda Bybee, Kathryn Purdie, Breeana Shields, Kate Watson, Tricia Levenseller, Charlie Holmberg, Caitlyn McFarland, Lauri Schoenfeld,

Angie Cothran, Erin Summerill, Sierra Abrams, Brekke Felt, Shaila Patel, Leah Henderson, Jessie Farr, Catherine Dowse, Michal Cameron, Mikki Kells und Wendy Jessen. In meinen Augen seid ihr alle Seelenverwandte.

Den Kriegerschwestern-Buchliebhaberinnen: Krysti Meyer, Sarah Cleverley, Beth Edwards, Benjamin Alderson, Jaime Arnold, Gabrielle Saunders und Rachel Piper.

Michael Bacera dafür, ans Telefon zu gehen und meine seltsamen Fragen zu beantworten.

Jessica Springer für ihren Ansporn. Ist das Buch endlich fertig? (Versprochen ist versprochen.)

Meinen Eltern, Debby und Keith, die mich gelehrt haben, groß zu träumen, und mich darin unterstützen. Eve und Chris, für euer Einfühlungsvermögen in kulturellen Dingen. Sarah und Stacey, für GIF-Nachrichten und politische Tiraden.

Joseph, Julian, Danielle und Ryan, die ihr es ein Jahr lang toleriert habt, weggeschickt zu werden. Ihr seid die großartigsten Kinder. Das kann gar nicht anders sein. Sonst wäre ich noch beim Entwurf.

John, meinem besten Freund und Liebling. Du versetzt dich in meine Lage und beschwerst dich nie, wenn ich um fünf weitere Minuten bitte, um den Satz zu beenden, an dem ich gerade arbeite. Irgendwann werde ich sicher auch die fünf Minuten schaffen …

Meine Leser für ihre E-Mails, Tweets und spontanen Nachrichten. Ich freue mich über eure freundlichen Worte. Und allen anderen Lesern, die sich in ihrem geschäftigen Leben die Zeit genommen haben, meine Worte zu lesen. Ihr seid fantastisch.

Zuletzt, aber am wichtigsten, meinem Vater im Himmel. Drei geflüsterte Worte an einem Abend, als ich mich völlig verloren fühlte, zeigten mir auf Jahre hinaus die Richtung an.

Danke für die Inspiration und innere Kraft, das durchzustehen.